范成大集校箋

四

〔宋〕范成大 撰
吴企明 校箋

上海古籍出版社

石湖居士詩集卷二十五

小峨眉 并序

近得靈壁古石，絶似大峨正峰，名之曰「小峨眉」。東坡常以名廬山，恐不若此石之逼真也。作小峨眉歌以夸之。

三峨參横大峨高，奔崖側勢倚半霄。龍跧虎卧起且伏，旁睨沫水沱江朝〔一〕。禹從岷嶓過其下，奠山著籍稱雄豪〔二〕。告成歸來兩階舞〔三〕，泗濱錫貢備九韶〔四〕。覽觀此石三歎息，髣髴蜀鎮俱岧嶢。惜哉擊拊墮簨虡，輦送淮海還山椒。降商訖周謹呵護，磬氏無敢加鐫彫〔五〕。劉項蝸争鬨靈璧，血漂川谷流腥臊〔六〕。水官恐此被染涴，氈包席裹吴中逃。市門大隱閲千祀，苔衣塵網蘊孤標。尤物顯晦定有數，昨者惠顧不待招。我昔西遊踏禹迹，暑宿光相披重貂。十年境落卧遊夢，摩挲壁畫雙鬢凋。天憐愛山欲成癖，特設奇供慰寂寥。恍然坐我寶巖上〔七〕，疑有太古雪未消。嵌根襞積巧入妙，峰頂箕踞貴不驕。爐煙雲浮布銀界，隙日虹貫凝金橋。是時歲杪卧衰疾，健起放杖驚兒曹〔八〕。龍鍾繞圍喜折屐，龜手拂拭寒侵袍。太湖未暇商甲乙，羅浮天竺均鴻毛。小峨之名神所畀，永與野老歸漁樵。作詩賀我得石友，且以併賀兹丘遭。

【題解】

本詩作於淳熙十一年（一一八四），時養病在家。孔凡禮范成大年譜淳熙十一年譜文：「是歲，又有題石詩多首。」列小峨眉、煙江疊嶂、天柱峰。「靈壁古石」，文震亨長物志卷三「水石」：「靈壁，出鳳陽府宿州靈壁縣，在深山沙土中，掘之乃見。有細白紋，如玉，不起岩岫。佳者如卧牛，蟠螭，種種異狀，真奇品也。」

【箋注】

〔一〕「旁睨」句：沫水，岷江支流。水經注卷三六：「沫水，出廣柔徼外，東南過旄牛縣北，又東至越巂靈道縣，出蒙山南，東北與青衣水合，東入於江。」沱江，舊説即岷江支流郫江。按史記河渠書：「蜀守冰鑿離碓，辟沫水之害，穿二江成都之中。」正義：「任豫益州記云：『二江者，郫江、流江也。』」沫水、郫江（即沱江）都在峨眉山旁，故曰「旁睨」。

〔二〕「禹從」二句：尚書禹貢記：「禹敷土，隨山刊木，奠高山大川。」「導嶓冢，至于荆山……岷山之陽，至于衡山。」

〔三〕「告成」句：尚書禹貢：「禹錫玄圭，告厥成功。」尚書大禹謨：「帝乃誕敷文德，舞干羽于兩階。」

〔四〕「泗濱」句：尚書禹貢：「泗濱浮磬。」孔傳：「泗，水涯，水中見石，可以爲磬。」有磬，乃能奏九韶。

〔五〕磬氏：治磬的工人。周禮考工記磬氏：「磬氏爲磬。……已上則摩其旁，已下則摩其耑。」

〔六〕「劉項」二句：劉邦、項羽戰於垓下，即古靈璧之地。史記高祖本紀：「五年，高祖與諸侯兵共擊楚軍，與項羽決勝垓下。」垓下，在今安徽靈璧東南。李吉甫元和郡縣圖志卷九宿州苻離縣有靈璧故城：「在縣東北九十里。漢二年，漢王入彭城，項羽以精兵三萬人，晨擊漢軍於靈璧東睢水上，大破之，睢水爲之不流。」又虹縣有垓下聚：「在縣西南五十四里，漢高祖圍項羽於垓下，大破之，即此地也。」

〔七〕恍然坐我：語出杜甫奉先劉少府新畫山水障歌：「悄然坐我天姥下。」

〔八〕「是時」二句：描寫畫能治病的功能，秦觀書輞川圖後：「元祐丁卯，余爲汝南郡學官，夏得腸癖之疾，卧直舍中，所善高符仲攜摩詰輞川圖示余曰：『閱此可以愈疾。』……數日疾良愈。」

煙江疊嶂

煙江疊嶂，太湖石也。鱗次重複，巧出天然。王晉卿嘗畫煙江疊嶂圖，東坡作詩，今借以爲名。此石里人方氏所藏故物，非近年以人功雕斲者比，尤可貴。

太湖嵌根藏洞宮，槎牙石生奫淪中。波濤投隙漱且齧，歲久缺罅深重重〔一〕。水空發聲夜鏜鎝，中有晴江煙嶂疊。誰歟斷取來何時？山客自言藏奕葉。江上愁心惟畫圖，蘇仙作詩畫不如〔二〕。當年此石若並世，雪浪仇池何足書〔三〕？我無俊語對巨麗，欲定等差誰與議？直須具眼老香山，來爲平章作新記〔四〕。

【題解】

本詩作於淳熙十一年（一一八四），時居家養病。太湖石，范成大太湖石志（説郛卷九六）：「太湖石，石出西洞庭，多因波濤激嚙而爲嵌空，浸濯而爲光瑩。或縝潤如珪瓚，廉劌如劍戟，矗如峰巒，列如屏嶂，或滑如肪，或黝如漆，或如人，如獸，如禽鳥。好事者取之，以充苑囿庭除之玩。」宋杜綰雲林石譜卷上「平江府太湖石」：「產洞庭水中，石性堅而潤，有嵌空穿眼，宛轉嶮怪勢。一種色白，一種色青而黑，一種微黑青。其質紋理縱橫，籠絡隱起於石面，遍多坳坎，蓋因風浪中衝激而成。」王晉卿，即宋代山水畫家王詵（一〇四八—？），字晉卿，祖籍太原，定居汴梁。尚英宗女蜀國公主，被授左衛將軍駙馬都尉，工詩文書畫，繪畫以山水見長。清河書畫舫卷八：「王詵字晉卿，尚英宗女蜀國公主，爲利州防禦使。雖在戚里，而其被服禮義，學問詩書，常與寒士角。平居擯去膏粱，黜遠聲色，而從事於書畫。……其所畫山水學李成，皴法以金碌爲之，似古。今觀音寶陀山狀小景，亦墨作平遠，皆李成法也。故東坡謂晉卿得破墨三昧。有烟江疊嶂圖……等圖傳於世。」烟江疊嶂圖今存，蘇軾有書王定國所藏烟江疊嶂圖。

【箋注】

〔一〕「太湖」四句：范成大吴郡志卷二九土物：「石在水中，歲久爲波濤所衝撞，皆成嵌空，石面鱗鱗作靨，名彈窩，亦水痕也。」胡宿太湖石：「費盡千年白浪聲。」奫淪，水深廣貌。柳宗元招海賈文：「其外大泊泙奫淪。」張敦頤注：「奫淪，水深廣貌。」

〔二〕「江上」二句：蘇仙，指蘇東坡，蘇軾作書王定國所藏烟江疊嶂圖詩，云：「江上愁心千疊山，浮空積翠如雲烟。」

〔三〕雪浪仇池：蘇軾雪浪齋銘：「予於中山後圃得黑石，白脈，如蜀孫位、孫知微所畫石間奔流，盡水之變，又得白石曲陽，爲大盆以盛之，激水其上，名其室曰雪浪齋云。盡水之變蜀兩孫，與不傳者歸九原。異哉駁石雪浪飜，石中乃有此理存。」宋杜綰雲林石譜卷上「英石」條云：「頃年，東坡獲雙石，一緑一白，目爲仇池石。」

〔四〕「直須」二句：香山，指白居易，他自號香山居士。白居易作太湖石記，評牛僧孺所收藏的奇石，以「太湖爲甲」。石湖有煙江疊嶂太湖石，故欲請具樂天眼識者爲之評論，寫出新的太湖石記。

天柱峰

「天柱峰」，英石也。一峰峭豎特起，有昂霄之意。天柱本在衡山，自黄帝時，即以灊山輔南岳，漢氏因之，遂寓其祭於灊天柱山。衡、灊蓋皆有天柱，而灊名特彰。九華雁蕩若他山，亦皆以此名峰，不足算也。

衡山紫蓋連延處〔一〕，一峰巉絶擎玉宇。漢家憚遠不能到，寓祭灊山作天柱。我今卧遊長撩闕，却寓此石充灊山。形摹三尺氣萬仞，世間培塿何由攀？南州山骨孕清淑，乳蘗砂牀未超俗。神奇都賦小峥嶸，雷雨飛來伴幽獨。哦詩月明清夜闌，坐看高影横屋山。摩霄拂雲政如此，吾言實夸誰敢删！

【題解】

本詩作於淳熙十一年（一一八四），時養病在家。石湖得英石，因其峰峙特起，類天柱峰，因名之，賦詩以紀其奇。英石，英州之石。杜綰雲林石譜卷上：「英石，英州含光真陽縣之間石，産溪水中，有數種，一微青色，有白通籠絡，一微灰黑，一綫緑，各有峰巒，嵌空穿眼，宛轉相通，其質稍潤，扣之微有聲。又一種色白，四面峰巒聳拔，多稜角，稍瑩徹，面面有光，可鑒物，扣之無聲。」文震亨長物志卷三：「英石，出英州，倒生岩下，以鋸取之，故底平起，峰高有至三尺及寸餘者。小齋之前，疊一小山，最爲清貴。然道遠，不易致。」「遂寓其祭於灊天柱山」，史記封禪書：「其明年冬，上巡南郡，至江陵而東，登禮灊之天柱山，號曰南嶽。」王存新定九域志卷五舒州：「灊山，漢之南嶽也。」

【箋注】

〔一〕「衡山」句：衡山有紫蓋峰，范成大驂鸞録：「九日，上謁南嶽廟……登御書閣，以望嶽，晚晴，衆山雲盡捲，石廩、紫蓋、痀瘻諸峰畢見。」

甲辰除夜吟

一年三百六十日，日日三椽卧衰疾。旁人揶揄還歎咨，問我如何度四時？我言平生老行李，蓐食趁程中夜起。當時想像閉門閒，弱水迢迢三萬里。如今因病得疎慵，脚底關山如夢中。重簾複幕白晝静，户外車馬從西東。若問四時何以度？念定更無新與故。瓶花開落紀春冬，窗紙昏明認朝暮。行年六十是明朝〔一〕，不暇自憐聊自嘲。梦尾三杯餳一楪，從今身健齒牙牢。

【題解】

本詩作於淳熙十一年（一一八四）除夜，時養病在家。甲辰，即淳熙十一年。

【箋注】

〔一〕「行年」句：甲辰歲，石湖五十九歲，除夕一過，明朝便是乙辰歲，六十歲，故云。高適除夜作：「愁鬢明朝又一年。」

次韻龔養正送水仙花

色界香塵付八還〔一〕，正觀不起况邪觀。花前猶有詩情在，還作淩波步月看。

【題解】

本詩作於淳熙十一年（一一八四）年底，時在家養病。依編次看，本詩在元日前，當作於本年年底。

【箋注】

〔一〕「色界」句：色界，三藏法數：「色即色質，謂雖離欲界穢惡之色，而有清淨之色，始從初禪梵天，終至阿迦膩吒天，凡有一十八天，並無女形，亦無欲染，皆是化生，尚有色質，故名色界。」香塵，丁福保佛學大辭典：「塵者染污之義。色、聲、香、味等爲污人之情識而覆真性者，故斥之曰塵。香者六塵之一。三藏法數二十八曰：『塵即染污義，謂能染污情識，而使真性不能顯露。（中略）旃檀沈水，飲食之香，及男女身分所有香等，是名香塵。』」八還，佛學大辭典：「諸變化相，各還本所因處，有八種也。楞嚴經曰：『佛告阿難：汝咸看此諸變化相，吾今各還本所因處。云何本因？阿難！此諸變化，明還日輪。何以故？無日不明，明因屬日，是故還日。暗還黑月，通還户牖，壅還牆宇，緣還分别，頑虚還空，鬱埻還塵，清明還霽，則諸世間一切所有，不出斯類。汝見八種見精明性，當欲誰還。』蘇軾次韻道潛留别詩曰：『異同更莫疑三語，物我終當付八還。』」

元　日

屋角峥嶸斗柄移，案頭蕭索燭花垂。與時消息評新藥〔一〕，若節春秋憶舊詩〔二〕。飢飯困眠全體懶，風餐露宿半生癡。尊前現在休嫌老，最後屠蘇把一巵〔三〕。

【題解】

本詩作於淳熙十二年（一一八五）元日，時在家養病，因作本詩志感。

【箋注】

〔一〕「與時」句：沈注卷下：「『與時消息評新藥』，易。」按，周易豐：「日中則昃，月盈則食，天地盈虚，與時消息，而况於人乎？况於鬼神乎？」周易无妄：「九五，无妄之疾，勿藥，有喜。象曰：无妄之藥，不可試也。」王弼注：「藥攻有妄者也，而反攻无妄，故不可試也。」石湖此句謂自己體弱多病，不時换用新藥，服後觀察病情，對新藥予以評估。

〔二〕「若節」句：沈注：「『若節春秋憶舊詩』，左傳管仲語。」左傳僖公十一年：「王以上卿之禮饗管仲，管仲辭曰：臣，賤有司也。有天子之二守國、高在，若節春秋，來承王命，何以禮焉？陪臣敢辭。」賈逵云：「節，時也。」王肅云：「春秋，聘享之節也。」此石湖取字面意，與上句「與時消息」同用經語。

〔三〕屠蘇：酒名。陳元靚歲時廣記卷五引歲華紀麗：「俗説屠蘇者，草庵之名也。昔有人居草庵之中，每歲除夕，遺里閭藥一帖，令囊浸井中。至元日，取水置於酒樽，合家飲之，不病瘟疫。今人得其方而不識名，但曰屠蘇而已。」

正月六日風雪大作

滕六無端巽二癡〔一〕，翻天作惡破春遲。邀梅勒柳何功業，誰與停杯一問之〔二〕？

奇寒何事入芳辰，不管燈枝欲試新〔三〕。即日反風吹盡雪，東君已費一分春。

【題解】

本詩作於淳熙十二年（一一八五）正月六日，時在家養病。

【箋注】

〔一〕「滕六」句：滕六，雪神名，見卷二一雪後雨作注。巽二，風神名。

〔二〕「誰與」句：李白把酒問月：「青天有月來幾時，我今停杯一問之。」

〔三〕「不管」句：欲試新，即試新燈，陸游初春：「元日人日來聯翩，轉頭又見試燈天。」百城烟水：「吴俗十三日爲試燈天。」

元夕四首

粉痕紅點萬花攢，玉氣珠光寶月團。簾箔通明香似霧，東君無處著春寒。謂吴中剪羅、琉璃二燈〔一〕。

不夜城中陸地蓮〔二〕，小梅初破月初圓。新年第一佳時節，誰肯如翁閉户眠？

藥爐湯鼎煮孤燈，禪版蒲團老病僧。兒女强修元夕供，玉蛾先避雪鬅鬙。

落梅穠李趁時新，枯木崖邊一任春。尚愛鄉音醒病耳，隔牆時有賣餳人。謂唱賣烏膩糖者〔三〕。

【題解】

本詩作於淳熙十二年（一一八五）正月十五日，時養病在家。孔凡禮范成大年譜淳熙十二年譜文：「正月十五日元夕，有詩，抒寫開歲愉悦心情。」

【箋注】

〔一〕謂吴中剪羅、琉璃二燈：卷二六咏吴中二燈詩對之有詳細描寫，參見該詩「題解」及注。

〔二〕不夜城：漢書地理志不夜縣師古注曰：「齊地記云：古有日夜出，見於東萊，故萊子立此城，以不夜爲名。」石湖借用古地名，形容蘇城燈火通明。

〔三〕烏膩糖：卷二三上元紀吴中節物俳諧體三十二韻：「寶餹珍粔籹，烏膩美飴餳。」

去年多雪苦寒，梅花遂晚，元夕猶未盛開

隔年寒力凍芳塵，勒住東風寂莫濱。只管苦吟三尺雪〔一〕，那知遲把一枝春〔二〕。燈烘畫閣香猶冷，湯煖銅瓶玉尚皴。花定有情堪索笑〔三〕，自憐無術唤真真〔四〕。

【題解】

本詩作於淳熙十二年（一一八五）正月十五日，時在家養病。因去年多雪，梅花遲開，乃賦本詩。

【箋注】

〔一〕「只管」句：淳熙十一年石湖有大雪書懷、雪中苦寒戲嘲二絶、雪復大作六言四首等詠雪書

懷之作。
〔二〕一枝春：指梅花，字面從陸凱詩「江南無所有，聊贈一枝春」中來。
〔三〕「花定」句：杜甫舍弟觀赴藍田取妻子到江陵喜寄三首其二：「巡簷索共梅花笑。」
〔四〕喚真真：杜荀鶴松窗雜記載：唐代進士趙顔，於畫工處得一軟障，上畫婦人甚麗。畫工謂此畫爲神畫，此女名真真，呼其名百日必應，應後以百家彩灰酒灌之必活。趙顔如法爲之，女果活而下障，爲趙顔生一子。後趙顔疑女爲妖，真真即攜子復上軟障而没，唯畫上多添一兒。

寄題筠州錢有文明府新昌小道院

忠厚平生心學，敏明隨處民功。江左幕中荒政〔一〕，江西院裏仁風㊀。
勿云私淑小邑，可以匹休大邦。健筆誰能後賦，向來江夏無雙。

【校記】

㊀ 院裏：原作「縣裏」，活字本、叢書堂本、董鈔本、詩淵第五册第三八〇六頁均作「院裏」，今據改。

【題解】

本詩作於淳熙十二年（一一八五），時養病在家。錢有文，即錢鍪，字仰之，一字有文，淳熙八年，任建康府安撫司參議官，佐石湖辦理荒政。知筠州新昌縣，作江西小道院，石湖賦詩寄題之。于北山范成大年譜淳熙十二年譜文引鹽乘卷一三：「錢鍪，字（下缺四字，可據石湖詩補有文二字，餘二字爲「邑里」）人。淳熙間，以宣教郎任。好學能文，與范成大善。先是元祐八年，柳平守筠州，樂其事簡訟稀，乃新燕居之堂曰江西道院，請黃庭堅賦之。鍪仿其意，作江西小道院，成大寄題小道院詩有『健筆誰能後賦，向來江夏無雙』語，蓋不敢與庭堅争勝也。鍪聽政之暇，時或寄情吟詠。嘗倚江作挹秀亭，賦長歌一篇，人争誦之。詩云：『一江横絶飛長虹，千峰玉立皆凌空。翔龍舞鳳勢騰躍，方趨忽駐何匆匆？又如萬馬正争道，一勒一鞚俱回駿。氣融形聚生意足，鍾英産異將無窮。我來結亭攬雄勝，坐挹佳秀窺天功。當今此地多俊傑，冠蓋衮衮登王公。時容疏慵老令尹，休沐吟嘯群賢同。蝶魂莫作銅章夢，傾倒萬壑眠松風。溪聲爲我韻秋意，山花隨地供春紅。檐牙著日千谷曉，鳴禽弄喜歌年豐。地靈祥瑞應時現，鬱葱佳氣朝洪濛。諸君攀桂協奇兆，我當酌酒山亭中。』」又引衡州府圖經志：「錢鍪，朝散郎。紹熙五年九月到。慶元二年，除夔路通判。」筠州新昌縣，王存元豐九域志卷六江南西路筠州，縣三：新昌。于北山范成大年譜釋「道院」云：「道院者，謂地勢偏僻，政刑稀簡，亦無迎送拜會之勞。清淨寧謐，有似禪林。南宋時，尚有數處有此稱。」

【箋注】

〔一〕江左幕中荒政：江左，指建康府。范成大於淳熙八年在建康任上，忙於賑濟及請減租稅，錢鍪時爲安撫司參議官，助理荒政，故云。

題徐熙杏花

老枝當歲寒，芳蘤春澹泞。霧綃輕欲無，嬌紅恐飛去。

【題解】本詩作於淳熙十二年（一一八五），時在家養病。

題趙昌木瓜花

秋風魏瓠實，春雨燕脂花。綵筆不可寫，滴露匀朝霞。

【題解】本詩作於淳熙十二年（一一八五），時在家養病。趙昌，字昌之，廣漢人，工畫花卉，兼善草蟲。師滕昌祐，常在花圃諦視花卉姿容形態，自號「寫生趙昌」。歐陽修歸田録卷二：「近時名畫，李成、巨然山水，包鼎虎，趙昌花果。……昌花寫生逼真，而筆法輭俗，殊無古人格致，然時亦未有其比。」劉道醇聖朝名畫評卷三「花木翎毛門」妙品：「趙昌，劍南人，性簡傲，雖遇强勢，亦不下之，多游巴蜀間。善畫花果，初師滕昌祐，後過其藝。時州伯郡牧，争求其筆迹，昌不肯輕與，故得者以爲珍玩。祥符中，丁朱崖聞之，以白金五百兩爲昌壽。昌驚曰：『貴人以賂及我，必有求。』親往謝之。朱崖延於東閣，命畫生菜數窠及爛瓜生果等，遂命筆遽成，俱得形似。及還蜀中，尤有聲譽。晚年俱出金購其舊畫，其自秘也如此。門生王友亦知名。」范鎮東齋紀事卷四：「又有趙昌者，漢州人，善畫花。每晨朝露下時，繞欄檻諦玩，手中調采色寫之。自號『寫生趙昌』。人謂：『趙昌畫染成，不布采色，驗之者以手捫摸，不爲采色所隱，乃真趙昌畫也。』其爲生菜、折枝、果實尤妙。三人者，平生至意精思，一發於畫，故其畫爲工，而能名於世。」米芾畫史：「趙昌、王友之流，如無才而善佞士，初甚可惡，終須憐而收録，裝堂嫁女亦不棄。」宣和畫譜卷一八：「趙昌，字昌之，廣漢人，善畫花果，名重一時，作折枝極有生意，傅色尤造其妙。兼工於草蟲，然雖不及花果之爲勝，蓋晚年自喜，其所得往往深藏而不市。既流落，則復自購以歸之，故昌之畫世所難得。且畫工特取其形耳。若昌之作，則不特取其形似，直與花傳神者也。又雜以文禽貓兔，議者以謂非其所長，然妙處正不在是，觀者可以略也。」木瓜花，廣群芳譜卷五八果譜五：「木瓜……一名鐵脚梨，樹如柰，叢生；枝葉花俱如鐵脚海棠。……春末開花，紅色微帶白。」

題易元吉獐猿兩圖二首

擇食麏相唤〔一〕，無人意不驚。猿啼風動葉，機熟兩忘情。

烏逐山公噪，鷩麏仰望疑。春林無一事，獝狘自生悲〔二〕。

【題解】

本詩作於淳熙十二年（一一八五），時在家養病。易元吉，宋名畫家，字慶之，長沙人，天資穎異，擅畫四季花鳥、猿獐孔雀等。受趙昌「寫生」的影響，他尋訪名山勝川，細心觀察自然景物和野獸生活習性；還在家裏營造園圃，開鑿池沼，種植花草樹木，馴養水禽山獸，以便觀察它們的生態。他所畫的動植物「如生」（湯垕語），富有天趣。米芾畫史：「易元吉，徐熙後一人而已。善畫草木葉心，翎毛如唐、徐，後無人繼，世但以獐猿稱，可歎。或云畫孝嚴殿壁，畫院人妬其能，只令畫獐猿，竟爲人鴆。」郭若虛圖畫見聞志卷四：「易元吉，字慶之，長沙人。靈機深敏，畫製優長，花鳥蜂蟬，動臻精奧。始以花果專門，及見趙昌之迹，乃歎服焉。後志欲以古人所未到者馳其名，遂寫獐猿。嘗遊荆湖間，入萬守山百餘里，以覘猿狖獐鹿之屬。逮諸林石景物，一一心傳足記，得天性野逸之姿。寓宿山家，動經累月，其欣愛勤篤如此！又嘗於長沙所居舍後疏鑿池沼，間以亂石叢花，疎篁折葦，其間多蓄諸水禽，每穴窗，伺其動靜遊息之態，以資畫筆之妙。」

【箋注】

〔一〕麏：即麞，説文：「麏，麞也。」獐，同麞。

〔二〕獝狘：獸受驚而逃逸。獝，集韻：「驚遽貌。」狘，説文：「獸走貌。」

題張希賢紙本花四首

牡　丹

洛花肉紅姿，蜀筆丹砂染。生綃多俗格，紙本有真艷。

常　春〔一〕

染根得靈藥，無時不春風。倚闌與挂壁，相伴歲寒中。

紅　梅

酒力欺朝寒，潮紅上粧面。桃李漫同時，輸了春風半。

鷄　冠

號名極形似，摹寫與真逼〔二〕。聊以畫滑稽，慰我秋園寂。

【題解】

本詩作於淳熙十二年(一一八五),時養病在家。

【箋注】

〔一〕常春:常春樹,廣群芳譜卷八一:「桓春樹,一作長春……述異記:燕昭王種長春樹,春生碧花,春盡則落。夏生紅花,夏末則凋。秋生白花,秋殘則萎。冬生紫花,遇雪則謝,故號長春樹。」

〔二〕與真逼:畫論家常用逼真來形容畫藝與真事物相似,如鄧椿畫繼用「逼真」、「奪真」、「亂真」等詞語。韓偓倒柳前韻:「縱有才難詠,寧無畫逼真。」

喜沈叔晦至

澹若論交味〔一〕,嚶其求友聲〔二〕。江湖幾魚沫,風雨一鷄鳴〔三〕。舊事休重説,新詩莫細評。煩將憶勤夢〔四〕,歸對海山横。

【題解】

本詩作於淳熙十二年(一一八五),時在家養病。沈叔晦,即沈焕(一一四〇—一一九一),字叔晦,定海人。乾道五年舉進士,歷仕餘杭尉、揚州教授、太學録、浙東安撫司幹辦公事、知婺源、舒州通判，事見宋史卷四一〇沈焕傳。周必大有通判舒州沈君焕墓碣（平園續稿卷三八）、袁燮有通判沈公行狀（絜齋集卷一四）。寶慶四明志卷九：「沈焕，字叔晦。世家定海，後徙鄞。年二十四舉於鄉，補國子監，爲選首。居太學，不苟同。每語人曰：『天子學校，當隆師親友，循規蹈矩，以倡郡國。』慕臨川陸九齡之賢，從而學焉。乾道五年，省試第二。調官，歷餘姚尉，揚州教授。八年，召爲太學録，以昔所躬行者淑諸人。蚤暮延見學者，孜孜誨誘，長貳同僚，忌其立異。會充殿試考官，唱名日，序立庭下，孝宗偉其儀觀，遣内侍問姓名，衆滋忌之。或勸其姑營職，道未可行也。焕曰：『道與職，二乎？』適私試發策，引孟子『立乎人之本朝而道不行，耻也』，言路以爲訕己，請黜之。在職纔八旬，得高郵軍教授而去。後充浙東帥屬。高宗山陵，充修奉官，移書御史，請明示喪紀本意，使貴近哀戚之心生，則芟舍菲食自安，不煩彈劾，而須索絶矣。於是治並緣爲奸者，追償率斂者，支費頓減。歲旱，常平使者分擇官屬賑卹，焕得上虞、餘姚二縣，無復流殍。諸司交薦。十五年，用常格改宣教郎，知徽州婺源縣。三省類薦書以聞，上猶簡記，特許升擢，遂通判舒州。歸俟官期，益篤爲己之學。奉親孝。自疑性剛，大書戴記『深愛和氣，愉色婉容』於寢室，其存心養性率類此。史忠定王浩創義田於會稽，凡仕族有親喪之不能舉、孤女之不能嫁者，佽助有差。焕白王，率好義者行之鄉里，得田數百畝，月增歲益，遂爲無窮之利。雖病猶不廢書，拳拳以人才國事爲念。年五十三卒。周文忠公必大聞之曰：『追思立朝，不能推賢揚善，予愧叔晦；益者三友，叔晦不予愧也。昔曾子論弘毅之士，仁爲己任，死而後已；孟子謂明善以誠身，誠身以悦親，悦親以信於友，乃獲於上。若吾叔晦，所謂任重道遠，誠其身以獲乎上者，非耶？』序而銘之。忠定王悼之尤切。一時名賢親炙其言行者，多誌之以傳，世稱之曰沈先生。有文集五卷。」周必大贊沈煥：「行高才全，學富於海。道直於弦，秀出周行。」（見通判舒州沈君煥墓碣。）

【箋注】

〔一〕「澹若」句：莊子山木：「君子之交淡若水。」石湖此句即取莊子意。

〔二〕「嚶其」句：語出詩經小雅伐木：「嚶其鳴矣，求其友聲。」

〔三〕「風雨」句：詩經鄭風風雨：「風雨如晦，鷄鳴不已。既見君子，云胡不喜。」

〔四〕「煩將」句：宋史沈煥傳：「煥人品高明，而其中未安，不苟自恕，常曰晝觀諸妻子，夜卜諸夢寐，兩者無愧，始可以言學。」勤夢正指此。

驚蟄家人子輩爲易疎簾

二分春色到窮閻，兒女祈翁出滯淹。幽蟄夜驚雷奮地，小窗朝爽日篩簾。惠風全解墨池凍，清晝勝繙雲笈籤〔一〕。親友莫嗔情話少，向來屏息似龜蟾。韓尚書新造雲笈七籤。

【題解】

本詩作於淳熙十二年(一一八五)二月,時在家養病。驚蟄,節名,禮記月令:「仲春之月……日夜分,雷乃發聲,始電,蟄蟲咸動,啓户始出。」莊子天運:「蟄蟲始作,吾驚之以雷霆。」顧禄清嘉録卷二:「土俗,以驚蟄節日聞雷,主歲有秋。諺云:『驚蟄聞雷米似泥。』」

【箋注】

〔一〕雲笈籤:即雲笈七籤。詩尾自注:「韓尚書新造雲笈七籤。」韓尚書,指韓彦古,參見卷一四次韻平江韓子師侍郎見寄三首「題解」。陳振孫直齋書録解題卷一二:「雲笈七籤,一百二十四卷,集賢校理張君房撰。……此書頃於莆中傳録,纔二册,蓋略本也。後於平江天慶道藏得其全,録之。」

信筆

天地同浮水上萍,羲娥迭耀案頭螢〔一〕。山中名器兩芒屩,花下友朋雙玉瓶。童子昔曾誇了了,主翁今但諾醒醒㊀。歸田贏得都無事㊁,輸與諸公汗簡青。

【校記】

㊀ 諾醒醒:方回瀛奎律髓卷三九作「諾惺惺」。

㊁都無事：原作「多無事」，活字本、叢書堂本、董鈔本、詩淵第二册第一〇八〇頁、瀛奎律髓均作「都無事」，今據諸本改。

【題解】

本詩作於淳熙十二年（一一八五），時正養病在家。春日無事，信筆志感。瀛奎律髓卷三九方回評：「尾句是出處之間有感云云」。查慎行評：「先生有諸惺庵」。紀昀評：「起二句另是一種野調，中四句亦太涉江西。」

【箋注】

〔一〕羲娥：指日與月。羲，即羲和，日之馭車者，此指日光。娥，即嫦娥，此指月光。

請息齋書事三首

覆雨翻雲轉手成〔一〕，紛紛輕薄可憐生！天無寒暑無時令，人不炎涼不世情。栩栩算來俱蝶夢，喈喈能有幾鷄鳴〔二〕？冰山側畔紅塵漲〔三〕，不隔瑤臺月露清。

刻木牽絲罷戲場〔四〕，祭餘雨後兩相忘㊀〔五〕。門雖有雀尚廷尉〔六〕，食已無魚休孟嘗〔七〕。蝨裏趨時真是賊，虎中宣力任爲倀〔八〕。籬東舍北誰情話，鷄語鷗盟意却長。

聚蚋醯邊鬧似雷，乞兒争背向寒灰。長平失勢見何晚〔九〕，粟里息交歸去來〔一〇〕。

休問江湖魚有沫，但蘄雲水鶴無媒㊁〔二〕。巖扉岫幌牢扃鑰，不是漁樵不與開。

【校記】

㊀ 祭餘：活字本、叢書堂本、董鈔本、方回瀛奎律髓卷三九作「祭終」。

㊁ 但蘄：瀛奎律髓作「但期」。

【題解】

本詩作於淳熙十二年（一一八五），時正養病在家。孔凡禮范成大年譜淳熙十二年譜文云：「作請息齋書事詩，嘆官場世情炎涼，贊農村鄰里之間樸厚之情誼。」其一，瀛奎律髓卷三九馮舒評：「放翁之流儘自在。次聯勸世歌。」馮班評：「石湖體畢竟不堪愛，氣味惡，語言欠穩也。如第五句只是人事如夢耳，連『栩』二字便不好，『栩栩』如何著得『算』字？」紀昀評：「三、四粗鄙，六句用『風雨鷄鳴』意而删去『風雨』，語便不明。七句太淺露。」其二，馮班評：「大厦亦有雀，只是可設雀羅，方見寂寞耳。石湖好處出于白。」紀昀評：「五、六訐激，殊傷大雅。」其三，方回評：「今詳石湖此四詩乃淳熙十二年乙巳正月作。時年六十歲也。」紀昀評：「三詩純是牢騷，殊失和平之旨。」無名氏評：「栗里，陶令所居。」

【箋注】

〔一〕「覆雨」句：語出杜甫貧交行：「翻手作雲覆手雨，紛紛輕薄何須數。」

〔二〕「喈喈」句：喈喈，象聲詞，禽鳥鳴聲。本句語出詩經鄭風風雨：「風雨淒淒，鷄鳴喈喈。」

〔三〕「冰山」句：用楊國忠故事。王仁裕開元天寶遺事卷上：「楊國忠權傾天下，四方之士，爭詣其門。進士張彖者，陝州人也，力學有大名，志氣高大，未嘗低折於人。人有勸彖令脩謁國忠，可圖顯榮，彖曰：『爾輩以謂楊公之勢，倚靠如泰山。以吾所見，乃冰山也。或皎日大明之際，則此山當誤人爾。』後果如其言，時人美張生見幾。」

〔四〕「刻木」句：計有功唐詩紀事卷二九録梁鍠詠木老人：「刻木牽絲作老翁，鷄皮鶴髮與真同。須臾弄罷寂無事，還似人生一夢中。」附注：「明皇遷西内，曾詠此詩。」沈欽韓注引楊太真外傳，容易使人誤認爲此詩爲明皇作。

〔五〕「祭餘」句：莊子天運：「夫芻狗之未陳也，盛以篋衍，巾以文繡，尸祝齋戒以將之。及其已陳也，行者踐其首脊，蘇者取而爨之而已。」陸德明注：「芻狗，結芻爲狗，巫祝用之。」芻狗，祭祀時用，祭後抛在路邊，任人踐踏。本句即用莊子文意。

〔六〕「門雖有雀」句：史記汲鄭列傳：「始翟公爲廷尉，賓客闐門。及廢，門外可設雀羅。」

〔七〕食已無魚：用馮諼彈鋏故事。

〔八〕「虎中」句：太平廣記卷四三〇引裴鉶傳奇：「（獵者）曰：『此是倀鬼，被虎所食之人也，爲虎前呵道耳。』」

〔九〕長平失勢：長平古城在澤州高平縣，是白起破趙軍之處。史記趙世家：「七年，廉頗免而趙括代將。秦人圍趙括，趙括以軍降，卒四十餘萬皆阬之。王悔不聽趙豹之計，故有長平之禍焉。」

〔一〇〕栗里句：栗里，在廬山，陶淵明隱居之處，淵明有歸去來兮辭。

〔一一〕鶴無媒：鶴媒，用來誘捕野鶴的鶴。陸龜蒙鶴媒歌：「君不見荒陂野鶴陷良媒，同類同聲真可畏。」

送文季高倅興元

素衣京洛悵成緇〔一〕，青鬢江吴喜未絲。燭暗不眠談舊事，酒闌作惡問行期。琴書情話須親戚，風雨殘春更別離。屈指歸來重一笑，掃除門巷著旌麾。

【題解】

本詩作於淳熙十二年（一一八五）春，時正養病在家。文季高，生平不詳，從「琴書情話須親戚」、「掃除門巷著旌麾」詩意看，可能同爲吴人而有姻親關係。文季高倅興元，石湖賦詩送之。季高後來又於梁益間任幕客，紹熙二三年客死於蜀，蜀帥京鏜委托其族兄文處厚護柩還吴，這是後來事，「屈指歸來」竟未實現。

【箋注】

〔一〕「素衣」句：陳與義和張矩臣水墨梅五絶其三：「相逢京洛渾依舊，唯恨緇塵染素衣。」

書懷二絶，再送文季高，兼呈新帥閻才元侍郎

劍關雲棧守非難，函谷泥封久未刊。今日漢中誰國士，莫教春草上齋壇。

西出陽關有舊知〔一〕，薰風渌水泛蓮時〔二〕。煩君傳語詩書帥〔三〕，更寄臺城別後詞。

【題解】

本詩作於淳熙十二年（一一八五）春，時在家養病。「兼呈新帥閻才元侍郎」，文季高赴興元，時閻正新任興元帥。閻蒼舒，字才元，一字惠夫，蜀州晉原人，紹興二十七年王十朋榜進士第二名，歷仕夔州州學教授，知普州，參王炎四川宣撫使幕，入爲大理少卿。淳熙四年，以試吏部尚書充正使聘金，七年，權禮部侍郎，淳熙十二年，知興元府，淳熙十六年知江陵府。宋史無傳。宋會要輯稿職官六二：「（淳熙十三年六月）十五日詔：興元府閻蒼舒職事修舉，除敷文閣待制。」又，職官七三：「紹熙元年十二月，知江陵府時爲人論罷。」建炎以來朝野雜記甲集卷五：「淳熙七年三月丁丑，權吏部侍郎，有奏事。」于北山范成大年譜淳熙十二年譜文引崇慶縣志：「閻蒼舒，字才元。蜀州晉原人。孝宗隆興中任南鄭幕職。後入爲大理少卿，除吏部郎。……淳熙四年，以試吏部尚書充正使聘金，過汴京，感懷舊都，製水龍吟詞，不勝陸沉之慨。工正書，有楷則。嘗爲時

相陳堯佐書其家將相堂，其爲時推重如此。後乞祠禄，得請歸。慶元間卒。著有興元志二十卷。」又引夔州府志卷二四政績：「閻蒼舒，字惠夫。紹興中，王十朋榜進士第二名。御批答策云：『直言無隱。』任夔州學教授，嘗植杏花於泮宫。歷遷中書舍人，出知普州。王十朋守夔，題泮宫杏花詩有云：『同年紫薇公，昔遊帝王家。翱翔夫子堂，栽花泮水涯。我來節中和，數樹紅交加。不見紫薇郎，猶見紫薇花。』」　本二絶，石湖曾自書之，時隔三十四年，岳珂得此帖於建業，范參政書懷詩帖跋曰：「右石湖書懷詩帖真跡一卷。此詩似寄示興元連率者，在淳熙間，殆是章德茂諸君而未得其人也。帖以嘉定己卯十月，得之建鄴。贊曰：當平世而慨想齋壇之國士，因送客而遂及陽關之舊知。蓋拊髀之思在上弗替，故淳熙之士夫亦不敢一日而忘可將之奇。斯帖之傳，固未易例以近世之詩也。」（寶真齋法書贊卷二六）本詩墨迹，牟巘亦曾見之，書范石湖遺墨（陵陽先生全集卷一六）：「石湖公繇廣右帥蜀，不但賓從之賢，詞章翰墨之偉，照映一時。漢中望渭上樹如薺，未嘗不慨然有所賦也。此詩送人，猶知爲『泥封函谷，草上齋壇』等語，不能忘情。今劍棧自夷矣，杜老云『意欲鏟疊嶂』，事復如何，安得起此老問之？」

【箋注】

〔一〕「西出」句：反用王維送元二使安西「西出陽關無故人」。

〔二〕「薰風」句：南史庾杲之傳：「（王儉）用杲之爲衛將軍長史。安陸侯蕭緬與儉書曰：『盛府元僚，實難其選。庾景行汎渌水，依芙蓉，何其麗也。』時人以入儉府爲蓮花池，故緬書美之。」

〔三〕詩書帥：指閻蒼舒。蒼舒善書，宋詩紀事卷五五引皇宋書録：「蒼舒工正書，雄健而有楷則，尤工扁榜。今陳相堯佐家將相堂大字，乃其所書。」亦工詩，其集今不傳，宋詩紀事卷五五録其贈揚州郡帥郭侯，輿地紀勝卷一八三有蒼舒殘句。

寄題石湖海棠二首

手開芳徑越城頭，紅錦屠蘇結綺樓。不把萬枝銀燭照，淡雲微月替人愁。

老懶居家似出家，園林春色雨沾沙。海棠尚自無心看，天女何須更散花？

【題解】

本詩作於淳熙十二年（一一八五）春，時在家養病。石湖海棠花開，乃賦此二詩志感。

家人子輩往石湖檢校暮歸

南浦回春棹，東城掩暮扉。兒修鷄栅了〔一〕，女挈菜籃歸〔二〕。風力雖欺酒，花香尚染衣〔三〕。衰翁牢守舍，腸斷釣魚磯。

【題解】

本詩作於淳熙十二年（一一八五）春，時在家養病。家人往石湖巡檢，暮歸，乃作本詩志感。

【箋注】

〔一〕「兒修」句：杜甫有催宗文樹鷄栅詩，宗文，杜甫長子。

〔二〕「女挈」句：沈注卷下：「傳燈録：趙州和尚訪龐公，公女靈照挈菜籃便歸。」

〔三〕「花香」句：杜甫早朝大明宮呈兩省僚友：「衣冠身惹御爐香。」

枕上聞蒲餅焦

曉寒燕雀噤春陰，珍重清簧度好音。窗色熹微欹枕聽，夢成舟檥竹溪深。

【題解】

本詩作於淳熙十二年（一一八五）春，時在家養病。蒲餅焦，鳥名，一作婆餅焦，陸游枕上聞禽聲：「破曉一聲婆餅焦。」王質林泉結契卷一：「婆餅焦，身褐，聲焦急，微清，無調，作三語，初如云婆餅焦，次云不與吃，末云歸家無消息，後二聲若微于初聲。」

石湖芍藥盛開，向北使歸，過維揚時，買根栽此，因記舊事二首

竹西歌吹荻花秋〔一〕，遺老垂洟送遠遊。羌笛夜闌吹出塞〔二〕，當年如此夢揚州。

萬里歸程許過家，移將二十四橋花〔三〕。石湖從此添春色，莫把蒲萄苜蓿誇。

【題解】

本詩作於淳熙十二年（一一八五）春，時在家養病。石湖芍藥盛開，憶北使時買根栽種，因作本詩以記事。揚州芍藥聞名於天下，廣群芳譜卷四五：「芍藥……花容綽約，故以爲名，處處有之，揚州爲上。」

【箋注】

〔一〕竹西歌吹：杜牧題揚州禪智寺：「誰知竹西路，歌吹是揚州。」馮集梧注引名勝志：「寶祐志云：竹西亭在禪智寺前河北岸，取杜牧詩語也。」姜夔揚州慢：「淮左名都，竹西佳處。」

〔二〕「羌笛」句：王之涣涼州詞：「羌笛何須怨楊柳，春風不度玉門關。」此指石湖使金事。

〔三〕二十四橋：杜牧寄揚州韓綽判官：「二十四橋明月夜，玉人何處教吹簫？」方輿勝覽卷四四：「二十四橋，隋制，并以城門坊市爲名。後韓令坤省築州城，分布阡陌，別立橋梁，所謂

二十四橋者，或存或廢，不可得而考。」沈括夢溪筆談補筆談卷下：「揚州在唐時最爲富盛，舊城南北十五里一百一十步，東西七里三十步，可紀者二十四橋。」清人李斗揚州畫舫録卷一五岡西録以爲二十四橋即吴家磚橋，一名紅葉橋。當以宋人記載爲是。

次韻龔養正中秋無月三首

詞客幕天清露下，老翁卧病破窗中。高吟大醉輸公等，不見嫦娥與我同。

去年怪雨無端甚，今歲癡雲亦復然。減却新詩酸却酒，乘除添得一更眠。

丙夜清光些子見〔一〕，兒童驚喜强雄夸㊀。闌珊高興應無幾，恰似春殘看落花。

【校記】

㊀强雄夸：活字本、叢書堂本、董鈔本同。富校：「『雄』黄刻本作『相』。」

【題解】

本詩作於淳熙十二年（一一八五）中秋，時在家養病。龔養正因中秋無月，賦三絶句，石湖次韻答之。

【箋注】

〔一〕丙夜：黄朝英靖康緗素雜記（見説郛商務本卷九）：「漢官儀黄門持五夜之法，謂甲、乙、丙、丁、戊也。故宋子京夜緒詩云：『宵開甲乙遲。』按顔氏家訓云：『或問一夜五更，更何所訓？答曰：漢魏以來，謂爲甲夜、乙夜、丙夜、丁夜、戊夜。又謂之五鼓，亦謂之五更，皆以五爲節。』」

殊不惡齋秋晚閒吟五絶

好風入簾圖畫響，斜照穿隙網絲明。檐間雙雀有時鬭，壁下一蛩終日鳴。

旁若無人鼠飲硯，麾之不去蠅登盤。天涼睡起枕痕煖，日晚慵來香字寒。

就食遷居蟻墳壤，隨風作舍蛛裊絲。百年何處用三窟[二]，萬事信緣安一枝[二]。

市聲洶洶鼓催陣[一]，日影駸駸潮漲痕。消磨意氣默數息，把翫光陰牢閉門。

中秋昨已等閒過，重九今還如夢來。霜鬢數莖羞墮幘，黄花三度笑空杯。

【校記】

[一] 鼓催陣：活字本、叢書堂本、董鈔本同。富校：「『催』黄刻本、宋詩鈔作『摧』。」

【題解】

本詩作於淳熙十二年（一一八五）重九日，時在家養病。殊不惡齋，石湖家中齋名，曾作殊不惡齋銘，參見本書輯佚卷一四。

【箋注】

〔一〕三窟：戰國策齊策：「馮諼曰：狡兔有三窟，僅得免其死耳。今君有一窟，未得高枕而卧也。請爲君復鑿二窟。」後比喻人有多種避禍方法。

〔二〕安一枝：杜甫宿府：「已忍伶俜十年事，强移棲息一枝安。」

老陳道人自云：夢被召作地上主者；又常受一貴家供祝之，曰他日必來吾家作兒。戲贈小頌

野人何苦赴官差，符使追呼撓道懷。幸有千門香積供，不如隨喜去羅齋〔一〕。

【題解】

本詩作於淳熙十二年（一一八五），時在家養病。有老陳道人告石湖怪異事，乃作一頌戲贈之。地上主者，神仙傳卷三王遠傳：「方平從後視之，曰：『噫！君心不正，影不端，終不可教以仙道也，當授君地上主者之職。』」又，卷九壺公傳：「公乃嘆，謝遣之，曰：『子不得仙也，今以子爲地上主者，可壽數百餘歲。』」

【箋注】

〔一〕隨喜：佛家語，本指見他人累積功德，如同自己積德一樣歡喜，此指誘導他人行善事。東京

夢華録卷四修整雜貨及齋僧請道：「儻欲修整屋宇、泥補牆壁、生辰忌日，欲設齋僧尼道士，即早辰橋市街巷口，皆有木竹匠人，謂之雜貨工匠，以至雜作人夫，道士僧人，羅立會聚，候人請喚，謂之羅齋。」

題張戡蕃馬射獵圖

陰山磧中射生虜，馬逐箭飛如脱兔。割鮮大嚼飽何求，荐食中原天震怒。太乙靈旗方北指〔一〕，掣轡逃歸莫南顧。猖狂若到殺胡林，郎主猶羓何況汝〔二〕！

【題解】

本詩作於淳熙十二年（一一八五），時在家養病。張戡，北宋畫家，郭若虚圖畫見聞志卷四：「張戡，瓦橋人，工畫蕃馬，居近燕山，得胡人形骨之妙，盡戎衣鞍勒之精。然則人稱高名，馬虧先匠，今時爲獨步矣。」董逌廣川畫跋卷六有書張戡番馬，辨析戡馬缺耳犂鼻之理。卞永譽式古堂書畫彙考卷四〇著録張戡獵騎圖，沈右識云：「觀其攬轡疾馳，宛然有沙漠萬里之態，於是知戡畫法精絶，與胡瓌輩不相上下也。」

【箋注】

〔一〕「太乙」句：史記孝武本紀：「其秋，爲伐南越，告祝泰一，以牡荆畫幡日月北斗登龍，以象天一三星，爲泰一鋒，名曰靈旗。爲兵禱，則太史奉以指所伐國。」泰一，即太乙。太乙靈旗即指戰旗。

〔二〕「猖狂」二句：詩用舊五代史契丹傳德光卒後爲帝羓的典故，參見卷一〇太師陳文恭公輓詞注〔四〕。

題趙昌四季花圖

海棠梨花

醉紅睡未熟〔一〕，淚玉春帶雨〔二〕。阿環不可招，空寄凭肩語〔三〕。

葵花萱草

衛足保明哲，忘憂助歡娛〔四〕。欣欣夏日永，媚我幽人廬。

拒霜旱蓮

霜天木芙蓉，陸地旱蓮草〔五〕。水花雲錦盡，不見秋風好。

梅花山茶

月淡玉逾瘦，雪深紅欲燃〔六〕。同時不同調，聊用慰衰年。

【題解】

本詩作於淳熙十二年（一一八五），時在家養病。趙昌，見前題趙昌木瓜花「題解」。

【箋注】

〔一〕「醉紅」句：形容海棠。樂史楊太真外傳：「上皇登沉香亭，詔太真妃子。妃子時卯酒未醒，命力士使侍兒扶掖而至。妃子醉韻殘妝，鬢亂釵横，不能再拜。上皇笑曰：『豈妃子醉？直海棠睡未足耳。』」

〔二〕「淚玉」句：形容梨花。白居易長恨歌：「梨花一枝春帶雨。」

〔三〕「阿環」二句：阿環，指楊貴妃，名玉環。二句意出白居易長恨歌：「臨别殷勤重寄詞，詞中有誓兩心知。七月七日長生殿，夜半無人私語時。在天願作比翼鳥，在地願爲連理枝。天長地久有時盡，此恨綿綿無絶期。」

〔四〕忘憂：萱草之别名。廣群芳譜卷四六花譜：「萱花……一名忘憂。説文云：萱，忘憂草也。」

〔五〕旱蓮草：本草綱目卷一六草部：「鱧腸……旱蓮草……時珍曰：鱧，烏魚也，其腸亦烏。此草柔莖，斷之有墨汁出，故名，俗呼墨菜是也。細實頗如蓮房狀，故得蓮名。」又曰：「一種苗似旋覆而花白細者，是鱧腸。」

〔六〕紅欲燃：杜甫絶句二首：「江碧鳥逾白，山青花欲燃。」

乙巳十月朔開爐三首

石湖今日開爐，紙窗銀白新糊。童子燒紅榾柮，老翁睡煖氍毹。

石湖今日開爐，兩壁仍安畫圖。萬事篆煙曲几，百年毳衲團蒲。

石湖今日開爐，俗家恰似精廬。抆涕雖無情緒，吟詩却有工夫。

【題解】

本詩作於淳熙十二年(一一八五)十月，時在家養病。乙巳，即淳熙十二年。開爐，宋人十月一日開始生爐取暖。孟元老東京夢華録卷九「十月一日」條：「有司進暖爐炭，民間皆置酒作暖爐會也。」金盈之醉翁談録卷四：「舊俗十月朔開爐向火，乃沃酒及炙臠肉於爐中，圍坐飲啗，謂之暖爐。」袁景瀾吴郡歲華紀麗卷一〇：「吴中貴家，新裝暖閣，婦女垂繡簾，淺斟緩酌，以應開爐之節。」

有歎二首

春秋蘭菊殊調，南北馬牛異方。心醉井蛙海若〔一〕，眼空鵬海鳩枋〔二〕。

貧富交情乃見，炎涼歲序方成。越秦本異肥瘠，魯衛何曾弟兄。

【題解】

本詩作於淳熙十二年（一一八五），時養病在家。

【箋注】

〔一〕海若：海神。莊子秋水：「順流而東行，至於北海，東面而視，不見水端。於是焉河伯始旋其面目，望洋向若而嘆。」楚辭遠遊：「使湘靈鼓瑟兮，令海若舞馮夷。」

〔二〕鵬海鳩枋：莊子逍遥遊：「（鯤）化而爲鳥，其名爲鵬。鵬之背，不知其幾千里也；怒而飛，其翼若垂天之雲。是鳥也，海運則將徙於南冥。」又：「我（鳩）決起而飛，搶榆枋，時則不至，而控於地而已矣。」

留簡伯俊

我昔賦遠遊，萬里無親朋。惟君同懷抱，相從共茵憑〔一〕。踰嶺穿瘴茅，捫參倚枯藤。隨行一瓶鉢，澹如雲水僧〔二〕。火馳炎熱場，見此玉壺冰〔三〕。東歸常愧君，無力相引繩〔四〕。長材屈小邑，果以循吏稱。豈不有薦墨，翩然支郡丞。五溪在何許〔五〕？水駛山崚嶒。漫仕不擇地，摶扶笑鯤鵬。獨有故意長，問疾訪姜肱〔六〕。亹亹談昨夢，一一記吾曾。中年畏離别，况我雪鬅鬙。此意君自解，少留對青燈。

【題解】

本詩作於淳熙十二年（一一八五），時在家養病。簡伯俊，即簡世傑（一一二七—一一九二），字伯俊，進賢人，隆興元年進士。歷任左迪功郎辰州録事參軍，静江府司理參軍，四川制置司準備差遣，蒲圻知縣，靖州通判，知賀州。紹興三年卒，年六十六。楊萬里臨賀太守簡公墓誌銘（誠齋集卷一三〇）：「（在静江府時）有兄弟殺人者，吏當以重比，且連坐；公閲其實，弟初不與謀，卒以讞奏。外邑以盜上府凡六七輩，府以屬公。公物色非是，出之；後果獲真盜。時參知政事范公成大爲帥，將重劾邑令而請賞公，公力辭。范公薦公治獄詳明。……（參四川制置司時）邊防機事，范公專以委公，公悉心襄贊，夙夜不懈。所辟客，惟公一人，相倚如肺腑。邊備稍飭，則考論四蜀利害，次第興除。其大者如對减折估歲五十萬緡；罷關外四州之和糴，以蘇民力，實自公白發其端。……詔中書除知鄂州蒲圻縣，當承平時，賦入甚夥，今視舊十不能一，且經界不正，徭役失平，以作業若干訾民，民皆竄易名數，吏手得以上下。公下令竅欺隱，第甲乙，爲書藏之有司，至今利焉。頻歲荐饑，振廩勸分，境無流莩，諸使者列公治行以聞。有詔秩滿詣中書察廉。丁母憂，服除，通判靖州。」本年，簡世傑來蘇問疾，石湖賦詩留客。

【箋注】

〔一〕「相從」句：史記酷吏列傳：「寧成者，穰人也。……與汲黯俱爲忮，司馬安之文惡，俱在二千石列，同車未嘗敢均茵伏。」茵，車褥，伏，車軾。均茵伏，與「共茵憑」同義。石湖反用之。

〔二〕「隨行」二句：用貫休故事。何光遠鑑戒録卷五禪月吟條：「上人天復中自楚遊蜀，有上王蜀太祖陳情詩云：『一缾一鉢垂垂老，萬水千山得得來。』」

〔三〕玉壺冰：王昌齡芙蓉樓送辛漸：「洛陽親友如相問，一片冰心在玉壺。」

〔四〕「無力」句：李賀仁和里雜叙皇甫湜湜新尉陸渾：「排引纔陞强緪斷。」王琦解：「方欲薦引陞朝，而君又去，如强繩引物，忽然中斷，更有何益。排引，引薦也。」石湖時已退職，故曰「無力」。

〔五〕五溪：杜甫野望：「山連越巂蟠三蜀，水散巴渝下五溪。」仇注：「水經注：武陵有五溪，謂雄溪、滿溪、力溪、潕溪、西溪也。辰溪其一焉。夾溪悉是蠻左右所居，故謂五溪蠻也。郭棐西陽正俎云：五溪皆槃瓠子孫所居，其後爲巴。春秋時楚子滅巴，巴子兄弟五人，流入五溪，各爲一溪之長。秦昭王伐楚，取其地，因謂之五溪蠻。」

〔六〕「問疾」句：後漢書姜肱傳：「姜肱，字伯淮，彭城廣戚人也。……乃隱身遁命，遠浮海濱。再以玄纁聘，不就。即拜太中大夫，詔書至門，肱使家人對云『久病就醫』。遂羸服間行，竄伏青州界中，賣卜給食。召命得斷，家亦不知其處，歷年乃還。」

枕上有感

窗明似月曉光新，被煖如薰睡息勻。衝雨販夫牆外過，故應嗤我是何人！

【題解】

本詩作於淳熙十二年（一一八五），時在家養病。

夜坐有感

静夜家家閉户眠，滿城風雨驟寒天。號呼賣卜誰家子，想欠明朝糴米錢。

【題解】

本詩作於淳熙十二年（一一八五），時正養病在家。

十月二十六日三偈

聲聞與色塵，普以妙香薰。昔汝來迷我，今吾却戲君。

有箇安心法，無時不可行。只將今日事，隨分了今生。
窗外塵塵事，窗中夢夢身。既知身是夢，一任事如塵。

【題解】

本詩作於淳熙十二年（一一八五）十月二十六日，時在家養病。

石湖居士詩集卷二十六

吴歈一首送丘宗卿自平江移會稽

吴兒與君緣不薄，再騎竹馬迎南郭〔一〕。吴兒與君緣復淺，坐席纔温旗脚轉。東人賦重越吟悲〔二〕，趣了兹段隨朝鷄。胸奇百鍊當活國〔三〕，君豈獨私吴與越。鶴鳴樟橋猿夜啼，匈奴未滅家何爲〔四〕！功成他年歸結屋，好在山花休斬竹。宗卿十三年前嘗守吴，今復來，期年而去越㊀。民困於和買，蓋有意爲蠲減之。樟橋，宗卿卜築處，有山牡丹二本，歲各發百花；手植筀竹二十年，今一尺圍，作舍時悉當伐去。皆實録席上語也〔五〕。

【校記】

㊀期年：原作「幾年」，富校：「『幾』黄刻本作『期』，是。」今據改。

【題解】

本詩作於淳熙十二年（一一八五）歲末，時在家養病。丘密自去年知平江，本年歲末，移知會稽，石湖作此以送之。吴歈，即吴歌。楚辭招魂：「吴歈蔡謳，奏大吕些。」王逸楚辭章句：「吴、蔡，國名。歈、謳，皆歌也。」文選左思吴都賦：「吴歈越吟。」劉淵林注：「歈，吴歌也。」即吴地的民間歌謡，用吴語歌唱，語言通俗，反映吴地人民的勞動生活、民俗風情，甚至還有對時政的怨懟。本爲民歌，亦用爲詩體。丘宗卿，即丘崈，字宗卿，宋史卷三九八丘崈傳：「丘崈字宗卿，江陰軍人。隆興元年進士，爲建康府觀察推官。丞相虞允文奇其才，奏除國子博士。孝宗諭允文舉自代者，允文首薦崈。……除直秘閣，知平江府，入奏内殿，因論楮幣折閲，請公私出内，並以錢會各半爲定法。詔行其言，天下便之。知吉州，召除户部郎中，兼樞密院檢詳文字。被命接伴金國賀生辰使。……進直徽猷閣、知平江府，升龍圖閣，移帥紹興府。……以病丐歸，拜同知樞密院事。卒，謚忠定。」「自平江移會稽」，范成大吴郡志卷一一「題名」：「丘崈，朝散大夫、直徽猷閣，淳熙十一年十二月到，明年帥越。」嘉泰會稽志卷二：「丘崈，淳熙十三年正月，以朝請大夫直龍圖閣權發遣。」

【箋注】

〔一〕騎竹馬：後漢書郭汲傳：「始至行部，到西河美稷，有童兒數百，各騎竹馬，道次迎拜。」後以此故事稱頌地方官吏。白居易贈楚州郭使君：「笑看兒童騎竹馬，醉攜賓客上仙舟。」

〔二〕越吟：越地之歌。文選左思吴都賦：「吴歈越吟。」李賀江南弄：「吴歈越吟未終曲，江上團團貼寒玉。」

〔三〕活國：南史王珍國傳：「時郡境苦饑，乃發米散財以賑窮乏。高帝手敕云：『卿愛人活國，甚副吾意。』」杜甫贈崔十三評事公輔：「活國名公在，拜壇群寇疑。」

〔四〕「匈奴」句：本岳飛語，宋史卷三六五岳飛傳：「帝初爲飛營第，飛辭曰：『敵未滅，何以家爲！』」岳珂鄂國金佗粹編卷九：「上知其屢空，欲擇第於行都，欲以出師日，自任其家事，先臣辭曰：『北虜未滅，臣何以家爲！』」

〔五〕自注：「宗卿十三年前嘗守吴」。吴郡志卷一一「題名」：「丘崈，左承議郎直秘閣，乾道八年七月到。八月，磨勘轉朝奉郎。」「乾道九年四月，差主管台州崇道觀。」自本年上推十三年，恰爲乾道九年。「民困於和買，蓋有意爲蠲減之」，與第五句「東人賦重越吟悲」相應。此事張淏寶慶會稽續志卷三「和買」條有記載：「太宗時，馬元方爲三司判官，建言方春民乏絶時，預給官錢貸之，至夏秋令輸絹於官，故曰和買。……後來錢既乏支，所買之額不除，遂以等户資産物力而科配焉。然會稽爲額，獨重於他處，故至今以爲病。……淳熙中，提點刑獄張詔乞用畝頭均科，奏狀云：『浙東七州，歲發和買二十八萬匹，紹興一府，獨當一路之半。』」

贈壽老

農圃規模昔共論㊀〔一〕，雲奎卜築又逢君。眉庵壽老長隨喜，好箇抛梁伏願文。

十八年前始作農圃堂，壽老自眉庵遠來，相與度地。今雲奎始基，又值其入城，留觀上梁，似非偶然。

【校記】

㈠規模：叢書堂本、詩淵第一册第五〇〇頁作「規橅」。

【題解】

本詩作於淳熙十二年（一一八五），時養病在家。本年在府内卜築雲奎堂。壽老入城，留觀上梁，題詩贈之。

【箋注】

〔一〕農圃：自注云：「十八年前始作農圃堂，壽老自眉庵遠來，相與度地。」自本年向上推算，則農圃堂築於乾道三年。

再贈壽老

澮齋寂莫澮庵空，玉柱金庭一夢中。我病君衰猶見在，莫嫌俱作白頭翁。頃與澮齋兄遊洞庭、林屋，并澮庵、現老、眉庵壽老偕，今十年矣〔一〕。壽老見過，話舊事，二澮已爲古人。

【題解】

本詩作於淳熙十二年（一一八五），時在家養病。繼上首，再作本詩。

【箋注】

〔一〕今十年矣：卷二〇有與現壽二長老遊壽泉因話去年林屋之遊題贈，詩作於淳熙五年，「話去年林屋之遊」，則石湖與澹齋、澹庵、現老、壽老同遊洞庭、林屋，爲淳熙四年，時石湖剛從四川東歸，距淳熙十二年僅八九年，此云十年，蓋爲約數。

雪中聞牆外鬻魚菜者，求售之聲甚苦，有感三絶

飯籮驅出敢偷閒？雪脛冰鬚慣忍寒。豈是不能扃户坐，忍寒猶可忍饑難！

憂渴焦山業海深，貪渠刀蜜坐成禽。一身冒雪渾家煖〔一〕，汝不能詩替汝吟！

啼號升斗抵千金，凍雀飢鴉共一音。勞汝以生令至此，悠悠大塊亦何心？

【題解】

本詩作於淳熙十二年（一一八五）冬，時在家養病。

【箋注】

〔一〕渾家：全家。戎昱苦哉行：「身爲最小女，偏得渾家憐。」

詠河市歌者

豈是從容唱渭城，箇中當有不平鳴。可憐日晏忍飢面，强作春深求友聲〔一〕！

【題解】

本詩作於淳熙十二年（一一八五），時在家養病。

【箋注】

〔一〕求友聲：詩經小雅伐木：「嚶其鳴矣，求其友聲。」毛傳：「君子雖遷於高位，不可以忘其朋友。」

偶箴

情知萬法本來空〔一〕，猶復將心奉八風〔二〕。逆順境來欣戚變，咄哉誰是主人翁？

【題解】

本詩作於淳熙十二年（一一八五），時在家養病。

【箋注】

〔一〕情知：明知，駱賓王艷情代郭氏答盧照鄰：「情知唾井終無理，情知覆水也難收。」

〔二〕八風：承上句，知此爲佛家之「八風」，又名「八法」，指利、衰、毁、譽、稱、譏、苦、樂，見釋氏要覽下躁静。

丙午新正書懷十首

不用桃符貼畫鷄〔一〕，身心安處是天倪〔二〕。行年六十舊曆日〔三〕，汗脚尺三新杖藜。祝我媵周花甲子〔四〕，謝人深勸玉東西。春風若借筋骸便，先渡南村學灌畦〔五〕。新圃在河南，名范村。

瘦骨難勝遇節衣㈠，日高催起趁晨炊。病憐榔栗隨身慣，老覺屠蘇到手遲。一飽但蘄庚癸諾，百年甘守甲辰雌〔六〕。莫言此外都無事，柳眼梅梢正索詩。

煮茗燒香了歲時，静中光景笑中嬉。身閒一日似兩日，春淺南枝如北枝。朝鏡略無功業到，午窗惟有睡魔知。年來并束牀頭易，一任平章濟叔癡〔七〕。

窮巷閒門本闃然〔八〕，强將爆竹聒堦前。人情舊雨非今雨〔九〕，老境增年是减年。

口不兩匙休足穀〔一〇〕，身能幾屐莫言錢〔一一〕。掃除一室空諸有，龐老家人總解禪〔一二〕。吴諺云：「一口不能著兩匙。」

厲風翻海雪漫天，百計逃寒息萬緣。穩作被爐如卧炕，厚裁綿旋入聲勝披氈。尊前現在瞢騰醉，飯後無何爛熳眠。斟酌出門高興盡，從教閒却剡溪船〔一三〕。被爐、綿旋皆新得法，老人禦冬之具，二物尤爲要切。

俗情如絮已泥沾，因病偷閒意屬厭。鵩鶂相安無可笑，熊魚自古不容兼〔一四〕。灰藏榾柮多時煖，雪壓蔓菁滿意甜。温飽閉門吾事辦，異時書判指如籤〔一五〕。

炭熟香濃石鼎煨，人言小閣是春臺〔一六〕。蕉心翠展一冬在，梅蘤粉融連夜開。肅肅九冰妨發育，温温三火護恢台。養生此外無遺説，梨棗元須趁煖栽。水芭蕉長三寸，在煖閣中，經冬不瘁。瓶梅亦烘然先拆。

經過掃軌但幽棲，巢穩林深寄一枝。栗里歸來窗下卧〔一七〕，香山老去病中詩。東風馬耳塵勞後，半夜鷄聲睡熟時。俯仰平生盡陳迹〔二〕，恰如腷膊幾枰棊〔一八〕。

窗明窗暗篆煙霏〔一九〕，珍重晨光與夕暉。東院齋鐘披被坐，南城嚴鼓岸巾歸。幾人霜滑騎朝馬，何處燈殘織曉機？懶裏若承三昧力，始知忙裏事俱非。此篇叙蚕眠晏起之事。

殊方節物記吾曾，海北天西一瘦藤。烏欖鷄檳嘗老酒〔二〇〕，酥花芋葉試新燈。瘴雲度嶺濃如墨，邊雪窺窗冷欲冰。閒展兩鄉圖畫看，卧遊何必減深登〔二一〕。此篇記桂林、成都元日舊事。檳欖皆椒盤中物，老酒，十數年不壞者；滴酥爲花，熬芋爲柳葉，三夕張燈如上元。上下句分記廣、蜀。

【校記】

㈠ 遇節衣：富校：「『遇』黄刻本、宋詩鈔作『過』，是。」活字本、叢書堂本、董鈔本、方回瀛奎律髓卷一六均作「遇節衣」。

㈡ 陳迹：原作「塵迹」，富校：「『塵』宋詩鈔作『陳』，是。」活字本、叢書堂本、董鈔本均作「陳迹」，今據改。

【題解】

本組詩作於淳熙十三年（一一八六）新正，時居家養病。石湖自淳熙十年得疾，到寫作本組詩時，已有千日。欣逢新正，又恰過六十花甲之年，因盡述老病生活，追思往事，以抒情述懷。于北山范成大年譜淳熙十三年譜文云：「大抵優遊自了語。」孔凡禮范成大年譜淳熙十三年譜文説：「敘鄉間生活，間寓不能忘情於政事之意。」陸游於紹熙三年（一一九二）居山陰時作次韻范參政書懷十首，此時離范成大原唱的寫作年代已有六年，他和石湖在「老病身衰」的現狀、「仕途艱險」的感悟、「甘守田園」的認同、「閒適達觀」的共性諸方面，默相契合，所以時隔六年次韻了這組詩。其詩爲次韵范參政書懷十首其一：「養氣頽然似木雞，謗讒寧復問端倪。生塵甑暖喜炊黍，轑釜羹香忘糝藜。萬里曾遊雲棧北，一庵今卧鏡湖西。殘年老病侵腰膂，那得隨人病夏畦。」其二：「已著山林掃塔衣，洗除仕路劍頭炊。心光焰焰雖潛發，頷雪紛紛已太遲。度日只今閑水牯，知時從昔羨山雌。掩關未必渾無事，擬徧寒山百首詩。」其三：「身寄崦嵫欲盡時，且貪餘景伴兒嬉。故廬手種竹千箇，醉帽時簪花一枝。蠹篋有書供夙好，衡門無客作新知。羊裘自欠封侯骨，敢道君房徹底癡。」其四：「感昔傷懷一喟然，事賢猶及紹興前。此身顛仆應無日，諸老凋零不計年。客少可羅門外雀，家貧也辦杖頭錢。插花醉舞春風裏，不學龐翁更問禪。」其五：「春寒還似暮冬天，敗絮重披有蝨緣。雖欠高僧分白氎，偶蒙暴客恕青氈。濁醪盎盎貧猶醉，倦枕昏昏晝亦眠。年少從渠笑衰懶，相呼禹廟看龍船。」其六：「祠禄恩寬亦例沾，屏居懷抱苦厭厭。戍邊事往功名忤，迎客兒扶老病兼。遇興榜舟無遠近，破愁沽酒任酸甜。殘年唯有讀書癖，盡發家藏三萬籤。」其七：「芋栗多儲煮復煨，一塵那許到靈臺。虹穿道室爐丹熟，龍吼空山匣劍開。躡屩未成遊地肺，掩扉聊欲隱天台。桃花榮謝吾何預，一任劉郎去後栽。」其八：「探梅方憶雪中歸，轉眼青青子滿枝。築圃漫爲娱老計，鬢殘又賦送春詩。乞身何日還初服，坐食終年愧聖時。睡起西窗澹無事，一枰閑看客爭棋。」其九：「宇内寓形財幾時，西山俄已迫斜暉。百年過隙古所嘆，衆口鑠金胡不歸。已是平生行逆境，更堪末路踐危機。夜香一炷無他祝，稽首虚空懺昨非。」其十：「趙州行脚我安能，閑却床邊六尺藤。釣閣卧聽西澗雨，棋軒遥見北村燈。平生愛睡如甘酒，晚歲憂讒劇履冰。

剩欲舒懷答清嘯，半空鸞鳳愧孫登。」這組詩，瀛奎律髓卷一六載有諸家評論，其二，方回評：「石湖靖康元年丙午生。是年淳熙十三年丙午，年六十一。其爲參政也，在淳熙五年戊戌。四月入，六月罷，僅兩月耳。是年正月王淮爲左丞相，周必大爲樞密使，而前參政錢良臣皆丙午生，故石湖有『甲辰雌』之句，豈亦不能忘情乎？」馮舒評：「雌甲辰，用晉公事。」錢湘靈評：「用事惡道，都不得古人妙處，牽贅粗漏，使人厭讀。此石湖體也。」紀昀評：「此種已純似近時人詩，古人渾厚之氣盡矣。」又紀昀於尤袤己亥元日下評：「以下三詩，皆無復古意。與石湖五首，均開後來靡靡之音。」其三，紀昀評：「『睡魔』非雅字，而宋人習用。結殊欠和平，『平章』二字亦俗。」其四，方回評：「石湖參大政，嘗帥蜀，後又帥四明、金陵。乃云：『窮巷閑門，嘗質金帶於人。』詩云：『不是典來償酒債，亦非將去換簑衣。』乾、淳間無貪士大夫也。」紀昀評：「五句太俚。」無名氏評：「龐居士蘊、女靈昭，皆通佛學。」其六，方回評：「此詩十首，陸放翁皆次韻，然不在丙午年，在淳熙己酉禮部去國之後，亦不言新正意，度是追和。有云：『此身顛仆應無日，諸老彫零不計年。』又云：『百年過隙古所嘆，衆口鑠金胡不歸？』放翁宣和乙巳生，長石湖一歲。佳句尤多。」紀昀評：「『佳句尤多』應在『度是追和』句下，方順。此首兼入香山。」

【箋注】

〔一〕貼畫鷄：荆楚歲時記：「掛畫鷄於户，懸葦索於其上，插桃符於旁，百鬼畏之。」

〔二〕身心安處：白居易吾土：「身心安處爲吾土，豈限長安與洛陽。」蘇軾定風波：「此心安處是吾鄉。」

〔三〕「行年」句：丙午年，范成大六十一歲，「行年六十」在去年，故云「舊曆日」。

〔四〕花甲子：古人以天干地支順序組合爲六十個紀序名號，自甲子至癸丑，共六十年，故稱花甲子，或花甲。

〔五〕南村：即范村，石湖梅譜序云：「余於石湖玉雪坡，既有梅數百本，比年又於舍南買王氏僦舍七十楹，盡拆除之，治爲范村。」

〔六〕「百年」句：甲辰雌，用唐裴度故事，盧氏雜説：「裴晉公度在相位日，有人寄槐癭一枚，欲削爲枕。時郎中庾威世稱博物，召請別之。庾捧玩良久，白曰：『此槐癭是雌樹生者，恐不堪用。』裴曰：『郎中甲子多少？』庾曰：『某與令公同是甲辰生。』公笑曰：『郎中便是雌甲辰。』」

〔七〕「年來」二句：王濟之叔父王湛，妙解易理，少言語，人莫知其才能，兄弟宗族皆以爲癡。「武帝亦以湛爲癡，每見濟，輒調之曰：『卿家癡叔死未？』濟常無以答。」事見晉書王湛傳。

〔八〕「窮巷」句：方回曰：「窮巷閒門，嘗質金帶於人。」（瀛奎律髓卷一六）孔凡禮則説：「『嘗質金帶』云云，當爲傳説。方回似責成大不窮而言窮，其實，此乃古代文人之素習，不足怪。」（范成大年譜淳熙十三年）孔説爲是。

〔九〕「人情」句：語出杜甫秋述：「秋，杜子卧病長安旅次，多雨生魚，青苔及榻。常時車馬之客，舊雨來，今雨不來。」

〔一〇〕「口不」句：詩後石湖自注吴諺「一口不能著兩匙」，又，太平御覽卷七六〇引晉王隱晉書：「石勒時有謡云：一杯食，有兩匙，石勒死，人不知。」

〔一一〕身能幾屐：語出晉書阮孚傳：「或有詣阮，正見自蠟屐，因自嘆曰：『未知一生當著幾量屐！』神色甚閑暢。」

〔一二〕「掃除」兩句：龐老，指龐藴。景德傳燈録卷八：「襄州居士龐藴者，衡州衡陽縣人也，字道玄，世以儒爲業。而居士少悟塵勞，志求真諦。……州牧于公問疾次，居士謂曰：『但願空諸所有，慎勿實諸所無，好住世間，皆如影響。』」

〔一三〕「斟酌」兩句：用王子猷夜雪訪戴事，見世説新語任誕。

〔一四〕「熊魚」句：孟子告子上：「魚，我所欲也；熊掌，亦我所欲也。二者不可得兼。」

〔一五〕指如籤：韓愈苦寒：「將持匕箸食，觸指如排籤。」

〔一六〕小閤：指暖閣，吴人入冬後，葺暖室以避寒，曰暖閣，亦作煖閣。袁景瀾吴郡歲華紀麗卷一二「煖室禦冬」條云：「歲聿云暮，冰雪載途，爰葺煖室，以避寒威，紙窗足以通明，地爐於焉取煖。」

〔一七〕栗里：地名，陶潛所遊處。白居易訪陶公舊宅，序云：「予夙慕陶淵明爲人，往歲渭川閑居，嘗有効陶體詩十六首。今遊廬山，經柴桑，過栗里，思其人，訪其宅，不能默默，又題此詩云。」詩云：「柴桑古村落，栗里舊山川。」

〔一八〕「俯仰」兩句：王羲之蘭亭詩序：「夫人之相與，俯仰一世，或取諸懷抱，悟言一室之内，或因寄所托，放浪形骸之外。」

〔一九〕篆煙：盤香的煙霏。蘇軾宿臨安浄土寺：「閉門群動息，香篆起煙縷。」

〔二〇〕烏欖：范成大桂海虞衡志志果：「烏欖，如橄欖，青黑色，肉爛而甘。」鷄檳：即檳榔，狀如鷄子，本草綱目卷三一「檳榔」條「集解」：「一房數百，實如鷄子狀，皆有皮殻。……今醫家亦不細分，但以作鷄心狀，正穩心不虚，破之作錦文者爲佳爾。嶺南人噉之以當果食，言南方地濕，不食此，無以祛瘴癘也。」

〔二一〕卧遊：欣賞山水圖以代遊覽。宋書宗炳傳：「有疾還江陵，歎曰：『老疾俱至，名山恐難徧睹，唯當澄懷觀道，卧以遊之。』」

雲露　并序

予素不能飲，病又止酒，比得佳釀法，客以雲露名之，取吉雲五露，飲之則老者少、病者除之意也，乃復濡唇，且爲賦詩。

飲少嘗遭大户嗤，病中全是獨醒時。三年魯望自憐賦〔一〕，萬祀淵明真止詩〔二〕。破戒忽傳雲露法，賞心仍把雪梅枝。一杯未問長生事，先冒蛛塵藥裹絲。陸魯望好飲，病甫里三年，作自憐賦，賓至潔壺置觴而已。

【題解】

本詩作於淳熙十三年（一一八六）早春，時在家養病。石湖因病止酒，有客釀雲露酒，乃濡唇飲之，賦本詩志感。

【箋注】

〔一〕「三年」句：魯望，即唐代詩人陸龜蒙，字魯望，蘇州人。自憐賦序云：「余抱病三年於衡泌之下，醫甚庸而氣益盛，藥非良而價倍高。……既貧且病，能無憂乎？憂既盈矣，能無傷乎？人既傷矣，能無奪壽乎？是不蒙五福，偏被六極者也。誰其憐之？」

〔二〕「萬祀」句：陶淵明有止酒詩，云：「始覺止爲善，今朝真止矣。從此一止去，將止扶桑涘。清顔止宿容，奚止千萬祀。」

丙午新年六十一歲，俗謂之元命，作詩自貺

歲復當生次，星臨本命辰〔一〕。四人同丙午〔二〕，初度冉庚寅。長狄名猶記〔三〕，沙隨會若新〔四〕。童心仍竹馬，暮境忽蒲輪〔五〕。鏡裏全成老，尊前略似春。三年歸汶上〔六〕，千日卧漳濱〔七〕。剛長交新泰，陰消脱舊屯〔八〕。網蛛縈藥裹，竇犬吠醫人。窗

下烏皮几，田間紫領巾。鯢淵方止水〔九〕，鯤海任揚塵。波匿觀河面㊀〔一〇〕，維摩示病身。鬔端還一笑，默識幻中真。文潞公詩云〔一一〕：「四人三百十二歲㊁，况是同生丙午年。」僕與今丞相王公、樞使周公、參政錢公皆丙午，又頃皆同朝，故用此事稍的也。

【校記】

㊀ 河面：原作「河見」。富校：「沈注云：『「見」疑「面」之誤。波斯匿王觀河面皺，見楞嚴經。』」按，沈説是，今據改。

㊁ 三百十二：原作「三百七十」。富校：「『三百七十』黄刻本、宋詩鈔作『二百四十』。按當作『三百十二』。」今據改。參見「文潞公詩」注。

【題解】

本詩作於淳熙十三年（一一八六），時在蘇州，因逢元命之年，作本詩以自貺。丙午，即淳熙十三年。元命，古代用干支紀年，凡六十年循環一周，所以六十歲爲一甲子。到六十一歲，再逢生年的干支，便稱爲元命。

【箋注】

〔一〕本命辰：即本命年，白居易七年元日對酒五首其四：「夢得君知否？俱過本命年。」

〔二〕四人同丙午：指王淮、周必大、錢良臣及范成大。他們四人在淳熙五年同朝爲官，且同是丙午年年生。

〔三〕「長狄」句：長狄，春秋時狄族之一支，左傳文公十一年：「十月，甲午，敗狄於鹹，獲長狄僑如。富父終甥舂其喉，以戈殺之。」

〔四〕「沙隨」句：沙隨，春秋時宋地名，左傳成公十六年：「十有六年……秋，公會晉侯、齊侯、衛侯、宋華元、邾人於沙隨。」

〔五〕蒲輪：用蒲草裹車輪，以減小震動，古時徵聘賢士時用之，以示禮敬。漢書武帝紀：「（建元元年）遣使者安車蒲輪，束帛加璧，徵魯申公。」

〔六〕「三年」句：汶上，汶水之北，齊地。論語雍也：「季氏使閔子騫爲費宰，閔子騫曰：『善爲我辭焉！如有復我者，則吾必在汶上焉。』」成大用此故事，指自己已歸鄉三年。

〔七〕「千日」句：王粲贈士孫文始詩：「天降喪亂，靡國不夷。我暨我友，自彼京師。宗守盪失，越用遁違。遷于荆楚，在漳之湄。在漳之湄，亦剋晏處。」石湖借此，指自己已在蘇卧病千日。

〔八〕舊屯：舊時政治上之困厄危難。屯，説文：「屯，難也。」周易屯：「剛柔始交而難生。」劉禹錫子劉子自傳：「重屯累厄，數之奇兮。」

〔九〕鯢淵方止水：列子黄帝：「鯢旋之潘爲淵，止水之潘爲淵。」

〔一〇〕「波匿」句：波匿，即波斯匿王，楞嚴經卷二：「佛言：『我今示汝不生滅性。大王！汝年幾時見恒河水？』王言：『我生三歲，慈母攜我謁耆婆天，經過此流。爾時即知是恒河水。』……佛言：『汝今自傷髮白面皺，其面必定皺於童年，則汝今時觀此恒河，與昔童時觀河之見有童耄不？』王言：『不也，世尊！』佛言：『大王！汝面雖皺，而此見精性未曾皺。皺者爲變。不皺非變，變者受滅，彼不變者元無生滅，云何於中受汝生死，而猶引彼末伽梨等都言此身死後全滅？』」

〔二〕文潞公詩：文潞公，即文彦博，封潞國公。文彦博同甲會詩：「四人三百十二歲，况是同生丙午年。」沈括夢溪筆談卷一五「藝文二」：「文潞公保洛日，年七十八，同時有中散大夫程晌，朝議大夫司馬旦，司封郎中致仕席汝言，皆年七十八，嘗爲同甲會，各賦詩一首。」

丙午人日立春，屈指癸卯孟夏晦得疾，恰千日矣，戲書

百年能有幾春光，只合都將付醉鄉。衰病豁除千日外，尚餘三萬五千場〔一〕。

【題解】

本詩作於淳熙十三年（一一八六）正月初七，時在蘇州。丙午，即淳熙十三年。人日，正月初七。靖康緗素雜記卷四引東方朔占書：「歲後八日，一日鷄，二日犬，三日豕，四日羊，五日牛，六日馬，七日人，八日穀。其日晴，所主之物育。陰則災，雨爲殃。」「屈指癸卯孟夏」，癸卯爲淳熙十

年，自十年孟夏至今，恰爲千日，千日卧病，因戲作本詩自嘆衰病。

【箋注】

〔一〕「尚餘」句：李白襄陽歌：「百年三萬六千日，一日須飲三百杯。」蘇軾滿庭芳蝸角虚名：「百年裏，渾教是醉，三萬六千場。」扣除一千日，故云。

春困二絶

吴俗立春日，兒童以春困相呼，以掉頭不應者爲黠。

綵花生菜又新年〔一〕，節物人情已可憐。不待春來呼我困，四時何日不堪眠？

諸惺庵裏呼春困，特地回頭著耳聽。若解昏昏安穩睡，主翁方始是惺惺。

【題解】

本詩作於淳熙十三年（一一八六）春，時在家養病。

【箋注】

〔一〕「綵花」句：徐崧、張大純百城烟水蘇州：「吴俗最重節物。……元日，飲屠蘇酒，作生菜、春盤、節糕。」

立春大雪，招親友共春盤，坐上作

積雪錮萬瓦，雲容如死灰。豈惟梅柳寒，小槽冰去聲春醅。東風乃多事，仍將六花來。兒女曉翻餅，呵手把一杯。菘甲剪翠羽，韭黄缕金釵〔一〕。齒牙幸牢潔，對案心眼開。華年惜節物，况此霜鬢摧。如何千日病，三見寅杓回〔二〕。旁人不堪憂，我心猶始孩。衰翁豈知道，癡絶忘形骸。化兒任惡劇〔三〕，歡伯有奇懷〔四〕。餘寒會退聽，一笑當安排。

【題解】

本詩作於淳熙十三年（一一八六）立春，時在家養病。立春日大雪，乃招親友共食春盤，坐上賦詩以紀。春盤，杜甫立春：「春日春盤細生菜，忽憶兩京梅發時。」草堂詩箋注云：「摭言：晉李鄂，立春日命以蘆菔、芹芽爲菜盤，相餽貺。四時寶鏡：唐立春日食春餅、生菜，號春盤。」

【箋注】

〔一〕缕：廣韻：「缕，斷物也。」

〔二〕寅杓回：斗柄標寅，即示春回。强至立春：「殘臘新春判此朝，斗寒猶未動寅杓。」

〔三〕化兒：造化小兒，新唐書杜審言傳：「初，審言病甚，宋之問、武平一等省候何如，答曰：

『甚爲造化小兒相苦，尚何言？』」

〔四〕歡伯：酒的別名。焦贛易林坎之兑：「酒爲歡伯，除憂來樂。」楊萬里和仲良春晚即事五首其四：「貧難聘歡伯，病敢跨連錢。」

嚴子文以春雪數作，用「爲瑞不宜多」爲韻，賦詩見寄，次韻

同雲癡不掃，梅柳春到遲。笙歌煖寒會〔一〕，當任主人爲。圍尺庸何傷，袁丈乃非瑞。郢中姑度曲〔二〕，山左已驅癘〔三〕。世無辟寒香〔四〕，誰能不龜手？鄰舍索米歸，衾裯無恙不？貧人寒切骨，無地兼無錐。安知雙綵勝，但寫入春宜。販夫博口食，奈此不售何？無術慰啼號，汝今一身多。

【題解】

本詩作於淳熙十三年（一一八六），時在蘇州。嚴煥因春雪多作，乃用「爲瑞不宜多」爲韻賦詩，寄成大，石湖乃次其韻。

【箋注】

〔一〕笙歌煖寒會：王仁裕開元天寶遺事卷上「掃雪迎賓」條云：「巨豪王元寶，每至冬月大雪之

際，令僕夫自本家坊巷掃雪爲逕路，躬親立於坊巷前，迎揖賓客，就本家具酒炙宴樂之，爲暖寒之會。」

〔二〕郢中姑度曲：文選宋玉對楚王問：「客有歌於郢中者，其始曰下里巴人，國中屬而和者數千人。其爲陽阿薤露，國中屬而和者數百人。其爲陽春白雪，屬而和者不過數十人。引商刻羽，雜以流徵，國中屬而和者，不過數人而已。是其曲彌高，其和彌寡。」

〔三〕山左已驅癘：韓愈柳州羅池廟碑：「驅厲鬼兮山之左。」柳宗元羅池石刻：「羅池北，龍城勝地也。役者得白石，上微辨刻畫云：『龍城柳，神所守。驅厲鬼，山左首。福土氓，制九醜。』」

〔四〕辟寒香：任昉述異記卷上：「辟寒香，丹丹國所出，漢武時入貢，每至大寒，於室焚之，暖氣翕然，自外而入，人皆減衣。」

詠吳中二燈

琉璃毬

龍綜繅冰繭，魚文鏤玉英。雨絲風外㒳，雲網日邊明〔一〕。疊暈重重見，分光面面呈。不深閒裏趣，爭識箇中情？

萬眼羅

弱骨千絲結，輕毬萬錦裝。綵雲籠月魄，寶氣繞星芒。檀點紅嬌小，梅粧粉細香。等閒三夕看，消費一年忙！

【校記】

㈠雲綱：富校：「『綱』黄刻本作『綵』，是。」活字本、叢書堂本、董鈔本、詩淵第二册第一三七八頁均作「雲綱」。「雲綱」與「雨絲」對。

【題解】

本詩作於淳熙十三年（一一八六），時在家養病。卷二三有吴燈兩品最高、上元紀吴中節物俳諧體三十二韻兩詩，均有對吴中琉璃球、萬眼羅二燈的描述，可參看。百城烟水蘇州：「吴俗最重節物。……宋時有萬眼羅、琉璃球，尤妙天下。」

元夕後連陰

問訊東風幾日來，冷煙寒霧鎖池臺。掃空積雪翻成雨，收盡殘燈未見梅〔一〕。夜飲厭厭非老伴，春陰漠漠是愁媒〔二〕。誰能腰鼓催花信，快打涼州百面雷〔三〕。

【題解】

本詩作於淳熙十三年（一一八六）正月，時在家養病。元夕後，連日陰雨，石湖乃賦本詩。

【箋注】

〔一〕「收盡」句：蔡絛鐵圍山叢談卷一：「上元張燈，天下止三日，都邑舊亦然。後都邑獨五夜，相傳謂吴越錢王來朝，進錢若干，買此兩夜，因爲故事。非也。蓋乾德間蜀孟氏初降，正當五年之春正月，太祖以年豐時平，使士民縱樂，詔開封增兩夜，自是始。」孟元老東京夢華録卷六：「至十九日收燈，五夜城闉不禁。」

〔二〕春陰漠漠：韓偓春陰獨酌寄同年虞部李郎中：「春陰漠漠土脈潤，春寒微微風意和。」吴融春歸次金陵：「春陰漠漠覆江城，南國歸橈趁晚程。」

〔三〕「誰能」二句：梅堯臣莫登樓：「腰鼓百面紅臂韝，先打六幺後梁州。」蘇軾惜花：「腰鼓百面如春雷，打徹涼州花自開。」王注引南卓羯鼓録：「玄宗嘗過二月初詰旦，宿雨初晴，景色明麗，小殿内庭，柳杏將吐，睹而歎曰：『對此景物，豈可不與他判斷之乎？』高力士遣取羯鼓。上命臨軒縱擊一曲，名春光好。反顧柳杏，皆已發拆。上笑謂嬪御曰：『此一事，不唤我作天公，可乎？』」

次韻嚴子文見寄

雨雲濃壓屋山頭，詩句端來寫客憂。雷電已將金薤取〔一〕，瓊瑶難報木瓜投〔二〕。無心我正銘三住〔三〕，有意君堪話四休〔四〕。何日尋春同步屧，先教啼鳥説來由。

【題解】

本詩作於淳熙十三年（一一八六），時養病在家。嚴焕寄詩給石湖，乃次其韻答之。

【箋注】

〔一〕「雷電」句：韓愈調張籍：「平生千萬篇，金薤垂琳琅。仙官敕六丁，雷電下取將。」

〔二〕「瓊瑶」句：詩經衛風木瓜：「投我以木瓜，報之以瓊琚。」「投我以木桃，報之以瓊瑶。」

〔三〕「無心」句：程氏遺書卷一：「持國曰：道家有三住，心住則氣住，氣住則神住，此所謂『存三守一』。」宋史藝文志載施肩吾有三住銘。

〔四〕「有意」句：黄庭堅四休居士詩序：「太醫孫君昉，字景初……自號四休居士。山谷問其説，四休笑曰：『粗茶淡飯飽即休，補破遮寒暖即休，三平二滿過即休，不貪不妒老即休。』山谷曰：『此安樂法也。』」

再次韻述懷，約子文見過

灰木心形雪滿頭，鶴鳧長短不悲憂〔一〕。甕畦純白無機械，蒲局梟盧任博投㊀〔二〕。若愛陶陶并兀兀〔三〕，先須莫莫與休休〔四〕。箇中情話誰能共？鷄黍明當挽仲由〔五〕。

【校記】

㊀梟盧：原作「梟盧」。富校：「『梟』黄刻本作『梟』，是。」活字本、叢書堂本、董鈔本均作「梟盧」，今據改。

【題解】

本詩作於淳熙十三年（一一八六），時養病在家。上首次韻子文，本詩再次韻約其來家。

【箋注】

〔一〕「鶴鳧」句：莊子駢拇：「鳧脛雖短，續之則憂；鶴脛雖長，斷之則悲。」

〔二〕「蒲局」句：蒲局，即賭局，指摴蒲戲，簡稱蒲戲。宋書王弘傳：「少時嘗摴蒲公城子野舍，及後當權，有人就弘求縣，辭訴頗切。此人嘗以蒲戲得罪，弘詰之曰：『君得錢會戲，何用禄爲？』答曰：『不審公城子野何在？』弘默然。」「梟盧任博投」，李賀示弟：「何須問牛馬，抛擲任梟盧。」吴正子注：「六博得梟者勝，盧次之，此言流行坎止，一付自然，無所容力，如博者之任梟盧也。」程大昌演繁露卷六：「五子之形，兩頭尖鋭，中間平廣，狀似今之杏仁。……凡一子悉爲兩面，其一面塗黑，黑之上畫牛犢以爲之章；一面塗白，白之上即畫雉。……凡投子者五皆現黑，則其名盧，盧者黑也，言五子皆黑也。五黑皆現，則五犢隨現，從可知矣。此在樗蒱爲最高之采。挼木爲擲，往往叱喝，使致其極，故亦名呼盧也。其次，五子四黑而一白，則是四犢一雉，則其采名雉，用以比盧降一等矣。自此而降，白黑相雜，每每不同，故或名爲梟。」

〔三〕「若愛」句：晉書劉伶傳：「著酒德頌一篇，其辭曰：『先生於是方捧罌承槽，銜杯漱醪，奮髯箕踞，枕麴藉糟，無思無慮，其樂陶陶。』」兀兀，古尊宿語録卷二三：「兀兀隨緣任浮沉，不拘春夏及秋冬。」

〔四〕「先須」句：莫莫，揚雄甘泉賦：「炕浮柱之飛榱兮，神莫莫而扶傾。」休休，尚書秦誓：「其心休休焉，其如有容。」鄭康成曰：「休休，寬容也。」

〔五〕「鷄黍」句：仲由，即子路，孔子弟子。論語微子：「（丈人）止子路宿，殺鷄爲黍而食之，見其二子焉。明日，子路行，以告。子曰：『隱者也。』」

寄題郫縣蘧仙觀四楠 蘧仙手植，嘗有丹光現其杪。

沉犀浦上舊仙蹤，老木長春翠掃空。敢請丹光來萬里，爲扶雲嶠駕飛鴻。

【題解】

本詩作於淳熙十三年（一一八六），時在蘇州，爲郫縣蘧仙觀四楠題詩，寄之。郫縣，成都府屬縣，王存元豐九域志卷七成都府有郫縣：「熙寧五年，省犀浦縣爲鎮，入郫。」蘧仙觀四楠，沈注卷下注引老學庵筆記。按，渭南文集卷一八成都犀浦國寧觀古楠記：「予在成都，嘗以事至沉犀，過國寧觀，有古楠四，皆千歲木也。枝擾雲漢，聲挾風雨，根入地不知幾百尺，而陰之所庇，車且百輛。正晝，日不穿漏；夏五六月，暑氣不至，凜如九秋。成都固多壽木，然莫與四楠比者。予蓋愛而不能去者彌日。有石刻立廡下，曰是仙人蘧君手植。」蘧仙觀，即國寧觀。

春來風雨，無一日好晴，因賦瓶花二絶

滿插瓶花罷出遊，莫將攀折爲花愁。不知燭照香薰看，何似風吹雨打休？

酒冷花寒無好懷，柴荆終日爲誰開？三分春色三分雨，疋似東風本不來〔一〕！

【題解】

本詩作於淳熙十三年（一一八六）春，時在蘇州。

【箋注】

〔一〕疋似：即匹似，張相詩詞曲語辭匯釋卷二「匹似」：「匹似，猶譬如也。」楊萬里郡圃杏花：

『海棠穠艷梅花淡，匹似渠儂別樣奇。』」

寄題永新張教授無盡藏

古來誰道四并難，對境心空著處安。要識見聞無盡藏〔一〕，先除夢幻有爲觀。削平丘垤孤峰峻，撤去籓籬萬象寬。快誦老坡秋望賦〔二〕，大千風月一毫端。

【題解】

本詩作於淳熙十三年（一一八六），時在蘇養病。張綱有堂名無盡藏，石湖寄詩題之。永新張教授，即張綱（一一三四—一二〇一），字德堅，一字紹祖，永新人，淳熙八年辛丑進士。歷官静江府司户、廣州右司理參軍、常德府教授、永平（湖南靖縣）知縣、福州通判兼西外宗正丞。知郴州，未及赴任而卒。張綱曾參范成大廣右帥府幕，與石湖交密，故寄詩題其無盡藏堂。周必大郴州張使君墓誌銘（平園續稿卷三四）：「君仕桂林，帥范文穆公文章政事高一世，待以上客。靈川有殺人獄，歲久户壞不承，君指顱髻下重傷，一問伏辜，闔府神之。……積官朝奉大夫，遲次於鄉，日與親賓享山水園林之樂。藏書逾萬卷。平居事賢友仁，尤爲范文穆公所知。」無盡藏，張綱在永新縣居處之堂名，楊萬里無盡藏記（誠齋集卷七二）：「永新縣東郭外不十里，曰横江，張司理德堅居之。近無邑喧，遠不林荒，乃築山園，以郛萬象。剗壤爲沚，實以芙蕖；布礫爲徑，夾以海棠；

爲亭爲軒，以憩以臨。園成，與吾友劉景明遊焉。德堅若不滿意者，顧曰：『是非不佳，然人爲，非天造也。』乃與景明竹杖芒屨，循海棠徑北行百許步，至禾江之濱，德堅却立曰：『止，吾得佳處矣！』蓋江水西來，渺然若從天流出，至是分爲兩，中躍出一洲，如横緑琴，味昂尻庳，美竹異樹，不蓺而蔚。水流乎洲之南北涯，若裂碧玉釵股，勢若競鶩，聲若相應，若將胥命而會於洲之下。覽觀未竟，雲起禾山，意欲急雨，有風東來，吹而散之，不見膚寸。義山之背，忽白光燭天，若有推挽一玉盤疾馳而上山之巔者，蓋月已出矣。景明賀曰：『惟江上之清風，與山間之明月，耳得之而爲聲，目遇之而成色，取之無禁，用之不竭，是造物者之無盡藏也。東坡嘗爲造物守是藏矣，自坡仙去，夜半有力者竊藏以逃，嘗試與子追亡收逋，而貯儲於斯乎？』德堅乃作堂於其處，而題曰『無盡藏』云。」

【箋注】

〔一〕無盡藏：蘇軾前赤壁賦：「取之無禁，用之不竭，是造物者之無盡藏也。」

〔二〕「快誦」句：老坡，指蘇東坡。秋望賦，指蘇軾赤壁賦。

寄題莫氏椿桂堂　莫氏五子皆登科，居崇德縣。

君不見衣冠盛事今猶昔，前説燕山後崇德。聯翩五組帶天香，世上籯金賤如礫。

他年詩禮到雲來，日日高堂稱壽杯。桂長孫枝椿不老，却比竇家應更好。

【題解】

本詩作於淳熙十三年（一一八六），時在蘇養病。應莫氏兄弟之請，爲題椿桂堂，作本詩寄之。莫氏椿桂堂，于北山范成大年譜引石門縣志卷十古蹟：「椿桂堂，靳志：『在縣西。宋邑人莫元忠五兄弟奉親力學，俱登第。監丞周必正扁其堂。』至元志：『建炎初，莫琮避地是邑，因家焉。有子五人，俱登儒科，迎侍禄養，縉紳榮之。邑宰朱軧即所居立五桂坊。家有椿桂堂，士大夫多賦詩。』謝諤椿桂堂記：『范文正叙燕山竇氏，中有「一椿五桂」之句，自後繼之者未易。惟今秀州崇德縣莫氏可儷其美。蓋通直郎致仕、累贈中大夫以儒行起家，試集英殿，名列官簿。其嘉耦臨安縣袁氏，累封太令人，康寧在堂，年方八十一。親生五子，俱登進士科：長曰元忠，字子直，（乾道）壬辰黄榜，見待次池州通判；次曰若晦，字子明，（紹興）庚辰梁榜，見知袁州；次曰似之，字子欽，（淳熙）甲辰衛榜，見任丹徒尉；次曰若拙，字子才，（淳熙）辛丑上舍黄榜，見任真州教授；次曰若冲，字子謙，（淳熙）乙未詹榜，見待次湖州安吉知縣。大抵爲人所不能爲，賢罕見爲奇，壽高爲福。……中大夫諱琮，字叔方。其家自錢唐遷於秀。』」崇德縣，在秀州，王存元豐九域志卷五兩浙路秀州有崇德縣。

春晚即事，留游子明、王仲顯

繡地紅千點，平橋緑一篙。楝花來石首，穀雨熟櫻桃。笑我生塵甑，慚君有意袍〔一〕。故人能少駐，門徑久蓬蒿。

【題解】

本詩作於淳熙十三年（一一八六）晚春，時在家養病，游次公、王光祖來訪，石湖賦此。

【箋注】

〔一〕有意袍：用「綈袍情」故事。史記范雎蔡澤列傳載，戰國時，須賈見范雎穿破衣，送綈袍一件。後代文人常用爲不忘故舊之典，蘇軾用舊韵送魯元翰知洺州：「惟君綈袍信，到我雀羅門。」

留游子明

得得跫音喜，怱怱笑口開。牢愁攻易破，歸夢挽難迴。我已疎茶椀，君今減酒杯。不知乘興棹，更得幾回來？

【題解】

本詩作於淳熙十三年（一一八六），時養病在家。

初夏三絶，呈游子明、王仲顯

東君不解惜芳菲，料峭寒中一夢非。剪盡牡丹梅子綻，何須風雨送春歸？

一簾芳樹緑葱葱，胡蝶飛來覓綺叢。雪白荼蘼紅寶相〔一〕，尚攜春色見薰風。

送春迎夏未聞雷，日日斜風細雨來。不是故人能裹飯，柴門雖設爲誰開？

【題解】

本組詩作於淳熙十三年（一一八六）初夏，時在家養病。初夏，觸景生情，成詩三首寄呈游次公、王光祖。

【箋注】

〔一〕紅寶相：花名，薔薇花的一種，參見卷一七寶相花「題解」。

送王仲顯赴瓊筦

三徑蓬蒿春雨肥，微君誰與開柴扉？電光射牛書過目〔一〕，虹氣干斗酒淋衣。十年五別歲月老〔二〕，一方萬里音塵稀。誰云滄海斷地脈，莫信天南無雁飛。

【題解】

本詩作於淳熙十三年（一一八六），時在蘇州。王光祖將赴知瓊州任，來蘇尋訪，因作本詩送之。王仲顯，即王光祖。瓊筦，即瓊州。王存元豐九域志卷九廣南路瓊州，瓊山郡，治瓊山縣。清江縣志卷八人物志孝友：「王光祖，字仲顯。……丁内艱，服闋，擢知瓊州。」彭龜年送王仲顯赴瓊州：「瓊山太守行赤帷，父老出餞相扶攜。」

【箋注】

〔一〕「電光」句：晉書王戎傳：「戎幼而穎悟，神采秀徹，視日不眩，裴楷見而目之曰：『戎眼爛爛，如巖下電。』」射牛，射牛斗之省稱，晉書張華傳：「初，吴之未滅也，斗牛之間常有紫氣，道術者皆以吴方强盛，未可圖也，惟華以爲不然。及吴平之後，紫氣愈明。華聞豫章人雷焕妙達緯象，乃要焕宿，屏人曰：『可共尋天文，知將來吉凶。』因登樓仰觀。焕曰：『僕察之久矣，惟斗牛之間頗有異氣。』華曰：『是何祥也？』焕曰：『寶劍之精，上徹於天耳。』」

〔二〕十年五別：淳熙二年，成大自桂林赴成都帥途中，於清湘驛與王光祖分別；淳熙九年，成大在知建康府任上，王光祖來訪，分別時爲題其讀書樓；本年，與游次公同訪石湖，別之；本年在蘇州送王光祖赴知瓊州任；還有一次，俟考。此云「十年」，乃是約數。

梅雨五絶

梅雨暫收斜照明，去年無此一日晴。忽思城東黄篾舫，卧聽打鼓踏車聲。

乙酉甲申雷雨驚〔一〕，乘除却賀芒種晴〔二〕。插秧先插蚤秈稻，少忍數旬蒸米成。吳農忌五月甲申、乙酉雨，雨則大水，諺云：「甲申猶自可，乙酉怕殺我！」

風聲不多雨聲多，洶洶曉衾聞浪波。恰似秋眠隱静寺，玉霄泉從牀下過。繁昌隱静寺方丈〔三〕，山後玉霄泉自板閣下過，最爲佳致。

千山雲深甲子雨，十日地濕東南風。静裏壺天人不到，火輪飛出默存中。道家東向坐，想日出以煉氣。

雨霽雲開池面光，三年魚苗如許長。小荷拳拳可包鮓，晚日照盤風露香。

【題解】

本組詩作於淳熙十三年（一一八六），時在蘇州，因梅雨天，賦五首絶句，描寫梅雨景象。陳善捫虱新話：「江、湖二浙，四五月間梅欲黄而雨，謂之梅雨。」

【箋注】

〔一〕「乙酉」句：吴地農民忌五月甲申、乙酉日雨。此習俗陸友仁吴中舊事亦有載。

〔二〕「乘除」句：孔平仲孔氏談苑卷二：「江南民言……芒種雨，百姓苦。」

〔三〕繁昌隱静寺：輿地紀勝卷一八太平州：「隱静山在繁昌縣東南七十里。」李白有送通禪師還南陵隱静寺，王琦注引太平府志云：「隱靜寺，在繁昌縣東南二十里。」

芒種後積雨驟冷三絶

一庵濕蟄似龜藏，深夏暄寒未可當〔一〕。昨日蒙絺今挾纊，莫嗔門外有炎涼。

梅黄時節怯衣單，五月江吴麥秀寒。香篆吐雲生煖熱，從教窗外雨漫漫。

梅霖傾瀉九河翻，百瀆交流海面寬。良苦吴農田下濕，年年披絮插秧寒。崑山農人，梅雨時著氊絮以耘秧，歲以爲常。

【校記】

〔一〕當：原作「常」。富校：「『常』黄刻本作『當』，是。」今據改。

【題解】

本組詩作於淳熙十三年（一一八六）五月，時養病在家。芒種節後積雨天寒，感而賦詩。

東宮壽詩

再造炎圖撫太寧，龍樓毓德會千齡〔一〕。三宮疊矩深邦本，兩曜重光炳帝庭。自古東明陪出日，祇今南極是前星。鈞天歲歲家人禮，長對瑶階第四蓂〔二〕。

並世勳華照古今，朱明綵服侍尊臨。邦家大慶重親養，社稷元良萬國心。菊露壺觴秋色正，桂風殿閣月香深。欲知天序無疆處，銅律聲中治世音。

【題解】

本詩作於淳熙十三年（一一八六）九月，時在家養病。

【箋注】

〔一〕龍樓：漢太子宮門名，後泛指太子所居之宮。漢書成帝紀：「元帝即位，帝爲太子，壯好經書，寬博謹慎。初居桂宮，上嘗急召，太子出龍樓門，不敢絶馳道。」注：「張晏曰：門樓上有銅龍，若白鶴、飛廉之爲名也。」

〔二〕蓂：即蓂莢，古代傳説的瑞草名。竹書紀年卷上：「有草夾階而生，月朔始生一莢，月半而生十五莢；十六日以後，日落一莢，及晦而盡；月小，則一莢焦而不落。名曰蓂莢，一曰歷莢。」

寄題漢中新作南樓二首

我作籌邊倚半霄，西山雲雪照弓刀。如今且説南樓勝，應共漢壇相對高〔一〕。

甲子周天事好還，關河響動劍光寒。秦川草木多如薺，時倚樓闌直北看。

【題解】

本詩作於淳熙十三年（一一八六），時在家養病。

【箋注】

〔一〕漢壇：漢書高祖紀：「於是漢王齋戒，設壇場，拜信爲大將軍，問以計策。」

次韻李子永見訪二首

混俗休超俗，居家似出家。有爲皆影事，無念即生涯〔一〕。莫覓安心法，翻成揑目花〔二〕。作糜須穀粟，千劫漫炊砂〔三〕。

有意能停棹，多情易憶家。清詩穿月脇〔四〕，遠夢繞天涯。雨蝶衣濡粉，秋蚊喙吐花〔五〕。新涼宜小駐，談笑有丹砂。

【題解】

本詩作於淳熙十三年（一一八六），時在蘇州。李子永，即李泳。

【箋注】

〔一〕無念：佛家語，言無有妄念，即正念之異名。宗鏡録卷八：「正念者，無念而知。若總無知，何成正念。」頓悟入道要門論卷上：「問：此頓悟門，以何爲宗？以何爲旨？以何爲體？以何爲用？答：無念爲宗，妄心不起爲旨，以清静爲體，以智爲用。問：既言無念爲宗，未審無念者無何念？答：無念者，無邪念，非無正念。」

〔二〕捏目花：佛家語，捏目見花的意思。五燈會元卷三章敬懷暉禪師：「至理亡言，時人不悉。强習他事，以爲功能。不知自性元非塵境，是箇微妙大解脱門。所有鑒覺，不染不礙，如是光明，未曾休廢。曩劫至今，固無變易。猶如日輪，遠近斯照。雖及衆色，不與一切和合。靈燭妙明，非假鍛錬。爲不了故，取於物象。但如捏目，妄起空華，徒自疲勞，枉經劫數。若能返照，無第二人。」

〔三〕「千劫」句：沈注卷下引楞嚴經：「若不斷淫，修禪定者，如蒸砂石，欲其成飯，經千百劫，祇名熱砂。」用沈欽韓説。

〔四〕穿月脇：皇甫湜唐故著作佐郎顧況集序：「偏於逸歌長句，駿發踔厲，往往若穿天心、出月脇，意外驚人語，非尋常所能及，最爲快也。」

〔五〕「秋蚊」句：秋後蚊喙破，故曰「吐花」。沈注卷下：羅願爾雅翼：「蚊秋後吻輒破，不能螫。或云：更慘於未破時。今驗之，羅後説是也。詩謂吐花，即是破吻。」

自詠瘦悴

皮下多無肉，秋來瘦不禁。骨稜春焙銙，筋蹙海山沉。蟣蝨從何有，蚊蠅枉見侵。惟餘老筇杖，相伴兩虚心。

【題解】

本詩作於淳熙十三年（一一八六），時養病在家。

石湖居士詩集卷二十七

四時田園雜興六十首 并引

淳熙丙午，沉疴少紓，復至石湖舊隱，野外即事，輒書一絶，終歲得六十篇，號四時田園雜興。

柳花深巷午鷄聲，桑葉尖新緑未成。坐睡覺來無一事，滿窗晴日看蠶生〔一〕。

土膏欲動雨頻催〔二〕，萬草千花一餉開。舍後荒畦猶緑秀，鄰家鞭笋過牆來〔三〕。

高田二麥接山青，傍水低田緑未耕。桃杏滿村春似錦，踏歌椎鼓過清明〔四〕。

老盆初熟杜茅柴〔五〕，攜向田頭祭社來。巫媼莫嫌滋味薄，旗亭官酒更多灰〔六〕。

社下燒錢鼓似雷，日斜扶得醉翁回。青枝滿地花狼藉，知是兒孫鬭草來〔七〕。

騎吹東來里巷喧，行春車馬鬧如煙。繫牛莫礙門前路，移繫門西碌碡邊〔八〕。

寒食花枝插滿頭〔九〕，蒨裙青袂幾扁舟。一年一度遊山寺，不上靈巖即虎丘。

郭裏人家拜掃回〔一〇〕，新開醪酒薦青梅。日長路好城門近，借我茅亭煖一杯。

步屧尋春有好懷，雨餘蹄道水如杯。隨人黄犬攙前去，走到溪邊忽自迴。

種園得果廑償勞，不奈兒童鳥雀搔。已插棘針樊筍徑，更鋪漁網蓋櫻桃〔一一〕。

吉日初開種稻包〔一二〕，南山雷動雨連宵。今年不欠秧田水，新漲看看拍小橋。

桑下春蔬緑滿畦，菘心青嫩芥薹肥〔一三〕。溪頭洗擇店頭賣，日暮裏鹽沽酒歸。

右春日田園雜興十二絶

紫青蓴菜卷荷香〔一四〕，玉雪芹芽拔薤長。自擷溪毛充晚供〔一五〕，短篷風雨宿横塘。

湖蓮舊蕩藕新翻，小小荷錢没漲痕〔一六〕。斟酌梅天風浪緊，更從外水種蘆根。

胡蝶雙雙入菜花，日長無客到田家。鷄飛過籬犬吠竇，知有行商來買茶〔一七〕。

湔裙水滿緑蘋洲，上巳微寒懶出遊〔一八〕。薄暮蛙聲連曉鬧，今年田稻十分秋〔一九〕。

吴下以上巳蛙鳴，則知無水災。

新緑園林曉氣涼，晨炊蚤出看移秧。百花飄盡桑麻小，夾路風來阿魏香〔二〇〕。

三旬蠶忌閉門中〔二一〕，鄰曲都無步往蹤。猶是曉晴風露下，采桑時節暫相逢。

污萊一棱水周圍〔二二〕，歲歲蝸廬没半扉。不着茭青難護岸㊀〔二三〕，小舟撑取葑田歸〔二四〕。

茅針香軟漸包茸，蓬櫑甘酸半染紅。采采歸來兒女笑，杖頭高挂小筠籠。

穀雨如絲復似塵〔二五〕，煮瓶浮蠟正嘗新。牡丹破萼櫻桃熟，未許飛花减却春〔二六〕。

雨後山家起較遲，天窗曉色半熹微。老翁欹枕聽鶯囀，童子開門放燕飛。

海雨江風浪作堆，時新魚菜逐春回。荻芽抽筍河魨上〔二七〕，楝子開花石首來〔二八〕。

烏鳥投林過客稀，前山煙暝到柴扉。小童一棹舟如葉，獨自編闌鴨陣歸。

右晚春田園雜興十二絶

梅子金黄杏子肥，麥花雪白菜花稀。日長籬落無人過，惟有蜻蜓蛺蝶飛〔二九〕。

五月江吴麥秀寒〔三〇〕，移秧披絮尚衣單。稻根科斗行如塊〔三一〕，田水今年一尺寬。

二麥俱秋斗百錢，田家唤作小豐年。餅爐飯甑無飢色，接到西風熟稻天。

百沸繰湯雪涌波，繰車嘈囋雨鳴蓑。桑姑盆手交相賀，綿繭無多絲繭多〔三二〕。

小婦連宵上絹機，大耆催税急於飛。今年幸甚蠶桑熟，留得黄絲織夏衣。

下田戽水出江流，高壠翻江逆上溝。地勢不齊人力盡，丁男長在踏車頭〔三三〕。

晝出耘田夜績麻〔三四〕，村莊兒女各當家。童孫未解供耕織，也傍桑陰學種瓜。

槐葉初匀日氣凉，葱葱鼠耳翠成雙〔三五〕。三公只得三株看〔三六〕，閒客清陰滿北窗！

黄塵行客汗如漿，少住儂家漱井香。借與門前磐石坐，柳陰亭午正風凉。

千頃芙蕖放棹嬉，花深迷路晚忘歸。家人暗識船行處，時有驚忙小鴨飛〔三七〕。

采菱辛苦廢犂鉏，血指流丹鬼質枯。無力買田聊種水，近來湖面亦收租〔三八〕！

蜩螗千萬沸斜陽，蛙黽無邊聒夜長。不把癡聾相對治，夢魂争得到藜牀？

右夏日田園雜興十二絶

杞菊垂珠滴露紅，兩蛩相應語莎叢。蟲絲罥盡黄葵葉，寂歷高花側晚風。

朱門巧夕沸歡聲㊁，田舍黄昏静掩扃〔三九〕。男解牽牛女能織，不須徼福渡河星。

橘蠹如蠶入化機，枝間垂繭似蓑衣。忽然蜕作多花蝶，翅粉纔乾便學飛。

静看簷蛛結網低，無端妨礙小蟲飛。蜻蜓倒挂蜂兒窘，催唤山童爲解圍。

垂成穡事苦艱難，忌雨嫌風更怯寒。牋訴天公休掠剩，半償私債半輸官。

秋來只怕雨垂垂，甲子無雲萬事宜〔四〇〕。穫稻畢工隨曬穀〔四一〕，直須晴到入倉時。

中秋全景屬潛夫㊂，棹入空明看太湖。身外水天銀一色，城中有此月明無？

新築場泥鏡面平，家家打稻趁霜晴。笑歌聲裏輕雷動，一夜連枷響到明〔四二〕。

租船滿載候開倉，粒粒如珠白似霜。不惜兩鍾輸一斛〔四三〕，尚贏糠覈飽兒郎。

菽粟瓶罌貯滿家，天教將醉作生涯。不知新滴堪篘未？今歲重陽有菊花。

細擣棖虀買鱠魚，西風吹上四腮鱸。雪鬆酥膩千絲縷，除却松江到處無〔四四〕。
新霜徹曉報秋深，染盡青林作纈林〔四五〕。惟有橘園風景異，碧叢叢裏萬黄金〔四六〕。

右秋日田園雜興十二絶

斜日低山片月高，睡餘行藥繞江郊。霜風掃盡千林葉〔四一〕，閒倚筇枝數鸛巢。
炙背檐前日似烘，煖醺醺後困蒙蒙。過門走馬何官職？側帽籠鞭戰北風！
屋上添高一把茅，密泥房壁似僧寮。從教屋外陰風吼，卧聽籬頭響玉簫。
松節然膏當燭籠，凝煙如墨暗房櫳。晚來拭淨南窗紙，便覺斜陽一倍紅。
乾高寅缺築牛宫，巵酒豚蹄酹土公。牯牸無瘟犢兒長，明年添種越城東〔四七〕。
放船閒看雪山晴，風定奇寒晚更凝。坐聽一篙珠玉碎，不知湖面已成冰！
撥雪挑來踏地菘，味如蜜藕更肥醲。朱門肉食無風味，只作尋常菜把供。
榾柮無煙雪夜長，地爐煨酒煖如湯。莫嗔老婦無盤飣，笑指灰中芋栗香。
煮酒春前臘後蒸〔四八〕，一年長饗甕頭清。廛居何似山居樂，秫米新來禁入城。
黄紙蠲租白紙催〔四九〕，皂衣旁午下鄉來。長官頭腦冬烘甚，乞汝青錢買酒迴〔五〇〕。
探梅公子款柴門，枝北枝南總未春。忽見小桃紅似錦，却疑儂是武陵人。
村巷冬年見俗情，鄰翁講禮拜柴荆。長衫布縷如霜雪，云是家機自織成。

右冬日田園雜興十二絶

【校記】

㈠不着：原作「不看」，富校：「『看』黄刻本作『着』，是。」叢書堂本、董鈔本亦作「不着」，今據改。

㈡巧夕：富校：「『巧夕』宋詩鈔作『乞巧』。」

㈢全景：富校：「『全』宋詩鈔作『晴』，是。」活字本、叢書堂本、董鈔本均作「全景」。

㈣掃盡：原作「擣盡」，富校：「『擣』黄刻本、宋詩鈔作『掃』，是。」活字本、叢書堂本、董鈔本均作「掃盡」，今據改。

【題解】

本詩寫成於淳熙十三年（一一八六），序云「淳熙丙午」，即淳熙十三年，石湖時年六十一歲，在蘇州閑居。按，我國田園詩，昉自詩經豳風七月。晉代陶淵明解印歸田，寫出不少優秀的田園詩。有唐一代，王維、儲光羲、柳宗元，均堪稱田園詩名家。石湖四時田園雜興六十首組詩，全面描繪吴地農村四時朝暮景物、陰晴雨雪氣候之變化，寫出吴地風土人情、節日習俗；全面表現男女老幼熟稔、喜愛農桑勞動，寫出他們豐收後之喜悦，歉歲時之愁苦；既寫出了農家幸福的田園生活，又寫出了農民受剥削之艱辛。這一組詩，是江南農村之風景畫，水鄉農夫之耕織畫，也是吴地人民之風俗畫。論家以爲石湖詩風淳樸、自然、清新、明麗，於陶、柳冲淡曠逸，王、儲閑静淡逸之外，别開蹊徑，信然。石湖此詩，詩論家多所論及。方岳深雪偶談：「范石湖田園雜詩，驗物切近，但句律太憑力氣，於唐人之藩，尚窘步焉。」周伯琦跋范成大行書四時田園雜興詩石刻：「公以文學知遇思陵、阜陵，遂登執政。此詩蓋謝事後所作，曲盡吴中郊居風土民俗，不惟詞語膾炙人口；而筆墨標韻，步驟蘇黄之下，使人健羨。」宋長白柳亭詩話卷二二田園：「范石湖四時田園雜興詩於陶、柳、王、儲之外，別設樊籬。王載南評曰：『纖悉畢登，鄙俚盡録，曲盡田家况味。』知言哉！」石湖田園詩創作，影響很廣，後代仿作者甚多。宋人毛珝吾竹小稿有吴門田家十詠。蕭澥有江上冬日效石湖田園雜詠體。梁相、楊本然、陳希聲、陳堯道等均有春日田園雜興詩，見月泉吟社。

【箋注】

〔一〕滿窗晴日看蠶生：徐光啓農政全書卷三一引博聞録：「用地桑葉，細切如絲髮，摻淨紙上，却以蠶種覆於上，其子聞香自下，切不可以鵝翎掃撥。」引務本新書：「農家下蟻，多用桃杖番連敲打。蟻下之後，却掃聚，以紙包裹，秤見分兩，布在箔上。」

〔二〕土膏欲動：國語周語：「陽氣俱蒸，土膏其動。」

〔三〕鄰家鞭笋過牆來：竹笋在地下生長，不以圍墻爲限。齊民要術卷五：「竹性愛向西南引，故於園東北角種之，數歲之後，自當滿園。諺云：『東家種竹，西家治地。』爲滋蔓而來生也。」

〔四〕踏歌：唐宋人一邊唱歌，一邊用脚踏地以作節拍。李白贈汪倫：「李白乘舟將欲行，忽聞岸上踏歌聲。桃花潭水深千尺，不及汪倫送我情。」胡震亨注：「踏歌者，連手而歌，踏地以爲節也。」

〔五〕杜茅柴：吴地冬釀酒之别名。顧禄清嘉録卷一〇：「鄉田人家，以草藥釀酒，謂之冬釀酒，有秋露白、杜茅柴、靠壁清、竹葉清諸名。十月造者，名十月白。以白麵造麯，用泉水浸白米釀成者，名三白酒。其釀而未煮，旋即可飲者，名生泔酒。」

〔六〕官酒：宋史食貨志：「宋榷酤之法，諸州城内皆置務釀酒，縣鎮鄉閭或許民釀而定其歲課。若有遺利，所在多請官酤。」

〔七〕鬭草：吴地春日有鬭草之遊戲。袁景瀾吴郡歲華紀麗卷三「鬭草」云：「荆楚歲時紀：『三月三日，四民踏百草。』今人因有鬭百草之戲。鄭谷詩云：『何如鬭百草，賭取鳳皇釵。』」引范成大田園雜興詩，下注：「田汝成熙朝樂事：『春日婦女喜爲鬭草之戲。』」

〔八〕「騎吹」四句：陳衍宋詩精華録卷三：「此首置之誠齋集中，無能辨者。」行春，後漢書鄭弘傳：「弘少爲鄉嗇夫，太守第五倫行春，見而深奇之，召署督郵，與孝廉。」李賢注：「太守常以春行所主縣，勸人農桑，振救乏絶。」錢起送張員外出牧岳州：「臺上鴛鸞争送遠，岳陽雲樹待行春。」袁景瀾吴郡歲華紀麗卷一「正月」：「行春，吴中自昔繁盛，俗尚奢靡，競節物，好遨遊，行樂及時，終歲殆無虚日，而開春令典，首數行春，即占迎春禮也。」「先立春一日，郡守率僚屬迎春東郊嘐門外柳仙堂。鳴騶清路，盛設羽儀，旂幟前導，次列社夥、田家樂，次勾芒神，次春牛臺。巨室垂簾門外，婦女華粧坐觀，比户啖春餅、春餻，競看土牛集護龍街，駢肩如堵，争手摸春牛，謂占新歲利市。」碌碡，農具，徐光啓農政全書卷二一：「磟碡，又作䃙碡，陸龜蒙耒耜經云：耙而後，有磟碡焉，有礰礋焉。自爬至礰礋，皆有齒，磟碡，觚稜，而咸以木爲之，堅而重者良。余謂磟碡，字皆從石，恐本用石也。」

〔九〕寒食花枝插滿頭：唐宋時代，掃墓在寒食節，吳俗亦然，婦女有簪薺菜花、插柳枝的風俗。唐玄宗許士庶寒食上墓詔敕曰：「寒食上墓，禮經無文，近代相傳，浸以成俗。士庶有不合廟享，何以用展孝思？宜許上墓拜掃，申禮於塋。」李匡乂資暇録卷中：「寒食拜掃，按開元禮第七十八云：昔者宗子去在他國，庶子無廟，孔子許望墓爲壇，以時祭祀。今之上墓，或有憑矣。」袁學瀾吳郡歲華紀麗卷三「寒食上冢」云：「吳俗，清明前後出祭祖先墳墓，俗稱上墳。大家男女，炫照靚粧，樓船宴飲，合隊而出，笑語喧嘩，尋常宅眷，淡粧素服，亦泛舟具饌以往。」顧禄清嘉録卷三「野菜花」云：「或婦女簪髻上，以祈清目，俗號亮眼花。」「吳自牧夢粱録謂『清明以柳條插門，名曰明眼』。與吾鄉三日戴薺花之俗，取意略同。」又，「戴楊柳球」云：「婦女結楊柳球戴鬢畔，云紅顔不老。」吳縣志亦載「清明日，人帶柳圈」。

〔一〇〕郭裏人家拜掃回：吳俗，上墳拜掃後，隨即飲酒玩樂，盡興而歸。袁景瀾吳郡歲華紀麗卷三「寒食上冢」云：「拜掃哭罷，不歸也，必就其路之遠近，趨芳樹，擇園圃，游庵堂、寺院及舊家亭榭，列座盡醉，杯盤酬勸。踏青拾翠，有歌者，哭笑無端，哀往而樂回，以盡一日之歡。」

〔一一〕「種園」四句：姜南蓉塘詩話卷一四：「予家多種竹，春時笋初萌，儿童不知，則踐踏殞折，必先編籬以護之。又櫻桃至暮春熟，苦有鳥雀之損，於是張魚網以驅之。因讀范石湖田園雜興，知古人已如此矣。詩云：『（略。）』其『儹勞』一語，又曲盡田家之情也。」袁景瀾吴郡歲華紀麗卷四「櫻筍厨」云：「吴中諸笋，以毛竹笋爲最，味厚而肥鮮。」「吴中所産有四種：朱櫻、紫櫻、蠟珠、纓珠。而朱、紫二種，尤爲珍重。山家當熟時，必蓋以漁網，防鳥啄食。陸魯望詩『魚網蓋櫻桃』是也。」

〔二〕吉日初開種稻包：詩寫農家浸稻種事。徐光啓農政全書卷二五引齊民要術種稻法曰：「淘浄種子，（浮者不去，秋則生稗。玄扈先生曰：凡種子，皆宜淘去浮者。穀浮者秕，果浮者油也。）漬經三宿，漉出，内草篅（判竹圌以盛穀）中裛之。復經三宿，芽生長二分，一畝三升擲。三日之中，令人驅鳥。」袁學瀾吴郡歲華紀麗卷四「浸種」云：「布穀鳴時，農功興作。水添瓜蔓，沚泛新萍。吴農於是揀擇穀種，取粒長色紅者，名曰紅斑，棄之不用，揀其實粒色白者，每畝以一斗，用蒲包之，繩縛之，陂塘浸之，或瓦盎盛之，晝浸夜收，凡數日，自五六日以至七八日，名曰浸種。芽茁二三分，候天晴明，撒布田間，蓋以稻稭灰。農書云：以雪水浸種，則倍收，且不生蟲。早稻種浸以清明，晚稻種浸以穀雨。」

〔三〕菘心青嫩芥薹肥：菘，菘菜；芥，芥葙，一名水蘇；薹，蕓薹，均爲蔬菜。徐光啓農政全書卷二八引齊民要術：「種芥子及蜀芥、蕓薹，取子者，皆二三月，好雨擇時種。」

〔四〕紫青蓴菜：蓴菜，亦作「蒓菜」，莖葉紫青。范成大吴郡志卷三〇「土物下」：「蒓，味香滑，尤宜芼魚羹。」

〔一五〕溪毛：溪边野菜。左傳隱公三年：「苟有明信，澗溪沼沚之毛……可薦於鬼神，可羞於王公。」杜預注：「溪，亦澗也。毛，草也。」

〔一六〕荷錢：荷葉初生圓如錢。杜甫絶句漫興九首其七：「點溪荷葉疊青錢。」趙長卿朝中措首夏：「荷錢浮翠點前溪。」

〔一七〕行商：往來販賣的商人，與坐賈相對而言。卷五題南塘客舍：「君看坐賈行商輩，誰復從容唱渭城？」

〔一八〕「湔裙」二句：描寫吴地上巳日修禊情景。袁景瀾吴郡歲華紀麗卷三「上巳修禊」云：「江南山平水遠，輿騎便於遊。節届重三，山塘波渌，白堤士女，競出尋芳，集池亭流觴曲水，效修禊故事。」周密癸辛雜志續集下「十干紀節」云：「或云上巳當作十干之己，蓋古人用日例以十干，如上辛、上戊之類，無用支者，若首午尾卯，則上旬無巳矣。故王季夷嵋上已詞云『曲水湔裙三月二』，此其證也。」

〔一九〕「薄暮」二句：描寫吴俗以蛙聲卜晴雨。袁景瀾吴郡歲華紀麗卷三「卜蛙聲」云：「唐人詩云：『田家無五行，水旱卜蛙聲。』農民每於三月三日，聽蛙聲鳴於午前，則高田熟；鳴於午後，則低田熟。諺云：『田鷄叫午前，大年在高田；田鷄叫午後，低田弗要愁。』范石湖詩云：『薄暮蛙聲連晚鬧，今年田稻十分秋。』褚人穫堅瓠集云：『吴中以上巳蛙鳴，則無水患。』諺云：『三月三日，蝦蟆禁口難開。』言不易鳴也。……是日，吴農行田野間，聞閣閣聲，則輾然喜，預以説餅餌香，歌飯顆山焉。」

〔二〇〕阿魏香：牡丹花香。阿魏，即牡丹中之名貴品種。廣群芳譜卷三二：「大抵洛陽之花，以姚魏爲冠。」「魏花，千葉肉紅，略有粉梢，出魏丞相仁溥之家。」

〔二一〕三旬蠶忌：顧禄清嘉録卷四「立夏三朝開蠶黨」：「環太湖諸山，鄉人比户蠶桑爲務。三、四月爲蠶月，紅紙黏門，不相往來，多所禁忌。治其事者，自陌上桑柔，提籠采葉，至村中繭煮，分箔繅絲，歷一月，而後弛諸禁。」

〔二二〕污萊：詩經小雅十月之交：「徹我墻屋，田卒污萊。」毛傳：「上則污，下則萊。」

〔二三〕茭青：青色的馬蘄草。爾雅釋草：「茭，牛蘄。」注：「今馬蘄，葉鈿鋭似芹，亦可食。」本草綱目卷二六：「恭曰馬蘄生水澤旁……時珍曰馬蘄與芹同類而異種，處處卑濕地有之，三四月生苗，一本叢生如蒿。」

〔二四〕葑田：能改齋漫録卷一四引楊文公談苑：「兩浙有葑田，蓋湖上有茭葑所相繆結，積久厚至尺餘，闊沃可殖蔬種稻，或割而賣與人。有任浙中官方視事，民訴失蔬圃，讀其狀甚駭，乃葑園爲人所竊，以小舟撑引而去。余乃知葑之爲田爲圃，廣浙皆有之矣。」

〔二五〕穀雨：逸周書周月：「春三月中氣：雨水、春分、穀雨。」又時訓：「穀雨之日，萍始生。又五日，鳴鳩拂其羽。又五日，戴勝降于桑。」李群玉三月五日陪裴大夫泛長沙東湖：「鳥弄桐花日，魚翻穀雨萍。」

〔二六〕「未許」句：用杜甫曲江二首其一「一片花飛減却春」詩意。

〔二七〕「荻芽」句：蘇軾惠崇春江晚景：「竹外桃花三兩枝，春江水暖鴨先知。蔞蒿滿地蘆芽短，正是河豚欲上時。」

〔二八〕「楝子」句：石首，魚名，吴郡志卷五〇：「吴王回軍，會群臣，思海中所食魚，問所餘何在？所司奏曰：『並曝乾。』吴王索之，其味美。因書美下着魚，是爲『鮝』字。今從『关』，非也。魚出海中作金色，不知其名，吴王見腦中有骨如白石，號爲石首魚。」朱長文吴郡圖經續記卷上「物産」條云：「秋風起則鱸魚肥，楝木華而石首至，豈勝言哉！」袁景瀾吴郡歲華紀麗卷五「鱑魚市」條云：「鱑魚，名石首魚，腦有小石。魚在海中，來潮作陣，其來有聲。海舶迎之撒網，一網恒以百數計。吴中重午日，居民必買此魚，爲祀先賞節之需。諺有云：『楝子花開石首來，篋中絮被擁三臺。』言典衣以買魚烹食也。」石湖以吴諺入詩，巧妙如己出。

〔二九〕「梅子」四句：潘德輿養一齋詩話卷九：「四時田園雜興六十首，予獨愛其一首云『梅子金黄（略）』可與坡公『溶溶晴港』一絶相配也。」

〔三〇〕麥秀：麥吐穗。杜甫行次古城店汎江作不揆鄙拙奉呈江陵幕府諸公：「白屋花開裏，孤城麥秀邊。」

〔三一〕科斗：即蝌蚪，爾雅釋魚：「科斗，活東。」注：「蝦蟆子。」郝懿行爾雅義疏下之四：「古今注云：『一曰玄魚，一曰玄針，因形似爲名也。』今科斗狀如河豚，形圓而尾尖，并頭尾有似斗形。冬春遺子水中，有如曳繩，日見黑點。」

〔三二〕「百沸」四句：描寫繅絲情景，顧禄清嘉録卷四「小滿動三車」：「小滿節届，蠶婦煮繭，繅車繅絲，晝旦勤作。……事物原始云：『西陵氏制繅車以繅絲。』震澤志：『黄繭緒粗，不中織染，另繅以爲絲縛。惟細長瑩白，乃繅細絲。』」沈注卷下引士農必用：「粗絲，即是綿繭，謂之囊頭。」

〔三三〕踏車：農田戽水之水車，又名翻車，龍骨車。徐光啓農政全書卷一七「翻車」云：「今人謂龍骨車也。魏略曰：馬鈞居京都城内，有田地可爲園，無水以灌之，乃作翻車，令兒童轉之，而灌水自覆。漢靈帝使畢嵐作翻車，設機引水，洒南北郊路。則翻車之制，又起于畢嵐矣。今農家用之溉田。其車之制，除壓欄木及列檻樁外，車身用板作槽，長可二丈，闊則不等，或四寸至七寸，高約一尺。槽中架行道板一條，隨槽闊狹，比槽板兩頭俱短一尺，用置大小輪軸，同行道板上下通，週以龍骨板繫。其在上大軸兩端，各帶枴木四莖，置於岸上木架之間。人憑架上，踏動枴木，則龍骨板隨轉，循環行道板刮水上岸，此翻車之制，關楗頗多，必用木匠，可易成造。其起水之法，若岸高三丈有餘，可用三車，中間小池倒水上之，足救三丈已上高旱之田。凡臨水地段，皆可置用。但田高則多費人力。如數家相博，計日趨工，俱可濟旱。水具中機械功捷，惟此爲最。」顧禄清嘉録卷四「小滿動三車」：「旱則用連車，遞引溪河之水，傳戽入田，謂之踏水車。……蔣士煥南園戽水謡云：『日脚杲杲曬平地，東家插秧西家莳。養苗蓄水水易乾，農夫踏車聲如沸。車軸欲折心揺揺，脚跟皸裂皮膚焦。堤水如汗汗如雨，中田依舊成槁土。農夫爾弗憂，天心或憐汝。爾不見南門已闔鐵冶閉，即看好雨西疇至。』」

〔三四〕晝出耘田夜績麻：詩經小雅甫田：「今適南畝，或耘或耔。」毛傳：「耘，除草也。」績麻，詩經陳風東門之枌：「不績其麻，市也婆娑。」

〔三五〕鼠耳：事類賦注卷二五槐「兔目而鼠耳」引《淮南子》曰：「槐之生季春，五日而兔目，十日而鼠耳，更旬而始規。」

〔三六〕「三公」句：周禮秋官朝士：「面三槐，三公位焉。」司馬光涑水紀聞卷七記王旦之父王祐：「嘗明以語人，謂旦必至公輔，手植三槐於庭以識之。」

〔三七〕「千頃」四句：此詩描寫夏日游荷花蕩之情景。袁景瀾吴郡歲華紀麗卷六「荷花蕩」：「二十四日爲荷花生日。舊俗，競於葑門外荷花蕩觀荷納涼。其地皆窪下田，不能藝禾黍，彌望瀆衍，無高堤橋梁亭觀。土人植荷爲生息。花年年盛一方，見慣不鮮，行舟過無采采。凡荷，藕惡石，芋惡泥，花葉喜日，故水太深而陰涼者，不能花也。是地蕩田與荷性宜，故植易蕃。值荷誕日，畫船簫鼓，群集於此。令世異時移，游客皆艤舟虎阜山浜，以應觀荷佳節。或有觀龍舟于荷花蕩者，小艇野航，依然畢集。每多晚雨，游人赤脚而歸，故俗有赤脚荷花蕩之謠。」徐崧、張大純百城烟水蘇州：「吴俗最重節物……六月二十四日，畫船簫鼓競於荷花蕩，觀荷納涼。」

〔三八〕「采菱」四句：袁景瀾吴郡歲華紀麗卷八「採菱」云：「水鄉漁户，種水爲業，界繩港汊，遍藝菱秧，江灣湖滸，亦間有之。秋風乍涼，菱歌四起，髫男雛女，劃舟往來，採擷盈筐，提攜入市，人喧野岸，論斗稱量。」袁景瀾采菱詞：「采蓮唱罷葉田田，十里菱花疊翠鈿。莫道烟波無賦稅，近來湖面課租錢。」袁氏此詩，顯受石湖影響。

〔三九〕「朱門」二句：石湖對比描寫「朱門」和農家於七夕夜的兩種景況。巧夕，七夕乞巧，爲我國傳統習俗，吴地亦然。顧禄清嘉録卷七「巧果」云：「吴中舊俗，七夕陳瓜果，焚香中庭。」袁景瀾吴郡歲華紀麗卷七「巧果乞巧」云：「吴中舊俗，七夕，市上賣巧果，以麪和糖，綰作苧結形，或剪作飛禽之式，油煎令脆，總名巧果。閨中兒女，陳花果香燈、瓜藕之屬，於庭中露臺，禮拜雙星，爲乞巧會。令兒女輩悉與，謂之女兒節。以青竹戴緑荷，繫於庭，作承露盤。男女羅拜於下，以線刺針孔辨目力。明日視盤中蜘蛛含絲者，謂之得巧。餘皆舉露飲之。貴家鉅族，結綵樓於庭，爲乞巧樓，穿七孔針，名曰弄影之戲。」

〔四〇〕甲子無雲萬事宜：顧禄清嘉録卷九：「祭釘靴」條云：「十三日，俗祭釘靴，占一冬晴雨，晴則冬無雨雪。諺云：『九月十三晴，釘靴挂斷繩。』案：歲時瑣事：『九月十三日，爲釘靴生日，是日宜晴。』江、震志皆云：『是日晴，主一冬少雨，利收穫。諺云：「九月十三晴，不用蓋稻亭。」』」

〔四一〕穫稻：袁景瀾吴郡歲華紀麗卷一〇「穫稻」云：「吴中地沃民稠，俗勤種藝，秋盡冬初，穲稏翻塍，黄雲卷隴，黍稌高下，穜稑後先。當清霜之既降，農民咸趣收斂。於是刈而斷之者曰鐮，肩而荷歸者曰擔，堆高過屋者曰露積，打穀墮地者曰耞板，碾米者有礱，播粞者有篩。喧月明之杵臼，炊香玉於廚甑。」

〔四二〕連枷：亦稱枷板，打稻的農具。徐光啓農政全書卷二二「連枷」云：「擊禾器。國語曰：權節其用，耒耜耞支。（耞，拂也，以擊草。）廣雅曰：拂謂之架。説文曰：拂，架也。拂，擊禾連架。釋名曰：架，加也。加杖於柄頭，以檛穗而出穀也。其制：用木條四莖，以生革編之。長可三尺，闊可四寸。又有以獨梃爲之者，皆於長木柄頭，造爲擐軸，舉而轉之，以撲禾也。方言云：僉，宋魏之間，謂之攝殳，自關而西謂之拂，齊、楚、江、淮之間，謂之柍，或謂之桲，今呼之連耞。南方農家皆用之。」袁景瀾吴郡歲華紀麗卷一〇「穫稻」云：「打穀墮地者曰耞板。」

〔四三〕不惜兩鍾輸一斛：洪邁容齋續筆卷七「田租輕重」條：「李悝爲魏文侯作盡地力之教云：一夫治田百畝，歲收粟百五十石，除十一之税十五石，餘百三十五石。蓋十一之外，更無他數也。今時大不然。每當輸一石，而義倉省耕别爲一斗二升，官倉明言十加六。復於其間用米之精粗爲説，分若干甲，有至七八甲者。則數外之取亦如之，庾人執概，從而輕重其手，度二石二三斗乃可給。至於水脚、頭子、市例之類，其名不一，合爲七八百錢，以中價計之，并僦船負擔，又須五斗，殆是一而取三。以予所見，唯會稽爲輕，視前所云，不能一半也。董仲舒爲武帝言：民一歲力役，三十倍於古，而田租口賦，二十倍於古。謂一歲之中，失其資産三十及二十倍也。又云：或耕豪民之田，見税十五。言下户貧民自無田，而耕墾豪富家田，十分之中，以五輸本田主。今吾鄉俗正如此，目爲主客分云。」

〔四四〕「細擣」四句：四腮鱸，産於松江。范成大吴郡志卷二九「土物上」：「鱸魚，生松江，尤宜鱠。潔白鬆軟，又不腥，在諸魚之上。江與太湖相接，湖中亦有鱸，俗傳江魚四鰓，湖魚止三鰓，味輒不及。」范仲淹松江漁者：「江上往來人，但愛鱸魚美。」張翰秋風歌：「秋風起兮佳景時，吴江水兮鱸魚肥。」

〔四五〕「新霜」二句：屈原橘頌：「曾枝剡棘，圜果摶兮。青黄雜糅，文章爛兮。」韋應物答鄭騎曹重九日求橘：「洞庭須待滿林霜。」李綱食橘：「洞庭一夜天雨霜，橘林緑苞朝已黄。遠題書後三百顆，入手便覺秋風香。」

〔四六〕萬黄金：形容橘林中的成熟橘子，白居易宿湖中：「浸月冷波千頃練，苞霜新橘萬株金。」

〔四七〕「乾高」四句：范成大吴郡志卷二「風俗」云：「牛欄，亦名牛宫。吴地下濕，冬寒，即牛入欄，唐人謂之牛宫。」陸龜蒙祝牛宫辭：「冬十月，耕牛爲寒，築宫納而皁之。建之前日，老農請乞靈於土官，以從鄉教。予勉之而爲之辭：四牸三牯，中一去乳。天霜降寒，納此室處。老農拘拘，度地不畝。東西幾何？七舉其武。南北幾何？丈二加五。偶楹當間，載尺入土。太歲在亥，餘不足數。上締蓬茅，下遠官府。耕耨以時，飲食得所。或寢或臥，免風免雨。宜爾子孫，實我倉庾。」

〔四八〕「煮酒」句：宋史食貨志下七「酒」：「臘釀蒸鬻，候夏而出，謂之『大酒』。」

〔四九〕「黄紙」句：洪邁容齋隨筆卷二「黄紙除書」條云：「樂天好用黄紙除書字。如：『紅旗破賊非吾事，黄紙除書無我名。』『正聽山鳥向陽眠，黄紙除書落枕前。』『黄紙除書到，青宮詔命催。』」沈注卷下：「黄紙，詔書也。白紙，官符也。」此詩意實自白居易杜陵叟來，詩云：「白麻紙上書德音，京畿盡放今年税。昨日里胥方到門，手持敕牒榜鄉村。十家租税九家畢，虚受吾君蠲免恩。」

〔五〇〕「長官」二句：自唐人詩脱化而來。五代王定保唐摭言「誤放」條載，鄭薰主持考試，誤將顔標當做魯公（顔真卿）的後代，將其取爲狀元，當時有人嘲笑他：「主司頭腦太冬烘，錯認顔標作魯公。」

自晨至午，起居飲食皆以牆外人物之聲爲節，戲書四絶

巷南敲板報殘更，街北彈絲行誦經。已被兩人驚夢斷，誰家風鴿鬬鳴鈴？

菜市喧時窗透明，餅師叫後藥煎成。閒居日出都無事，惟有開門掃地聲。

北砦教回撾鼓遠，東禪飯熟打鐘頻。小童三唤先生起，日滿東窗煖似春。

起傍東窗手把書，華顛種種不禁梳〔一〕。朝餐欲到須巾裹，已有重來晚市魚。

【題解】

本組詩作於淳熙十三年（一一八六），時閑居在蘇。

【箋注】

〔一〕華顛種種：華顛，頭髮花白。種種，髮短少貌，左傳昭公三年：「余髮如此種種，余奚能爲？」杜預注：「種種，短也。」

舫齋信筆

燕居故可樂，病卧翻可憐。身閒儻更健，其人半神仙。既無揚州鶴，龍鍾任吾年。南齋深而明，略似西江船。船中何所有，藥氣雜爐煙。親朋稀老伴，暫來即飄然。秋蠅獨戀戀，終朝相撲緣。霜晴日色濃，窗紙烘春妍。但愁添眼花，瞑坐聊參禪。困從定中生，瞢騰夢相牽。三昧未得力〔一〕，十魔方現前〔二〕。欠伸付一笑，朽腐難琱鐫〔三〕。東藍午齋動〔四〕，風順鐘鼓傳。家人亦相呼，趣具先生餐。牛呞能幾何？蟬腹易便便。此日雖可惜，姑付食與眠。

【題解】

本詩作於淳熙十三年（一一八六），時在蘇居閑，閑坐舫齋，信筆志感。

【箋注】

〔一〕「三昧」句：三昧，佛家語，又譯爲三摩提。智度論卷二三：「一切禪定攝心，皆名三摩提，秦言正心行處。是心從無始世界來，常曲不端，得是正心行處，心則端直。」又，大乘義章卷二：「以心合法，離於邪亂，故曰三昧。」

〔二〕「十魔」句：十魔，佛家語，一，蘊魔，色等五蘊，爲衆惡之淵藪，障蔽正道，害慧命者；二，煩惱魔，貪等煩惱，迷惑事理，障蔽正道，害慧命者；三，業魔，殺等惡業，障蔽正道，害慧命者；四，心魔，我慢之心，障蔽正道，害慧命者；五，死魔，人之壽命有限，妨修道，害慧命者；六，天魔，欲界第六天主作種種之障礙，害人之修道者；七，善根魔，執着自身所得之善根，不更增修，障蔽正道，害慧命者；八，三昧魔，三昧者，禪定也，耽著於自身所得之禪定，不求昇進，障蔽正道，害慧命者；九，善知識魔，慳吝於法，不能開導人，障蔽正道，害慧命者；十，菩提法智魔，於菩提法起智執著，障蔽正道，害慧命者。見華嚴疏鈔卷二九。

〔三〕「朽腐」句：論語公冶長：「朽木不可雕也，糞土之牆不可杇也，於予與何誅？」

〔四〕藍：即伽藍，佛寺的省稱。午齋：中午的齋食。

病中不復問節序，四遇重陽，既不能登高，又不觴客，聊書老懷

四時變遷翻覆手，百卉於人亦何有？騷客顛詩亦狂酒，强惜黄花愛重九。少年習氣似陶公，采采金英滿衣袖。攜壺木末最關情〔一〕，欹帽風前幾搔首。饞吻偏憐粽栗香，新衣不管囊萸臭。貪將節物趁遨頭，肯向賓筵稱病叟。如今衰颯悟空華，現在去來飛電走。登臨舊迹如夢斷，觴詠故人多骨朽。百年長短隨隙駒，萬化陳新直芻狗〔二〕。不堪把玩堪一笑，安用歲時歌拊缶？家人亦復探新蒭，插花洗醆爲翁壽。蒲團困坐眼慵開，莫把故情看老醜。挽鬚兒女太癡生〔三〕，更問今年有詩否？

【題解】

本詩作於淳熙十三年（一一八六）重陽日，時在蘇養病，因卧病四遇重陽，有感而賦本詩。「四遇重陽」，成大自淳熙十年歸里起，至今恰四年，故云。

【箋注】

〔一〕「攜壺」句：杜牧九日齊安登高：「與客攜壺上木末。」

〔二〕「萬化」句：老子：「天地不仁，以萬物爲芻狗；聖人不仁，以百姓爲芻狗。」魏源本义：「結芻爲狗，用之祭祀，既畢事則棄而踐之。」莊子天運：「夫芻狗之未陳也，盛以篋衍，巾以文繡，尸祝齋戒以將之。及其已陳也，行者踐其首脊，蘇者取而爨之而已。」陸德明注：「芻狗，結芻爲狗，巫祝用之。」

〔三〕挽鬚兒女：杜甫北征：「生還對童稚，似欲忘飢渴。問事競挽鬚，誰能即嗔喝？」

閶門初泛二十四韻

淳熙丙午重九後十日，家人輩以余久病，適新修小舫，勸扶頭一出，以禳祓屯滯。遂至北城檢校桃花塢，出閶傍漕河望楓橋、横塘，中路而還，故有即事詠景唐律之作。

好在馳煙路，平生載酒行。摧藏身久病，契闊歲頻更。昨夜燈花繞〔一〕，今朝稻把晴。出門新夢境，觸目舊詩情。水遠推篷眩，天寬倚柁驚。轉灣添綷挽，罨岸併篙撑。舫後裝兒女，艫前酌弟兄。醅香新麴嫩，茗味小春輕。紅皺分霜果，黄蔫撚夕英。緗林疎露屋，朱閣静臨城。桃塢論今昔，楓橋管送迎。山腰樵擔動，木末酒旗明。竟日窰煙直，中流塔影横。數帆殘照滿，一笛暮江平。噭緺楓邊桁〔一〕，牽罾柳際棚。岫雲縈石住，田水穴堤鳴。過渡牛歸速，穿籬犬吠獰。魚寒猶作陣，雁遠更聞聲。急櫓潮痕出，踈鐘暝色生。鄰翁欣問訊，逋客愧寒盟。一昨成歸卧，于今負耦耕。生涯都塌颯〔二〕，心曲漫峥嶸。猿鶴休多怨，菰蓴尚可羹。藥囊吾厭苦，扶憊且班荆〔三〕。

【校記】

〔一〕燈花繞：底本、活字本、叢書堂本、董鈔本、詩淵第四册第三〇二六頁作「燈花曉」。富校：「『曉』黄刻本作『繞』，是。」據改。

〔二〕塌颯：富校：「沈注云：『「塌」字誤。南史鄭鮮之傳：范泰誚鮮之曰：「卿今日答颯，去人甚遠，何不肖之盛（甚）？」』」

【題解】

本詩作於淳熙十三年（一一八六）九月十九日，時在家養病，家人以石湖久病，勸出遊，因乘小舫，經桃花塢出城闕，望楓橋、横塘，即興作寫景詩一首。小舫，蘇州行于水巷中的小船，白居易有兩詩，寫到過這種小舫的形制和用途。小舫：「小舫一艘新造了，輕裝梁柱庫安篷。深坊静岸遊應遍，淺水低橋去盡通。黄柳影籠隨棹月，白蘋香起打頭風。慢牽欲傍櫻桃泊，借問誰家花最紅。」又，重題小舫贈周從事兼戲微之：「闊狹才容從事座，高低恰稱使君身。舞筵須揀腰輕女，仙棹難勝骨重人。」唐律，此用唐人五言排律之詩體。

【箋注】

〔一〕瞮網：曬魚網。瞮，同曬。白居易感情：「中庭瞮服玩，忽見故鄉履。」

〔二〕塌颯：委靡不振的樣子。沈注卷下：「塌字誤。南史鄭鮮之傳：范泰誚鮮之曰：『卿今日答颯，去人甚遠，何不肖之甚。』」按，塌字不誤。翟灝通俗編卷一四：「文與可集有『懶對俗人常答颯』句，能改齋漫録：俗謂事之不振者曰踏趿，唐人有此語。酉陽雜俎：錢知微賣卜，爲韻語曰『世人踏趿，不肯下錢』是也。按踏趿，答颯，字異義同，或又作塌颯，范成大詩：『生涯都塌颯，心曲漫峥嶸。』又集韻有傝偛字，訓云惡也，似亦塌颯之通。」康熙字典「人部」引廣韻：「傝偛，惡也。一曰不謹貌。」則塌颯、傝偛、踏趿、答颯互通，字異而義同。

〔三〕班荆：鋪荆於地而坐。左傳襄公二十六年：「伍舉奔鄭，將遂奔晉。聲子將如晉，遇之於鄭郊，班荆相與食，而言復故。」杜預注：「班，布也。布荆坐地，共議歸楚，事朋友世親。」

小春海棠來禽

東君好事惜年華，偏愛荒園野老家。一任西風管摇落，小春自管數枝花。

【題解】

本詩作於淳熙十三年（一一八六），時閑居在蘇。小春晴日暖和，賦詩以抒愛花之情。來禽，又名林檎，廣群芳譜卷五七：「林檎，一名來禽。」「二月開粉紅花，子如柰，小而差圓，六七月熟，色淡紅可愛。」

丙午東宮壽詩

國緊丁年盛〔一〕，天開甲觀祥。黃離增焕炳〔二〕，赤伏衍明昌〔三〕。一日三天見，元辰萬國康。姿神輝玉裕，德業燦金相。書聖規宸藻，文心儷漢章。乾坤參久大，日月並升常。祖武瞻興慶〔四〕，親庭拱未央。晨昏兩慈壼〔五〕，詩禮一賢王。道統家傳正，炎圖國本强。桑弧仍縠旦，銅律又清商。舊事蘭猗殿，新涼桂子香。黃華先浥露，青女緩行霜。史賀星同軌，農歌稼滌場。與齡占夢帝，多祜叶思皇。磐石重山固，靈源少海長。三宮同壽域，歲歲頌無疆。

【題解】

本詩作於淳熙十三年（一一八六）九月，時在家養病。丙午，即淳熙十三年。逢皇太子誕辰，作本詩賀之。

【箋注】

〔一〕國綮：國家之憂患。綮，累之本字。莊子至樂：「視子所言，皆生人之累也。」疏：「子所言皆是生人之累患也。」

〔二〕黄離：帝王中和之道。易離：「六二，黄離元吉。象曰：黄離元吉，得中道也。」王勃廣州寶莊嚴寺舍利塔碑：「高祖以援危撥亂，伏紫氣以登三。太宗以端拱繼明，白黄離而用九。」

〔三〕赤伏：即赤伏符，後漢書光武紀：「（建武元年）光武先在長安時，同舍生彊華自關中奉赤伏符曰：『劉秀發兵捕不道，四夷雲集龍鬬野，四七之際火爲主。』」

〔四〕興慶：唐宮殿名，本唐玄宗爲太子時的府第，即位後改建爲興慶宮，内有花蕚相輝樓、勤政務本樓等建築。唐詩紀事卷一五姚崇：「龍池，興慶宮池也，明皇潛龍之地。」詳見唐會要卷三〇興慶宮。

〔五〕慈壼：對太后的敬稱。壼，詩經大雅既醉：「其類維何，室家之壼。」朱熹注：「壼，宮中之巷也。言深遠而嚴肅也。」

重陽後菊花二首

寂莫東籬濕露華〔一〕，依前金靨照泥沙。世情兒女無高韻，只看重陽一日花。

過了登高菊尚新，酒徒詩客斷知聞。恰如退士垂車後，勢利交親不到門。

【題解】

本詩作於淳熙十三年（一一八六）重陽後，時養病在家。

【箋注】

〔一〕東籬：陶淵明飲酒其五：「採菊東籬下，悠然見南山。」

驟寒吟

九月奇寒前未聞，巷南巷北無行人。冥凌盡用大冬手〔一〕，肯爲歲華留小春？陰風吹雨作冰屑，駝裘如鐵綿裘折。可憐籬下木芙蓉，不獨宜霜更宜雪。

【題解】

本詩作於淳熙十三年（一一八六）九月，時養病在家，遇奇寒，作本詩。

【箋注】

〔一〕冥凌：楚辭大招：「冥凌浹行，魂無逃只。」王逸注：「冥，玄冥，北方之神也。凌猶馳也。」

重陽後，半月天氣温麗，忽變奇寒，晦日大雪，鄉人御冬之計多未辦

狂飆吹小春，刮面劇劍鋩。雲氣潑濃墨，午窗變曛黄。六花大如掌，浩蕩來無鄉。青女正熟睡，不記行新霜。寒暑故密移，滕巽乃爾狂！南鄰炭未買，北鄰綿未裝。敢論酒價涌，束薪逾桂芳。豈不解蚤計，善舞須袖長〔一〕。頻年田薄收，十家九空囊。被凍知不免，但恨太匆忙。今朝復何朝？晴色挂屋梁。人物各解嚴，兒童笑相將。熙如谷黍温，免作溝木僵。兩鄰報無恙，爲汝歌慨慷。

【題解】

本詩作於淳熙十三年（一一八六）九月三十日，時養病在家。初過大雪，乃賦本詩。

【箋注】

〔一〕「善舞」句：韓非子五蠹：「鄙諺曰：『長袖善舞，多錢善賈。』此言多資之易爲工也。」

戲詠絮帽

簡伯俊傳此樣，睡中甚禦寒氣。

尖斜緇撮似兜鍪，緊護風寒煖白頭。不解兵前當箭鑿，解令曉枕睡齁齁。

【題解】

本詩作於淳熙十三年（一一八六），時正養病在家。「簡伯俊傳此樣，睡中甚禦寒氣」，沈注卷下引宋史王雲傳云：「或發雲笥，得烏絁短巾，蓋雲夙有風眩疾，寢則以護首者。」又按云：「蓋此本出胡地，説文曰：『蠻夷頭衣也。』」石湖本有風眩之疾，故用絮帽護頭。

雪中送炭與龔養正

立春前五日

誰與幽人煖直身〔一〕，筠籠衝雪送烏薪。煩君笑領婆歡喜，探借新年五日春。

【題解】

本詩作於淳熙十三年（一一八六）冬立春前五日，時在家養病。雪中送炭與龔養正，作本詩代柬。陳造有和詩次石湖送炭韻贈龔養正三首（江湖長翁文集卷一八）：「飢烏窘兔不謀身，君亦衣穿桂作薪。小露化工陶鑄手，地爐分得雪中春。」「廣文書案雪沾身，竈婦冰葅烣濕薪。彩勝銀花猶拜賜，凍醅寒餅不生春。（原注：立春日大雪，是日國忌。）」「寒谷冰崖底著身，望晨疑寢越王薪。今年未辦巡簷笑，急雪陰風肯貸春。（原注：立春後雪寒特甚。）」

【箋注】

〔一〕「誰與」句：范成大炭頌：「予病衰，大冬，非附火不暖。既銘被、爐，又作炭頌。」因自己怕冷，故念及友人，送炭與之「煖直身」。

代門生作立春書門貼子詩四首

煖日黄金柳，光風白玉梅。門闌開壽域〔一〕，人物滿春臺。

有喜何須藥，無塵即是仙。壺中春日月，聊數八千年。

草木霑雲露，峰巒近壁奎。新春行樂處，南北共花溪。

日月添書帙，湖山引杖藜。賸周花甲子〔二〕，多醉玉東西〔三〕。

【題解】

本詩作於淳熙十三年（一一八六）冬，時在家養病。

【箋注】

〔一〕壽域：有二解，本詩解爲太平盛世。漢書王吉傳：「述舊禮，明王制，驅一世之民濟之仁壽之域。」杜牧郡齋獨酌：「生人但服食，壽域富農桑。」

〔二〕「騰周」句：人活六十年，爲一花甲，時石湖六十一歲，是新一輪「花甲」的開始，故云。

〔三〕玉東西：酒杯。王安石寄程給事：「酒酣金盞照東西。」李壁注：「東西，酒器名也，今猶有玉東西。」

石湖居士詩集卷二十八

送聞人伯卿赴銅陵

雪壓關山晝掩扃，故人何事短長亭？折腰直爲瓶無粟，便腹猶憐笥有經。牒訴塵埃頭更白，簡編燈火眼終青。可憐東壁輝光外，寥落江湖處士星〔一〕。

【題解】

本詩作於淳熙十四年（一一八七）春，時在家養病。聞人阜民赴銅陵縣令任，過蘇拜訪石湖，遂作詩送之。聞人伯卿，即聞人阜民，字伯卿，嘉興人，宿儒聞人滋之子。紹興二十七年舉進士，歷仕秀州、福州教授，銅陵縣令。汪應辰曾薦之，稱譽他「博學而知要，氣和而有守」（薦聞人阜民狀，文定集卷六）。嘉興縣志卷二〇列傳一：「聞人滋，字茂德，璪子。爲敕令所删定官。嘗受學於沙隨程迥。談經義，滾滾不倦，發明極多。周必大二老堂雜志頗稱之，尤邃於小學。子阜民，字伯卿，紹興二十七年進士。」范成大驂鸞録：「（乾道壬辰）十二月十六日，發垂虹，宿震澤。前福州教授聞人皐民伯卿、賀州文學周震震亨皆來會。」銅陵，縣名，王存元豐九域志卷六江南東路池州有銅陵縣。聞人皐民當爲赴銅陵縣令任，與詩句「折腰」、「牒訴」、「簡編」和下首重送伯卿「頗聞江臯縣」等意相合。

【箋注】

〔一〕處士星：即少微星，晉書隱逸傳謝敷：「初，月犯少微，少微一名處士星，占者以隱士當之。」杜荀鶴寄竇處士：「海畔將軍柳，天邊處士星。」

重送伯卿

雪花來無時，入春遂三作。冰柱凍不解，去地纔一握。東風畏奇寒，未敢破梅蕚。已僵員嶠鼇〔一〕，那問紇干雀〔二〕。萬徑無行蹤〔三〕，扣户驚剥啄。故人竹葉舟，歲晚夢漂泊。自云飢所驅，豈不念丘壑？經誼金華省〔四〕，文采石渠閣〔五〕。平生百未試，墨綬嚇猿鶴〔六〕。取舍一熊掌，得喪兩蝸角。不嫌干進鈍，俯仰無愧怍。低回簿書叢，萬卷無處著。惜哉小舉袖〔七〕，負此不龜藥〔八〕。頗聞江臯縣，訟簡民氣樂。政成松竹林，詁訓緝家學〔九〕。迺翁力菑畬，待子收播穫。三年此書出，衆説眇螢爝。持歸許窺觀，慰我久離索。今朝雲潑墨，霰雨縱横落。檣竿挽不住，帆峭北風惡。難忘昆弟語，易散清夜酌。忽忽别知賦，掩涕倚郛郭。

【題解】

本詩作於淳熙十四年（一一八七）春，時在家養病。伯卿，即聞人阜民，詳見上首「題解」。

【箋注】

〔一〕「已僵」句：王嘉拾遺記卷一〇「員嶠山」：「有冰蠶長七寸，黑色，有角，有鱗，以霜雪覆之，然後作繭，長一尺，其色五彩。織爲文錦，入水不濡，以之投火，經宿不燎。」

〔二〕「那問」句：紇干，山名，一名紇真山，李吉甫元和郡縣圖志卷一四河東道雲州雲中縣：「紇真山，在縣東三十里。虜語紇真，漢言三十里，其山夏積雪霜。」賀次君校：「今按，寰宇記朔州鄯陽縣引冀州圖作『虜語紇真，華言千里』。疑此有誤。」新五代史卷二一寇彦卿傳：「昭宗亦顧瞻陵廟，傍徨不忍去，謂其左右爲俚語云：『紇干山頭凍殺雀，何不飛去生處樂。』」

〔三〕「萬徑」句：柳宗元江雪：「千山鳥飛絶，萬徑人蹤滅。」

〔四〕「經誼」句：誼，通議，漢書董仲舒傳：「故舉賢方正之士，論誼考問。」沈注卷下：「經誼金華省：漢書叙傳。」漢書叙傳上：「時，上方鄉學，鄭寬中、張禹朝夕入説尚書、論語於金華殿中，詔伯受焉。」

〔五〕「文采」句：漢書施讎傳：「甘露中，與五經諸儒雜論同異於石渠閣。」石渠閣，漢代宫中藏書之處，在未央宮北。漢初蕭何建。漢書宣帝紀：「（甘露三年三月己丑）詔諸儒講五經同異。太子太傅蕭望之等平奏其議，上親稱制臨決焉。乃立梁丘易、大小夏侯尚書、穀梁春秋博士。」以上兩句，稱贊聞人阜民之學術文采。

〔六〕墨綬：黑色綬帶，又名墨組。漢書百官公卿表：「秩比六百石以上，皆銅印黑綬。」李賀贈陳商：「風雪直齋壇，墨組貫銅綬。」

〔七〕小舉袖：漢書十三王傳：「長沙定王發，母唐姬，故程姬侍者。……以其母微無寵，故王卑濕貧國。」應劭曰：「景帝後二年諸王來朝，有詔更前稱壽歌舞。定王但張袖小舉手，左右笑其拙。上怪問之，對曰：『臣國小地狹，不足回旋。』帝乃以武陵、零陵、桂陽益焉。」

〔八〕不龜藥：即不龜手藥。莊子逍遥遊：「宋人有善爲不龜手之藥……客聞之，請買其方百金。」郭象注：「其藥能令手不拘坼，故常漂絮於水中也。」

〔九〕詁訓緝家學：聞人滋長於經學，尤於小學有精深研究。陸游老學庵筆記卷一：「嘉興人聞人茂德，名滋，老儒也。……予少時與之同在敕局，爲删定官，談經義滚滚不倦，發明極多，尤邃於小學云。」汪應辰送删定聞人丈歸嘉禾（文定集卷二四）：「遺經究終始，奇字講聲形。」聞人阜民訓詁經書，即是傳承其父之學。

送壽老往雲間行化

天平船子過華亭〔一〕，舍衛城中次第行〔二〕。留取鉢盂歸院洗，東巖新出一泉清。

【題解】

本詩作於淳熙十四年（一一八七），時在家養病。天平寺方丈壽老往華亭行化，作本詩送之。雲間，即華亭。

【箋注】

〔一〕「天平」句：天平，天平寺。船子，指船子和尚，釋氏稽古録略卷三：「華亭朱涇船子和尚，名德誠，得法於藥山，至華亭，泛小舟，隨緣度日，人莫知其高行，因號船子和尚。」天平船子，借指壽老。

〔二〕舍衛城：玄奘、辯機大唐西域記卷六室羅伐悉底國，季羡林注：「室羅伐悉底是梵文 srāvasti 的對音……舊譯舍衛、室羅筏、舍婆提。此地本係憍薩羅國首都，即法顯所謂拘薩羅國舍衛城。」舍衛城是印度佛教的中心，石湖借以指雲間。

次韻知府王仲行尚書鹿鳴燕古風

昔人重遠行，供帳餞出祖。矧今燕嘉賓，宜有贈行語。府公文章公，青紫拾芥取。聯翩二百言，字字勸稽古。戒之書魚蠹，勉以雲鵬舉。作霖要實用，洗兵嫌不武。諸生承意氣，脱迹蜕農圃。明年一聲雷，幽蟄起平楚。班行入鵷鷺，榜貼綴龍虎。回頭謝府公，公言非漫與。府公亦廟廊，來莅瓊林俎。千載吴趨行〔一〕，愁絶白紵舞〔二〕。我聞有此作，病卧嗟未睹。今晨梅驛動，副墨到衡宇〔三〕。調高瑟音希，芒寒劍光吐。誰云鹿鳴廢，正賴廣微補〔四〕。當年群玉會，方駕肅飆羽。倡酬久寂莫，邂逅相勞苦。世故萬浮雲，交情一舊雨。誰當將詩壇，君實東道主。

【題解】

本詩作於淳熙十三年（一一八六）仲冬，時在家養病。知平江府王希吕作鹿鳴燕古風詩，成大次其韻答之。知府王仲行，即王希吕，字仲行，宋史卷三八八王希吕傳云：「王希吕字仲行，宿州人。渡江後自北歸南，既仕，寓居嘉興府。乾道五年，登進士科。孝宗獎用西北之士，六年，召試，授秘書省正字。除右正言。時張説以攀援戚屬擢用，再除簽書樞密院事，希吕與侍御史李衡交章劾之。上疑其合黨邀名，責遠小監當，既而悔之，改授宫觀。方説之見用，氣勢顯赫，後省不書黄，學士院不草詔，皆相繼斥逐，而希吕復以身任怨，去國之日，屏徒御，躡履以行，恬不爲悔。由是直聲聞于遠邇，雖以此黜，亦以此見知。出知廬州。淳熙二年，除吏部員外郎，尋除起居郎兼中書舍人。淮右擇帥，上以希吕已試有功，令知廬州兼安撫使。修葺城守，安集流散，兵民賴之。加直寶文閣、江西轉運副使。五年，召爲起居郎，除中書舍人、給事中，轉兵部尚書，改吏部尚書，求去，乃除端明殿學士、知紹興府。尋以言者落職，處之晏如。治郡百廢俱興，尤敬禮文學端方之士。天性剛勁，遇利害無回護意，惟是之從。嘗論近習用事，語極切至，上變色欲起，希呂挽御衣曰：『非但臣能言之，侍從、臺諫皆有文字來矣。』佐漕江西，嘗作拳石記以示僚屬，一幕官舉筆塗數字，舉坐駭愕，希呂覽之，喜其不阿，薦之。居官廉潔，至無屋可廬，由紹興歸，有終焉之意，然猶寓僧寺。上聞之，賜錢造第。後以疾卒于家。」按，王希呂知平江府，宋史無載，范成大吳郡志卷一一「牧守題名」：「王希呂，龍圖閣學士、中大夫。淳熙十三年八月到，十四年四月召。」與石湖詩意相合。于北山、孔凡禮范成大年譜均列本詩於淳熙十四年，欠妥。按，州郡之鹿鳴宴，均在下半年，始於唐，新唐書選舉志上：「每歲仲冬……試已，長吏以鄉飲酒禮，會屬僚，設賓主，陳俎豆，備管弦，牲用少牢，歌鹿鳴之詩，因與耆艾叙長少焉。」石湖詩中有「今晨梅驛動」，知宋代平江州府之鹿鳴宴沿唐例，於仲冬舉行。王希呂於淳熙十三年八月到任，適預其會，若在十四年，則他已於四月被召，無法預宴。

【箋注】

〔一〕吳趨行：樂府詩集卷六四引崔豹古今注：「吳趨行，吳人以歌其地。陸機吳趨行曰：『聽我歌吳趨。』趨，步也。」

〔二〕白紵舞：盛行於晉、南朝各代的江南民間舞蹈。宋書樂志一：「又有白紵舞，按舞詞有巾袍之言，紵本吳地所出，宜是吳舞也。」

〔三〕副墨：莊子大宗師：「南伯子葵曰：『子獨惡乎聞之？』曰：『聞諸副墨之子。』」疏：「副，副貳也。墨，翰墨也。翰墨，文字也。」莊子以爲道術是主，文字是副，而文字又用翰墨寫的，所以稱文字爲副墨。這裏借指王希呂之古風詩。

〔四〕廣微補：束晳，字廣微，作補亡詩六首，見文選卷一九。

苦寒六言

簷冰低挂闌角，隙雪斜侵坐隅。春後一寒如此〔一〕，梅花有信來無？

【題解】

本詩作於淳熙十四年（一一八七）春，時在蘇閑居，因春後苦寒，乃賦本詩。

【箋注】

〔一〕一寒如此：語出史記范雎傳：「須賈意哀之，留與坐飲食，曰：『范叔一寒如此哉！』」

丁未春日瓶中梅殊未開二首

暖閤無人到，寒枝爲我横。情鍾吹蕊破，静極覺香生。老去魂休斷，春來眼且明。逃禪時索笑，百匝傍窗行。

夜雪臘前凍，朝陽春後蘇。人憐疏蕊瘦，花笑病翁臞。露白能多少？尋春似有無。詩催全不力，煮水換銅壺。

【題解】

本組詩作於淳熙十四年（一一八七）春，時在家養病。丁未，即淳熙十四年。瓶中梅尚未開，賦二律詩，陳造有和詩瓶中早梅二首（江湖長翁文集卷一一）其一：「詩翁静三昧，笻杖壁間横。小閣自清絶，幽芳從瘦生。巧當窗影見，時映燭花明。底用尋春去，衝寒踏月行。」其二：「羅帷護春色，群木未昭蘇。絶勝翻香坐，聊陪琢句臞。天資便静獨，冰影倚空無。後夜逢姑射，仙家白玉壺。（原注：翁約相過。）」

再題瓶中梅花

園林籬落凍芳塵，南北枝間玉蕊皴。風袂挽香雖淡薄，月窗横影已精神。雪霜春事年年晚，今古詩情日日新。鐵石如翁猶索句〔一〕，真成嚼蠟對横陳〔二〕。

【題解】

本詩作於淳熙十四年（一一八七）春，時在家養病。再題瓶中梅花，陳造有和詩次韻石湖居士見梅（江湖長翁文集卷一二）：「東風猶是玉爲塵，静女冰肌小帶皴。尚壓芳華擅春事，枉當窮臘議花神。仙姿絶俗遺群妬，鼎實收功看一新。疏影暗香吾袖手，且容詩伯繼黄陳。」方回選入瀛奎律髓卷二〇，諸家有評語。方回評：「淳熙十四年丁未作。」陸貽典評：「此首原好，馮舒抹之，太過。」查慎行評：「『嚼蠟』、『横陳』，語出楞嚴。」紀昀評：「不甚見瓶中意。」

【箋注】

〔一〕「鐵石」句：皮日休桃花賦序：「余嘗慕宋廣平之爲相，貞姿勁質，剛態毅狀，疑其鐵腸石心，不解吐婉媚辭。」

〔二〕「真成」句：語出楞嚴經卷八：「我無欲心，應汝行事，於横陳時，味如嚼蠟。」

王仲行尚書録示近詩，聞今日勸農靈巖，次韻紀事

館娃宫殿壓雲頭，自昔登臨隘九州。雪浪長風三萬頃，蒼煙古木二千秋。賓僚誰伴作詩苦，父老競傳敷政優。想見歸驂穿夜市，月邊燈火滿西樓。

【題解】

本詩作於淳熙十四年（一一八七）春，時閑居在蘇。王希吕録示近詩，乃次韻紀事。

仲行再示新句，復次韻述懷

神仙懶學古浮丘，祖意慵參老趙州〔一〕。四壁塵埃心似水，一生風露鬢先秋。病衰謹謝吴中客，技拙甘同楚國優〔二〕。斥鷃蓬蒿元自足，世間何必卧高樓！

【題解】

本詩作於淳熙十四年（一一八七）春，時閑居在蘇。王希吕再示新詩，復次韻和之。

【箋注】

〔一〕「祖意」句：用趙州禪師從諗的典故。贊寧宋高僧傳卷一一唐趙州東院從諗傳：「釋從諗，青州臨淄人也。……聞池陽願禪師道化翕如，諗執心定志，鑽仰忘疲，南泉密付授之。滅跡匿端，坦然安樂。後於趙郡開物化迷，大行禪道。」沈注卷下：「傳燈録：僧問趙州：『如何是祖師西來意？』曰：『庭前柏子樹。』」

〔二〕「技拙」句：説苑卷一五指武篇：「楚劍利，倡優拙。」石湖詩句自此化出。

李子永赴溧水，過吴訪别，戲書送之

萬壑斷流冰塞川，千巖森玉雪漫天。匆匆葉縣雙鳧舄〔一〕，换却山陰訪戴船。

犯寒書劍出春蘿，風雪橋邊得句多〔二〕。牒訴繽紛似煙海，梅花時節奈君何！

【題解】

本詩作於淳熙十四年（一一八七）春。時養病在家，李泳赴溧水縣令任，過蘇訪石湖，賦詩送之。景定建康志卷二七溧水縣令題名：「李泳，淳熙十四年三月初六日到任。」

【箋注】

〔一〕「匆匆」句：後漢書王喬傳：「王喬者，河東人。顯宗世，爲葉令。喬有神術，每月朔望，常自縣詣臺朝。帝怪其來數，而不見車騎，密令太史伺望之。言其臨至，輒有雙鳧從東南飛來，於是候鳧至，舉羅張之，但得一隻舄焉。乃語上方診視，則四年中所賜尚書官屬履也。」蘇軾雙鳧觀：「王喬古仙子，時出觀人寰。常爲漢郎吏，厭世去無還。雙鳧偶爲戲，聊以驚世頑。」

〔二〕「風雪」句：孫光憲北夢瑣言卷七：「或曰：『相國（指鄭綮）近有新詩否？』對曰：『詩思在灞橋風雪中驢子上，此處何以得之。』」

民病春疫作詩憫之

乖氣肆行傷好春，十家九空寒蜚呻。陰陽何者强作孽，天地豈其真不仁？去臘奇寒衾似鐵〔一〕，連年薄熱甑生塵。疲甿憊矣可更病，我作此詩當感神！

【題解】

本詩作於淳熙十四年（一一八七）春，時閑居在蘇。春疫流行，人民憊病，作詩憫之。

【箋注】

〔一〕「去臘」句：楊萬里衣寒獨覺：「尚有布衾寒似鐵，無衾似鐵始言貧。」

題夫差廟

縱敵稽山禍已胎〔一〕，垂涎上國更荒哉〔二〕！不知養虎自遺患〔三〕，只道求魚無後災〔四〕。夢見梧桐生後圃〔五〕，眼看麋鹿上高臺〔六〕。千齡只有忠臣恨，化作濤江雪浪堆！

【題解】

本詩作於淳熙十四年（一一八七），時養病在家。夫差廟，范成大吴郡志卷一二：「吴王夫差廟，今村落間有之，舊廟無考。鑑誡録云：『世傳此廟拆姑蘇臺木創成。』唐陳羽秀才嘗題夫差廟，時人謂之題破此廟。」陳羽經夫差廟：「姑蘇城畔千年木，刻作夫差廟裏神。冠蓋寂寥塵滿室，不知簫鼓樂何人？」孔凡禮范成大年譜淳熙十四年譜文云：「題夫差廟，責夫差縱敵遺患，爲伍子胥鳴冤，寓以古諷今之義。」方回瀛奎律髓卷二八録本詩，有諸家評語，方回評：「此詩起句、末句俱好，兩『後』字不相妨。」馮舒評：「劣弱。『垂涎』二字不穩、不醒。石湖有高懷，無經濟，不堪作詠古詩。第四句石湖體，可厭。」馮班評：「石湖體。」查慎行評：「三、四對亦自然。」紀昀評：「亦老生之常談。詞調尤野。」無名氏評：「腐極。」

【箋注】

〔一〕「縱敵」句：史記吴太伯世家載吴伐越，敗之，越王句踐乃以甲兵五千棲會稽，求議和。伍子胥諫曰：「句踐爲人能辛苦，今不滅，後必悔之。」吴王不聽，聽太宰嚭，卒許越平，與盟罷兵而去。

〔二〕「垂涎」句：史記吴太伯世家：「七年，吴王夫差聞齊景公死而大臣争寵，新君弱，乃興師北伐齊。」後來不斷與齊争戰，國力削弱，卒爲越國戰敗。

〔三〕「不知」句：養虎遺患，語出史記項羽本紀：「楚兵罷食盡，此天亡楚之時也，不如因其機而遂取之。今釋弗擊，此所謂『養虎自遺患』也。」范成大館娃宫賦：「暗養虎之後患，縱處女使兔脱。」

〔四〕「只道」句：孟子梁惠王上：「以若所爲，求若所欲，猶緣木而求魚也。……緣木求魚，雖不得魚，無後災。」

〔五〕「夢見」句：事類賦注卷二五桐「琴川秋至，吳王望之而每愁」，注云：「述異記曰：梧桐園在吳夫差舊國，一名琴川梧園。宮在句容縣，傳云：吳王別館有楸梧成林焉，古樂府云『梧宮秋，吳王愁』是也。」范成大吳郡志卷八「古迹」：「梧桐園，在吳宮，本吳王夫差園也。」又：「吳宮鄉，在吳江縣甫里之地，在今長洲東南五十里。相傳吳王別宮。」吳郡甫里志卷一六：「吳宮，郡志載吳宮在元和縣治東五十里，吳王別宮，甫里吳宮鄉即其舊址也。」

〔六〕「眼看」句：麋鹿上高臺，語出史記淮南衡山列傳：「（伍被諫淮南王）曰，臣聞子胥諫吳王，吳王不用，乃曰：『臣今見麋鹿游姑蘇之臺也。』今臣亦見宮中生荊棘，露霑衣也。」

翻襪庵夜坐聞雨

閒門冷落静無譁，小閣簾幃密自遮。日晚課程丹竈火，夜深光景佛燈花。人生寧有病連歲，身世略如僧在家〔一〕。步屧尋春非老伴，任教風雨唤雷車。

【題解】

本詩作於淳熙十四年（一一八七），時在家養病。翻襪庵，成大家中小閣名。

【箋注】

〔一〕僧在家：即在家僧。慧遠維摩義記卷一：「居士有二：一，廣積資産，居財之士，名爲居士；二，在家修道，居家道士，名爲居士。」後稱在家奉佛之人爲居士。這與儒家稱貞素自得，不肯出仕者爲「居士」不同。

睡起

憨憨與世共兒嬉，兀兀從人笑我癡。閒裏事忙晴曬藥，静中機動夜争棋。心情詩卷無佳句，時節梅花有好枝。熟睡覺來何所欠？氈根香軟飯流匙〔一〕。

【題解】

本詩作於淳熙十四年（一一八七）春，時閑居在蘇。睡起，忽有所思，賦本詩以志感。方回選入瀛奎律髓卷二六，有諸家評語，方回評：「淳熙十四年丁未春，石湖作此詩，年六十二。可作平生詩第一。『心情詩卷無佳句』，言情思。『時節梅花有好枝』，言景物。詩變體至此，不可加矣。上兩句又自不覺其冗，絶作也。」紀昀評：「虚谷云『此可作平生詩第一』，亦未必然。此變體亦無異諸人，何以獨不可加？語太薄弱，起二句尤濫。『氈根』，羊也。蓋氈以羊毛爲之，而羊者毛之根也。此用入詩，終俚。」

【箋注】

〔一〕氈根：指羊肉。唐薛昭緯謝銀二：「一楪氈根數十皴，盤中猶更有紅鱗。早知文字多辛苦，悔不當初學冶銀。」

賞海棠三絶

芳春隨分到貧家〔一〕，兒女多情惜歲華。聊爲海棠修故事，去年燈燭去年花〔二〕。

燭光花影兩相宜，占斷風光二月時㊀。但得常如妃子醉〔三〕，何妨獨欠少陵詩〔四〕。

憶向宣華夜倚闌，花光妍煖月光寒。如今蹋颯嫌風露〔五〕，且只銅瓶滿插看。

【校記】

㊀風光：叢書堂本、詩淵第四册第二五七七頁作「光風」。

【題解】

本組詩作於淳熙十四年（一一八七）春，時養病在家，賞海棠而賦三絶以寄興。

【箋注】

〔一〕隨分：隨處。張相詩詞曲語辭匯釋卷四：「隨分，猶云隨便也，含有隨遇、隨處、隨意各義。」陸游蓦山溪詞：『嘯臺龍岫，隨分有雲山。』」

〔二〕「去年」句：錢鍾書談藝録：「東坡海棠詩曰：『只恐夜深花睡去，高燒銀燭照紅妝。』馮星實蘇詩合注以爲本義山之『客散酒醒深夜後，更持紅燭賞殘花』。不知香山惜牡丹早云：『明朝風起應吹盡，夜惜衰紅把火看。』」談藝録補訂：「義山語意，亦唐人此題中常見者。如王建惜歡：『歲去停燈守，花開把燭看。』司空圖落花：『五更惆悵迴孤枕，自取殘燈照落花。』」

〔三〕常如妃子醉：冷齋夜話卷一：「東坡作海棠詩曰：只恐夜深花睡去，高燒銀燭照紅妝。事見太真外傳，曰：上皇登沈香亭，詔太真妃子，妃子時卯醉未醒，命力士從侍兒扶掖而至。妃子醉顔殘粧，鬢亂釵横，不能再拜。上皇笑曰：豈是妃子醉，真海棠睡未足耳！」蘇軾寓居惠定院之東雜花滿山有海棠一株土人不知貴也：「朱唇得酒暈生臉，翠袖卷紗紅映玉。」以人喻花，亦謂其醉態。

〔四〕獨欠少陵詩：杜甫入蜀，未題詠海棠。鄭谷蜀中賞海棠：「濃澹芳春滿蜀鄉，半隨風雨斷鶯腸。浣花溪上堪惆悵，子美無心爲發揚。」自注：「杜工部居西蜀，詩集中無海棠之題。」陳思海棠譜序：「自杜陵入蜀，絶吟於是花，世以此薄之。其後都官鄭谷，已爲舉似。」

〔五〕蹋颯：即塌颯、答颯，見卷二七閶門初泛二十四韻「塌颯」條注。

午窗遣興，家人謀過石湖

雲日初收破柱雷，小窗坐穩興悠哉！燻爐花氣朝酲解，茶鼎松風午夢迴。謝客門闌風動竹〔一〕，惜春時節雨肥梅〔二〕。畫船破浪亦一快，聞道湖光如潑醅。

【題解】

本詩作於淳熙十四年（一一八七）春，時在家養病。陳造有和詩次韻石湖居士晴窗雜興（江湖長翁文集卷一三）：「閶門車馬隱晴雷，我亦臨風詠快哉！平碧際空烟冪歷，蔫紅照影水縈回。園翁門巷初沾絮，游子杯盤欲薦梅。落晚小家還饌客，旋篘春甕取新醅。」

【箋注】

〔一〕風動竹：蔣防霍小玉傳：「母謂曰：『汝嘗愛念「開簾風動竹，疑是故人來」，即此十郎詩也。』」十郎，即李益。

〔二〕雨肥梅：杜甫陪鄭廣文遊何將軍山林十首其五：「綠垂風折笋，紅綻雨肥梅。」

將至石湖，道中書事

水綠鷗邊漲，天青雁外晴。柳堤隨草遠，麥隴帶桑平。白道吴新郭，蒼煙越故城。稍聞鷄犬鬧，僮僕想來迎。

【題解】

本詩作於淳熙十四年（一一八七），時閑居在家。自城内居處至石湖，賦本詩記道中景物。

三月十六日石湖書事三首

春事日以闌，暑陰正清美。拖筇入林下，秀緑照衣袂。盧橘梅子黄，櫻桃桑椹紫。荷依浪花顫，笋破苔色起。風日收宿陰，物色有新意。鄰曲知我歸，争來問何似。病惱今有無？加飯日能幾？掀髯謝父老，衰雪已如此！

種木二十年〔一〕，手開南野荒。苒苒新歲月，依依舊林塘。污萊擅下濕，岑蔚驕衆芳。菱母尚能瘦，竹孫如許長。憶初學圃時，刀笠冒風霜。今兹百不堪，裹帽人扶將。龍鍾數能來，猶勝兩相忘。

湖光明可鑑，山色浄如沐。閒心愜舊觀，愁眼快奇矚。依然北窗下，凝塵滿書簏。訪我烏皮几，拂我青氈褥〔二〕。荒哉賦遠遊，幸甚遂初服。老紅餞餘春，衆緑自幽馥。好風吹晚晴，斜照入疎竹。兀坐胎息匀，不覺清夢熟。

【題解】

本組詩作於淳熙十四年（一一八七）三月十六日，時閑居在蘇，至石湖，作此以紀事。

【箋注】

〔一〕「種木」句：二十年，此爲約數。以二十年推算，當在乾道四年，時在處州。乾道二、三年石湖閑處，種樹或在此時。

〔二〕「訪我」二句：木蘭詩：「開我東閣門，坐我西閣牀。」二句仿此。

或勸病中不宜數親文墨，醫亦歸咎，題四絶以自戒，末篇又以解嘲

作字腕中百斛，吟詩天外片心〔一〕。習氣吹劍一吷〔二〕，病軀垂堂千金。

意馬場中汗血〔三〕，隙駒影裏心灰。吉蠲筆墨安用〔四〕，付與蛛絲壁煤。

詩成徒能泣鬼〔五〕，博塞未必亡羊。剛將妄言綺語，認作錦心繡腸〔六〕。

師熠尚合餘燼〔七〕，羹熱休吹冷虀〔八〕。解酲縱無五斗，且復月攘一鷄！

【題解】

本詩作於淳熙十四年（一一八七），時養病在家。

【箋注】

〔一〕「吟詩」句：皇甫湜唐故著作左郎顧況集序：「往往若穿天心，出月脇，意外驚人語，非尋常所能及。」

〔二〕吹劍一吷：莊子則陽：「吹劍首者，吷而已矣。」疏：「吷，小聲也。」釋文：「司馬云：吷然如風過。」

〔三〕意馬：意馬，即心猿意馬，喻心神不定。通俗編卷一五「心猨意馬」：「參同契注：『心猨不定，意馬四馳。』梁簡文詩：『三修祛愛馬，六意靜心猨。』許渾詩：『機盡心猨服，神閒意馬行。』南唐書元宗子從善傳：『予之壯也，意如馬，心如猱。』」

〔四〕吉蠲：選擇吉日。詩經小雅天保：「吉蠲爲饎。」毛傳：「吉，善；蠲，絜也。」鄭箋：「謂將祭祀也。」

〔五〕「詩成」句：自杜甫寄李太白二十韻「筆落驚風雨，詩成泣鬼神」化出。

〔六〕錦心繡腸：形容詩句構思巧妙，措辭秀麗。柳宗元乞巧文：「駢四儷六，錦心繡口。」齊己讀李賀歌集：「吳綾蜀錦胸襟開。」

〔七〕師熸：左傳襄公二十六年：「王夷師熸。」杜預注：「吳楚之間謂火滅爲熸。」

〔八〕「羹熱」句：楚辭九章惜誦：「懲於羹者而吹齏兮，何不變此志也。」

送遂寧何道士自潭湘歸蜀

塵埃波浪幾東西，歸去丹瓢挂杖藜。戊己爐中真造化，功成分我一刀圭〔一〕。

書劍飄然席未温，火雲撲地暑煙昏。山黄水濁湖南路，竹月荷風憶范村〔二〕。

【題解】

本詩作於淳熙十四年（一一八七）夏，時休閑在蘇。何道士，遂寧人，生平未詳。遂寧，縣名，屬遂州。王存元豐九域志卷七梓州路遂州，有遂寧。

【箋注】

〔一〕「戊己」二句：戊己在五行方位中代指中央土，道教稱煉丹處爲「甲乙壇」「戊己爐」等，此「戊己爐」泛指丹爐。刀圭：取藥物之工具。政和證類本草卷一引陶弘景名醫别録：「凡散藥有云刀圭者，十分方分匕之一，準如梧桐子大也。」章炳麟新方言卷六釋器，説刀即「庣」字，刀圭，古音讀如「條耕」，後人寫作「調羹」。韓愈寄周隨州員外：「金丹别後知傳得，乞取刀圭救病人。」兩句意謂何道士能煉丹藥，歸去後，若爐中煉出丹藥，請分我一些。

〔二〕憶范村：范村，成大城中住宅之南，隔河有園圃，名爲「范村」。他早已經營此圃，於紹熙元年二月，作有范村記。姜夔玉梅令序：「石湖宅南，隔河有圃曰范村，梅開雪落，竹院深静。」

立秋二絶

戴楸葉，食瓜水，吞赤小豆七粒，皆吴中節物也。

三伏熏蒸四大愁，暑中方信此生浮。歲華過半休惆悵，且對西風賀立秋。

折枝楸葉起園瓜，赤小如珠嚥井花。洗濯煩襟酬節物，安排笑口問生涯。

【題解】

本詩作於淳熙十四年（一一八七）立秋，時閑居在家。立秋日，賦二絶，咏吴中節物。食瓜水，即食西瓜。顧禄清嘉録卷七「立秋西瓜」條：「立秋前一月，街坊已擔賣西瓜，至是居人始薦於祖禰，并以之相饋貺，俗稱立秋西瓜。」「吴俗，則以立秋日薦瓜，而昆、新、常、昭志皆云：『立秋日，按時食西瓜。』蓋本豳風『七月食瓜』之意也。」

秋雷歎

吴諺云：「秋孛轆，損萬斛。」謂立秋日雷也。

立秋之雷損萬斛，吴儂記此占年穀。汰哉豐隆無藉在〔一〕，政用此時鳴孛轆。向來夏旱連三月，吁嗟上訴聲滿屋。訟風未憖復占雷㊀〔二〕，助魃爲妖天更酷。我雖閒寂忝祠史，家請官供尚倉粟。塵甑貧交滿目前，卒歲將何救枵腹？但願吴儂言不驗，共割黄雲炊白玉。天人遠近叵戲論，禪竈安能尸禍福〔三〕？

【校記】

㊀未憖：原作「未慭」。富校：「沈注云：『慭』當作『憖』。杜預注：『憖，缺也。』」活字本、董鈔本

作「愸」，叢書堂本作「憖」。按，憖、愸字同。今據改。

【題解】

本詩作於淳熙十四年（一一八七）秋，時在家養病。袁景瀾吴郡歲華紀麗卷七「秋孛碌」條云：「紀曆撮要云：立秋日雷，名躃踣雷，損晚稻，亦云秋霹靂，主晚稻秕。諺云：『秋轂碌，收秕穀。』又云：『秋孛鹿，損萬斛。』」

【箋注】

〔一〕無藉在：無拘束。張相詩詞曲語辭匯釋卷四：「無藉在，猶無聊賴或無拘束也。楊萬里風花詩：『風似病顛無藉在。』」

〔二〕愸：同「憖」。左傳哀公十六年：「孔丘卒，公誄之曰：『旻天不弔，不愸遺一老。』」杜預注：「愸，且也。」詩經小雅十月之交，亦載此句，鄭箋云：「心不欲而自强之辭。」

〔三〕「禆竈」句：禆，古代祭祀大夫所服之禮服，儀禮覲禮：「侯氏禆冕釋幣於禰。」注：「禆冕者，衣禆衣而冠冕也。」此作動詞用，祭祀義。尸，主持，詩經召南采蘋：「誰其尸之，有齊季女。」毛傳：「尸，主。」

用漢中帥閻才元侍郎韻，送樊子南西歸，兼呈侍郎

萬里山巔與水涯，春風招看杏園花。向來科第直溷子〔一〕，此去文章應滿家。休

學遊仙窮越嶲〔二〕，且從知己控褒斜〔三〕。南樓東望當思我，藥裹堆中兩鬢華。子南嘗自岷山西遊，窮探勝境，多見異人。南樓，侍郎新作。

【題解】

本詩作於淳熙十四年（一一八七），時在家養病。樊子南，生平未詳。閻才元侍郎，即閻蒼舒，參見卷二五書懷二絕再送文季高兼呈新帥閻才元侍郎寄題漢中新作南樓詩之「題解」。

【箋注】

〔一〕「向來」句：用元結故事。顔真卿唐故容州都督兼御史中丞本管經略使元君表墓碑銘：「天寶十二載舉進士，作文編，禮部侍郎陽浚曰：『一第污元子身，有司得元子是賴，遂登高第。』」

〔二〕越嶲：本西南夷邛都之地，唐改爲嶲州。李吉甫元和郡縣圖志卷三二劍南道中嶲州：「本漢南外夷獠，秦、漢爲邛都國，秦嘗攻之，通五尺道，改置吏焉。至漢武帝始誅且蘭邛君，并殺筰侯，而冉駹等皆震恐，乃以邛都之地爲越嶲郡，屬益州。按郡有越水、嶲水，出生羌界，言越嶲者，以彰威德遠也。……隋開皇六年，改爲西寧州，十八年改爲嶲州，皇朝因之。」此句指樊子南「自岷山西遊，窮探勝境」。

〔三〕褒斜：古通道名，爲川陝交通要道，也稱褒斜道、褒斜谷，在陝西西南，沿褒水、斜水所形成的河谷。李吉甫元和郡縣圖志卷二二山南道褒城縣：「褒水，源出縣西衙嶺川，斜水與褒水同源而派分。漢孝武帝時，人欲通褒斜道及漕，事下御史大夫張湯。湯問其事，因言（略）。天子然之，拜湯子卬爲漢中守，發數萬人作褒斜道五百里。道果便近，而水多湍石，不可漕，遂止。」

書樊子南遊西山二記後

仙山草木鎖卿雲〔一〕，不到花平不離塵。十丈牡丹如錦蓋，人間姚魏却争春。

右牡丹瓶

春晚娑羅百葉開〔二〕，仙翁精舍長蓬萊。朝元未罷門深閉，不管人間有客來。

右大面〔三〕

【題解】

本組詩作於淳熙十四年（一一八七），時閑居在家。樊子南有遊西山二記，石湖讀之，作此書其後。

【箋注】

〔一〕卿雲：史記天官書：「若煙非煙，若雲非雲，郁郁紛紛，蕭索輪囷，是謂卿雲。卿雲見，喜氣也。」

〔二〕娑羅：范成大吴船録卷上：「過新店、八十四盤、娑羅平。娑羅者，其木葉如海桐，又似楊梅花，紅白色，春夏間開，唯此山有之。」

〔三〕大面：大面山。范成大吴船録卷上：「岷山之最近者曰青城山，其尤大者，曰大面山。大面山之後，皆西戎山矣。」

題天平壽老方丈

二十三年再入山〔一〕，此山於我有前緣。時人不用憐衰病，天與丹房一線泉〔二〕。

壽老近於半山石壁之中，得泉眼如筯，清泉如一線，涓涓而出，大旱不增減，欲爲余作小庵於泉傍，以煉丹云。

【題解】

本詩作於淳熙十四年（一一八七），時在家養病。遊天平山，於壽老方丈，題詩一首。

【箋注】

〔一〕二十三年：自本年向上推算，石湖於乾道元年曾入天平山。其時在京任職，不可能入山。乾道二年三月，爲言者論罷，返里，才有可能入天平山晤壽老。

〔二〕一綫泉：范成大吴郡志卷一五「山」：「比年有寺僧師壽，搜摇巖巒，別立數亭，皆奇峭。又於白雲之上石壁中，得一泉如綫，尤清冽云。」徐崧、張大純百城烟水吴縣：「天平山，在支硎山南。……山半有白雲泉，別有一泉如綫，注出石罅，曰一綫泉（僧壽老始發之）。」

再遊天平，有懷舊事，且得卓庵之處，呈壽老

訪舊光陰二十年，殘僧相對兩依然。木蘭已老無花發，石竹依前有蘚眠。萬户直須龜手藥，一龕何用買山錢。從今半座須分我，共説昏昏一覺禪〔一〕。

【題解】

本詩作於淳熙十四年（一一八七），時閑居在家。再遊天平，作此呈壽老。

【箋注】

〔一〕一覺禪：一覺，即一悟，金剛三昧經曰：「諸佛如來，常以一覺，而轉諸識，入庵摩羅。」

重九日行營壽藏之地

家山隨處可行楸㊀，荷鍤攜壺似醉劉〔一〕。縱有千年鐵門限〔二〕，終須一箇土饅

頭〔三〕。三輪世界猶灰劫〔四〕，四大形骸强首丘〔五〕。螻蟻烏鳶何厚薄，臨風拊掌菊花秋。

【校記】

㈠行楸：方回瀛奎律髓卷二八作「松楸」。

【題解】

本詩作於淳熙十四年（一一八七）重陽日，時養病在家。范成大營墓於天平山附近之赤山。吴郡文粹續編卷一九范成大得壽藏於先隴之旁詩後跋：「仰天山，在赤山之東，近天平，舊名馬鞍山。宋范文穆公（成大）營墓於此，以近天平山，慕范文正爲人，故改今名。傍有覺嚴寺，爲文穆奉祠之所，今廢。」周必大神道碑：「自公曾祖葬吴縣至德鄉上沙之赤山，少師嘗戒子姪：『他日葬我，毋遠先塋。』後葬稍南小丘。公嘗營壽藏百步間，以十二月十三日歸窆。」方回瀛奎律髓卷二八録本詩，有諸家評語，馮舒評：「石湖體自好。」馮班評：「真白傅子孫。」紀昀評：「三、四粗鄙之極。」無名氏評：「釋氏謂風、水、火三輪則爲三災。老子謂域中有四大：天大、地大、道大、君大也。」載酒園詩話卷一：「范石湖營壽藏，作詩曰：『縱有千年鐵門限，終須一箇土饅頭。』真欲笑殺。」黄白山評：「唐人有張打油一派，尸祝至今，凡胸無書卷而性喜吟詠者皆宗之。」圍爐詩話卷五：「宋人好用成語入四六，後并用之於詩，故多硬贑。如（略）范石湖營壽域詩云：『縱有千年鐵門限，終須一箇土饅頭。』直欲笑殺。」

【箋注】

〔一〕「荷鍤」句：用劉伶故事。劉伶，放情肆志，嗜酒，著酒德頌。晉書劉伶傳：「常乘鹿車，攜一壺酒，使人荷鍤而隨之，謂曰：『死便埋我。』」

〔二〕「縱有」句：李綽尚書故實：「（僧智永）積年學書……人來覓書……所居户限爲之穿穴，乃用鐵葉裹之，人謂爲鐵門限。」蘇軾贈寫御容妙善師：「都人踏破鐵門限，黄金白璧空堆牀。」

〔三〕「終須」句：王梵志詩：「城外土饅頭，餡草在城裏。一人喫一個，莫嫌没滋味。」

〔四〕三輪世界：丁福保佛學大辭典：「此世界之最下爲風輪，風輪之上有水輪，水輪之上有金輪，金輪之上安置九山八海而成一世界，故此世界稱爲三輪世界。」

〔五〕首丘：禮記檀弓：「禮，不忘其本。古之人有言曰：狐死正丘首，仁也。」屈原九章哀郢：「鳥飛返故鄉兮，狐死必首丘。」

得壽藏於先隴之傍，俯酬素願，感慨交懷

密邇松楸地一隅，會心何必問青烏。亢宗雖愧鎮公子〔一〕，没世尚從先大夫。京兆漢阡賢問望㊀，邢山鄭冢儉規模〔二〕。家庭遺訓焄蒿在〔三〕，不學邠卿畫古圖〔四〕。

【校記】

㊀問望：方回瀛奎律髓卷二八作「聞望」。

【題解】

本詩作於淳熙十四年（一一八七），時閑居在蘇。營壽藏，有感而賦。方回録本詩於瀛奎律髓卷二八，方回評：「自古皆有死，二詩達矣。」紀昀評：「不問詩之工拙，而但取其見之達，非選詩之道。亦庸劣。」

【箋注】

〔一〕「亢宗」句：亢宗，庇護宗族，光耀門庭。左傳昭公元年：「吉不能亢身，焉能亢宗？」張説故洛陽尉贈朝散大夫馬府君碑：「伯父匡武撫之曰：『亢宗保家，吾有望爾。』」鎮公子，指春秋曹國公子子臧，册府元龜卷七四六：「子臧，曹公子也。魯成公十五年，晉侯以曹伯殺太子而自立，執而歸諸京師。諸侯將見子臧於王而立之。子臧辭曰：『前志有之曰：「聖達節，次守節，下失節。」爲君非吾節也。雖不能聖，敢失守乎？』遂逃奔宋。十六年六月，曹人請于晉曰：『自我先君宣公即世（在十三年），國人曰：「若之何？憂猶未弭（弭，息也。既葬，國人皆將從子臧，所謂憂未息）。」而又討我寡君（前年晉侯執曹伯），以亡曹國社稷之鎮公子（謂子臧逃奔宋），是大泯曹也（泯，滅也）。……』七月，曹人復請于晉。晉侯謂子臧：『反，吾歸而君（以曹人重子臧故）。』子臧反，曹伯歸。子臧盡致其邑與卿而不出。」

〔二〕「邢山」句：晉書杜預傳：「預先爲遺令曰：『……吾往爲臺郎，嘗以公事使過密縣之邢山，山上有冢，問耕父，云是鄭大夫祭仲，或云子産之冢也。……歷千載無毁，儉之致也。』」

〔三〕君蒿：禮記祭義：「其氣發揚於上爲昭明，君蒿悽愴。」注：「君，謂香臭也。蒿，謂氣蒸出貌也。」

〔四〕「不學」句：後漢書趙岐傳：「岐字邠卿。……先是爲壽藏，圖季札、子産、晏嬰、叔向四家像居賓位，又自畫其像居主位，皆爲讚頌。」

晚登木瀆小樓

萬象當樓黼繡張，闌干一士立蒼茫。雲堆不動山深碧，星出無多月淡黄。宿鳥盡時猶數點，歸鴻驚處更斜行。松陵政有鱸魚上〔一〕，安得長竿坐釣航？

【題解】

本詩作於淳熙十四年（一一八七），時閑居在家，營壽藏，經木瀆，登樓晚望，有感而賦。

【箋注】

〔一〕「松陵」句：松陵，即松江。范仲淹松江漁者：「江上往來人，但愛鱸魚美。」松江盛産鱸魚，范成大吴郡志卷二九：「鱸魚，生松江，尤宜膾，潔白松軟，又不腥，在諸魚之上。」

題秋鷺圖

昨夜新霜冷釣磯，緑荷消瘦碧蘆肥。一江秋色無人問，盡屬風標兩雪衣。

【題解】

本詩作於淳熙十四年（一一八七）秋，時閑居在家，閱秋鷺圖，因題本詩。

送蘇秀才歸永嘉

再入庭闈再入山，偷閒百日了金丹。他年拔宅上升後，休道使親忘我難〔一〕。大道凝神術養形〔二〕，形神俱煉始功成。勸君觀妙還觀徼〔三〕，先作頑仙地上行〔四〕。

【題解】

本詩作於淳熙十四年（一一八七），時閑居在家。

【箋注】

〔一〕「他年」二句：此用蘇耽故事。神仙傳卷九蘇仙公傳：「蘇仙公者，桂陽人也，漢文帝時得道。……先生灑掃門庭，修飾墻宇。友人曰：『有何邀迎？』答曰：『仙侶當降。』俄頃之間，乃見天西北隅紫雲氤氳，有數十白鶴，飛翔其中，翩翩然降於蘇氏之門，皆化爲少年，儀形端美，如十八九歲人，怡然輕舉。先生斂容逢迎。乃跪白母，曰：『某受命當仙，被召有期，儀衛已至，當違色養，即便拜辭。』……聳身入雲，紫雲捧足，群鶴翺翔，遂升雲漢而去。」蘇秀才姓蘇，故用蘇耽故事。

〔二〕凝神：語出莊子達生：「孔子顧謂弟子曰：『用志不分，乃凝於神。』」顔延之五君詠嵇中散：「形解驗默仙，吐論知凝神。」

〔三〕「勸君」句：道德經第一章：「道可道，非常道，名可名，非常名。」「故常無欲，以觀其眇（妙），常有欲，以觀其所徼。」

〔四〕「先作」句：頑仙地上行，即地行仙。楞嚴經卷八：「人不及處有十種仙：阿難，彼諸衆生，堅固服餌，而不休息，食道圓成，名地行仙。」蘇軾樂全先生日以鐵柱杖爲壽二首其一：「先生真是地行仙，住世因循五百年。」

東宫壽詩　丁未年

有赫題期盛，無疆嗣歷昌。中興歸濬哲，重慶啓元良。丙亥開基遠〔一〕，三丁系統長〔二〕。恭惟藝祖、太宗皇帝元命皆在亥，今太上、主上、殿下元命皆在丁。帝咨同物瑞，人卜降年祥。離日融雙照，乾天秉少陽。晨昏周内寢，詩禮舜巖廊。極右辰居焕，心前火德光。與齡偕聖父，德壽協虚皇。銅律風占兑，瑶山樂奏商。蓂芳鄰五位，菊色麗中央。視膳斑衣拱，傳觴玉契將。宸楓霜獻葉，仙桂月輪香。薰炷争延祝，吟牋曷讚揚。形容仁與孝，步障有雲章。

【校記】

㈠德壽：活字本、叢書堂本、董鈔本、詩淵第六册第四四八九頁作「得壽」。

【題解】

本詩作於淳熙十四年（一一八七）九月，時在家養病。

【箋注】

〔一〕「兩亥」句：據詩注，知「開基」者指宋高祖、宋太宗。宋高祖生於後唐天成二年（九二七）丁亥；宋太宗生於晉天福四年（九三九）己亥，故云「兩亥」。

〔二〕「三丁」句：詩注「太上」，指宋高宗，生於大觀元年（一一〇七）丁亥；「主上」，指宋仁宗，生於建炎元年（一一二七）丁未，「殿下」，指皇太子趙惇，生於紹興十七年（一一四七）丁卯，三人均生于「丁」年，故云「三丁」。

送同年朱師古龍圖赴潼川

杏園耆舊如晨星，白頭相對眼故青。奉常禮樂照東蜀〔一〕，十年清名留漢廷〔二〕。蜀人減估天恩厚，高議清陰猶記否？邇來聞道更蠲除，此段始終君一手。歸見岷峨無愧詞，父老笑迎還歎咨。賈生未可去宣室〔三〕，屯膏一州誰謂宜。魏闕江湖關出處〔四〕，招頭不用催嗚櫓〔五〕。遥知夢境尚京塵，啞咤滿船聞魯語。蜀士仕於朝者，所買婢妾，例不肯隨歸，獨師古家無一人肯相舍，傳以爲奇事。蜀人以中原語音爲魯語。

【題解】

本詩作於淳熙十四年（一一八七）十月，時養病在家。朱師古，即朱時敏，字師古，眉山人，與石湖同爲紹興二十四年進士，歷仕秘書郎、著作佐郎、著作郎、將作少監。淳熙十四年，知潼川府。赴任前，過蘇訪石湖。南宋館閣續録卷六：「朱時敏，（淳熙）五年六月除（秘書郎），六年十月，爲著作佐郎。」又：「朱時敏（淳熙）六年十月除（著作佐郎），七年七月爲著作郎。」又：「朱時敏，字師古，眉山人，紹興二十四年張孝祥榜同進士出身，治禮記。（淳熙）七年七月除（著作郎），九年三月爲將作少監。」建炎以來繫年要録乙集卷一一奉常大事例遷儀曹條云：「朱時敏師古，眉山人也。淳熙末爲太常少卿。王季海喜其謹厚，欲用爲從官，而不敢薦，二年半不遷。數請外，季海留之。……一日，方坐寅清堂，有老吏密言曰：『德壽宫服藥，可知之否？』師古顰蹙曰：『知之，奈何？』吏曰：『少卿奚去之果？』師古不諭。既而得小龍，知潼川府。」宋會要輯稿職官六二：「（淳熙十四年九月）二十三日詔，太常少卿朱時敏，久踐周行，備吏事任。除直龍圖閣，知潼川府。」朱時敏知潼川之詔命，於九月二十三日方下，則離行在，去蘇州，當在本年十月。

【箋注】

〔一〕「奉常」句：奉常，即太常，指太常寺。高承事物紀原卷五「九寺卿少部第二十四」：「太常，亦周禮春官職也。秦有奉常，漢初改曰太常，蓋秦官也。初學記曰：『高祖改，漢百官表曰：景帝中六年更。』」太常寺卿、少卿掌禮樂。宋史職官志四：「太常寺，卿掌禮樂、郊廟、社稷、壇壝、陵寢之事，少卿爲之貳，丞參領之。」宋會要輯稿職官二十二「太常寺」：「太常寺掌社稷及武成王廟、諸壇齋宫習樂之事。」因朱時敏久仕太常少卿，今去東蜀任職，將禮樂之習帶至其地，故云「照東蜀」。

〔二〕「十年」句：朱時敏於淳熙五年任秘書郎，至淳熙十四年任太常少卿，前後恰爲十年，長任京官，有清名，故云「留漢廷」。

〔三〕「賈生」句：用賈誼故事，李商隱賈生：「宣室求賢訪逐臣，賈生才調更無倫。可憐夜半虚前席，不問蒼生問鬼神。」石湖反用此事，故云「未可」。

〔四〕「魏闕」句：莊子讓王：「身在江湖之上，心居乎魏闕之下。」

〔五〕招頭：杜甫撥悶：「長年三老遥憐汝，捩舵開頭捷有神。」仇兆鰲注：「蔡注：『峽中以篙師爲長年，舵工爲三老。』邵注：『三老，捩船者，長年，開頭者。』」陸游入蜀記卷五：「問何謂長年三老，云梢工是也。」入蜀記卷四：「有嘉州人王百一者，初應募爲船之招頭。招頭，蓋三老之長。」

題趙希遠案鷹圖

學射春山萬歲湖，牙門列騎卷平蕪。如今黄土原邊夢，猶識呼鷹嗾犬圖。

【題解】

本詩作於淳熙十四年（一一八七），時閑居在蘇。得觀趙伯驌案鷹圖，因題詩。趙希遠，即趙伯驌，鄧椿畫繼卷二「侯王貴戚」：「其（伯駒）弟路分伯驌，字希遠，亦善山水花木，著色尤工。」湯垕畫鑑：「宋宗室如千里、希遠，皆得丹青之妙。」夏文彦圖繪寶鑑卷四：「趙伯驌字希遠，千里弟，善畫山水人物，尤長於花禽，傅染輕盈，頓有生意。」

題米元暉吴興山水横卷

道場山麓接何山〔一〕，影落苕溪浸碧瀾〔二〕。只欠荷花三十里，橛頭船上把漁竿〔三〕。

【題解】

本詩作於淳熙十四年（一一八七），時在家養病。米元暉，即米友仁（一〇八六—一一六五），字元暉，號懶拙道人，太原人。米芾之子。十九歲時，畫楚山清曉圖，米芾以之進呈宋徽宗，受賞識，由是知名。宣和時任大名府少尹。南渡後，歷仕浙江西路提舉茶鹽公事、工部侍郎，敷文閣直學士等。與父齊名，時稱「二米」或「大小米」。善畫水墨山水，表現江南烟霧迷濛的山水景色。鄧椿畫繼卷三：「米友仁，元章之子也。幼年，山谷贈詩曰：『我有元暉古印章，印刓不忍與諸郎。虎兒筆力能扛鼎，教字元暉繼阿章。』遂字元暉。元章當置畫學之初，召爲博士。便殿賜對，因上友仁楚山清曉圖。既退，賜御書畫各二軸。友仁宣和中爲大名少尹，天機超逸，不事繩墨，其所作山水，點滴烟雲，草草而成，而不失天真。其風氣肖乃翁也。每自題其畫曰墨戲。被遇光堯，官至工部侍郎，敷文閣直學士，日奉清閒之燕。」

【箋注】

〔一〕「道場山」句：道場山，談鑰嘉泰吳興志卷四：「（烏程縣）道場山，昔訥和尚辭師出巡禮，師曰：『逢道即止。』訥經此山，遂留，後建寺山頂，有塔，下有笑月亭、愛山亭。」何山，與道場山相接，同書同卷云：「何山，沈括地志云：『何山，亦曰金蓋山，晉何楷居此習儒業，楷後爲吳興太守，改金蓋山爲何山。……』續圖經曰：推本而言，舊編云山與道場山相接，最爲吴興勝遊。然道場山勝在山頂，何山勝在山下。蘇東坡詩有『道場山頂何山麓』之句。」

〔二〕苕溪：一名霅溪，李吉甫元和郡縣圖志卷二五江南道湖州烏程縣：「霅溪水，一名大溪水，一名苕溪水，西南自長城、安吉兩縣東北流，至州南與餘不溪水、苧溪水合，又流入於太湖，在州北三十五里。」

〔三〕「只欠」二句：方干題畫建溪圖：「分明記得曾行處，只欠猿聲與鳥啼。」秦觀題趙團練畫江干晚景四絶其三：「煩君添小艇，畫我作漁翁。」

圍田歎四絶

萬夫堙水水乾源，障斷江湖極目天。秋潦灌河無洩處，眼看漂盡小家田。

山邊百畝古民田，田外新圍截半川。六七月間天不雨，若爲車水到山邊？

壑鄰罔利一家優，水旱無妨衆户愁。浪説新收若干税，不知逋失萬新收。

臺家水利有科條，膏潤千年廢一朝。安得能言兩黄鵠，爲君重唱復陂謡〔一〕。

【題解】

本組詩作於淳熙十四年（一一八七），時養病在家。石湖於乾道四年知處州，曾修復廢棄之隄堰，使鄉民重享溉田之利。今聞浙西陂塘不修，作圍田歎四首。黄震黄氏日鈔卷六七評曰：「圍田歎四首，言大家之妨細民。」于北山范成大年譜淳熙十四年譜文附注：「今見陂塘不修，旱潦排灌，毫無措施，尤其是村豪壟斷，小民受害；官府不問，專事搜括，引起石湖無限憂悒，故作詩以代申訴與呼籲。」孔凡禮范成大年譜淳熙十四年譜文：「作圩田嘆，揭豪家圩田侵奪貧民之害。」孔先生并對浙西圍田事，廣徵史料：一、宋史全文卷二四：「（乾道二年四月）除浙西圍田，以其壅水害民田故也。」又卷二七：「（淳熙十年四月癸卯）大理寺丞張抑言：浙西諸州豪家大姓，於瀕湖陂蕩，各占爲田，名曰塘田，於是舊爲田者始隔絶水出入之地。淳熙八年，雖因臣僚札子，有旨令兩浙運司根括。而八年（按：「八」當爲「兩」之誤）之後，圍裏益甚。乞自今責之知縣，不得給據；責之縣尉，常切巡捕，責之監司，常切覺察，仍許人告。令下之後，尚復圍裏者，論如法。從之。」二、宋史卷一七三食貨志上一：「（淳熙）十年，大理寺丞張抑言：『陂澤湖塘，水則資之潴洩，旱則資之灌溉。近者浙西豪宗，每遇旱歲，占湖爲田，築爲長堤，中植榆柳，外捍茭蘆，於是舊爲田者，始隔水之出入。蘇、湖、常、秀昔有水患，今多旱災，蓋出於此。乞責縣令毋給據，尉警捕，監司覺察。有圍裏者，以違制論；給據與失察者，并坐之。』既而漕臣錢冲之請每圍立石以識之，共一千四百八十九所，令諸郡遵守焉。」三、宋會要輯稿食貨六一之三八至三九：「（慶元）二年八月二日，户部尚書袁説友、侍郎張抑言：近年以來，浙西諸郡圍田之利既行，而陂塘淹瀆，皆變爲田。年歲既深，圍田日廣，曩日潴水之地，百不一存，水無所潴，旱無所取，雨則易潦，晴則易旱者，皆圍田有以致之也。今浙西鄉落，圍田相望，皆千百畝，陂塘淹瀆，悉爲田疇，有水則無地之可瀦，有旱則無水之可戽，易水易旱，歲歲益甚。今不嚴爲之禁，將不數年，水旱易見，又有甚於今日，無復有稔歲矣。」據此數證，益可見石湖這組詩的現實意義。

【箋注】

〔一〕「安得」二句：漢書翟方進傳：「童謡曰：『壞陂誰？翟子威，飯我豆食羹芋魁。反乎覆，陂當復，誰云者？兩黄鵠。』」復陂謡，即指此童謡。

素　羹

氈芋凝酥敵少城，土藷割玉勝南京〔一〕。合和二物歸藜糝〔二〕，新法儂家骨董羹〔三〕。

【題解】

本詩作於淳熙十四年（一一八七），時閑居在蘇，食素羹，戲賦一絶以紀事。

【箋注】

〔一〕土藷：藷芋，即山藥。蘇軾聞子由瘦：「土人頓頓食藷芋。」查注引本草：「藷芋，一名土藷，即山藥也。因唐代宗名預，改爲藷藥。又因宋英宗名曙，改爲山藥。」

〔二〕「合和」句：藜糝，語出説苑雜言：「孔子困于陳蔡之間，居環堵之内，席三經之席，七日不食，藜羹不糁。」

〔三〕骨董羹：蘇軾仇池筆記：「羅浮頴老取凡飲食雜烹之，名骨董羹。」

夜雨

燭花垂穗伴空齋，心事如灰入壯懷。老倦更闌惟熟睡，任他踈雨滴空堦。

【題解】

本詩作於淳熙十四年（一一八七），時閑居在蘇，夜雨，賦小詩以志感。

野景

菰蒲聲裏荻花乾，鷺立江天水鏡寬。畫不能成詩不到，筆端無處著荒寒。

【題解】

本詩作於淳熙十四年（一一八七），時閑居在蘇，見野景，賦詩志之。

除夜地爐書事

節物閙門裏，人情老境中。雁聲凌急雨，燈影戰斜風。糟醨新醅白，柴錐軟火紅〔一〕。家人恔夜話㊀，我已困蒙茸。吴人酌酒甕浮醅，謂之擎醨，酒之精英也。

【校記】

㊀家人：原作「人家」。富校：「『人家』黄刻本、宋詩鈔作『家人』，是。」活字本、叢書堂本、董鈔本均作「家人」，今據諸本改。

【題解】

本詩作於淳熙十四年（一一八七）除夕夜，賦本詩記事。

【箋注】

〔一〕軟火：白居易葺池上舊亭：「軟火深土爐，香醪小瓷榼。」

元日立春感歎有作二首

元日兼春日，霜寒又雪寒。併煩傳菜手，同捧頌椒盤。疊膝稀穿履，扶頭懶正冠。五年如此度，寧得諱衰殘！

元日兼春日，閒身是老身。行年申直戊〔一〕，交運丑支辛〔二〕。豈敢綦安佚，聊希刮鈍屯〔三〕。童兒看書户，把筆已如神。

【題解】

本詩作於淳熙十五年（一一八八）元日，時閑居在蘇。元日立春，作此感歎自己年老體衰。

【箋注】

〔一〕「行年」句：淳熙十五年爲戊申歲，故云。

〔二〕「交運」句：石湖認爲交運的年分是「丑支辛」，即辛丑歲，乃淳熙八年，此年，朝廷以「治郡（指明州）有勞」，除端明殿學士，三月，又令守建康府。宋會要輯稿職官六二：「（淳熙）八年二月二十三日詔：知明州范成大除端明殿學士，以成大治郡有勞，故有是命。」

〔三〕鈍屯：鈍，頑鈍。玉篇：「鈍，頑鈍也。」正字通：「凡質魯者曰鈍。」屯，難，危難。説文：「屯，難也。」易屯：「屯，剛柔始交而難生。」

古鼎作香爐

雲雷縈帶古文章，子子孫孫永奉常〔一〕。辛苦勒銘成底事？如今流落管燒香。

【題解】

本詩作於淳熙十五年（一一八八），時閑居在蘇。

【箋注】

〔一〕「雲雷」二句：漢書卷二五郊祀志：「此鼎殆周之所以褒賜大臣，大臣子孫刻銘其先功，藏之於宫廟也。」雲雷，爲鼎之紋飾。

偶書

揑目華中影現身，有爲皆妄懶方真。已甘搰搰勤爲圃，休向滔滔苦問津。書至五千空拄腹〔一〕，錢非十萬不通神〔二〕。君看汗簡沉碑者，隨水隨風幾窖塵！

【題解】

本詩作於淳熙十五年（一一八八），時閑居在蘇。

【箋注】

〔一〕「書至」句：盧仝走筆謝孟諫議寄新茶：「三椀搜枯腸，撑腸拄腹文字五千卷。」

〔二〕「錢非」句：張固幽閑鼓吹：「相國張延賞將判度支，知有一大獄，頗有冤濫，每甚扼腕。……公曰：『錢至十萬，可通神矣，無不可回之事。』」

太上皇帝靈駕發引挽歌詞六首

紹運鍾陽九，興王撫半千。斷鼇媧立極，翔鳳漢中天。宵旰三星紀〔一〕，希夷十閏年〔二〕。聲容彌宇宙，浯石不勝鐫。

自將吴津騎，誰嬰泰一鋒〔三〕？旄頭連夜落，京觀隔江封。舞武三成備，書文九譯重。修攘遺策在，嗣聖纘車攻。

簫勺妖氛静，甄陶叶氣還。春回慈殿駕，天作祐陵山。開闢風雲慘，登平日月閒。艱難雖獨瘠，壽域徧人間。

傳聖家人禮，凝神象帝先。勳華今曆數，汾社古山川。衆父尊歸父，中天更有天。壽宫何所厭，亟上白雲仙。

帝業雖天廣，皇心本谷虚。神應游混沌，夢不返華胥。挍德難涯涘〔四〕，銘功總緒餘。誰能言大道，第入四墳書〔五〕。

文德堯新廟，威靈禹舊山〔一〕。海門賓羽衛，地軸啓雲關。無路攀仙駕，當年拱聖顔。小臣衰疾淚，空望帝鄉潸。

【校記】

㈠禹舊山：原作「舊禹山」。富校：「『舊禹』黄刻本作『禹舊』，是。」活字本、叢書堂本、董鈔本均作「禹舊山」。今據改。

【題解】

本組詩作於淳熙十五年（一一八八）三月。太上皇帝，指宋高宗趙構。高宗崩於淳熙十四年十月。宋史高宗紀：「淳熙十四年十月乙亥，崩於德壽殿。」高宗崩駕的消息，周必大曾寫信告知石湖，與范至能參政劄子八：「某泣血言，邦禍非常，光堯厭世。聖君號慕，臣庶摧傷。參政策名先朝，以遺嗣聖，位隆二府，同國休戚，諒初奉諱，疼苦難任，無從面訴，第均悲愴。不次。某一自變故以來，聖上執喪過禮，度越前代。日侍軒陛，哽塞無措，坐此致啫稽晏。先蒙鈞誨，慚惕無已。惟鈞慈有以矜亮，幸甚。某比蒙緘啓盛禮，正緣國哀，未敢視儀以報。謹因尺牘，先謝不敏。續别脩染，伏乞鈞照。」與范至能參政劄子九：「某披訴之後，匆匆遂見長至。異時兩宫龍衮交映，聲氣和樂，極古今之盛事。今乃爲縞素哭臨，寧不心折！宫使大資參政，義鈞休戚，固應愁隨一綫而長也。只今聖上，哀傷過禮，言逐涕下。每入侍，輒哽塞。伏恐欲知。遞筒附記草率，尚乞垂照。」「靈駕發引」，宋史孝宗紀：「（淳熙十五年三月）丙寅，權欑高宗於永思陵。」

【箋注】

〔一〕「宵旰」句：宵旰，本指宵衣旰食，喻勤於政務，此指皇帝。舊唐書劉蕡傳載其大和十二年對策：「若夫任賢惕厲，宵衣旰食，宜黜左右之纖佞，進股肱之大臣。」高宗自建炎元年即位，至紹興三十二年禪位，共在位三十六年。十二年爲一星紀，故云三星紀。

〔二〕希夷：無聲爲希，無色爲夷，形容虛寂微妙。老子：「視之不見名曰夷，聽之不聞名曰希。」

〔三〕「自將」二句：宋高宗中和堂詩：「六龍轉淮海，萬騎臨吴津。」泰一，鶡冠子泰鴻：「泰一者，執大同之制，調泰鴻之氣，正神明之位者也。」陸佃解：「泰一，天皇大帝也。」

〔四〕挍德：挍，同「校」。十駕齋養新録卷三「陸氏釋文多俗字」條：「按説文手部無挍字，漢碑木旁字多作手旁，此隸書之變，非别有挍字。」校德，後漢書申屠剛傳：「今朝廷不考功校德，而虛納毁譽。」

〔五〕四墳書：墳，即墳典，古書的通稱。後漢書趙壹傳報皇甫規書：「高可敷翫墳典，起發聖意。」

別擬太上皇帝挽歌詞六首 不進

身濟投艱業，時乘撥亂機〔一〕。荆榛荒帳殿，風雨頽戎衣。有日臨黄道，無星彗紫微。至今淮海上，猶詠六龍飛。太上皇帝初載御製詩云：「六龍轉淮海，萬騎臨吴津。」

大孝天孚佑，精誠敵可摧。龍輴遷座至，騩馭及泉回〔二〕。永祐千章木，慈寧萬壽杯。古今無此事，絶德詔方來。

斂福開皇極，儲祥握赤符。寇降千猰貐〔三〕，胡拜兩單于。遺誥之下，淮北父老涕泣曰：「太上皇帝真主也，實受北虜兩朝之拜。」謂亶、亮二首，皆嘗在聘使中。洗甲民安枕，垂衣國覆盂。有生何以報，壽域亘綿區。

與子傳神器，承家得聖人。堦庭天下養，壺嶠海中春。四葉斑衣樂，三加玉册新。壽宮如帝所，何必上霄晨。

舞羽修文後，投歌講藝時。天章雲漢麗，國典日星垂。麟絶仲尼筆，猿啼神禹碑。傷心河洛水，無處問龍龜〔四〕。

甫賀蠅傳赦，俄驚鶴馭風。首山銅鼎就〔五〕，前殿玉巵空。日豈揮戈及，天無鍊石功。如何千萬壽，不待九齡終。

【題解】

本組詩作於淳熙十五年，參見太上皇帝靈駕發引挽歌詞六首「題解」。

【箋注】

〔一〕撥亂：治理亂世。公羊傳哀公十四年：「撥亂世，反諸正，莫近諸春秋。」

〔二〕騩：淺黑色馬。晉書輿服志：「皇后先蠶，乘油畫雲母安車，駕六騩馬。」

〔三〕猰貐：食人怪獸。淮南子本經：「猰貐、鑿齒、九嬰、大風、封豨、脩蛇，皆爲民害。」注：「猰貐，獸名也，狀龍首，或曰似貍，善走而食人。」

〔四〕「傷心」二句：河洛，即黄河、洛水。周易顧命：「河出圖，洛出書，聖人則之。」尚書洪範：「天乃錫禹洪範九疇。」孔安國傳：「天與禹，洛出書，神龜負文而出，列于背，有數至于九。」

〔五〕「首山」句：古代傳説，黄帝采首山銅，鑄鼎於荆山，鼎成，有龍垂鬍迎黄帝上天。後世名其地曰鼎湖。見史記封禪書。後來用此爲皇帝死亡的典故。

送許耀卿監丞同年赴静江倅四絶

南國春深雁欲回，湘江花浪一帆開。知君不爲驂鸞去，直爲淵明五斗來。

羅帶江流碧玉峰，舊游如夢一星終。煩披蘚石尋題字，定有人能記此翁。

雁塔交親比斷金，故人歲晚更情深。只今不隔同年面，想見青雲異日心〔一〕。

官塗真有上竿魚〔二〕，玉筭翻乘別駕車〔三〕。聞道留行有公論，從今日日看除書。

【題解】

本詩作於淳熙十五年（一一八八）春，時閑居在家。許耀卿將赴静江倅任，來蘇告別，乃作本詩送行。

【箋注】

〔一〕「只今」二句：語出王定保唐摭言卷三：「紫陌尋春，便隔同年之面；青雲得路，可知異日之心。」

〔二〕「官塗」句：用梅堯臣故事。歐陽修歸田録卷二：「梅聖俞以詩知名，三十年終不得一館職。……其初受敕修唐書，語其妻刁氏曰：『吾之修書，可謂猢猻入布袋矣！』刁氏對曰：『君於仕宦，亦何異鮎魚上竹竿耶！』」

〔三〕別駕車：漢書黄霸傳：「宣帝下詔曰：『制詔御史：其以賢良高第揚州刺史霸爲潁川太守，秩比二千石，居官賜車蓋，特高一丈，別駕主簿車，緹油屏泥於軾前，以章有德。』」

石湖居士詩集卷二十九

次韻虞子建見哈贖帶作醮

齋祠難著野衣冠，旋贖金章始見閒。台架塵侵毬路暗，花書墨漬笏頭斑〔一〕。當年騶騎傳呼賜〔二〕，此日村童拂拭還。若比前廳荒驛舍，見存猶可一開顔。

兒女傳觀省見稀，病身聊復借光輝。莫嫌憔悴沈腰瘦〔三〕，且喜間關秦璧歸〔四〕。不是典來還酒債〔五〕，亦非將去换蓑衣。塵魚甑釜時相阨，微汝誰能爲解圍？

【題解】

本組詩作於淳熙十五年（一一八八），時養病在家。虞子建，即虞植，熟讀經史，曾參石湖蜀帥幕。范成大吴船録卷上：「（六月）丙申，復登巖眺望。……同登峰頂者：幕客簡世傑伯雋、楊光商卿、周傑德俊萬、進士虞植子建及家弟成績。」張鎡有簡虞子建詩（南湖集卷三）述其爲人甚詳：「虞君借屋王城裏，閉門端坐窮經史。游謁俱非射利徒，名公往往爲知己。年來清貧漸到骨，造命由天常自委，屬客雖慳北海樽，出街尚矜東郭履。我交英彦固不少，易足如君誠鮮矣。連朝雪片大似掌，平地未尺俄復止。今晨暘光炙瓦壟，旋滴虚簷聲不已。竹間鳥雀快飛鳴，庭下兒童争跳喜。叩關過我未及款，首問雪詩曾有幾？自云危樓開破牖，盡見山屏群玉倚。遠從臺館聽笙簫，更煮鮭魚傾濁醴。呼兒誦我湖上句，聊當清歌摇醉耳。初聞不覺忽自哂，過奬翻令增愧耻。屢稱非僞弗許辯，更愛無心真絶比。紛紛馳谷跨深坑，苟禄貪榮纇流泚。辛勤縱得席暫暖，争坐成群又催起。豈若高蹈身不與，裹布囊蔬藉温美。乘間書紙本非詩，切勿多傳召嗤鄙。」

【箋注】

〔一〕「台架」二句：歐陽修歸田録卷二：「乃創爲金銙之制以賜群臣，方團毬路以賜兩府，御僊花以賜學士以上，今俗謂毬路爲『笏頭』，御僊花爲『荔枝』，皆失其本號也。」宋史輿服志五「帶」：「其制有金毬路、荔支、師蠻、海捷、寶藏。」附注：「方團二十五兩；荔支自二十五兩至七兩，有四等。」又：「端拱中，詔作瑞草地毬路文方團胯帶，副以金魚，賜中書、樞密院文臣。」又云：「伏見張耆授兼侍中日，特賜笏頭金帶以爲榮異。」又云：「中興仍之，其等亦有玉、有金、有銀、有金塗銀、有犀、有通犀、有角。其制，毬文者四方五團，御仙花者排方。凡金帶，三公、左右丞相、三少、使相、執政官、觀文殿大學士、節度使毬文，佩魚；觀文殿學士至華文殿直學士、御史大夫、中丞、六曹尚書、侍郎、散騎常侍、開封尹、給事中並御仙花，内御史大、六曹尚書、觀文殿學士至翰林學士仍佩魚。」按，石湖曾爲宰執、節度使，故有此帶。

〔二〕駟騎：驛馬。元稹酬樂天東南行詩一百韻：「駟騎來千里，天書下九衢。」

〔三〕沈腰瘦：用沈約故事。沈約與徐勉書：「百日數旬，革帶常應移孔，以手握臂，率計月小半分。」李商隱自桂林奉使江陵詩：「沈約瘦愔愔。」又，韓冬郎即席爲詩相送詩：「瘦盡東陽姓沈人。」

〔四〕「且喜」句：間關，道路崎嶇難行。漢書王莽傳：「（王邑）間關至漸臺。」注：「間關，猶言崎嶇展轉也。」秦璧歸，用完璧歸趙的故事，事見史記藺相如傳。

〔五〕「不是」句：孟棨本事詩高逸：「李太白初自蜀至京師，舍於逆旅。賀監知章聞其名，首訪之。既奇其姿，復請所爲文。出蜀道難以示之。讀未竟，稱歎者數四，號爲謫仙，解金龜換酒，與傾盡醉，期不間日，由是稱譽光赫。」

顔橋道中

村村籬落總新修，處處田疇盡有秋。一段農家好風景，稻堆高出屋山頭。

【題解】

本詩作於淳熙十五年（一一八八），時在家養病。偶過顔橋，喜農家秋收景象，乃賦一絶。顔橋。范成大吴郡志卷一七「橋梁」：「楓橋，在閶門外九里道傍，自古有名。」其下有「顔橋」，則此橋在楓橋附近。沈注卷下：「顔橋道中，在楓橋鎮東北。蘇州府志：在獅山西。」

上沙舍舟

村北村南打稻聲，竹輿隨處款柴荊。斜陽倒景天如醉，明日山行更好晴。

【題解】本詩作於淳熙十五年（一一八八）秋，時在蘇養病。正值秋收時節，成大游顔橋、上沙，訪農舍，喜而賦此。

宿閶門

五更潮落水鳴船，霜送新寒到枕邊。報道霧收紅日上，野翁猶蓋短篷眠。

【題解】本詩作於淳熙十五年（一一八八）秋，時閑居在蘇。過閶門，賦詩紀事。

攜家石湖賞拒霜

水上晴雲綵蝀横〔一〕，許多蜂蝶趁船行。漁樵引入新花塢，兒女扶登小錦城。艷粉發粧朝日麗，濕紅浮影晚波清〔二〕。誰知摇落霜林畔，一段韶光畫不成。

【題解】

本詩作於淳熙十五年（一一八八）秋，時養病在家，已漸康復，故攜家至石湖賞芙蓉花。拒霜，即木芙蓉。廣群芳譜卷三九：「木芙蓉，一名木蓮，一名華木，一名拒霜花。……又有四面花，轉觀花，紅白相間，八九月間次第開謝，深淺敷榮，最耐寒，而不落不結子。總之此花清姿雅質，獨殿衆芳，秋江寂寞，不怨東風，可稱俟命之君子矣。」

【箋注】

〔一〕「水上」句：綵蝀，彩虹。蝀，即螮蝀，虹的别名。生於水邊的芙蓉，映照緑水，如水上晴雲，彩虹横陳。

〔二〕「濕紅」句：王安石木芙蓉：「水邊無數木芙蓉，露染臙脂色未濃。正似美人初醉著，强抬青鏡欲妝慵。」

壽櫟東齋午坐

屋角静突兀，雲氣低鴻濛。殘葉颭疎雨，孤花側淒風。北窗午睡起，一笑萬事空。無人共此意，莎階咽微蛩。

【題解】

本詩作於淳熙十五年（一一八八）秋，時在蘇，攜家來石湖。壽櫟堂，石湖别墅中堂名。

晚　思

薜牆莎砌響幽蟲，睡起繙書覺夢中。殘暑一窗風不動，秋陽入竹碎青紅。

【題解】

本詩作於淳熙十五年（一一八八）秋，時閑居在家。

壽櫟堂枕上

禪牀初著小山屏，夜久秋涼枕席清。繞鬢飛蚊妨好夢，卧聽簷雨入池聲。

【題解】

本詩作於淳熙十五年（一一八八）秋，時閑居在蘇，來石湖別墅居住，作此小詩。

宿妙庭觀次東坡舊韻

桂殿吹笙夜不歸〔一〕，蘇仙詩板挂空悲〔二〕。世人舐鼎何須笑，猶勝先生夢石芝〔三〕。

升降三田自有丹〔三〕，浪尋盤鼎斸仙壇。扣門倦客惟思睡，容膝庵中一枕安。觀爲董雙成故宅，元祐間修造，掘地得琉璃盤、銅鼎，中有丹，已而盤碎失丹，惟鼎存。坡詩蓋紀其事。鼎後爲宣和殿取去。

【題解】

本詩作於淳熙十五年（一一八八）十一月，應召入對，路過富陽，宿妙庭觀，用東坡舊韻，題詩抒情。周必大神道碑「（淳熙）十五年十一月，起知福州，引疾固辭，詔令奏事，又辭。上先遣醫官張廣卿傳旨灼艾。既對，勞公曰：『卿南至桂廣，北使幽燕，西入巴蜀，東薄鄞海，可謂賢勞，宜其多疾。』袖丹砂以賜。」富陽，縣名，在臨安西南。王存元豐九域志卷五兩浙路杭州有富陽。妙庭觀，蘇軾富陽妙庭觀董雙成故宅發地得丹鼎覆以銅盤承以瑠璃盆盆既破碎丹亦爲人争奪持去今獨盤鼎在耳二首：「人去山空鶴不歸，丹亡鼎在世徒悲。可憐九轉功成後，却把飛昇乞内芝。」「琉璃擊碎走金丹，無復神光發舊壇。時有世人來舐鼎，欲隨鷄犬事劉安。」咸淳熙安志卷七五寺觀一：「妙庭觀，在縣西十五里，舊號明真，治平二年，改賜今額，世傳董雙成故宅（今山下多董姓）。天聖中，道士朱去非發地得丹鼎，覆以銅盤，承以琉璃盆，盆破，丹亦飛去。」「題咏」下録蘇軾二詩。

【箋注】

〔一〕「桂殿」句：語出李德裕步虚詞：「仙家女侍董雙成，桂殿夜寒吹玉笛。」（見宋許顗彦周詩話）

〔二〕「蘇仙」句：蘇仙，指蘇軾。蘇軾被人稱爲「謫仙人」。王闢之澠水燕談録卷四高逸：「子瞻文章議論，獨出當世，風格高邁，真謫仙人也。」詩板，唐宋人常將詩句題在特製的木板上，稱爲「詩板」。辛文房唐才子傳章八元：「初長安慈恩寺浮圖，前後名流詩版甚多，八元亦題，有云：『却怪鳥飛平地上，自驚人語半天中。』」

〔三〕「猶勝」句：夢石芝，蘇軾兩次夢石芝，均寫詩，并有叙引。石芝詩引云：「元豐三年五月十一日癸酉夜，夢游何人家，開堂西門，有小園、古井。井上皆蒼石，石上生紫藤如龍蛇，枝葉如赤箭。主人言此石芝也。余率爾折食一枝，衆皆驚笑。其味如鷄蘇而甘，明日作此詩。」東坡又作：「予昔夢食石芝，作詩紀之。今乃真得石芝於海上。子由和前詩見寄，予頃在京師，有鑿井得如小兒手以獻者，臂指皆具，膚理若生。予聞之隱者曰：『此肉芝也。』與子由烹而食之，追記其事，復次前韻。」

〔四〕「升降」句：三田，道家以爲人有上、中、下三丹田，抱朴子地真：「或在臍下二寸四分下丹田中，或在心下絳宫金闕，中丹田，或在人兩眉間，却行一寸爲明堂，二寸爲洞房，三寸爲上丹田也。」

餘杭初出陸

村媪群觀笑老翁，宦途何處苦龍鍾？霜毛瘦骨猶千騎，少見行人似箇儂！

【題解】

本詩作於淳熙十六年（一一八九）春，時赴知福州任，經餘杭縣，賦本詩以自嘲。周必大神道碑：「十五年十一月，起知福州，引疾固辭。……俄壽皇内禪，公行至婺州，以腹疾力請奉祠，從之。」石湖赴福州，應在壽皇内禪之後。本年二月，孝宗内禪，光宗即位，則石湖啓程經餘杭，當在二月以後。

桐廬江中初打槳

二十年前鬢未斑〔一〕，下灘歸路落潮乾。如今衰雪三千丈〔二〕，却趁潮平再上灘。

【題解】

本詩作於淳熙十六年（一一八九）春，時赴知福州任，遊桐廬江，作此。桐廬江，在桐廬縣。元和郡縣圖志卷二五江南道桐廬縣：「桐廬江，源出杭州於潛縣界天目山，南流至縣東一里入浙江。」

【箋注】

〔一〕「二十年」句：二十年前，即乾道五年，石湖四十四歲，時在知處州任上，五月召回，任禮部員外郎兼崇政殿説書，并兼國史院編修官、實録院檢討官，事見周必大神道碑。遊桐廬江，當在自處州歸回臨安之時。

〔二〕「如今」句：李白秋浦歌其十五：「白髮三千丈，緣愁似箇長。」

釣　臺

久矣心空客路埃，茲行端爲主恩來。杜陵詩是吾詩句，卧病豈登江上臺㊀〔一〕！

【校記】

㊀「卧病」句：富校：「沈注云：『「豈」字誤，本詩作「起」。』按杜詩詳注九日五首『抱病起登江上臺』，『起』一作『豈』，而玩范詩詩意，亦應作『豈』，沈説非是。」

【題解】

本詩作於淳熙十六年（一一八九）春，時赴知福州任，遊桐廬嚴子陵釣臺，賦詩抒感。釣臺，在桐廬嚴陵山。太平寰宇記卷九五引顧野王輿地志：「桐廬有嚴陵山，境尤勝麗。夾岸是錦峰繡嶺，即子陵所隱之地，因名。」釣臺即在其地。方輿勝覽卷五浙東路建德府：「釣臺，在桐廬西南二十九里，東西二臺，各高數百丈。……上有東漢故人嚴子陵釣臺，孤峰特操，聳立千仞。」顧祖禹讀史方輿紀要卷九〇嚴州府：「富春山在桐廬西三十里，一名嚴陵，山前臨大江，人號嚴陵瀨。有東西二釣臺，各高數百丈。」

【箋注】

〔一〕「卧病」句：杜甫九日五首：「抱病起登江上臺。」石湖變化運用，改「抱」爲「卧」，「起」爲「豈」。

和豐驛

晚境惟於閉户宜，出門惟有病相隨。四方雖是男兒志，莫忘柯山在莒時〔一〕。

【題解】

本詩作於淳熙十六年（一一八九）春，時正赴知福州任途中。和豐驛，一作和風驛，在衢州西安縣。浙江通志卷八九引西安縣志作「和風驛」，謂紹興中郡守襄陽張公建。同書卷二一五八引弘治衢州府志謂有和風驛記，毛幵撰。

【箋注】

〔一〕「莫忘」句：柯山，即爛柯山，又名石室山。王存元豐九域志卷五衢州西安縣有石室山。王存新定九域志卷五衢州：「爛柯山，圖經云：即晉代樵人王質見石橋下二童子棋，質就橋下看之，二童子指示質斧爛柯焉，即此是也。」乾隆浙江通志卷一八山川十：「西安縣，爛柯山。爛柯山志：『……在縣南二十里，高餘千尺，周回十五里。其址二百步，穿空彌亘，下得平處，可數十步，因名石橋，又名石室，今石室在橋之右五里。』」

次韻龔養正病中見寄

衰翁掃軌欲垂車〔一〕，怪子頹然也向隅。激水要令風在下，涸泉翻以沫相濡〔二〕。瘠肥邈爾自秦越，勢利紛然皆耳餘〔三〕。且復放船來話舊，不妨蓮葉卧看書。

【題解】

本詩作於淳熙十六年（一一八九）春，石湖赴知福州任途中，因腹疾請祠歸里，回蘇後，龔養正病中寄詩，乃次其韻作此。周必大神道碑：「公行至婺州，以腹疾力請奉祠，從之。」

【箋注】

〔一〕「衰翁」句：掃軌，同掃轍。宋書孝武文穆王皇后傳：「往來出入，人理之常，當賓待客，朋友之義。而令掃轍息駕，無闚門之期；廢筵抽席，絶接對之理。」

〔二〕以沫相濡：莊子大宗師：「泉涸，魚相與處於陸，相呴以濕，相濡以沫。」

〔三〕「勢利」句：耳餘，張耳、陳餘。張、陳兩人始爲好友，相與爲刎頸之交，後以勢利互相傾軋，爲後世嗤笑。史記張耳陳餘列傳：「太史公曰：……然張耳、陳餘始居約時，相然信以死，豈顧問哉？及據國爭權，卒相滅亡，何鄉者相慕用之誠，後相倍之戾也！豈非以勢利交哉？」

題蜀果圖四首

木　瓜〔一〕

沈沈黛色濃，糝糝金沙絢。却笑宣州房，競作紅粧面。

櫻　桃

火齊寶瓔珞，垂於緑繭絲。幽禽都未覺，和露折新枝。

石榴

日烘古錦囊，露浥紅瑪瑙。玉池嚥清肥，三彭跡如掃〔二〕。

甘瓜〔三〕

夏膚粗已皴，秋蔕熟將脱。不辭抱蔓歸，聊慰相如渴〔四〕。

【題解】

本詩作於淳熙十六年（一一八九），從詩之編次看，此時已奉祠歸里。

【箋注】

〔一〕木瓜：廣群芳譜卷五八「果譜五」：「木瓜……春末開花，紅色微帶白，作房實如小瓜。」又云：「處處有之，山陰蘭亭尤多，而宣城者爲佳，本州以充土貢，故有宣州花木瓜之稱。」

〔二〕「三彭」句：道家稱人體内有三尸，上尸名彭倨，好寶物；中尸名彭質，好五味；下尸名彭蹻，好色欲。均有害於人體。張讀宣室志卷一：「浮屠氏契虚者，本姑臧季氏子。……契虚因問㭬子曰：『吾向者謁覲真君，真君問我三彭之讎，我不能對。』㭬子曰：『夫彭者，三尸之姓，常居人身中，伺察功罪，每至庚申日，籍於上帝。故凡學仙者，當先絶其三尸，如是則神仙可得，不然，殆苦其心無補也。」

〔三〕甘瓜：即甜瓜，廣群芳譜卷六七「果譜十四」：「甜瓜，一名甘瓜。」附注：「本草綱目云：味甜於諸瓜，故得甜甘之稱。」

〔四〕相如渴：史記司馬相如列傳：「相如口吃而善著書，常有消渴疾。」

李粹伯侍御挽詞二首

奕葉邯鄲後，乘驄第一人〔一〕。交情多舊雨，到處有陽春。磊落功名意，摧頹夢幻身。黄壚高可隱〔二〕，何地著經綸？

公昔參敷納，人期到辨章。珠光空月皎，玉氣忽虹藏。歲晚東方騎，生平北海觴〔三〕。玳簪風雨散，幾客奠楸行。

【題解】

本組詩作於淳熙十六年（一一八九），時閑居在家。李處全於本年卒，石湖作挽詞二首悼念之。李粹伯，即李處全（一一三四—一一八九），字粹伯，徐州豐縣人，邯鄲公李淑之曾孫，遷居溧陽。高宗紹興三十年進士，歷仕宗正寺簿、太常丞、知沅州、提舉湖北茶鹽、秘書丞兼禮部郎官、殿中侍御史、知處州、舒州，卒於任。有晦庵詞一卷。景定建康志卷四九儒雅傳：「李處全，字粹伯。

徐州豐縣人。邯鄲公淑之曾孫。後遷居溧陽。天資超軼，貫串古今，忠誠許國，寬大好賢。慕劉杼山之爲人。文章閎肆，詩體兼衆長，字畫遒麗。登第，繇宗正寺簿遷太常丞，知沅州，提舉湖北茶鹽，除秘書丞，兼禮部郎官，遷殿中侍御史，遂除侍御史。母憂去朝，奉祠。後知袁州、處州。移贛州，未赴，改舒州。淳熙十六年卒於任。年五十九，官至朝請大夫。」南宋館閣録卷七：「李處全，字粹伯，彭城人。梁克家榜進士出身，治春秋、詩賦。（乾道）六年七月除（秘書丞），九月爲殿中侍御史。」

【箋注】

〔一〕乘驄：桓典爲御史時，常乘驄馬，後遂以「乘驄」指侍御史，事見後漢書桓典傳。

〔二〕「黄壚」句：世説新語傷逝：「（王濬冲）乘軺車，經黄公酒壚下過，顧謂後車客：『吾昔與嵇叔夜、阮嗣宗共酣飲於此壚……自嵇生夭、阮生亡以來，便爲時所羈紲。今日視此雖近，邈若山河。』」

〔三〕「生平」句：北海，指李邕（六七八—七四七），字泰和，鄂州人，書法家，任北海太守，史稱「李北海」，善飲，石湖借以稱李處全。

次韻袁起巖提刑遊金、焦二山二首

二山巉絶照南州，俯看千檣總芥舟〔一〕。日脚鎔金浮巨浸〔二〕，波聲翻雪撼高丘。

鍾聞兩岸詩無敵，口吸西江話已酬〔三〕。別有英雄懷古意，他年擊楫誓中流〔四〕。

憶曾歸自雪邊州，帆落中澑小繫舟〔五〕。食蛤坐來期汗漫〔六〕，駕鴻飛去揖浮丘〔七〕。卧遊久矣無登覽，辱贈跫然有唱酬。寂寞東皋舒嘯後，爲君濡筆賦臨流。

【題解】

本組詩作於淳熙十六年（一一八九）秋，時辭知福州後回歸故里。袁起巖，即袁説友（一一四〇—一二〇四），字起巖，建安人，宋史無傳，宋史翼卷一四：「袁説友，字起巖，建安人，寓居湖州，登隆興元年進士丙科。淳熙四年官秘書丞，兼權左司郎官。……明年，差充浙西安撫司參議。説友上言：『自紹興辛巳之擾，閱今十五年，宿將殂逝過半。幸而僅存者，迫於遲暮，智勇已不逮於壯歲；而新進後生，足爲國家用者，又皆抑遏於褊裨下位，無路自達。不拔之以爲緩急之備，臣恐未免於遺材也。』……六年，召至行在，賜對，除知池州。疏上三策：一、久任統帥，二、選正副將，三、修治戎器。孝宗嘉納之。尋坐事罷，主管武夷山冲佑觀。紹熙中，入爲侍左郎中，加直顯謨閣，知臨安府。遷太府少卿，權户部侍郎。……寧宗即位，落權正職兼侍講。韓侂胄漸用事，臺諫給舍章奏，多格不行。説友上言：『養氣節以勵風俗，當自朝廷始。臺諫給舍之官，所以糾官邪而杜奸慝，陛下既已信之於未用之始，不當難之於已用之後。……』未幾，内批罷侍講朱熹，與外祠。臺諫給舍，交章乞留，不允；説友奏：『……望收回直降御筆，俯從給舍臺諫之請。』疏入，不報。慶元二年，除敷文閣學士，出爲四川制置使兼知成都府。復入爲吏部尚書兼侍讀。尋知紹興府兼浙東路安撫使。嘉泰初，復召爲吏部尚書兼侍讀。二年，除同知樞密院事。三年正月，拜參知政事，九月罷。以資政殿學士知鎮江府。辭，提舉臨安府洞霄宫，加大學士致仕。四年，卒於湖州德清寓第，年六十有五。説友學問淹博，究悉物情，歷中外凡三十年，章疏敷陳，多切時病。自蜀中回朝，極言蜀將當慮其變，引劉闢、王建、孟知祥以爲戒。後吴曦竟以蜀叛，如説友所料。」南宋館閣録卷七：「袁説友，字起巖。建安人。木待問榜進士出身，治易。（淳熙）四年七月除（秘書丞）。五年閏六月，添差浙西安撫司參議官。」范成大吴郡志卷七「提點刑獄司題名」：「袁説友，以朝議大夫、浙東提舉除，淳熙十六年七月二十八日到任。紹熙元年三月，除直秘閣，知平江府。」袁氏遊山詩當作於到任後不久，石湖乃次韻和答之。

【箋注】

〔一〕芥舟：莊子逍遥遊：「覆杯水於坳堂之上，則芥爲之舟。」

〔二〕日脚鎔金：李清照永遇樂：「落日鎔金，暮雲合璧。」

〔三〕口吸西江：五燈會元卷三龐藴居士：「（龐居士）參馬祖，問曰：『不與萬法爲侣者，是甚麽人？』祖曰：『待汝一口吸盡西江水，即向汝道。』士於言下頓悟玄旨。」

〔四〕「他年」句：用祖逖故事，譬袁説友之襟懷。

〔五〕「帆落」句：中濡，即中泠泉，在丹徒。太平寰宇記：「丹徒縣，中泠泉，天下第一泉。」

〔六〕「食蛤」句：淮南子道應訓：「盧敖遊乎北海，經乎太陰，入乎玄闕，至於蒙穀之上，見一士焉。……盧敖就而視之，方倦龜殼而食蛤梨。」高誘注：「楚人謂倨爲倦。龜殼，龜甲也。蛤梨，海蚌也。」

〔七〕「翳鴻」句：浮丘，即浮丘公，黄帝時仙人。郭璞遊仙詩：「左挹浮丘袖，右拍洪崖肩。」李白古風其十九：「邀我登雲臺，高揖衛叔卿，恍恍與之去，翳鴻淩紫冥。」

次韻謝鄭少融尚書爲壽之作

交游稀似曉來星，歲月飄如水上萍。桂海宦情詩可紀，吴山別恨酒難平。我今以病爲欣戚，公合於時繫重輕。安得故人來話舊，碧空日日暮雲生〔一〕。近見尚書再和桂林詩，成大與尚書相別於桂林，今十二年矣。

【題解】

本詩作於淳熙十六年（一一八九）六月四日。時在故里，鄭丙於石湖生日，贈詩賀壽，因次韻答謝之。于北山范成大年譜、孔凡禮范成大年譜均繫本詩於淳熙十六年。于譜於淳熙十六年本詩後按云：「石湖離桂林任爲淳熙二年，如注中『今十二年』不誤，此詩應作於淳熙十三年。」鄭丙曾任吏部尚書，史傳未明言何年任禮尚，然據下首「初除端殿」之意，可推知鄭丙任禮部尚書，並除端明殿學士，即在此時。

【箋注】

〔一〕「碧空」句：語出江淹休上人怨别：「日暮碧雲合，佳人殊未來。」

鄭少融尚書初除端殿，以書見及，賦詩爲賀

敬老尊賢大政初，速郵響動報新除。即從光範開門館〔一〕，先向文明直殿廬〔二〕。後日沙堤新宰相〔三〕，當年革履舊尚書〔四〕。鋒車若向吴中路〔五〕，應記南山有荷鋤。

【題解】

本詩作於淳熙十六年（一一八九）。端殿，即端明殿學士之省稱。本年，光宗即位，鄭丙除端明殿學士，周必大吏部尚書鄭公丙神道碑：「光宗登極……詔公年德俱高，踐揚滋久，進端明殿學士。」鄭丙初除端明殿學士，即書告石湖，乃賦詩賀之。

【箋注】

〔一〕「即從」句：光範，唐代宫殿門名。唐六典卷七：「宣政殿前西廊，曰月華門，門西中書省。省西南北街，南直昭慶門，出光範門。」徐松唐兩京城坊考卷一「院（集賢殿書院）西有南北街，街北出光順門，街南出昭慶門，又南出光範門。」附注：「光範門西與日營門直，東即觀象

門。昌黎上宰相書『伏光範門下』者，蓋由此門入中書省。」閻文儒、閻萬鈞兩京城坊考補卷一：「光範門（補注）：集異記：宰相狄仁傑入奏事，出至光範門，以昌宗裘付家奴衣之，促馬而去。是宰相奴得至此門，門外方可馳馬。又摭言：新進士過堂日，先於光範門裏東具供張，同年於此俟宰相上堂。是新及第，得於此門飲酒。」沈注：「曾被識擢者，皆謝云：『仰在門館。』」石湖詩借用唐代制度，稱道鄭丙早年被人賞識、擢用。

〔二〕文明：即文明殿，太宗太平興國五年曾改端明殿學士爲文明殿學士，鄭丙時除端明殿學士，故稱。

〔三〕沙堤：又名「沙路」，李賀沙路曲：「柳臉半眠丞相樹，珮馬釘鈴踏沙路。」李肇唐國史補卷下：「凡拜相禮，絶班行，府縣載沙填路，自私第至於子城東街，名曰沙堤。」詩意祝賀鄭丙日後拜相。

〔四〕「當年」句：漢書鄭崇傳：「每見曳革履，上笑曰：『我識鄭尚書履聲。』」此用鄭姓典故稱頌鄭丙爲帝王倚重。

〔五〕鋒車：即追鋒車，晉書輿服志：「追鋒車，去小平蓋，加通幰，如軺車，駕二。追鋒之名，蓋取其迅速也，施於戎陣之間，是爲傳乘。」

書事三絶

嬰婢請淘酒米，園丁催算花錢。如許日生公事〔一〕，誰云窮巷蕭然？

日日處方候脈，時時推筴禳災。門外雖無車轍，醫生卜叟猶來。
簡子約同湖棹，周郎許過田廬。碧雲日暮空合，多病故人遂疎〔二〕。

【題解】

本組詩作於淳熙十六年（一一八九），時閑居在家，庶事頗多，有感而作。

【箋注】

〔一〕「如許」句：沈注卷下：「昌黎集答劉正夫詩曰：『日出事生。』」按，昌黎集無答劉正夫詩，卷一八有答劉正夫書，然無「日出事生」四字，卷一八答殷侍御書中，有「事隨日生」四字。

〔二〕「多病」句：孟浩然歲暮歸南山：「不才明主棄，多病故人疏。」

親鄰招集强往便歸

樂天漸老欲謀歡，大似蒸砂不作團。已覺笙歌無煖熱，仍嫌風月太清寒。氣衰況復三而竭，心賞尤於四者難。却恐人嫌情太薄，聊將花作霧中看〔一〕。

【題解】

本詩作於淳熙十六年（一一八九），時閑居在家。因有感於親鄰招集，勉力赴之，賦此志感。

【箋注】

〔一〕「聊將」句：語出杜甫小寒食舟中作：「春水船如天上坐，老年花似霧中看。」

次韻袁起巖常熟道中三絶句

小雨蕭寒破晚晴，疎疎密密滴篷聲。烏鴉盤舞黄雲亂，早與商量雪意生。

仄徑難勝四牡騑㊀，扁舟辛苦鑿冰歸。簡書鞅掌吟詩苦〔一〕，并與東陽減帶回〔二〕。

使君橫槊賦詩回〔三〕，斷取天風海雨來。綵筆從今閒不得，雪花梅蕊一時開。

【校記】

㊀仄徑：底本、活字本、叢書堂本、詩淵第三册第二〇二六頁作「吳」。富校：「『吳』黄刻本作『仄』，是。」今據改。

【題解】

本組詩作於淳熙十六年（一一八九）冬。袁行常熟道中，賦常熟敲冰行舟三首（東塘集卷七）贈石湖，因次韻答之。袁説友原唱云：「岸頭猛作敲冰勢，船下俄聞戛玉聲。寸進未應容退尺，要於此地卜平生。」「晝鷁悠悠輒退飛，一程百里兩程歸。天公若念羈懷惡，一夜東風便解圍。」「一枕更闌客夢回，冰聲猶作浪聲來。并刀曾翦松江水，更欲從渠爲翦開。」

【箋注】

〔一〕鞅掌：煩勞。詩經小雅北山：「或王事鞅掌。」毛傳：「鞅掌，失容也。」孔疏：「言事煩鞅掌然，不暇爲容儀也。」

〔二〕東陽減帶：參見本卷次韻虞子建見貽牘帶作醮「沈腰瘦」注。

〔三〕横槊賦詩：行軍中在馬上横戈賦詩。蘇軾後赤壁賦：「舳艫千里，旌旗蔽空，釃酒臨江，横槊賦詩，固一世之雄也。」

次韻袁起巖許浦按教水軍二絶句

横波組練試揚舲，風捲魚龍海欲凝。但得綈袍如挾纊，何妨鐵甲冷如冰。

戈船戰櫂疾如飛，莫遣潮沙溯海湄。草奏直須窮利病，奉身從此繫安危。

【題解】

本組詩作於紹熙元年（一一九〇）春，時閑居在家。袁説友知平江府兼節制御前許浦水軍。袁説友東塘集附家傳謂「節制御前許浦水軍。」建炎以來朝野雜記甲集卷一八「平江許浦水軍」條云：「平江許浦水軍者，本明州定海縣水軍也。……（乾道）五年冬，又改爲御前水軍，八年春，歸許浦鎮，置副都統制統之。」袁説友奉旨按教水軍，作被旨許浦蒐兵道中凍合舍舟行陸二首：「已辦輕舟著脚登，笑渠河伯故陰凝。征車政欲周阡陌，贏得天教一夜冰。」「荒村十里展琉璃，依舊籃輿涉水湄。自是小臣懷恐懼，要令履薄但兢危。」詩寄石湖，石湖次其韻作本詩。

次韻起巖喜雪

吹成一雪便吹殘，風伯無端豈坐慳。夜報飛花平瓦壠，曉驚疎雨落簷間。休教凍解魚龍水，更待誠通虎豹關。准擬姑蘇臺上看，春前三度老青山。袁詩猶以雪未甚積，必念此意，當益感通矣。

【題解】

本詩作於淳熙十六年（一一八九）冬，時居家。袁説友作喜雪詩，石湖次韻答之。詩云「春前」，袁説友原唱曰「臘雪」，則本詩當作於淳熙十六年。袁説友原唱臘雪二首：「歲事無多臘近殘，謝渠飛屑破天慳。禱祠空愧兼旬力，造物惟消一夜間。是則化工端有意，要於官政亦相關。雪催詩後詩催雪，更欲堆鹽滿四山。」「無計遮留歲月殘，頗驚節物愧才慳。可人臘雪偏宜處，屈指春風未到間。猶得微吟供午枕，不須高卧閉晨關。晚來碎玉零珠後，已老蘇州一半山。」

枕上聞雪復作，方以爲喜，起巖再示新詩，復次韻

三白何憂稼穡艱，天於玉粒未吾慳。不知夜色明空外，但覺朝寒到夢間。誰子騎驢吟灞上，何人跋馬客藍關〔一〕？争如睡熟蒲團上，静聽飢鴉啄屋山？

【題解】

本詩作於淳熙十六年（一一八九）冬，時居家。袁説友再示新詩，復次韻答之。

【箋注】

〔一〕「何人」句：韓愈左遷至藍關示侄孫湘：「雪擁藍關馬不前。」

起巖又送立春日再得雪詩，亦次韻

十分佳景媚冬殘，好事天心不復慳。已遣梅花斜竹外〔一〕，更飄瑞葉向人間。漁蓑晚色都堪畫〔二〕，羌笛春光亦度關〔三〕。想得東風來處路，白銀宮闕鎖三山。

【題解】

本詩作於紹熙元年（一一九〇），時在家閑居。袁説友原唱立春日雪：「料理風光興未殘，老

無詩手一何慳。新傳彩勝排枝上，趁得冰花落鬢間。噪雀曉來埋屋角，土牛聲已動譙關。寒窗我欲觴眉壽，不是羊羔醉玉山。」

【箋注】

〔一〕「已遣」句：蘇軾和秦太虛梅花：「竹外一枝斜更好。」

〔二〕「漁蓑」句：鄭谷雪中偶題：「江上晚來堪畫處，漁人披得一蓑歸。」

〔三〕「羌笛」句：王之渙涼州詞：「羌笛何須怨楊柳，春風不度玉門關。」此乃反其意而用之。

同年楊廷秀秘監接伴北道，道中走寄見懷之什，次韻答之

昨遣長鬚迓詩老，人言已過閶門了〔一〕。梅邊腸斷傍寒溪，詩老官忙應未知。何時真訪山中許〔二〕，已辦竹深留客處〔三〕。只恐歸程官更忙，天騶催上沙堤去。

【題解】

本詩作於淳熙十六年（一一八九）十二月，時閑居在家。淳熙十六年十二月，楊萬里爲接伴使，赴盱眙淮上迎接金國賀正旦使，道中作詩寄懷石湖，石湖因次韻答之。楊長孺墓誌銘：「光宗登極，召爲秘書監，借煥章閣學士爲接伴金國賀正旦使。」宋史楊萬里傳：「紹熙元年，借煥章閣

學士爲接伴金國賀正旦使兼實録院檢討官。」兩書未言具體月份，金史交聘表中記爲十二月遣賀宋正旦使。則楊萬里爲接伴使去淮上，當在淳熙十六年十二月。楊萬里五更過無錫縣寄懷范參政尤侍郎：「蘇州欲見石湖老，到得蘇州發更了。錫山欲見尤梁溪，過却錫山元不知。起來靈巖在何許，回首惠山亦無處。人生萬世不可期，怏然却向常州去。」

【箋注】

〔一〕「人言」句：與楊萬里原唱「蘇州欲見石湖老，到得蘇州發更了」呼應。

〔二〕山中許：用許宣平故事。阮閲詩話總龜前集卷四七神仙門下：「許宣平，新安人，常挂一花瓢及曲竹枝，每醉即獨吟曰：『負薪朝去賣，沽酒日西歸。路人莫問歸何處，穿白雲行入翠微。』好事者於洛陽、同、華間是處題之。李太白見曰：『此神仙也。』」

〔三〕「已辦」句：杜甫陪諸貴公子丈八溝攜妓納涼晚際遇雨二首其一：「竹深留客處，荷浄納涼時。」

曉枕聞雨

暗淡更殘景，低迷病酒懷。剔燈寒作伴，添被厚如埋。膽冷都無夢，心空却似齋。地爐煎粥沸，聽作雨鳴堦。

【題解】

本詩作於淳熙十六年（一一八九）冬，時閑居在家。

雪意方濃復作雨

擬看飛花陣，翻成建水聲。雨吾寧不識，雪汝幾時成？三白從今卜，千倉待此盈。黃雲如有意，青女莫無情。

【題解】

本詩作於淳熙十六年（一一八九）冬，時正閑居在家。瀛奎律髓卷二一録本詩，方回評：「『三白』、『千倉』對偶新。」紀昀評：「借『倉』爲『蒼』耳，終是小樣。次句用『建瓴』，删去『瓴』字，不成文理。三、四是上一下四句法，本爲野調，以出語渾成不覺耳。」查慎行評：「三、四句法古。」

春朝早起

莫笑眠常早，還憐起不遲。穠香温夜氣，小雨濕春姿。瘦比中年甚，寒惟病骨知。羨渠兒女健，繞屋探南枝。

【題解】

本詩作於紹熙元年（一一九〇）春，時閑居在家。

詠懷自嘲

簷溜春猶凍，門扉晚未開。退閒驚客至，衰懶怕書來。日日教澆竹，朝朝遣探梅。園丁應竊笑，猶自説心灰！

【題解】

本詩作於紹熙元年（一一九〇）春，時閑居在家。

早　衰

早衰頭腦已冬烘，信拙心情似苦空。僚舊姓名多健忘，家人長短總佯聾。一窗煖日棋聲裏，四壁寒燈藥氣中。晚景只消如此過，不堪拈出教兒童。

【題解】

本詩作於紹熙元年（一一九〇）春，時閑居在家。

習閒

習閒成懶懶成癡，六用都藏縮似龜〔一〕。雪已許多猶不飲，梅今如此尚無詩。閒看猫暖眠氊褥，静聽猧寒叫竹籬。寂寞無人同此意，時時惟有睡魔知。

【題解】

本詩作於紹熙元年（一一九〇）春，時閑居在家。長年養病在家，有感而作。瀛奎律髓卷二三録本詩，方回評：「『梅今如此尚無詩』，亦標致可掬。」馮班評：「石湖妙作，亦出白公。」紀昀評：「詞俚而調野，馮氏以體近樂天取之，非也。樂天已有可厭處，况等而下之，揣摹形似乎？」

【箋注】

〔一〕「六用」句：沈注卷下：「法句譬喻經：佛在世時，有一道人，在河邊樹下學道，十二年中，六根貪染，曾無寧息，不能入道。佛知其可度，化作沙門，至彼寄宿。須臾月明，有龜從河中出，來至樹下，有水狗飢行求食，便欲噉龜，龜乃縮其頭尾及四足，藏於甲中，遂不能噉。於是沙門云：『吾念世人，不如此龜，不知無常，放恣六情，外魔得便。』即説偈曰：『藏六如龜，防意如城，慧與魔戰，勝則無患。』」

一龕

一龕窄似鳥窠禪〔一〕，世界悠悠任大千。與老有情冬後煖，去仙無幾日高眠。斫開竹後初三逕，忘却詩來又一年。破戒忽題無味句，劣能成字不成篇。

【題解】

本詩作於紹熙元年（一一九〇）春，時在家閑居。

【箋注】

〔一〕「一龕」句：沈集注卷下：「釋氏稽古略：鳥窠禪師諱道林，見西湖之北秦望山有長松，枝葉繁茂，盤屈如蓋，遂棲止其上，故時人謂之鳥窠禪師。有鵲巢於側，人又曰鵲巢和尚。白舍人出刺杭州，起竹閣於湖上，近師之居，以便朝夕參益。」

陰寒終日兀坐

東風微解綴簷冰，仍喜朝來井水清。臘淺得春全未煖，雪慳和雨最難晴。小窗日煖猶棋局，窮巷更深尚屐聲。莫把摧頹嫌暮景，且將閒散替勞生。

【題解】

本詩作於紹熙元年（一一九〇）春，時閑居在家。

親戚小集

避濕違寒不出門，一冬未省正冠巾。月從雪後皆奇夜，天向梅邊有别春。秉燭登臨空語舊，擁爐情味莫懷新。榮華勢利輸人慣，贏得尊前現在身〔一〕。

【題解】

本詩作於紹熙元年（一一九〇）春，時閑居在家。親戚小集而生感，乃賦此自慰。瀛奎律髓卷二三録此詩，方回評：「石湖風流醖藉，每賦詩必有高致而無寒相，三、四一聯可見。」馮班評：「石湖不寒。」紀昀評：「三、四刻意求工而語未渾融。『奇夜』二字生造。結太落套。」

【箋注】

〔一〕「贏得」句：牛僧孺席上贈劉夢得：「休論世上昇沉事，且鬬樽前見在身。」

立春枕上

擇蔬翻餅鬧殘更，兒女喧喧短夢驚。想得春風連夜到，東禪粥鼓忽分明〔一〕。

【題解】

本詩作於紹熙元年（一一九〇）春，時閑居在家。

【箋注】

〔一〕「東禪」句：東禪，此或指蘇州東南之明覺禪院。吴地記：「明覺禪院，在縣東南一里半，唐大中五年置。」吴郡圖經續記卷中：「明覺禪院，在長洲縣東南，俗所謂『東禪』者。」

睡覺

尋思斷夢半瞢騰，漸見天窗紙瓦明。宿鳥噪群穿竹去，縣前猶自打殘更。

【題解】

本詩作於紹熙元年（一一九〇）春，時閑居在家。

石湖居士詩集卷三十

臘月村田樂府十首 并序

余歸石湖，往來田家，得歲暮十事，採其語各賦一詩，以識土風，號村田樂府。其一冬舂行：臘日舂米爲一歲計，多聚杵臼，盡臘中畢事，藏之土瓦倉中，經年不壞，謂之冬舂米。其二燈市行：風俗尤競上元，一月前已買燈㊀，謂之燈市，價貴者數人聚博，勝則得之，喧盛不減燈市。其三祭竈詞：臘月二十四夜祀竈，其説謂竈神翌日朝天，白一歲事，故前期禱之。其四口數粥行：二十五日煮赤豆作糜，暮夜闔家同饗，云能辟瘟氣，雖遠出未歸者亦留貯口分，至襁褓小兒及僮僕皆預，故名口數粥；豆粥本正月望日祭門故事，流傳爲此。其五爆竹行：此他郡所同，而吴中特盛，惡鬼蓋畏此聲；古以歲朝，而吴以二十五夜。其六燒火盆行：爆竹之夕，人家各又於門首燃薪滿盆，無貧富皆爾，謂之相暖熱。

其七照田蠶詞：與燒火盆同日，村落則以秃帚若麻藍竹枝輩燃火炬，縛長竿之杪以照田，爛然徧野，以祈絲穀。其八分歲詞：除夜祭其先竣事，長幼聚飲，祝頌而散，謂之分歲。其九賣癡獃詞：分歲罷，小兒繞街呼叫云：「賣汝癡！賣汝獃！」世傳吴人多獃，故兒輩諱之，欲賈其餘，益可笑。其十打灰堆詞：除夜將曉，鷄且鳴，婢獲持杖擊糞壤致詞，以祈利市，謂之打灰堆；此本彭蠡清洪君廟中如願故事，惟吴下至今不廢云。

冬舂行〔一〕

臘中儲蓄百事利，第一先舂年計米；群呼步碓滿門庭，運杵成風雷動地。篩勻箕健無粞糠，百斛只費三日忙。齊頭圓潔箭子長，隔籮耀日雪生光。土倉瓦龕分蓋藏，不蠹不腐常新香。去年薄收飯不足，今年頓頓炊白玉。春耕有種夏有糧，接到明年秋刈熟。鄰叟來觀還歎嗟，貧人一飽不可賒。官租私債紛如麻，有米冬舂能幾家！

燈市行〔一〕

吴臺今古繁華地，偏愛元宵燈影戲〔二〕。春前臘後天好晴，已向街頭作燈市。疊玉千絲似鬼工，剪羅萬眼人力窮。兩品争新最先出，不待三五迎東風。兒郎種麥荷鋤倦，偷閒也向城中看。酒壚博簺雜歌呼，夜夜長如正月半。災傷不及什之三，歲寒民氣如春酣。儂家亦幸荒田少，始覺城中燈市好！

祭竈詞〔二〕

古傳臘月二十四，竈君朝天欲言事。雲車風馬小留連，家有杯盤豐典祀。猪頭爛熟雙魚鮮〔三〕，豆沙甘鬆粉餌圓〔四〕。男兒酌獻女兒避，酹酒燒錢竈君喜。婢子鬭争君莫聞，猫犬觸穢君莫嗔。送君醉飽登天門，杓長杓短勿復云，乞取利市歸來分！

口數粥行〔四〕

家家臘月二十五，淅米如珠和豆煮。大杓轑鐺分口數，疫鬼聞香走無處。鎪薑屑桂澆蔗糖，滑甘無比勝黄粱。全家團欒罷晚飯，在遠行人亦留分。襁中孩子强教嘗，餘波徧沾獲與臧。新元叶氣調玉燭，天行已過來萬福；物無疵癘年穀熟，長向臘殘分豆粥。

爆竹行〔五〕

歲朝爆竹傳自昔，吴儂政用前五日。食殘豆粥掃罷塵，截筒五尺煨以薪。節間汗流火力透，健僕取將仍疾走。兒童却立避其鋒，當堦擊地雷霆吼。一聲兩聲百鬼驚，三聲四聲鬼巢傾。十聲百聲神道寧，八方上下皆和平。却拾焦頭疊牀底，猶有餘威可驅癘。屏除藥裹添酒杯，晝日嬉遊夜濃睡。

燒火盆行〔六〕

春前五日初更後，排門然火如晴晝。大家薪乾勝豆藍，小家帶葉燒生柴。青煙滿城天半白，棲鳥驚啼飛格磔㈤。兒孫圍坐犬雞忙㈥，鄰曲歡笑遥相望。黄宫氣應纔兩月，歲陰猶驕風栗烈。將迎陽艷作好春，政要火盆生煖熱。

照田蠶行〔七〕

鄉村臘月二十五，長竿然炬照南畝。近似雲開森列星，遠如風起飄流螢。今春雨雹繭絲少，秋日雷鳴稻堆小。儂家今夜火最明，的知新歲田蠶好。夜闌風焰西復東，此占最吉餘難同〔八〕。不惟桑賤穀芃芃，仍更苧麻無節菜無蟲！

分歲詞〔九〕

質明奉祠今古同，吴儂用昏蓋土風。禮成廢徹夜未艾，飲福之餘即分歲。地爐火暝蒼朮香〔一〇〕，飣盤果餌如蜂房。就中脆餳專節物，四座齒頰鏘冰霜。小兒但喜新年至，頭角長成添意氣。老翁把杯心茫然，增年翻是減吾年。荆釵勸酒仍祝願，但願尊前且强健。君看今歲舊交親，大有人無此杯分！老翁飲罷笑撚鬚，明朝重來醉屠蘇！

賣癡獃詞〔一一〕

除夕更闌人不睡，厭禳鈍滯迎新歲。小兒呼叫走長街，云有癡獃召人買。二物於人誰獨無？就中吴儂仍有餘；巷南巷北賣不得，相逢大笑相邪揄。櫟翁塊坐重簾下，獨要買添令問價。兒云翁買不須錢，奉賒癡獃千百年！

打灰堆詞〔二〕

除夜將闌曉星爛，糞掃堆頭打如願。杖敲灰起飛撲籬，不嫌灰涴新節衣。老媪當前再三祝，只要我家長富足。輕舟作商重船歸，大牸引犢鷄哺兒。野繭可繅麥兩岐，短衲换著長衫衣。當年婢子挽不住，有耳猶能聞我語。但如我願不汝呼，一任汝歸彭蠡湖！

【校記】

〔一〕買燈：活字本、叢書堂本、董鈔本、詩淵第三册第二二二一八頁均作「賣燈」。

〔二〕燈影戲：活字本、叢書堂本、董鈔本、詩淵第三册第二二二〇九頁均作「影燈戲」。

〔三〕爛熟：原作「爛熱」。富校：「『熱』黄刻本、宋詩鈔作『熟』，是。」活字本、叢書堂本、董鈔本、詩淵第三册第一六六三頁均作「爛熟」，今據改。

〔四〕粉餌圓：原作「粉餌團」。富校：「『團』黄刻本、宋詩鈔作『圓』，是。」活字本、叢書堂本、董鈔本、詩淵均作「粉餌圓」，今據改。

㊄ 啼飛：富校：「『啼飛』宋詩鈔作『飛啼』，是。」

㊅ 犬鷄：富校：「『犬鷄』宋詩鈔作『鷄犬』，是。」

【題解】

本組詩可繫於紹熙元年（一一九〇），時閑居在蘇。于北山范成大年譜繫本詩於淳熙十六年，孔凡禮范成大年譜繫本詩於紹熙元年。孔曰：「此十詩非作於一時。」極是，今從孔譜，姑繫於紹熙元年。范成大既繼承了漢代樂府民歌「感於哀樂，緣事而發」的傳統，又發揚唐元結開創的「即事名篇，無復依傍」，元、白、張、王繼而發展的新樂府精神，用歌行體組詩的形式，全面描寫吴地農村田家的歲暮生活和習俗，著力表現農家的歡樂與疾苦，可與田園雜興六十首媲美。宋白柳亭詩話卷二二：「村田樂府十首，於臘月風景渲染無遺，吴中習俗，至今可想見也。」

【箋注】

〔一〕冬舂行：記述吴地冬日舂米之節俗。范成大吴郡志二「風俗」：「臘月併力舂一歲糧，藏之土瓦龕中，經歲不蛀壞，謂之冬舂米。」袁景瀾吴郡歲華紀麗卷一二「冬舂米」條：「臘月，風氣鬅發，民乘農隙，計一歲之糧，舂白以爲儲蓄，名冬舂米。於時農家舉秋穫之穀，碾以礱，播以篩，颺以箕，掃以帚，量以升斗斛。婦女童僕，俱習舂、揄、揉、簸之事，嚴冬歲晚，人語聚廊廡，碓聲振場圃，舂成白米粲粲。貧者藏以瓦龕，以藁囤，富者貯以倉廒，以囷廩，俱經久不蛀壞。」顧禄清嘉録卷一一有相似的記載。陸容菽園雜記：「吴中民家計一歲食米若干石，冬月舂白以儲之，名冬舂米。嘗疑開春農務將興，不暇爲此，及冬預爲之。聞之老農云：『不特爲此，春氣動，則米芽浮動，米粒亦不堅，此時舂者多碎而爲粞，折耗頗多。冬用米堅，折耗少，故及冬舂之。』」

〔二〕燈市行：記述吴地元夕前後燈市盛景。范成大吴郡志卷二「風俗」云：「上元影燈巧麗，它郡莫及，有萬眼羅及琉璃球者，尤妙天下。」周密武林舊事卷二：「元夕張燈，以蘇燈爲最，圈片大者徑三四尺，皆五色琉璃所成，山水、人物、花竹、翎毛，種種奇妙，儼然著色便面也。」顧禄清嘉録卷一「燈市」云：「臘後春前，吴趨坊、申衙里、皋橋、中市一帶，貨郎出售各色花燈，精奇百出……至十八日始歇，謂之燈市。」袁景瀾吴郡歲華紀麗卷一「燈市」條云：「燈市者，朝逮夕，市也；夕逮朝，燈也。金閶中市，商旅駢萃，元夕將臨，山陬海澨之珍異，三代歷朝之骨董，五等四民之服用物，皆集。……向夕燈張，多結架松棚，懸綵球，燃銀蠟。」本集卷二三吴燈兩品最高、上元紀吴中節物俳諧體三十二韻，均寫到吴地元夕燈節盛況，可參看。

〔三〕祭竈詞：記述吴地歲暮祭竈之民俗。范成大吴郡志卷二「風俗」云：「二十四日祭竈，女子不得預。」袁景瀾吴郡歲華紀麗卷一二「二十四日夜送竈」條云：「吴俗，以臘月二十四日夜，比户祀竈，以膠牙餳、糖元寶、米粉裹豆沙餡爲餌，名謝竈糰。祭時婦女不得與，以僧尼所送竈經，焚化禳災。編竹爲輿，中載竈馬，盆中置冬青松柏，舉火焚送門外，稻草寸斷，和青豆俱撒屋頂，爲神秣馬，送竈上天。少長羅拜，祝曰：『辛甘臭辣，竈君莫言。』」顧禄清嘉録卷一二亦有記載。

〔四〕口數粥行：荆楚歲時記：「共工氏有不才之子，以冬至日死，爲疫鬼，畏赤小豆，故冬至作赤豆粥以禳之。」范成大吴郡志卷二「風俗」云：「二十五日食赤豆粥，云辟瘟。舉家大小無不及，下至婢僕猫犬皆有之，家人有外出者，亦貯其分，名曰口數粥。」吴自牧夢粱録卷六「十二月」云：「二十五日，士庶家煮赤豆粥祀食神，名曰人口粥，有貓狗者，亦與焉。」而周密武林舊事卷三記及二十四日作糖豆粥謂之「口數」。徐崧、張大純百城烟水蘇州：「祀竈之明日（即二十五日），用赤豆雜米爲粥以辟瘟，名曰口數粥。」顧禄清嘉録卷一二「口數粥」條云：「二十五日，以赤豆雜米作粥，大小遍餐，有外出者亦覆貯待之，雖襁褓小兒、猫犬之屬亦預，名口數粥，以辟瘟氣。或雜豆渣食之，能免罪過。」

〔五〕爆竹行：吴俗於十二月二十五日燃放爆竹，詩序云：「古以歲朝，而吴以二十五夜。」詩云：「吴儂正用前五日。」徐崧、張大純百城烟水蘇州：「是日（承上文指二十五日），爆竹觀儺，各燃火爐於門外，焰高者喜，古謂之粈盆。」吴地燃放爆竹之風氣很盛，除夕亦放爆竹，稱「封門爆仗」。范成大吴郡志卷二「風俗」：「除夜祭畢，則燃爆竹。」百城烟水蘇州：「除夜放爆竹。」清嘉録卷一「開門爆仗」條：「歲朝，開門放爆仗三聲，云辟疫癘，謂之開門爆仗。」按語云：「俗有兼用之除夕者，謂之封門爆仗。」張説守歲詩：『桃枝堪辟惡，竹爆好驚眠。』薛能除夜作：『竹爆和諸鄰。』王安石詩：『爆竹聲中一歲除。』皆是也。」

〔六〕燒火盆行：燒火盆，又名燒松盆，田汝成熙朝樂事：「除夕，人家祀先及百神，架松柴齊屋，舉火焚之，謂之籸盆。烟焰燭天，爛如霞布。」顧禄清嘉録卷一二「燒松盆」條云：「是夜，鄉農人家，各於門首架松柴，成井字形，齊屋，舉火焚之，烟焰燭天，爛如霞布，謂之燒松盆。」袁景瀾吴郡歲華紀麗卷一二「燒松盆」條引月令事宜云：「除夕，以松柏桃杏諸柴爇火，謂之生盆。合家跨熏而度，燎去一年災痗之氣，以迎新祥。」

〔七〕照田蠶行：范成大吴郡志卷二「風俗」：「是夕（指二十五日）爆竹及儺，田間燃高炬，名照田蠶。」徐崧、張大純百城烟水蘇州：「（二十五日）田間燃長炬，名照田蠶。」顧禄清嘉録卷一二「照田財」條云：「村農以長竿燃燈插田間，云祈有秋，焰高者稔，謂之照田財。」袁景瀾吴郡歲華紀麗卷十二「照田蠶」條：「吴俗歲晚，鄉村田家，就田中插長竿，以禿帚、麻秸、竹篠縛諸竿首，燃爲高炬。夾以爆竹，流星亂灑，喧聞四野，以照燭田塍，爛然遍壠。每深更舉火，視火色赤白，以占水旱。焰高明亮者，爲絲、穀豐稔之驗，謂之照田蠶，一名燒田財。」

〔八〕「此占」句：韓愈謁衡嶽廟遂宿嶽寺題門樓：「手持杯珓導我擲，云此最吉餘難同。」

〔九〕分歲詞：分歲，又作「守歲」，石湖本詩重點描寫除夕吃年夜飯的景況。宗懔荆楚歲時紀：「歲暮，家家具肴蔌，詣宿歲之位，以迎新歲，相聚酣飲。」范成大吴郡志卷二「風俗」：「除夜祭畢，則復爆竹。……家人酌酒，名分歲。食物有膠牙餳、守歲盤。」吴自牧夢粱録卷六「除夜」：「（除夕）圍爐團坐，酌酒唱歌，終夕不眠，謂之守歲。」徐崧、張大純百城烟水蘇州：「除夜……飲曰守歲酒，餳曰膠牙餳。」顧祿清嘉録卷一二「年夜飯」條：「除夜，家庭舉宴，長幼咸集，多作吉利語，名曰年夜飯，俗呼合家歡。」又，「安樂菜」條：「分歲筵中，有名安樂菜者，以風乾茄蒂雜果蔬爲之，下箸必先此品。」又，「暖鍋」條云：「年夜祀先分歲，筵中皆用冰盆，或八，或十二，或十六，中央則置銅錫之鍋，雜投食物於中，爐而烹之，謂之暖鍋。」又「守歲」條云：「家人圍爐團坐，小兒嬉戲，通夕不寐，謂之守歲。」袁景瀾吴郡歲華紀麗卷一二「守歲筵」有相似之記載。

〔一〇〕「地爐」句：吴俗於除夕夜焚蒼朮以辟瘟。范成大吴郡志卷二「風俗」云：「除夜祭畢，則復爆竹，焚蒼朮及辟瘟丹。」徐崧、張大純百城烟水蘇州：「除夜放爆竹，焚蒼朮辟瘟丹。」顧祿清嘉録卷一二「小年夜大年夜」條云：「焚辟瘟丹、蒼朮諸藥，謂之太平丹。」

〔一一〕賣癡獃詞：記述吴地歲暮一種獨特的民俗。陸友仁吴中舊事：「吴人多謂人爲獃子，唐韻云：『獃，小犬癡不解事者。』」袁景瀾吴郡歲華紀麗卷一二「除夕」條云：「舊俗……又小兒繞街呼嗷云：『賣汝癡，賣汝獃。』世傳吴人多獃，故兒女輩戲欲賣之。今皆不傳。」顧祿清嘉録卷一二「小年夜大年夜」有相同的記載。

〔一二〕打灰堆詞：記述吴地歲暮另一種獨特的民俗。范成大吴郡志卷二「風俗」云：「夜（除夕夜）向明，則持杖擊灰積，有祝詞，謂之打灰堆。蓋彭蠡廟中如願故事，吴中獨傳。」徐崧張大純百城煙水蘇州「吴俗最重節物」條云：「（除夕）夜分易門神桃符，更春帖，畫灰於道象弓矢，以射祟。其祝詞爲打灰堆。」袁景瀾吴郡歲華紀麗卷一二「除夕」條云：「舊俗，鷄且鳴，持杖擊灰積，致詞以獻利市，名曰打灰堆。」顧禄清嘉録卷一二「小年夜大年夜」條有相似的記載。

自嘲二絶

終日嘵嘵漫説空，觸來依舊與争鋒。登時覺悟忙收拾，已是闍黎飯後鐘〔一〕。

惡聲惡色横相干，覿面須臾萬箭攢。有客癡聾都不動，方知我被見聞漫。

【題解】

本詩作於紹熙元年（一一九〇），時閑居在家。

【箋注】

〔一〕闍黎飯後鐘：用唐王播事。唐摭言卷七：「王播少孤貧，嘗客揚州惠昭寺木蘭院，隨僧齋飡食諸僧頗厭怠。播至，已飯矣。後二紀，播自重位出鎮是邦，因訪舊遊，向之題，已皆碧紗幕其上。播繼以二絶句曰：『……上堂已了各西東，慚愧闍黎飯後鐘。二十年來塵撲面，而今始得碧紗籠。』」

海棠欲開雨作

春睡花枝醉夢回，安排銀燭照粧臺。蒼茫不解東風意，政用此時吹雨來。

【題解】

本詩作於紹熙元年（一一九〇）春，時閑居在家。因海棠欲開而雨，感而作此。

雨再作政妨海棠

漂紅濕紫滿莓苔，潑墨濃雲尚送雷。風雨豈無他日再，何須隨却海棠來？

【題解】

本詩作於紹熙元年（一一九〇）春，時閑居在家，風雨作而妨海棠花開，復作此。

蠻觸

蠻觸紛拏室未虛，心知懲忿欠工夫。腹須空洞方容物〔一〕，事過清涼已喪吾。萬仞我山高不極，一團心火蔓難圖。從今立示寒灰觀〔二〕，笑看蒼黄走鄭巫〔三〕。

【題解】

本詩作於紹熙元年（一一九〇），時閑居在家。念及世事紛争，因賦此志感。

【箋注】

〔一〕「腹須」句：用晉周顗故事。晉書周顗傳：「王導甚重之，嘗枕顗膝而指其腹曰：『此中何所有也？』答曰：『此中空洞無物，然足容卿輩數百人。』」

〔二〕寒灰觀：心如寒灰，指不爲外物所動的精神狀態。語出劉禹錫上杜司徒啓：「失意多病，衰不待年，心如寒灰，頭有白髮。」

〔三〕鄭巫：列子卷二：「有神巫自齊來處於鄭，命曰季咸，知人死生、存亡、禍福、壽夭。期以歲、月、旬、日如神。」

偶然

偶然寸木壓岑樓，且放渠儂出一頭。鯨漫横江無奈螘，鵬雖運海不如鳩。躬當自厚人何責，世已相違我莫求。石火光中争底事，寬顔收拾付東流。

【題解】

本詩作於紹熙元年（一一九〇）春，時閑居在家。

曉泊横塘

短夢難成却易驚，披衣起漱玉池清。遥知中夜南風轉，洶洶前村草市聲。

【題解】

本詩作於紹熙元年（一一九〇）春，時閑居在家。晚泊横塘，有感賦此。

次韻袁起巖瑞麥。此麥兩岐已黄熟，其間又出一青枝，亦已秀實，傳記所未載也

民和神福固其宜，况有仁先四者施㈠。吴稻即看收再熟，周牟先已秀雙岐〔一〕。

蕙風半老黄金穗，梅雨重春緑玉枝。樂不可支聊發詠，田間日日是芳時。

【校記】

㈠ 仁先：底本、活字本、叢書堂本、董鈔本、詩淵第四册第二四四二頁均作「仁先」，富校：「『先』

黄刻本作『光』，是。」

【題解】

本詩作於紹熙元年（一一九〇）初夏，時閑居在蘇。袁説友麥秀三岐：「用過其才愧弗宜，但於牧養要張施。未應拙政纔兼月，森出來弁過兩岐。長短異形垂美穗，青黄間色識新枝。懸知瑞應由明主，自是豐年屬聖時。」

【箋注】

〔一〕「周牟」句：詩經周頌思文：「貽我來牟。」毛傳：「牟，麥，率用也。」孔穎達疏：「麰麥，大麥也。説文云：麰，周受來牟也。一麥二舉，象其芒刺之形，天所來也。」

次韻袁起巖甘雨即日應祈

天遣賢侯惠此州，隨車一雨緩千憂〔一〕。藥寮坐看雲穿屋，蓮棹歸將葉蓋頭。三伏涼來那易得，百年飽外更何求？合詞但祝爲霖手，早侍薰絃十二旒〔二〕。

【題解】

本詩作於紹熙元年（一一九〇），時閑居在蘇。袁説友賦甘雨即日應祈詩，石湖次其韻而和之，期待賢侯治績早日上聞於君王。袁説友和趙成子提幹喜雨韻其二：「十年三已冒爲州，每每於民有旱憂。午聽雷雨鳴屋角，晚驚雨脚壓雲頭。及時三日爲霖好，爲汝千箱樂歲求。欲辦一椽名喜雨，愧無老筆數宸旒。」

【箋注】

〔一〕「隨車」句：用後漢鄭弘的故事。後漢書鄭弘傳「遷淮陽太守」，注引謝承書：「弘消息繇賦，政不煩苛，行春天旱，隨車致雨。」後代因以隨車雨喻施行仁政。庾肩吾從駕喜雨：「復此隨車雨，民天知可安。」

〔二〕「早侍」句：薰絃，指南風歌。孔子家語辯樂：「昔者舜彈五絃之琴，造南風之詩，其詩曰：南風之薰兮，可以解吾民之愠兮。南風之時兮，可以阜吾民之財兮。」十二旒，指帝王冠冕。全句意謂袁説友在蘇州施行仁政，應該早早侍候君王彈奏南風歌。

劉德修少卿避暑惠山，因便寄贈

鳴鳳朝陽尺五天〔一〕，匆匆忽過白鷗邊。遥憐海内無雙士，獨酌人間第二泉〔二〕。決去君今身似葉〔三〕，贈行誰有筆如椽？老夫但祝重相見，未擬消魂賦黯然。

【題解】

本詩作於紹熙元年（一一九〇），時閑居在家。劉光祖因論近倖貶外，將回蜀，路過惠山避暑，石湖作此寄贈之。劉德修少卿，即劉光祖（一一四二—一二二二），字德修，簡州陽安（今四川簡陽）人，登進士第。除劍南東川節度推官，辟潼川提刑司檢法。淳熙五年召對，論恢復事。除太學正。召試，守正字兼吴、益王府教授，遷校書郎，除右正言，知果州，以趙汝愚薦，召入。光宗即位，除軍器少監兼權侍左郎官，又兼禮部，除殿中侍御史。上書痛論時弊，尤拳拳於朋黨之禍。劾罷户部尚書葉翥、太府卿兼中書舍人沈揆。徙太府少卿，求去不已，除直秘閣、潼川運判，改江西提刑，又改夔州。寧宗朝，除侍御史，改司農少卿，進起居舍人。遷起居郎。朱熹與祠，上疏留之，爲劉德秀所劾，出爲湖南運判，不就，領宫祠。韓侂胄禁「僞學」，光祖撰涪州學記云：「學之大者，明聖人之道以修其身，而世方以道爲僞；小者治文章以達其志，而時方以文爲病。好惡出於一時，是非定於萬世。」奪職謫房州，起知眉州。後纍官提刑、知州、知府。以顯謨閣直學士領宫祠。嘉定十五年卒，年八十一，謚文節。趙汝愚稱其「論諫激烈似蘇軾，懇惻似范祖禹」。著有後溪集、鶴林詞。平生事迹，見宋史卷三九七本傳、真德秀劉閣學墓誌銘。南宋館閣續録卷九：「劉光祖，（淳熙）六年十月除（正字），八年閏三月爲校書郎。」卷八：「劉光祖，（淳熙）八年閏三月除（校書郎）。九年十二月爲秘書郎。」又：「劉光祖，字德修。簡州人。乾道五年鄭僑榜進士及第。治書。（淳熙）九年十二月除（秘書郎），十年四月丁憂。」劉光祖被貶時，楊萬里曾上書請復光祖職，或留朝任用，不報。臨行時，有送行詩送劉德修殿院直閣將漕潼川二首。

【箋注】

〔一〕「鳴鳳」句：詩經大雅卷阿：「鳳皇鳴矣，于彼高岡。梧桐生矣，于彼朝陽。」鄭箋云：「鳳皇鳴于山脊之上者，居高視下，觀可集止，喻賢者待礼乃行，翔而後集。梧桐生者，猶明君出也。生於朝陽者，被温仁之氣，亦君德也。鳳皇之性，非梧桐不棲，非竹實不食。」

〔二〕第二泉：惠山泉，見輿地紀勝卷六兩浙西路常州。

〔三〕「决去」句：孔凡禮范成大年譜紹熙元年附注：「知作於其去朝回蜀時，其避暑惠山，乃回蜀時所經由也。」

幽棲

幽棲先自嬾衣裳，秋暑薰肌汗似漿。對客緒言多勉强，謀家生事總荒唐。蚕眠不待星當户，晚飯常占日半牆。莫道閒中無外慕，朝朝屈指望新涼。

【題解】

本詩作於紹熙元年（一一九〇）秋，時閑居在蘇。幽居有感，乃賦此。

園林

園林隨分有清涼，走徧人間夢幾場。鐵硯磨成雙雪鬢㊀〔一〕，桑弧射得一繩牀㊁。

光陰畫紙爲碁局〔二〕，事業看題檢藥囊。受用切身如此爾，莫於身外更乾忙〔三〕。

【校記】

㊀雙雪鬢：原作「雙鬢雪」。活字本、叢書堂本、董鈔本、詩淵第三册第二〇六三頁均作「雙雪鬢」，與下句「一繩牀」對仗，今據改。

㊁一繩牀：原作「一繩麻」，失韻。富校：「『麻』黄刻本作『牀』，是。」活字本、叢書堂本、董鈔本、詩淵均作「一繩牀」，今據改。

【題解】

本詩作於紹熙元年（一一九〇），時閑居在蘇。

【箋注】

〔一〕「鐵硯」句：用五代桑維翰故事。舊五代史桑維翰傳：「又鑄鐵硯以示人曰：『硯弊則改而佗仕。』」

〔二〕「光陰」句：杜甫江村：「老妻畫紙爲棋局。」

〔三〕乾忙：空忙。蘇軾滿庭芳：「蝸角虚名，蠅頭微利，算來著甚乾忙。」錢大昕十駕齋養新録卷一六「乾笑乾忙」條：「南史范蔚宗傳有乾笑字。韓退之詩：『乾愁漫解坐自累，與衆異趣寧相親。』王介甫詩『賴付乾愁酒一樽』，謂空愁而無益也。偶桓詩：『白首乾忙度歲時。』又云：『乾忙雖是紅塵冷，須聽幽禽快活吟。』亦謂空忙而無用也。」

七月十八日濃霧作雨不成

曉霧障朝暉，日脚戰未透。儻然成一雨，亦足洗塵瞀。江南富秋暑，老穉呻永晝。田間翻畏涼，能粃嘉穀秀。昨朝東有虹，光彩照高柳。占云天掠剩，政恐耗升斗〔一〕。陽光趣堅實，乘除或相救。臞儒雖病暍，且復忍污垢。吳人謂立秋後虹爲天收，雖大稔亦減分數。

【題解】

本詩作於紹熙元年（一一九〇）七月十八日，時閑居在蘇。見濃霧晨虹，憂慮稻秀不實，乃賦此以記。

【箋注】

〔一〕「昨朝」四句：顧禄清嘉録卷七「秋畝碌收粃穀（天收）」條云：「又以稻秀時，濃霧大作，中有白虹橫貫者，俗呼白鱟。亦主穫粃穀，謂之天收。」天掠，即天收。石湖詩及附注，與顧氏之記載相合。

戲贈勤長老

從君揮麈演金乘，我已無心纏葛藤。第一圓通三鼓夢，大千世界一窗燈。罷參柏子庭前意〔一〕，權作梅花樹下僧〔二〕。飯飽閒行復閒坐，人間有味是無能。

【題解】

本詩作於紹熙元年（一一九〇），時閑居在蘇。

【箋注】

〔一〕「罷參」句：用趙州禪師從諗故事，參見卷二八仲行再示新句復次韻述懷「祖意」句注。

〔二〕「權作」句：語出黄庭堅出禮部試院王才元惠梅花三種皆妙絶戲答三首其二：「今作梅花樹下僧。」

次韻袁起巖送示郡沼雙蓮圖

珠淵玉水折方員，涌出雙蓮照酒邊。壓倒小湖三級草〔一〕，增光後沼兩重蓮。苕華名字元相並，桃葉根株本自連。好把吴歈翻楚些，楊荷新曲勝當年。洞庭小湖寺舊得瑞象，有草繞之，投草湖中，生三級紅蓮。皮日休有木蘭後池重臺蓮詩云：「兩重元是一重心。」皆吴中瑞故事，而未有雙蓮之傳也。

【題解】

本詩作於紹熙元年（一一九〇），時閑居在蘇。紹熙元年，府治後池出雙蓮，袁説友以爲瑞兆，葺雙瑞堂，命人畫郡沼雙蓮圖，賦詩以示石湖，石湖乃次其韻賦此答之。范成大吴郡志卷六「官宇」：「紹熙元年，長洲有瑞麥四岐，及後池出雙蓮，郡守袁説友葺西齋，以雙瑞名堂，以識嘉祥。」范成大雙瑞堂記（參見輯佚卷一三）亦載其事。

【箋注】

〔一〕「壓倒」句：小湖，指小湖寺，三級草，自注：「投草湖中，生三級紅蓮。」事見范成大吴郡志卷三四「郭外寺」條云：「洞庭西山小湖觀音教院，在吴縣西南一百五十里，即舊小湖院也。相傳唐乾符中，有沉香觀音像沉太湖而來，小湖僧迎得之，有草繞像足，投之小湖，生千蓮華，至今有之。」

次王正之提刑韻，謝袁起巖知府送茉莉二檻

千里移根自海隅，風飄破浪走天吴〔一〕。散花忽到毗耶室〔二〕，似欲横機試病夫。

燕寢香中暑氣清，更煩雲鬟插瓊英〔三〕。明粧暗麝俱傾國〔四〕，莫與礬仙品弟兄。

【題解】

本詩作於紹熙元年（一一九〇），時閑居在家。本年，王正己任浙東路提點刑獄，常有詩作唱和。袁説友送茉莉二檻，賦本詩謝之。王正之，即王正己（一一一九—一一九六），字正之，四明人。樓鑰宋史無傳，有朝議大夫秘閣修撰致仕王公墓誌銘（攻媿集卷九九）：「授婺州司法參軍。詔舉縣令，會稽郡王史公浩爲司封郎，以公姓名進，知泰州海陵縣。張忠獻公浚募萬弩手，官吏畏怖，奔走恐後。公獨以邑民方脱兵火之酷，募既難從，聚亦無用，陳利害以獻。旁觀爲之股栗，公亦謁告以俟。忠獻以書遜謝，慰勉安職，人始服公有守，而歎忠獻之樂善也。隆興改元正月，對垂拱殿，上意嚮納，改宣教郎，幹辦行在諸軍糧料院。乾道二年，詔薦監司郡守，丞相魏公杞在瑣闥，薦對祥曦殿，權司農寺主簿，知江陰軍。在任得旨：沿江郡籍民爲兵，防江守城，爲大軍聲援。公抗疏列上徒擾良民，無益備禦者七條，且言舊嘗爲山水寨，騷動兩淮，競進圖册，謂得勝兵數十萬，完顏亮深入，乃無一人爲用，敵退，起焚官寺，聲言欲燒棄山水寨案牘，以絶後害，此最深切著明者。公以此罷，而他郡亦徒擾如公言。起知饒州，改嚴州，復改饒州，以事忤憲司，劾罷，主管台州崇道觀。一以葉丞相之薦，除尚書吏部員外郎，權右司郎官，遂爲真。葉公去國，公亦遭論，再奉祠。……藏書至二萬卷，手抄爲多，號酌古居士，又以名其堂。詩文似其爲人。少嗜山谷詩，造詣已深，爲紫微王公洋所激賞；晚又以杜少陵、蘇長公爲標準。石湖參政范公成大見公近詩，喈曰：『不惟把降幡，殆將焚筆硯矣！』」寶慶四明志卷八「先賢事跡上」：「正己，字正之，勳（王説之孫）長子也。勳與妻薛氏俱没官所，群胡念其清苦，裒金錢二百萬爲賻，正己不受，以叔祖珩任爲豐城主簿，連帥張澄，俾對易理曹。時相黨王鈇家豫章，冢舍亡瑞香花，與一富民有他憾，因誣之，帥諷理曹文致其罪。正之直之，忤帥意，稱疾尋醫而歸。孝宗聞之，既踐祚，詔以不畏强禦，節概可嘉，自泰州海陵縣召對，改合入官。淳熙初，訪求廉吏，參政葉衡舉正己辭賻事以聞，召對，上語輔臣曰：『王正己望之儼然，即之甚温。』史忠定王浩再相，論朋黨事，上曰：『葉衡既去，人以王正己爲其黨，朕固留之。雖衡所引，其人自賢，則知朕不以朋黨待臣下也。』正己凡四典郡，六爲部使者，終太府卿，秘閣修撰致仕。年七十八卒。高宗山陵竣事，嘗進聖德孝感記，上曰：『卿文似韓愈，已宣付史館。』有文集二十卷。嘉定初，被旨，繳納國史院。」范成大吴郡志卷七「提舉刑獄司題名」：「王正己，以朝請大夫、充秘閣修撰、浙江東提刑改除，紹興元年五月初三日到任，十二月初三日，准敕以陳乞宫祠差，主管建寧府武夷山冲佑觀。」茉莉，廣群芳譜卷四三「茉莉」：「原出波斯，移植南海。……葉如茶而大，緑色團尖，夏秋開小白花，花皆暮開，其香清婉柔淑，風味殊勝。」顧禄清嘉録卷六「珠蘭、茉莉花市」條云：「珠蘭、茉莉花來自他省，薰風欲拂，已畢集於山塘花肆。……蔣寶齡吴門竹枝詞云：『蘋末風微六月涼，畫船銜尾泊山塘。廣南花到江南賣，簾内珠蘭茉莉香。』」茉莉一檻，按袁景瀾吴郡歲華紀麗卷六「茉莉花籃」：「又以銅絲紐串茉莉蕊，裝成小花籃，閨閣中買置，夜懸綃帳，香生枕席，引入睡鄉，令人魂夢俱恬。」

【箋注】

〔一〕天吴：神話中的水神。山海經海外東經：「朝陽之谷，神曰天吴，是爲水伯。」李賀浩歌：「南風吹山作平地，帝遣天吴移海水。」

〔二〕「散花」句：用天女散花故事。

〔三〕「更煩」句：吴地婦女鬟間插戴茉莉花。顧禄清嘉録卷六「珠蘭花茉莉花」條云：「花蕊之連蒂者，專供婦女簪戴。」

〔四〕暗麝：廣群芳譜卷四三「茉莉」條引東坡集云：「東坡謫儋耳，見婦女競簪茉莉，含檳榔，戲書几間云：『暗麝著人簪茉莉，紅潮登頰醉檳榔。』」

再賦茉莉二絶

薰蒸沉水意微茫，全樹飛來爛熳香。休向寒鴉看日景，衹今飛燕侍昭陽。

憶曾把酒泛湘灕〔一〕，茉莉毬邊擘荔枝。一笑相逢雙玉樹，花香如夢鬢如絲。

【題解】

本組詩作於紹熙元年（一一九〇），繼上詩後，再賦茉莉，追憶往事。

【箋注】

〔一〕「憶曾」句：湘灘，湘水和灘水，石湖任桂帥時，曾把酒泛舟於兩水。

再賦郡沼雙蓮三絶

館娃魂散碧雲沉，化作雙葩寄恨深。千載不償連理願，一枝空有合歡心。

池光闌檻倚斜暉，把酒看花醉不歸。但許鴛鴦相對浴〔一〕，休驚翡翠一雙飛。

兩岐秀罷已蒿萊，春意還從菡萏回。不是使君和氣勝，此花應向別人開。

【題解】

本組詩作於紹熙元年（一一九〇），時閑居在蘇。繼次韻袁起巖送示郡沼雙蓮圖詠雙蓮之後，又作再賦郡沼雙蓮三絶以寄興。袁説文閲後，和之。和范石湖咏雙蓮三首（東塘集卷六）其一：「江妃瑟裏恨沉沉，萬點紅邊意轉深。擁出三千歌舞罷，翠綃縈得兩同心。」其二：「天泉池上舞晴暉，一別人家未肯歸。千載却隨湘女泣，風前時學鳳凰飛。」其三：「鑒湖一曲記蓬萊，棹入紅蕖挽不開。今日池光少公事，好懷聊復爲渠開。」

【箋注】

〔一〕「但許」句：杜牧齊安郡後池絶句：「鴛鴦相對浴紅衣。」

范村午坐

好風入修篁，槁葉舞而墮。斷續一蛩吟，高下雙蝶過。凍樾午陰圓，静極成癡坐。老便几杖供，慵廢誦弦課。蒲團耎易煖，困來百骸惰。四傍無人聲，誰驚短夢破？

【題解】

本詩作於紹熙元年（一一九〇）秋，時閑居在蘇，至范村閑坐，有感而賦。

石湖居士詩集卷三十一

讀白傅洛中老病後詩戲書

樂天號達道，晚境猶作惡。陶寫賴歌酒，意象頗沉著。謂言老將至，不飲何時樂？未能忘煖熱，要是怕冷落。我老乃多戒，頗似僧律縛。閒心灰不然，壯氣鼓難作。豈惟背聲塵，亦自屏杯酌。日課數行書，生經一囊藥。若使白公見，應譏太蕭索。當否竟如何？我友試商略！

【題解】

本詩作於紹熙元年（一一九〇），時在蘇閑居。讀白居易洛中偶作詩，戲賦此見志。白居易洛中偶作：「遇物輒一詠，一詠傾一觴。筆下成釋憾，卷中同補亡。往往顧自哂，眼昏鬚鬢蒼。不知老將至，猶自放詩狂。」

秋夕不能佳眠

晝坐既摧頹，夜卧亦展轉。檢校百骸間，無一得安穩。四大元假合，解散會歸盡。何煩造化兒，前期苦相窘。咄咄方書空，忽發一笑䪼〔一〕。都緣有我相，浪把此身認。於中有安否，隨即生喜愠。蟬聲耳根響，蠅翅目中暈。無明徧大千，衹自植愁本。化兒安在哉？作詩謝不敏。

【題解】

本詩作於紹熙元年（一一九〇）秋，時在蘇閑居。因不能佳眠而生感，賦此自慰。

【箋注】

〔一〕䪼：一作䪼，笑貌。莊子達生：「桓公䪼然而笑。」疏：「䪼，喜笑貌也。」釋文：「䪼，敕引反，徐敕一反，又敕私反。司馬云：笑貌。李云：大笑貌。」

王正之提刑見和茉莉小詩甚工。今日茉莉漸過，木犀正開，復用韻奉呈二絶

南花宜夏不禁涼，猶繞珍叢覓舊香。留得典刑傳菊圃，別篘新酒待重陽。吳中有茉莉菊花。

茉莉吟餘又木犀，碧瑶葉底露金支。從今日日須搜句，莫遣硯池生網絲。

【題解】

本組詩作於紹熙元年（一一九〇）秋，時閑居在蘇。石湖有次王正之提刑韻謝袁起巖知府送茉莉二檻、再賦茉莉二絶贈王正之，正之和之。石湖見茉莉漸謝，木犀正開，又用舊韻賦此奉呈正之。

復用韻記昨日坐中劇談及趙家琵琶之妙，呈王正之提刑二絶

病來六結總韜藏〔一〕，不用濃薰戒定香。花下酒邊非我事，但餘消瘦是東陽。

曹穆新聲和者稀〔二〕，如今妙手屬天支。轉關濩索都傳得〔三〕，想見飛凰舞緑絲。

正之云：「轉關六幺、濩索梁州、歷統薄媚、醉吟商胡渭州，此四曲，承平時專入琵琶，今不復有能傳者。」

余按北夢瑣言載黔南節度王保義女善彈琵琶，夢吴人授曲，内有醉吟商一調，其來遠矣〔四〕。

【題解】

本組詩作於紹熙元年（一一九〇）。「趙家琵琶」，指趙師羃家之琵琶妓，本卷戲題趙從善兩畫軸題下注：「王正之云：『從善家有琵琶妓，甚工。』」從善，即趙師羃，詳見戲題趙從善兩畫軸「題解」。

【箋注】

〔一〕「病來」句：卷二九習閒詩有「六用都藏縮似龜」句，沈注用法句譬喻經解説之。本句與之同意。

〔二〕曹穆：曹指曹綱，穆指穆善才，皆善彈琵琶。段安節樂府雜録琵琶：「貞元中，有王芬、曹保，保子善才，其孫曹綱，皆襲所藝。次有裴興奴，與綱同時。曹善運撥，若風雨，而不事扣絃。」白居易琵琶引序：「嘗學琵琶於穆、曹二善才。」元稹琵琶歌：「鐵山已近曹穆間。」原注：「二善才姓」。

〔三〕轉關濩索：蔡寬夫詩話（郭紹虞宋詩話輯佚）「六么」條云：「故言涼州者，謂之濩索，取其音節繁雄，言六么者，謂之轉關，取其聲調閑婉。元微之詩云：『涼州大遍最豪嘈，録要散序多籠撚。』濩索轉關，豈所謂豪嘈籠撚者耶？」

〔四〕「余按北夢瑣言載」四句：林艾園校點北夢瑣言（上海古籍出版社一九八一年版），另據太平廣記補出佚文四卷，佚文卷四：「王蜀黔南節度使王保義，有女適荊南高從誨之子保節。未行前，暫寄羽服。性聰敏，善彈琵琶，因夢異人，頻授樂曲。」石湖自注小異。

再題白傅詩

香山歲晚錯芳辰，索酒尋花一笑欣。列子御風猶有待〔一〕，鄒生吹律强生春〔二〕。若將外物關舒慘，直恐中塗混主賓。此老故應深解此，逢場聊戲眼前人。

【題解】

本詩作於紹熙元年（一一九〇），時閑居在蘇，繼讀白傅洛中老病後詩戲書之後，復作此。

【箋注】

〔一〕「列子」句：莊子逍遥遊：「夫列子御風而行，泠然善也，旬有五日而後反。……此雖免乎行，猶有所待者也。」

〔二〕「鄒生」句：鄒生，指鄒衍。虞世南北堂書鈔卷一一二樂部八「鄒衍温谷」條引劉向别録：

「方士傳言鄒子在燕，燕有黍谷，地美天寒，不出五穀。鄒子居之，吹律而温氣至，今名黍谷也。」

石湖中秋二十韻。十二年前嘗與工部兄及賓客爲此遊，今有隔世者，感今懷舊而作

野外行吾意，城中寄却愁。半秋三夜月，千古五湖舟。涌地金芒發，行天玉鏡流。珠星沉不現，銀漢黯如收。高浪連三境〔一〕，長風近十洲〔二〕。水天雙對鏡，身世一浮漚。迴白包元氣，空明慰病眸。只憐心浩蕩，不管鬢颼飀。放棹真狂矣，關門有此不？四并非易事，一笑亦難謀。急管參漁笛，清歌間棹謳。逢迎成邂逅，嘯咏勸綢繆。女擷蘋花獻，妻傾竹葉酬〔三〕。今宵如不飲，何處可忘憂？憶昔誰同賞，于今歲恰周。陟岡睽魯衛〔四〕，伐木愴應劉〔五〕。獨歎靈光在，能追汗漫遊。大都緣未盡，豈是病都瘳。縱意褰篷席，輕生倚柁樓。節宣誠小爽，猶勝賦悲秋。

【題解】

本詩作於紹熙元年（一一九〇）中秋，時閑居在家。本年中秋，成大攜家眷同游石湖，憶念十

二年前與兄成象及賓客同游石湖，感今懷舊，不勝欣喜。「工部兄」，指范成象。成大中秋泛石湖記：「淳熙己亥中秋，至先、至能自越來溪下石湖，縱舟所如，忘路遠近，約略在洞庭、垂虹之間。天容水鏡，光瀾一色，四維上下，與月無極。風露温美，如春始和。醉夢飄然，不知夜如何其。惟有東方大星，欲度蓬背，自後不復記憶。坐客或有能賦之者。張子震、馬少伊、鄭公玉、章舜元，客也。」至先，即范成象。己亥，即淳熙六年，至本年恰爲十二年。

【箋注】

〔一〕三境：指仙境，雲笈七籤卷二一：「三清圖云：將以玄元始三氣，以爲三境三天。」又卷五五：「復爲三境，玉清、上清、太清也。」

〔二〕十洲：海内十洲記：「漢武帝既聞王母説八方巨海之中有祖洲、瀛洲、玄洲、炎洲、長洲、元洲、流洲、生洲、鳳麟洲、聚窟洲。有此十洲，乃人跡所稀絶處。」

〔三〕竹葉：酒名，即竹葉清，又名「竹葉青」。張華輕薄篇：「蒼梧竹葉清，宜城九醖醝。」

〔四〕「陟岡」句：詩經魏風陟岵：「陟彼岡兮，瞻望兄矣。」論語子路：「魯衛之政，兄弟也。」

〔五〕「伐木」句：詩經小雅伐木：「伐木丁丁，鳥鳴嚶嚶……嚶其鳴矣，求其友聲。」應劉，三國應瑒和劉楨的并稱，後亦泛指宾客。

中秋後兩日，自上沙回，聞千巖觀下巖桂盛開，復檥石湖㊀，留賞一日，賦兩絶

金粟枝頭一夜開，故應全得小詩催。籃輿緩緩隨兒女，引入天香洞裏來。

千巖觀下碧瑶林，歲晚青青共此心。隱士歸兮花未老，每年來把一杯深。

【校記】

㊀復檥石湖：富校：「『檥』下黄刻本有『舟』字，是。」

【題解】

本詩作於紹熙元年（一一九〇）八月十七日，時閑居在家，與家人共賞石湖千巖觀桂花。

有會而作

拙是天資嬾是真，本來何用戒香薰？强陽氣盡冥恩怨〔一〕，杜德機深泯見聞〔二〕。

念動即時漂鬼國〔三〕，心空隨處走魔軍〔四〕。室中已自空諸有，休負天機與地文。

【題解】

本詩作於紹熙元年（一一九〇），時閑居在家。

【箋注】

〔一〕「强陽」句：列子天瑞篇：「天地强陽，氣也，又胡可得而有邪？」

〔二〕「杜德」句：壯子應帝王：「壺子曰：『……是殆見我杜德幾也。』」

〔三〕「念動」句：沈注卷下：「傳燈録：湖州刺史李翺問藥山：『如何是黑風漂墮羅刹鬼國？』藥山曰：『李翺小子作麽生？』李變色。山曰：『即此是黑風漂墮羅刹鬼國。』」

〔四〕魔軍：大智度論卷五：「除諸法實相，餘殘一切法盡名爲魔，如諸煩惱結使、欲縛取纏、陰界入，魔王、魔民、魔人，如是等盡名爲魔。問曰：『何處説欲縛等諸結使名魔？』答曰：『雜藏經中，佛説偈語魔王：欲是汝初軍，憂愁軍第二，飢渴軍第三，愛軍在第四，第五眠睡軍，怖畏軍第六，疑爲第七軍，含毒軍第八，第九軍利養，著虚妄名聞，第十軍自高，輕慢於他人。汝軍等如是，一切世間人，及諸一切天，無能破之者。我以智慧箭，修定智慧力，摧破汝魔軍，如坏瓶没水。』」

戲題無常鐘二絶

著衫脱袴兩浮休，切莫隨渠認路頭。三尺蒲牢關底事〔一〕，尋聲接響大悠悠。

合成四大散成空，草木經春便有冬。生滅去來相對代，爲君題作有常鐘。

【題解】

本詩作於紹熙元年（一一九〇），時閑居在家。荀子修身：「趣居無定，謂之無常。」涅盤經卷一壽命品：「是身無常，念念不住，猶如電光、暴水、幻炎，亦如畫水，隨畫隨合。」

【箋注】

〔一〕蒲牢：本爲獸名，後爲鐘的别名。文選班固東都賦：「於是發鯨魚，鏗華鐘。」李善注：「薛綜西京賦注曰：海中有大魚曰鯨，海邊又有獸名蒲牢。蒲牢素畏鯨，鯨魚擊蒲牢，輒大鳴。凡鐘欲令聲大者，故作蒲牢於上，所以撞之者爲鯨魚。」

自箴

有對易成畛域，無情那有從違。癡人妄認逆境，平地自生鐵圍。

白傅病猶牽愛，晁公老未斷嗔。莫問是情是性，但參無我無人。

俗物汩陳大好，家奴倒迕何誅。泡幻初無典要，光陰況已桑榆。

【題解】

本詩作於紹熙元年（一一九〇），時閑居在家。悟得老來須豁達放懷，因賦此自箴。

題畢少董繙經圖

絳帳胡沙暗，青編古意深。誰知洛下詠，中有越人吟。

【題解】

本詩作於紹熙元年（一一九〇），時閑居在家。畢少董，即畢良史，字少董，一字伯瑞，蔡州上蔡人（一作東平）。宋史無傳，宋史翼卷二七文苑二：「畢良史，字少董，自號死齋，上蔡人，文簡公士安五世孫，第進士。少喜字學，得晉人筆法。壯遊京師，以買賣古器書畫之屬出入貴人之門，當時謂之畢儥賣。靖康之變，僑寓興國軍。蔣璨官江西，喜其辨慧，給貲令赴行在，諸内侍皆喜之。高宗方搜訪古器書畫之屬，恨未有辨其真僞者，得良史甚悦，月給俸五十千，仍令内侍延請爲賓客，又得束脩百餘千。會迪功郎權婺州司户參軍畢隣者死事，得任子恩。其妻言子爲金人所殺，願官姪良史，遂補上州文學。紹興八年，金人歸三京地，擢右迪功郎開封府推官。乃益搜求京城亂後遺棄古器書畫，買而藏之。金人敗盟，開封陷，良史入於金，不仕。乃教學講春秋，有從之遊者，因爲圖，名繙經，寫其訪問紬繹之狀。十二年和議成，與孟庾、李正名同放還，遂盡載所收骨董至行在，上大喜。良史上言，不能死節，請正典刑；詔放罪。旋差監南嶽廟。十三年正月，進春秋正辭，特改右宣議郎，幹辦行在糧料院。十五年七月加直秘閣知盱眙軍。十八年進直敷文閣。二十年八月，卒於任。著有春秋正辭二十卷，繙經堂集八卷。」楊萬里題畢少董繙經圖并序：「畢敷文少董，名良史。紹興初陷虜境，居汴。閉户著春秋正辭、論語探古書，有宋哲夫、李願良輩執經師之。好事者寫爲繙經圖：宋執一卷書背立，且讀且指；李執一卷書向其師，若有問者。而少董坐一榻上，後有二女奴，各有所執。而阿冬者坐其間，少董之季子也。女奴之髽者曰孫壽，冠者曰馬惠真。哲夫名城，願良名師魏云。『宋生把卷讀且指，李生把卷問奇字。榻上坐著一老子，右手秉筆袒左臂。春秋論語訓傳成未成？胸中有話頗欲告兩生。欲呼小白拉重耳，同討犬戎尊帝京。蠶妾不解事，兩生未可語。冬郎政兒痴，誰能復憐許？繙經未了報歸期，攜書歸來獻玉墀。胡沙滿面無人識，回首兩生斗南北。』」三朝北盟會編卷二〇八、陸友仁吴中舊事、李日華六研齋二筆卷四亦載其事。畢少董善書畫，湯垕畫鑑：「畢少董能畫山水，不在朱希真之下，僕嘗見之，故表其異以語後人。」「宋南渡士人多有善畫者，如朱敦儒希真、畢良史少董、江參貫道皆能畫山水、窠石。」夏文彦圖繪寶鑑卷四：「畢良史，字少董，紹興間進士，善作窠木、竹石、雲龍，能寫唐人小楷，書畫俱妙。」

次韻袁起巖喜雨

使君精禱動仙靈，月御俄從畢噣經〔一〕。昨夜雲頭隨皂蓋，今朝雨脚挂青冥。池光拍岸浮州宅，湖面粘天漲洞庭〔二〕。 賸采吴歈歌歲事〔三〕，傳歸擊壤調中聽。 昨議復池光亭額，故因及之。

【題解】

本詩作於紹熙元年（一一九〇），時閑居在蘇。

【箋注】

〔一〕畢噣：畢星和噣星。詩經小雅漸漸之石：「月離於畢，俾滂沱矣。」詩經召南小星：「嘒彼小星，三五在東。」毛傳：「三心五噣，四時更見。」噣，柳星的别名。月亮經畢、柳而過，主雨。

〔二〕粘天：形容湖面波浪連天。王安石舟還江南阻風有懷伯兄：「白浪粘天無限斷，玄雲垂野少晴明。」

〔三〕吴歈：即吴歌。楚辭招魂：「吴歈蔡謳，奏大吕些。」王逸章句：「吴、蔡，國名也。歈、謳，皆歌也。」梁元帝纂要：「齊歌曰謳，吴歌曰歈，楚歌曰艷。」

再次喜雨詩韻，以表隨車之應〔一〕

仙篆驅龍效水靈，佛螺吹梵演雲經〔二〕。 何煩礎汗生蒸潤，便借爐薰作晦冥。 一念故應周法界，萬神元不隔明庭。 昌時圭璧形聲應，不似周時莫我聽。

【題解】

本詩作於紹熙元年（一一九〇），時閑居在家。

【箋注】

〔一〕隨車之應：用東漢鄭弘故事。後漢書鄭弘傳：「遷淮陽太守」，注引謝承書：「弘消息繇賦，政不煩苛。行春天旱，隨車致雨。」柳宗元韋使君黄溪祈雨見召從行至祠下口號：「惠風仍偃草，靈雨會隨車。」。

〔二〕雲經：即大雲無想經。沈注卷下：「大雲經求雨法，見法苑珠林。」

三次喜雨詩韻少仲嘉頌

嚮非賢牧政通靈，幾負松陵耒耜經〔一〕。天籟侵晨占少女〔二〕，雨師連夜檄玄冥。作霖豈必求商野，召見誰能右漢庭。聞有追鋒傳好語〔三〕，從今側耳爲君聽。

【題解】

本詩作於紹熙元年（一一九〇），時閑居在蘇。袁説友三作喜雨詩，石湖次其韻和之。沈注卷下：「此詩祝其促召還朝也。」

【箋注】

〔一〕松陵耒耜經：松陵，指陸龜蒙，因隱於松陵而得名。陸龜蒙有耒耜經。

〔二〕「天籟」句：沈注卷下：「三國志管輅傳。」按，三國志魏書管輅傳裴松之注引輅别傳：「至日向暮，了無雲氣，衆人并嗤輅。輅言：『樹上已有少女微風，樹間又有陰鳥和鳴。又少男風起，衆鳥和翔，其應至矣。』須臾，果有艮風鳴鳥。日未入，東南有山雲樓起，黄昏之後，雷聲動天。到鼓一中，星月皆没，風雲并興，玄氣四合，大雨河傾。」

〔三〕「聞有」句：晉書宣帝紀：「（景初二年）先是，詔帝便道鎮關中。及次白屋，有詔召帝，三日之間，詔書五至，手詔曰：『間側息望到，到便直排閤入，視吾面。』帝大遽，乃乘追鋒車晝夜兼行，自白屋四百餘里，一宿而至。」追鋒，追鋒車，一種輕便快速之驛車，車行迅速，故以追鋒爲名，見宋書禮志五。

府公録示和提幹喜雨之作，輒次元韻

雨挾潮痕漲具區，流渠決決繞幽居。荷鋤日課都忘倦，抱甕天機本不疎。且喜水平昌谷稻〔一〕，莫教雷假介休車〔二〕。老翁飽外還多事，更把林間種樹書。

【題解】

本詩作於紹熙元年（一一九〇），時閑居在家。府公，指袁説友，時任平江知府，故云。袁説友接連寫出喜雨詩，石湖依次和之。

【箋注】

〔一〕「且喜」句：語出李賀昌谷詩：「昌谷五月稻，細青滿平水。」

〔二〕「莫教」句：段成式酉陽雜俎前集卷八「雷」：「李鄘在北都，介休縣百姓送解牒，夜止晉祠宇下。夜半，有人扣門云：『介休王暫借霹靂車，某日至介休收麥。』」霹靂車，即雷神司雷之車。

雨後田舍書事，再用前韻

村村畦圃蓺新區，處處田廬葺舊居。熟透晚梅紅的皪，展開新籜翠扶疏。向來矜寡猶遺秉，此去污邪又滿車〔一〕。誰解續經如魯史，爲將連歲有年書。

【題解】

本詩作於紹熙元年（一一九〇），時閑居在家。見田家豐收後之景象，因作雨後田舍記事詩，一抒歡樂之懷。

【箋注】

〔一〕「此去」句：污邪滿車，語出史記淳于髡傳：「（穰田者）祝曰：『甌窶滿篝，污邪滿車，五穀蕃熟，穰穰滿家。』」索隱：「司馬彪云『污邪，下地田』，即下田之中有薪，可滿車。」

放下庵即事三絶

無風香篆吐長絲，書架凝塵不下帷。鳥雀聲和晴日暖，午窗捫蝨坐多時。

病後天魔不戰降，夢中千頃白鷗江。心空境寂聲塵盡，却愛秋蠅撲紙窗。

閉門幽僻斷經過，静極兼無雀可羅。林下故人知幾箇〔一〕，就中老子得閒多。

【題解】

本組詩作於紹熙元年（一一九〇），時閑居在家。

【箋注】

〔一〕林下故人：指退隱林下之故人。慧皎高僧傳義解二竺僧朗：「朗常蔬食布衣，志耽人外……與隱士張忠爲林下之契，每共遊處。」靈澈東林寺酬韋丹刺史：「相逢盡道休官好，林下何曾見一人。」

寄題西湖并送淨慈顯老三絶

南北高峰舊往還〔一〕，芒鞋踏徧兩山間。近來却被官身累，三過西湖不見山。

膏肓泉石痼煙霞〔二〕，半世遊山不著家。老入蒲團三昧定，坐看穿膝長蘆芽。

中秋月了又黄花，卯後新醅午後茶。别没工夫譚不二，文殊休更問毗耶〔三〕。

【題解】

本組詩作於紹熙元年（一一九〇）秋，時閑居在家。淨慈，寺名，咸淳臨安志卷七八「寺觀四」：「報恩光孝禪寺，即淨慈，顯德元年建，號慧日永明院。太宗皇帝賜壽寧院額，紹興十九年改今額。」按蘇軾有病中獨遊淨慈謁本長老周長官以詩見寄仍邀遊靈隱因次韻答之詩，知北宋時已有淨慈之名。

【箋注】

〔一〕南北高峰：淳祐臨安志卷八：「北高峰，靈隱寺後山是也。塔記云：唐天寶中，邑人於北高峰建磚塔七層，會昌中塔廢毁，大中復興。」又：「南高峰，在南山石塢煙霞山後，高崖峭壁，怪石尤多，北望晴煙，江湖接目。峰下出寒水石。」

〔二〕「膏肓」句：新唐書田游巖傳：「帝令左右扶止，謂曰：『先生比佳否？』答：『臣所謂泉石膏盲，煙霞痼疾者』。」

〔三〕「别没」二句：譚不二，談論不二法門。維摩詰所説經卷中：如是諸菩薩各各説已，問文殊師利：「何等是菩薩入不二法門？」文殊師利曰：「如我意者，於一切法無言無説，無示無識，離諸問答，是爲入不二法門。」於是文殊師利問維摩詰：「我等各自説已，仁者當説何等是菩薩入不二法門？」時維摩詰默然無言。文殊師利歎曰：「善哉，善哉！乃至無有文字、語言，是真入不二法門。」毗耶，地名，摩詰居士之居處，代指摩詰居士。

題藥籠

合成四大本非真，便有千般病染身。地火水風都散後，不知染病是何人？

【題解】

本詩作於紹熙元年（一一九〇），時閑居在家。

浄慈顯老爲衆行化，且示近所寫真，戲題五絶，就作畫贊

孤雲野鶴本無求，剛被差充粥飯頭〔一〕。擔負一篋牙齒債〔二〕，鐘鳴鼓響幾

時休〔三〕？

冒雪敲冰乞米迴，齋堂如海鉢單開。衆中若有知恩者，一粒何曾齩破來〔四〕？

千里驅馳出爲人，顔容消瘦老於真。食輪轉後無餘事，莫學諸方轉法輪。

何時平地起浮圖，化得冬糧但付廚。推倒禪牀并拄杖〔五〕，飢來喫飯看西湖。

殿中泥佛已丹青，堂上禪師也畫成。笑我形骸枯木樣，無禪無佛太麤生！

【題解】

本組詩作於紹熙元年（一一九〇），時閑居在家，淨慈顯老爲衆行化，且示寫真，因賦此爲畫贊。

【箋注】

〔一〕「剛被」句：語出五燈會元卷一九「保寧仁勇禪師」：「上堂：『……忽然被業風吹到江寧府，無端被人上當，推向十字路頭，住箇破院，作粥飯主人，接待南北。』」

〔二〕箪：集韻：「箪，筥屬。」農書卷一五：「箪亦籮屬，比籮稍匾而小，用亦不同。箪則造酒造飯，用之漉米，又可盛食物。」

〔三〕「鐘鳴」句：沈注卷下：「釋氏稽古略託鉢因緣云：雪峰義存在德山作飯頭，一日，德山託鉢赴堂，雪堂曰：『鐘未鳴，鼓未響，託鉢向甚麽處去？』德山便歸方丈。雪峰舉似巖頭奯，奯曰：『大小德山未會末後句在？』德山聞知，令侍者唤奯來前曰：『汝不肯老僧那！』奯密啓其意，山乃休。明日陞堂，果與尋常不同，奯至僧堂前撫掌大笑曰：『且喜堂頭老漢會末後句，他後天下人不奈伊何。雖然，也只得三年活。』德山後三年示寂。」

〔四〕「一粒」句：五燈會元卷五「藥山惟儼禪師」：「師曰：『……汝若歸鄉，我示汝箇休糧方子。』曰：『便請。』師曰：『二時上堂，不得齩破一粒米。』」

〔五〕「推倒」句：沈注卷下：「傳燈録：僧問夾山：『承和尚有言，二十年住此山，未曾舉著宗門中事，是否？』師曰：『是。』僧便掀倒禪床。」

老態

浮生自有老規模，寒燠隨宜不用拘。未盡九秋先挾纊，猶賒十月已開爐。一心定後冥欣厭，四大安時適慘舒。若使强追年少樂，直成赤手縛於菟。

【題解】

本詩作於紹熙元年（一一九〇），時閑居在家。

憶　昔

鉛刀曾齒莫邪銛，遊倦歸歟雪滿髯。柳帶受風元不結，荷盤承露竟無黏。逢場鼓笛如灰冷，送老虀鹽似蜜甜〔一〕。留得本來真面目〔二〕，行藏何假問龜占。

【題解】

本詩作於紹熙元年（一一九〇），時閑居在家。

【箋注】

〔一〕「送老」句：韓愈送窮文：「太學四年，朝虀暮鹽。」蘇軾戲子由：「送老虀鹽甘似蜜。」

〔二〕「留得」句：本來真面目，佛家語，慧能六祖壇經行内品：「不思善，不思惡，正與麽時，那個是明上座本來面目。」

梅林先生夫人徐氏挽詞二首

擇對鳴珂里，宜家駟馬門。肅雍成孝敬，燕喜助平反。閱世彌三壽〔一〕，還鄉忽九原。松風摇草露，愁絶後堂萱。

昔簉鯉庭後㊀〔二〕，嘗瞻林下風〔三〕。一從隨地遠，五度閲星終。教載恩勤在，驚呼夢幻空。送車知幾兩，獨欠舊孤童。

【校記】

㊀ 昔簉：富校：「『簉』黄刻本作『造』。」

【題解】

本詩作於紹熙元年（一一九〇），時閑居在家。梅林先生，生平不詳，有梅林集，成大曾作跋，黄震黄氏日鈔卷六七：「（石湖）跋語多簡峭可愛，惟漁社圖有韻，梅林集有情，皆長而佳。」孔凡禮范成大年譜紹熙元年譜文「作梅林先生夫人徐氏挽詞二首」按云：「劉應時頤庵居士集卷下有梅林即事四首（其四）云：『竹塢松溪雪半埋，興來無處著吟懷。茅檐盡出横斜影，寂寞黄昏月上階。』甚有思致，不知梅林是否爲應時？」

【箋注】

〔一〕三壽：八十以上高壽分三等。左傳昭公三年：「三老凍餒。」杜預注：「三老謂上壽、中壽、下壽，皆八十以上。」養生經：「上壽百二十，中壽百年，下壽八十。」

〔二〕簉：南史王琳傳：「瑒（朱瑒）早簉末僚，預參下席。」鯉庭：論語季氏：「嘗獨立，鯉趨而過庭。曰：『學詩乎？』對曰：『未也。』『不學詩，無以言。』鯉退而學詩。他日又獨立，鯉趨而過庭。曰：『學禮乎？』對曰：『未也。』『不學禮，無以立。』鯉退而學禮。」

〔三〕林下風：世説新語賢媛：「王夫人神情散朗，故有林下風氣。」

胡長文給事挽詞三首

結綬參高妙，垂紳侍邃清。紫荷青瑣闥，玉帳錦官城〔一〕。行矣超龜列，終然鬱驥程。寂寥經濟事，遺恨入銘旌。

許國心如日，還家鬢未星。四并供燕喜，萬事付攖寧〔二〕。東牖樽猶湛，南園醉不醒〔三〕。淒涼招隱路，苔蝕屐綦青。

姻館㊀交情厚，官聯事契長。鳴珂朝並轡，秉燭夜傳觴㊁。何意塘蒲晚，翻哦露薤章㊂。羸軀如可强，慟哭踞湖岡。

【校記】

㊀姻館：原作「煙館」，誤。富校：「『煙』黄刻本作『姻』，是。」活字本、叢書堂本、董鈔本均作「姻館」，今據改。

㊁秉燭：原作「秉燭」。活字本、叢書堂本、董鈔本均作「秉燭」，今據改。

㊂露薤：富校：「『露薤』黄刻本作『薤露』，是。」諸本均作「露薤」。蘇軾與胡祠部游法華山：「清唱一聲聞露薤。」則「薤露」詩中亦可作「露薤」。

【題解】

本組詩作於紹熙元年（一一九〇）。本年胡元質卒，石湖與元質交厚，故作挽詞三首以悼念之。胡長文，即胡元質（一一二七—一一九〇），字長文，吴郡人，宋史無傳，范成大吴郡志卷二七：「胡元質，字長文，長洲人。父珣，治生大穰，所親爲之宰，負金萬數。珣焚其書，待之如常。元質少穎悟，年未冠，游太學。紹興十八年，進士高第，亦有隱行。初，旅泊行都，聞隣有貧士夜哭。問之，乃爲人責償，鬻其女相與别。元質慨然，垂橐予之。壽皇即政，以薦者入爲太學正。歷秘書省正字、校書郎、禮部兼兵部遷右司、侍經帷、直史筆、參掌内外制、給事黄門、知貢舉，帝眷特厚。爲書王褒聖主得賢臣頌及親製論以賜，曰：『得天下之常才易，得天下之大才難。蓋常才智力之有限，而大才謀慮之無窮。此大才所以爲難得也。今之朝士人夫，當居臺諫，給舍侍從之時，評議朝政，十中八九。謀王體，斷國論，有優爲之者。及一旦遷入政府，往往識慮詳明頓減於前，使人得以反議其後。諺有「旁觀者審，當局者迷」。此不特爲奕者之論，以今日之秉政，何翅於當局。以昔日之言事，何翅於旁觀。倘能易當局之迷，而爲旁觀之審，天下之事有不足辦者。雖然，是豈可與牽文泥古，沽名釣利，號爲俗儒者言之。必得器識宏博，奇謀遠略，卓然爲天下之大才者，然後可與共非常之功歟。』出守當塗、建業、成都，皆有政績。舊得程公闢光禄南園故居之址，既歸，杜門却掃。園林池館，日以成趣。扁表其堂曰『招隱』。優游自遂，奉祠逾六七年。以正奉大夫、敷文閣學士、吴郡侯致其事而卒，年六十三。贈金紫光禄大夫，葬横山。平居未嘗疾言厲色加人，或評人短長。及告以人之傾己，輒俛首欲寐。每自謂於人無怨惡，其心休休然，好善樂施。家資多推予諸弟，未始較，人皆義之。」南宋館閣録卷八：「胡元質，（乾道）元年七月除（正字），二年三月爲校書郎。」又：「胡元質，字長文，姑蘇人。王佐榜進士及第。治詩賦。（乾道）二年三月除（校書郎），十一月爲禮部員外郎。」紹興十八年同年小録：「胡元質，字長文，小名慶孫，小字季華。……年二十二歲，十月初三日生。」由此可以推知他生於靖康二年（一一二七）。吴郡志謂其享年六十三歲，則可推知長文卒於紹熙元年（一一九〇）。

【箋注】

〔一〕「玉帳」句：玉帳，主帥所居帳篷，胡元質曾任知成都府，主蜀帥，故云。范石湖吴郡志卷二七胡元質傳云：「出守當塗、建業、成都。」

〔二〕攖寧：莊子大宗師：「攖寧也者，攖而後成者也。」釋文曰：「物我生死之見迫於中，將迎成毁之機迫於外，而一無所動其心，乃謂之攖寧。置身紛紜蕃變交争互觸之地，而心固寧焉，則幾於成矣，故曰攖而後成。」

〔三〕南園：胡元質居處在蘇州之南園，得自程公闢，見范成大吴郡志卷二七胡元質傳。

次韻王正之提刑大卿病中見寄之韻，正之得請歸四明，并以餞行

名卿緒前輩，風格如玉山。纍纍培塿中，見此高孱顔。攬轡忽思歸，無人解縻賢。飄飄駕紫車㊀，浮雲視朱丹。向來小病惱，體力今已安。胡爲犯風雪，江湖行路難。呼酒煖征衫，寧計斗十千。倡酬悔不數，長懷悲短緣。離合固常事，忽忙增惘然。浩蕩海山春，登臨想躍仙。笑我守荒徑，老繭深裹纏。擬題憶鄞句，思咽冰下泉〔一〕。遲公寄新作，使我頭風痊。

【校記】

㊀ 紫車：富校：「『紫』黄刻本作『柴』，是。」

【題解】

本詩作於紹熙元年（一一九〇）十二月。王正己因病乞奉祠，獲准主管建寧府武夷山冲佑觀。將歸四明，成大餞行，賦詩送之。范成大吴郡志卷七「提點刑獄司題名」：「王正己，（紹熙元年）十二月初三日，准敕以陳乞宫祠，差主管建寧府武夷山冲佑觀。」大卿，指太府卿，王正己以太府卿、秘閣修撰致仕，見寶曆四明志卷八。本詩題之職，乃後來編集時所加。

【箋注】

〔一〕「思咽」句：白居易琵琶引：「幽咽泉流冰下灘。」

戲題趙從善兩畫軸三首

王正之云：「從善家有琵琶妓，甚工。」病翁未得見，借此畫以戲之。

一枝香杏一枝梅，各占東風挂玉釵〔一〕。居士石腸都似夢〔二〕，王孫心眼怎安排？

無笑無言兩斷魂，一杯誰爲煖霜寒。情知別有真真在，試與千呼萬喚看〔三〕。

搔頭珠重步微摇〔四〕，約臂金寒束未牢〔五〕。要見低鬟揎玉腕，更須斜抱紫檀槽〔六〕。

【題解】

本組詩作於紹熙元年（一一九〇），時閑居在家。趙師羼亦居於蘇州，見張仲文白獺髓，故能相從交游，題詠其畫軸。趙從善，即趙師羼，宋宗室，系出燕懿王。父趙伯驌，南宋知名畫家。師羼舉進士，歷仕司農簿、金部郎中、知吉州。光宗初，擢太府少卿，知秀州，改淮南運判。韓侂胄當朝，師羼附之，以工部尚書知臨安府，人以是鄙之。事見宋史卷二四七趙師羼傳。師羼善畫，史無載。本傳僅言：「伯驌少從高宗於康邸，以文藝侍左右。」趙伯驌善畫，高宗亦善畫、愛畫，故伯驌得以隨侍左右。莊肅畫繼補遺卷上趙伯驌傳附載：「後其子師羼登第，官至八座，恩賜少師，領節鉞。」亦未及畫。趙師羼蓋傳承其父繪畫技能。從范成大題畫詩考察，「趙從善兩畫軸」，一幅爲花卉梅杏圖，一幅爲仕女圖。

【箋注】

〔一〕挂玉釵：司馬相如美人賦：「玉釵挂臣冠。」

〔二〕居士石腸：皮日休桃花賦序：「余嘗慕宋廣平之爲相，貞姿勁質，剛態毅狀，疑其鐵腸與石心，不解吐婉媚辭。」

〔三〕「情知」三句：說郛卷四六引杜荀鶴松窗雜記：「唐進士趙顔於畫工處得一軟障，圖一婦人甚麗。顔謂畫工曰：『世無其人也，如可令生，余願納爲妻。』畫工曰：『余神畫也。此亦有名，曰真真。呼其名百日，晝夜不歇，即必應之。應則以百家彩灰酒灌之，必活。』顔如其言，遂呼之百日。……遂活，下步言笑飲食如常。」

〔四〕步微摇：宋玉諷賦：「垂珠步摇，來排臣户。」釋名釋首飾：「步摇，上有垂珠，步則摇也。」

〔五〕約臂：戴於手臂的裝飾品，張樞風入松：「記伴仙曾倚嬌柔，重疊黄金約臂，玲瓏碧玉搔頭。」

〔六〕紫檀槽：指琵琶，以紫檀爲槽，至爲名貴。

枕上六言二首

寒更寂歷向曉，短夢參差屢驚。鷄鳴似喚我醒，犬吠知有人行。

獨眠被出圭角，晏起帳承隙光。一老綢繆牖户〔一〕，幾人顛倒衣裳〔二〕。

【題解】

本組詩作於紹熙元年（一一九〇），時閑居在蘇。

【箋注】

〔一〕綢繆牖户：詩經豳風鴟鴞：「迨天之未陰雨，徹彼桑土，綢繆牖户。」

〔二〕顛倒衣裳：詩經齊風東方未明：「東方未明，顛倒衣裳。顛之倒之，自公召之。」

喜收知舊書，復畏答，書二絶

故人寥落似晨星，珍重書來問死生。筆意不如當日健，鬢邊應也雪千莖。

强裁尺素答相思，兩目眵昏腕力疲。牽率老夫令至此，門前猶説報書遲。

【題解】

本組詩作於紹熙元年（一一九〇），時閑居在蘇。

簡畢叔滋覓牡丹

冷落韶光縠雨寒〔一〕，一年孤負倚闌干〔二〕。欲知春色偏濃處，須向香風逕裏看。

畢園花逕名香風。

【題解】

本組詩作於紹熙二年（一一九一）春。時閑居在家。畢叔滋，即畢希文，家居蘇州。畢希文，字叔滋，書家畢良史之長子。陸友仁吳中舊事：「（畢良史）子希文、希良，至今子孫多居吳中云。」希文歷仕推官、建康府通判。景定建康志卷二四「通判廳題名」：「畢希文，朝散郎紹熙二年十一月二十一日到任，三年二月十一日，轉朝請郎，紹熙四年十二月二十七日滿。」陳造有畢叔滋通判義莊記（江湖長翁文集卷二一）記希文秉父志，取范仲淹法設義莊，「赴人之急，愛人之學」。吳人好種牡丹花，陸友仁吳中舊事：「吳俗好花，與洛中不異。……吳中花木，不可殫述，而獨牡丹、芍藥爲好尚之最。……如畢推官希文、韋承務俊心之屬，多則數百株，少亦不下一二百株，習以成風矣。」

【箋注】

〔一〕「冷落」句：牡丹在穀雨開放，陸友仁吴中舊事「吴俗好花」條云：「至穀雨爲花開之候，置酒招賓就壇，多以小青蓋或青幕覆之，以障風日。」廣群芳譜卷三二「牡丹」：「性宜寒畏熱，喜燥惡濕，得新土則根旺，栽向陽則性舒，陰晴相半，謂之養花天。」

〔二〕倚闌干：李白清平調其三：「沉香亭北倚闌干。」

再賦簡養正

南北梅枝噤雪寒，玉梨皴雨淚闌干。一年春色摧殘盡，更覓姚黄魏紫看。

【題解】

本詩作於紹熙二年（一一九一）春，時閑居在蘇。

石湖居士詩集卷三十二

春日覽鏡有感

習氣不解老，壯心故嵯峨。忽與鄉曲齒，方驚年許多。有眼不自見，尚謂朱顏酡〔一〕。今朝鏡中逢，憔悴如枯荷。形骸即遷變，歲華復蹉跎。悟此吁已晚，既悟當若何？烏兔兩惡劇，不滿一笑呵。但淬割愁劍〔二〕，何須揮日戈〔三〕。兒童競佳節，呼喚儺且歌。我亦興不淺，健起相婆娑。

【校記】

〔一〕尚謂：叢書堂本、詩淵第二册第一五三〇頁作「謂尚」。

【題解】

本詩作於紹熙二年（一一九一）春，時閑居在蘇。春日覽鏡，感韶華之蹉跎，賦此。

【箋注】

〔一〕割愁劍：柳宗元與浩初上人同看山寄京華親故：「海畔尖山似劍鋩，秋來處處割愁腸。」

〔二〕揮日戈：淮南子覽冥訓：「魯陽公與韓搆難，戰酣日暮，援戈而撝之，日爲之反三舍。」

故太夫人章氏挽詞二首　張子儀總領之母

洵美相門裔〔一〕，有齊邦媛賢。藻蘋南澗下，萱竹北堂前。孝敬三從謹〔二〕，哀榮五福全。松銘諸健筆〔三〕，題作晉陵阡。

積慶今如許，生兒得寧馨。軻親躬授教〔四〕，韋子世傳經〔五〕。壽斝明卿月〔六〕，安輿拱使星。市橋何處在？夢斷一溪青。

【題解】

本組詩作於紹熙元年（一一九〇）。張抑母卒，石湖作挽詞悼之。張子儀，即張抑，字子儀，常州晉陵人。張守之孫，宋史卷三七五張守傳：「孫抑，户部侍郎。」隆興元年進士，歷仕常州通判、太府少卿、江東總領、湖廣總領、知福州、户部侍郎、户部尚書」。楊萬里有和張倅子儀送鞓紅魏紫崇寧紅醉西施四種牡丹（誠齋集卷九），時淳熙五年，楊萬里知常州，張子儀任常州通判，始訂交。

樓鑰有張抑太府少卿湖廣總領制，知張抑由太府少卿遷湖廣總領。景定建康志卷二六官守志三：「張抑，朝奉郎，太府少卿。淳熙十五年九月初六日到。十六年四月十四日覃恩，轉朝散郎。五月二十八日磨勘，轉朝請郎。紹熙元年六月二十二日丁憂，去。」張母於紹熙元年六月卒，張抑丁母憂離江東總領任，石湖之挽詞當作於此時。于北山、孔凡禮范成大年譜均繫本詩於紹熙二年，蓋拘於本詩之編次。吴廷燮南宋制撫年表卷下：「嘉泰元年，張抑，福志：四月，以敷文閣學士知福州。」楊萬里有答福帥張子儀書（誠齋集卷六七）。范成大吴郡志卷一一「牧守題名」：「張抑敷文閣學士、中大夫，嘉泰二年三月到。當月，磨勘轉大中大夫，三年二月，除寶文閣學士，宫觀。」樓鑰有尚書張抑挽詞（攻媿集卷一三），知張抑致仕於户部尚書。張抑喜詩文，楊萬里誠齋詩話：「（洪景盧除在京宫觀兼侍讀太府少卿）張抑子儀，以啓賀之云：『珍臺閒館，冠皋伊之倫冠；廣厦細旃，論唐虞之聖道。』前兩句用揚雄賦全語，後兩句用王吉疏全語，皆西漢文章也。子儀舉示予，予驚嘆擊節，以爲不减前輩。」樓鑰尚書張抑詞：「誠齋主詩社，到此亦心降。」

【箋注】

〔一〕相門裔：張抑祖父張守，官至參知政事，故云，見宋史張守傳。

〔二〕三從：禮記喪服：「婦人有三從之義，無專用之道，故未嫁從父，既嫁從夫，夫死從子。」

〔三〕松銘：文選江淹效潘岳悼亡：「駕言出遠山，徘徊泣松銘。」劉良注：「松銘，山墳銘碑也。」

〔四〕「軻親」句：用孟母故事。孟母三遷居，擇良鄰；斷所織之布，以激勵孟子勤奮學習。見劉向列女傳。

〔五〕「韋子」句：韋子，指韋賢。漢書韋賢傳：「賢四子：長子方山爲高寢令，早終；次子弘，至東海太守；次子舜，留魯守墳墓；少子玄成，復以明經歷位至丞相。故鄒魯諺曰：『遺子黄金滿籯，不如一經。』」

〔六〕卿月：語出尚書洪範：「王省惟歲，卿士惟月，師尹惟日。」孔傳：「卿士各有所掌，如月之有别。」劉長卿送許拾遺還京：「文星出西掖，卿月在南徐。」

舅母太夫人方氏挽詞三首

四德儀邦族〔一〕，三遷奠里門〔二〕。姑寧憂疾痛，子自樂平反。夏枕方供扇，薰堂甫種萱。那知秋暑退，無復御輕軒。

門户傳清白，階庭侍紫青。百年歌燕喜，五福用康寧。訣籙嘗觀妙，旒旌謾勒銘。神遊定超絶，何必訊泉扃。

我願延陵道，幾如渭水陽〔三〕。適傳杯泛影，何意隙沉光。擬補蘭陔雅〔四〕，翻吟薤露章。支離妨執紼，雨泣望楸行。

【題解】

本組詩作於紹熙二年（一一九一）秋，時閑居在家。詩云「那知秋暑退，無復御輕軒」，知舅母方氏卒於本年秋。舅母太夫人方氏，孔凡禮范成大年譜紹熙二年譜文附注：「此舅母乃蔡氏舅父之妻。」

【箋注】

〔一〕四德：禮記昏義：「教以婦德、婦言、婦容、婦功。」孔疏：「未嫁之前，先教四德。」

〔二〕「三遷」句：用孟母三遷故事。參見上詩「輌親」句注。

〔三〕「我願」二句：延陵道，春秋時，吴季札的封地。李吉甫元和郡縣圖志卷二五江南道一潤州有延陵縣：「漢地理志，季子所居在今毗陵，本名延陵，至漢始改，然今縣北見有其祠，或當時采地所及，其地亦曰連陵。」延陵，即宋之毗陵，蔡家當在其地。孔凡禮范成大年譜紹熙二年譜文：「作舅母太夫人方氏挽詞三首。」注：「其三有『幾如渭水陽』之句，則此舅母乃蔡氏舅父之妻。南渡以後，蔡、范二家常有過往。」渭水陽，詩經秦風渭陽「我送舅氏，曰至渭陽」，毛序：「康公念母也。康公之母，晉獻公之女也。文公遭麗姬之難，未反而秦姬卒，穆公納文公。康公時爲太子，贈送文公于渭之陽，念母之不見也，我見舅氏，如母存焉。及其即位，思而作是詩也。」

〔四〕蘭陔：詩經小雅有「有其義而亡其辭」之詩三篇，其一爲南陔，序云：「孝子相戒以養也。」文選東廣微（晳）補亡詩：「循彼南陔，言采其蘭，眷戀庭闈，心不遑安。」後人因以此爲孝子養親之典。

壽櫟堂前小山峰凌霄花盛開，葱蒨如畫，因名之曰凌霄峰

天風摇曳寶花垂，花下仙人住翠微。一夜新枝香焙煖，旋薰金縷緑羅衣。
山容花意各翔空，題作凌霄第一峰。門外輪蹄塵撲地，呼來借與一枝筇。

【題解】

本組詩作於紹熙二年（一一九一），時閑居在蘇。凌霄花，廣群芳譜卷四三：「凌霄花，一名紫葳。……開花一枝十餘朵，大如牽牛，花頭開五瓣，赬黄色，有數點，夏中乃盈，深秋更赤。」

代兒童作立春貼門詩二首

剪綵宜春勝，泥金祝壽幡。雪梅同雪鬢，相對兩凌寒。
緑野添花逕，青春引杖藜。家人行樂處，雙勸玉東西〔一〕。

盛族推山長，修齡號櫟翁。屏花春不老，日日是東風。

【題解】

本組詩作於紹熙二年（一一九一）立春日，時閑居在蘇。

【箋注】

〔一〕玉東西：王安石寄程給事：「舞急錦腰迎十八，酒酣金盞照東西。」李壁注：「東西，酒器名，今猶有玉東西。」辛棄疾臨江仙：「畫樓人把玉東西。」

代兒童作端午貼門詩三首

畫閣圍香裏，明窗宴坐中〔一〕。兵符不須篆〔二〕，丹轉藥爐紅。

管領神仙侶，追陪山長家。往來惟意適，歌舞對年華。

黍筒小費名田課〔三〕，昌歜多浮樂聖杯〔四〕。笑倩艾人看外户〔五〕，北窗深處詠歸來。

【題解】

本組詩作於紹熙二年（一一九一）端午日。戲代兒童作端午貼門詩，以記吴地端午節物。

【箋注】

〔一〕「畫閣」二句：描寫端午宴會慶賞的盛况。顧禄清嘉録卷五：「五日，俗稱端五。……人家各有宴會，慶賞端陽。」袁景瀾吴郡歲華紀麗卷五：「吴俗亦以五日爲端五節。……人家各具宴會，延賞端陽。」

〔二〕「兵符」句：兵符，即辟兵符，端五日民俗佩朱符以辟兵鬼、邪惡。清嘉録卷五：「江、震志亦云：『五日，道士折紅、黄色紙，畫天師像，爲辟惡靈符，分送檀越。』續漢禮志云：『五月五日，朱索五色桃符爲門户飾，以止惡氣。』韓鄂歲華紀麗：『角黍之秋，浴蘭之月，朱索赤符。』長、元、吴志亦皆云：『五日，户貼朱符。』蔡鐵翁詩：『仙符一道貼清晨。』又云：『拜送癡符盛暑交。』」

〔三〕黍筒：即粽子。歐陽修端午帖子温成閣四首其一：「香黍筒爲糉，靈苗艾作人。」端午日民間以粽子相贈。

〔四〕「昌歜」句：昌歜，即菖蒲菹。左傳僖公三十年：「王使周公閲來聘，饗有昌歜。」杜預注：「菖蒲菹也。」俗以菖蒲浸酒，事文類聚引歲時雜記：「端午以菖蒲或縷或屑泛酒。」樂聖杯，即酒杯。

〔五〕艾人：用艾蒿製爲草人，懸於門，以辟邪。宗懔荆楚歲時記：「五月五日……採艾以爲人，懸門户上，以禳毒氣。

重陽不見菊二絶

節物今年事事遲，小春全未到東籬。可憐短髮空欹帽，欠了黄花一兩枝。

冷蕊蕭疎蝶懶飛，商量何日是花時。重陽過後開無害，只恐先生不賦詩。

【題解】

本詩作於紹熙二年（一一九一），時閑居在蘇，重陽日菊尚未開，因賦本詩以志感。

古風送南卿

廬阜有佳人，顔色皦冰玉。不能時世粧，蕭然古冠服。紛紜倚市門，組麗眩紅緑。妖歌促艷舞，飛上黄金屋。安知乘鸞侶，流落墮空谷。風泉入環珮，月露作膏馥。粱肉豈不珍〔一〕，瀹雪煮黄獨〔二〕。聊用慰朝飢，歲寒膚起粟。綺叢三尺塵，無路到松竹。誰能撫孤桐〔三〕，爲奏招隱曲〔三〕。

【校記】

〔一〕粱肉：底本、活字本、叢書堂本、董鈔本作「梁肉」。富校：「『粱』黄刻本作『粱』，是。」今據改。

【題解】

本詩作於紹熙二年（一一九一），時王阮來訪，賦古風送之。南卿，即王阮，字南卿，江州德安人，登隆興元年進士第，范成大讀其對策，嘆曰：「此人傑也。」歷仕都昌主簿、永州教授、濠州、知撫州，嘉定元年卒。宋史卷三九五有傳。王阮善詩，岳珂桯史卷二「王義豐詩」條云：「王阮者，德安人，仕至撫州守，曾從張紫微學詩。……阮所作詩號義豐集，刻江泮，其出於藍者蓋鮮，校官馮椅爲之序。」淳熙十四年，從范成大游館娃宮，石湖有館娃宮賦。于北山范成大年譜紹熙二年譜文：「賦詩送別王阮（南卿），惜其不遇。」

【箋注】

〔一〕黄獨：杜甫乾元中寓居同谷縣作歌之二：「黄獨無苗山雪盛，短衣數挽不掩脛。」仇兆鼇注：「又曰：黄獨，狀如芋子，肉白皮黄，蔓延生，葉似蘿摩，梁漢人蒸食之，江東謂之土芋。陳藏器本草：黄獨，遇霜雪，枯無苗，蓋蹲鴟之類。蔡夢弼引別注云：黄獨，歲飢土人掘以充糧，根惟一顆而色黄，故謂之黄獨。其説是也。」

〔二〕撫孤桐：即撫琴。孤桐，尚書禹貢：「嶧陽孤桐。」孔傳：「孤，特也。嶧山之陽，特生桐，中琴瑟。」王安石孤桐：「明時思解慍，願斫五弦琴。」

〔三〕招隱曲：招人歸隱的曲子，左思、陸機都有招隱詩。

偶至東堂

岸幘蕭騷雪滿簪，一間真是直千金。歸來栗里多情話，病後香山少醉吟。久坐蒲團蕉葉放〔一〕，閒拖藜杖蘚花深。飢時喫飯慵時睡，何暇將心更覓心。

【題解】

本詩作於紹熙二年（一一九一），時閑居在家。

【箋注】

〔一〕蕉葉：酒杯名。胡仔苕溪漁隱叢話後集回仙引陸元光回仙録：「飲器中，惟鍾鼎爲大，屈卮螺杯次之，而梨花蕉葉最小。」陸游幽事二首其一：「酒僅三蕉葉，琴纔一履霜。」自注：「東坡自能飲三蕉葉。范文正公酷好琴，止彈履霜一曲。」

李郎中挽詞二首 聖俞

劇郡思賢牧〔一〕，名曹失望郎〔二〕。六參能幾日〔三〕，兩鬢未全霜。雪水新阡遠，桐川舊隱荒〔四〕。絶憐垂白母，淚血獨還鄉。

憶昔單車使，惟君勇輔行。馬隤招共載，羝乳約同盟〔五〕。老去長懷舊，悲來遽隔生。故人凋落盡，衰涕不勝横。

【題解】

本組詩作於紹熙二年（一一九一），故人李嘉言卒，因作挽詞悼念之。李郎中聖俞，即李嘉言，字聖俞，廣德軍人，隆興元年木待問榜進士。隆興六年，嘗從范成大使金，歷仕宗正寺主簿、知常、饒二州，宗正丞，終度支郎中。廣德州志卷三四選舉志進士：「隆興元年癸未木待問榜：李嘉言，官朝奉郎。」卷三八名臣：「李嘉言，隆興中進士。嘗從范成大使北，使事多從其議。歷知常、饒二州，皆有去思。尋以尚書充使而還。有文集二十卷。」范成大驂鸞録：「（乾道壬辰十二月）十六日發垂虹，宿震澤。前福州教授聞人阜民（伯卿）、賀州文學周震（震亨）皆來會。余去年北征，感腹疾於滑州，且死復生，今惟皮骨粗存。比懷桂林之章，再上疏丐外祠以老，弗獲命，乃襆被行。則從故人李嘉言（聖俞）、致一老成館客與偕，聖俞舉震亨，故今日遠來。」

【箋注】

〔一〕「劇郡」句：劇郡，此指常州、饒州，李嘉言知常州、饒州，有德政。廣德州志卷三八：「歷知常、饒二州，皆有去思。」

〔二〕望郎：李商隱爲滎陽公桂林謝上表：「極望郎於南省。」又，酬令狐郎中見寄：「望郎臨古郡，佳句灑丹青。」

〔三〕六參：唐制，武官五品以上，及折衝當番者，五日一朝參，一月計六次，稱六參，見新唐書百官志三。

〔四〕桐川：廣德軍有桐水。王存新定九域志卷六：「廣德軍，桐水。」左傳哀公十五年：「夏，楚子西、子期伐吴，及桐汭。」杜預注：「宣城廣德縣西南有桐水，出白石山西北。」

〔五〕「羝乳」句：本書卷一二會同館：「提攜漢節同生死，休問羝羊解乳不？」本句即詠其事，李嘉言曾隨從石湖使金，故云。

謝江東漕楊廷秀秘監送江東集并索近詩二首

遠道悠悠日暮雲，愁眉今日爲君軒。殘燈獨照江東集，短夢相尋白下門〔一〕。即事想多梅蕊句，有誰堪共桂花樽？斯文賴有斯人在，會合何時得細論〔二〕。

禿翁衰雪涕垂頤，仿佛三生懶散師。浹髓淪膚都是病〔三〕，傾囷倒廩更無詩。笑看筆格網絲徧，閑數窗櫺花影移。事業光陰今若此，故人休説舊襟期。

【題解】

本組詩作於紹熙二年（一一九一），楊萬里寄來江東集，因賦二詩謝答之。萬里收詩後，唱和二首，據楊萬里詩之小引，知石湖亦寄去石湖洞霄集。楊萬里和謝石湖先生寄二詩韻小引云：「老夫寄江東集與石湖先生，先生寄二詩：一稱賞江東集，一見寄石湖洞霄集。和以謝焉。」詩云：「一張五色石湖雲，天上吹來墮小軒。化作虹橋倚鍾阜，渡將老子到吴門。黄鍾路鼓鳴清廟，玉戚金支舞泰尊。乃是寄儂詩數紙，却拈瓌怪向誰論？」「康鼎才來頓解頤，盧能自笑未經師。分無楓落吴江句，博得池生春草詩。木李抛將引瓊玖，詩筒從此走符移。蛤蜊龜殼非難辨，只問先生汗漫期。」于北山楊萬里年譜繫楊萬里和詩於紹熙三年春，蓋石湖詩作於上年冬，達江東，誠齋和之，已在三年春。「江東漕」，指江南東路轉運使，楊萬里於紹熙元年十二月到任，景定建康志卷二六「轉運司」云：「楊萬里，中奉大夫、直龍圖閣，運副，紹熙元年十二月二十六日到任。三年八月改差。」「江東集」，孔凡禮范成大年譜紹熙二年譜文注：「按，楊萬里江東集，收紹熙元年自臨安赴江東漕，任江東漕及由漕任回鄉途中作品，在今誠齋集卷三十一至卷三十五。萬里寫上二詩時，猶在繼續編輯中。」誠齋詩小引中提及的石湖洞霄集，孔凡禮范成大年譜亦云：「石湖洞霄集之名，他處未見。據書名，當爲成大建康十年（此四字，當爲淳熙十年石湖於建康帥任上）奉祠洞霄後之作。」

【箋注】

〔一〕白下門：白下，地名，李吉甫元和郡縣圖志卷二五潤州上元縣：「隋開皇九年平陳，於石頭城置蔣州，以江寧縣屬焉。武德三年，杜伏威歸化，改江寧爲歸化縣。九年，改爲白下縣，屬潤州。貞觀九年，又改白下爲江寧。」白下門，指白下故城之門。

〔二〕「斯文」二句：用杜甫春日憶李白「何時一樽酒，相與細論文」詩意。

〔三〕「浹髓」句：浹，遍也，透也，爾雅釋言：「浹，徹也。」淪，相互牽連，爾雅釋言：「淪，率也。」浹髓淪膚，謂通體皆病。石湖於淳熙十年因病辭官奉祠，周必大神道碑：「（淳熙）十年，公以積勤寖苦頭眩，自夏徂秋，五上章求閒。上不得已，進資政殿學士，再領洞霄。」

霜後紀園中草木十二絶

菊老芙蓉退，化工少均逸。蚤晚梅花動，從此無閒日。

遮藏茉莉檻〔一〕，纏裹芭蕉身。我亦入室處，忍寒待陽春。

製芰亦不急，緼袍堪禦冬。從渠抱枝槁，摵摵鳴霜風。

種葵如種麥，隔歲已下子。僅成一榦花，浪備四時氣。

棠梨芳意多，頗惜歲晼晚。殷勤小春花，特地慰愁眼。

牡丹初翦時，已具新花眼。代謝不容髮，笑殺鐵門限。

客從揚州來，遺我揚州花〔二〕。筠籠貯枯枿，明年擅春華。

風倒酴醿架，長條頭搶地。趁渠未萌芽，政可相料理。

清霜染柿葉，荒園有佳趣。留連伴歲晚，莫作流紅去。

真珠綴玉船，梧子炒可供。莫嫌能墮髪，老夫頭已童。

桃能驅不祥，霜後葉鋪地。抱枝崑崙奴，猶解禦魑魅〔三〕。

門冬如佳隸，長年護堦除〔四〕。生兒乃不凡，磊落玻璃珠。

【題解】

本組詩作於紹熙二年（一一九一）秋，時閑居在蘇。

【箋注】

〔一〕「遮藏」句：廣群芳譜卷四三「茉莉」：「收藏：霜時移北房簷下，見日不見霜，大寒移入暖處，圍以草薦。盆中任其自乾，至乾極，略用河水盞許澆其根，僅活其命。」

〔二〕「客從」二句：揚州花，指芍藥花。廣群芳譜卷四五「芍藥」：「此草花容綽約，故以爲名，處處有之，揚州爲上。」

〔三〕「抱枝」二句：應劭風俗通義卷八「桃梗葦茭畫虎」條云：「謹按：黄帝書：『上古之時，有荼與鬱、壘昆弟二人，性能執鬼，度朔山上立桃樹下，簡閲百鬼，無道理，妄爲人禍害，荼與鬱、壘縛以葦索，執以食虎。』於是縣官常以臘除夕飾桃人，垂葦茭，畫虎於門，皆追效於前事，冀以衛凶也。」

〔四〕門冬：即麥門冬，本草綱目卷一六「草部」：「麥門冬，釋名：……忍冬、忍凌、不死草、階前草。……時珍曰：……此草根似麥而有鬚，其葉如韭，凌冬不凋，故謂之麥虋冬。」

以狨坐覆蒲龕中

蠹蝕塵昏度幾年，蒙茸依舊軟如綿。且來助煖烏皮几，莫憶衝寒紫繡韉。

【題解】

本詩作於紹熙二年（一一九一），時閒居在家。狨坐，沈注卷下引朱彧萍洲可談：「狨坐，文臣兩制，武臣節度使以上許用，每歲九月乘，三月徹，無定日，視宰相乘用則皆乘之，徹亦如之。狨似大猴，生川中，其脊毛最長，色如黃金，取而縫之，數十片成一座，價直錢百千。」

再到虎丘

不過溪橋又兩年，偶隨笻竹訪幽禪。有緣再踏雲巖路，無處重尋石井泉。擬輟半山分座住，先攜一枕借牀眠。覺來飽喫紅蓮飯〔一〕，正是塘東稻熟天。虎丘石井在張又新東南，水品第三。今寺僧不能名其處，妄指寺中一土井當之。經藏後有大方井，舊名觀音井，上有石柱，爲挂轆轤之處，疑此是古石井。今井已堙塞百年，柱亦徙他用，累諷住山者多邈然，今以語壁老。

【題解】

本詩作於紹熙二年（一一九一）秋，時閒居在家。再到虎丘，賦本詩以記事。

【箋注】

〔一〕紅蓮飯：范成大吳郡志卷三〇「土物下」：「紅蓮稻，自古有之，陸龜蒙別墅懷歸詩云：『遥爲晚花吟白菊，近炊香稻識紅蓮。』則唐人已貴此米。中間絶不種，二十年來，農家始復種，米粒肥而香。」

虎丘六絶句

點頭石〔一〕

當年揮麈講何經？賺得堅頑側耳聽。我自吟詩無法説，石頭莫作定盤星。

千人坐〔二〕

聽經人散蘚花深，千古誰能更賞音？只好岸巾披鶴氅，風清月白坐彈琴。

白蓮池〔三〕

碧泓白石偃樛枝，愛水嫌風老更低。潭影中間龍影卧，一山好處没人題。

劍　池〔四〕

石罅泓渟劍氣潛，誰將樓閣苦莊嚴？只知煖熱遊人眼，不道蒼藤翠木嫌。

致爽閣〔五〕

碧嶂横陳似斷鼇，畫闌相對兩雄豪。東軒只有雲千頃，不似西山爽氣高。

方丈南窗〔六〕

鼓板鐘魚徹曉喧，誰云方外事蕭然。窗間日暮寒煙重，未到齋時我正眠。

【題解】

本組詩作於紹熙二年（一一九一）秋，時閑居在家。再遊虎丘，用六絶句細寫虎丘景物。

【箋注】

〔一〕點頭石：范成大吴郡志卷一六：「千人坐，生公講經處也，大石盤陀數畝，高下如刻削，亦它山所無。又有秦王試劍石、點頭石、憨憨泉，皆山中之景。」徐崧、張大純百城烟水蘇州：「虎丘，一名漁涌涌，去閶門七里。……點頭石，異僧竺道生講經於此，人無信者，乃聚石爲徒，與談般若，石皆點頭。」

〔二〕千人坐：陸廣微吴地記：「虎丘山……池旁有石，可坐千人，號千人石。」朱長文吴郡圖經續記「山」條：「虎丘……澗側有平石，可容千人，故謂之千人坐，傳説因生公講法得名。」

〔三〕白蓮池：徐崧、張大純百城烟水：「虎丘……白蓮池，周百三十步，巉石旁出而中有磯。云説法時池生千葉蓮花。」

〔四〕劍池：陸廣微吴地記：「虎丘山……秦始皇東巡，至虎丘，求吴王寶劍……劍無復獲，乃陷成池，故號劍池。」范成大吴郡志卷三九「冢墓」：「吴王闔閭墓，在虎丘山劍池下。……扁諸之劍，魚腸三千在焉。」徐崧、張大純百城烟水蘇州：「虎丘……劍池，謂闔閭葬處，兩岸陡峭，泉水中深，横架如橋，平穿兩孔，上置轆轤汲水，今廢。或云秦皇鑿山求劍，或云孫權穿之，其鑿處遂成深澗。顔真卿書『虎丘劍池』四字。」

〔五〕致爽閣：徐崧、張大純百城烟水蘇州：「虎丘……致爽閣，在法堂後。」姚承緒吴趨訪古録卷三：「致爽閣，在法堂後。四山爽氣，日夕西來，故名。」

〔六〕方丈南窗：徐崧、張大純百城烟水蘇州：「虎丘……千頃雲，在舊方丈前，宋咸淳八年僧德垕建，取東坡詩『雲水麗千頃』語。」

雪寒圍爐小集

席簾紙閣護香濃〔一〕，説有談空愛燭紅〔二〕。高飣羶根澆杏酪，旋融雪汁煮松風。康年氣象冬三白，浮世功名酒一中。無事閉門渠易得，何人躡屐響牆東？

【題解】

本詩作於紹熙二年（一一九一）冬，時閑居在家。冬日圍爐小集有感，賦此紀事。

【箋注】

〔一〕「席簾」句：李賀秦宫詩：「帳底吹笙香霧濃。」

〔二〕説有談空：談論佛法。後漢書西域傳：「詳其清心釋累之訓，空有兼遣之宗，道書之流也。」章懷太子注：「不執著爲空，執著爲有，兼遣謂不空不有，虚實兩忘也。」注維摩詰經觀衆生品第七：「佛法有二種，一者有，二者空，若常觀有則累於想著，若常觀空則捨於善本，若空有迭用則不設二過，猶日月代明，萬物以成。」李白僧伽歌：「罕遇真僧説空有。」

白玉樓步虛詞六首 并序

趙從善示余玉樓圖，其前玉階一道，横跨緑霄，中琪樹垂珠綱，夾階兩傍。緑霄之外，周以玉闌，闌外方是碧落。階所接亦玉池，中間涌起玉樓三重，千門萬户，無非連璐重壁。屋覆金瓦，屋山綴紅牙垂璫，四簷黄簾皆捲，樓中帝座，依約可望。紅雲自東來，雲中虚皇乘玉輅，駕兩金龍。侍衛可見者：靈官法服騎而夾侍二人，力士黄麾前導二人，儀劍四人，金圍子四人，夾輅黄幡二人，五色戟帶二人，珠幢二人，金龍旗四人，負納陛而後從二人。雲頭下垂，將至玉階，樓前仙官冠帔出迎，方下階，雙舞鶴行前。雲駕之傍，又有紅雲二：其一仙官立幢節間，其二女樂並奏。玉樓之後，又有小玉樓六，其制如前。寶光祥雲，前後蔽虧，或隱或現。小案之前，獨爲金地，亦有仙官自金地下迎。傍小樓最高處，有飛橋直瑶臺，仙人度橋登臺以望。名數可紀者，大略如此。若其景趣高妙，碧落浮黎，青冥風露之境，則覽者可以神會，不能述於筆端。此畫運思超絶，必夢遊帝所者髣髴得之，非世間俗史意匠可到。明窗浄几，盡卷展玩，怳然便覺身在九霄三景之上。奇事不可以不識。簡齋有水府法駕導引歌詞，乃倚其體作步虚詞六章，以遺從善。羽人有不俗者，使歌之於清風明月之下，雖未得仙，亦足以豪矣。

琳霄境㊀〔一〕，却似化人宮〔二〕。梵氣彌羅融萬象〔三〕，玉樓十二倚清空〔四〕。一片寶光中。

浮黎路〔五〕，依約太微間〔六〕。雪色寶階千萬丈〔七〕，人間遥作白虹看〔八〕。幢節度高寒。

罡風起〔九〕，背負玉虚廷〔一〇〕。九素煙中寒一色〔一一〕，扶闌四面是青冥〔一二〕。環拱萬珠星。

流鈴響〔一三〕，龍馭籥雲來〔一四〕。夾道騫華籠綵仗，紅雲扶輅輾天街。迎駕鶴毰毸〔一五〕。

鈞天奏〔一六〕，流韻滿空明。琪樹玲瓏珠綱碎〔一七〕，仙風吹作步虚聲。相和八鸞鳴㊁〔一八〕。

樓闌外，輦道插非煙〔一九〕。閒上鬱蕭臺上看〔二〇〕，空歌來自始青天〔二一〕。揚袂揖飛仙〔二二〕。

【校記】

㊀琳霄境：原作「珠霄境」。活字本、叢書堂本、董鈔本、詩淵第三冊第一六六六頁均作「琳霄

境」，今據改。

〔二〕八鸞：原作「入鸞」。活字本、叢書堂本、董鈔本、詩淵均作「八鸞」，今據改。

【題解】

本組詩作於紹熙二年（一一九一）。趙從善作玉樓圖，石湖有感於神仙羽化之道，作此，贈遺趙從善。白玉樓，神仙居處。李商隱李長吉小傳：「長吉將死時，忽晝見一緋衣人，駕赤虬，持一板，書若太古篆或霹靂石文者，云：『當召長吉。』……緋衣人笑曰：『帝成白玉樓，立召君爲記，天上差樂，不苦也。』」太平廣記卷四九引宣室志云：「及賀卒，夫人哀不自解。一夕，夢賀來，如平生時。……夫人訊其事，賀曰：『上帝神仙之居也。近者遷都於月圃，構新宮，命曰白瑶。以某榮於辭，故召某與文士數輩，共爲新宮記。』」石湖正用其事。步虛詞，吴兢樂府解題（樂府詩集卷七八引）：「『步虛詞』，道家曲也，備言衆仙飄渺輕舉之美。」唐劉禹錫、陳羽、施肩吾、蘇郁、李德裕均有步虛詞，原本七言四句。陳與義法駕導引：「東風起，東風起，海上百花摇。十八風鬟雲半動，飛花和雨著輕綃。歸路碧迢迢。」起兩句疊用。石湖此作體式與陳詞相類。黄震黄氏日鈔卷六七評曰：「白玉樓步虛詞序，甚工，類韓愈畫記。」于北山評曰：「石湖晚年，欣羡步虛凌霄、神游帝所，逐漸游離現實，與南宋當時泄沓沉悶之社會氣氛、本身之長年卧疾以及多與方外人士接觸均有關係，爲探討石湖生平思想（特别是晚年）不可忽視之資料。」

【箋注】

〔一〕琳霄：精美的殿宇宫觀，皇朝編年綱目備要卷二八「政和二年夏四月，燕蔡京内苑」，蔡京作記有云：「沼次有山，殿曰雲華，閣曰太寧。左右躡道以登，中道有亭曰琳霄、垂雲、騫鳳。」

〔二〕化人宫：列子周穆王：「周穆王時，西極之國有化人來。……謁王同游，王執化人之袪，騰而上者，中天乃止，暨及化人之宫。化人之宫構以金銀，絡以珠玉，出雲雨之上，而不知下之據，望之若屯雲焉。耳目所聽觀，鼻口所納嘗，皆非人間之有。王實以爲清都、紫微、鈞天、廣樂，帝之所居。」張湛注：「化人，化幻人也。」

〔三〕彌羅：廣爲羅布。真誥闡幽微二：「諸有英雄之才，彌羅四海。」

〔四〕玉樓十二：漢書郊祀志五下：「方士有言黄帝時，爲五城十二樓，以候神人於執期，名曰迎年。」顔師古注：「應劭曰：昆侖玄圃，五城十二樓，仙人之所常居。」

〔五〕浮黎：宋太宗御製靈寶度人經序：「太上靈寶度人經者，元始之妙言，玉晨之寶誥。浮黎真境，紀談受之初；紫微上宫，顯緘藏之跡。」

〔六〕太微：楚辭遠遊：「召豐隆使先導兮，問大微之所居。」王逸注：「博訪天庭在何處也。大，一作太。」

〔七〕寶階：西域記卷四：「劫比他國城西有大伽藍，伽藍大垣内有三寶階，南北列，東面下，是如來自三十三天降還也。」

〔八〕白虹：禮記聘義：「氣如白虹，天也。」後漢書郎顗傳：「凡日傍氣色白而純者名爲白虹。」

〔九〕罡風：即剛風，朱子語類卷二理氣下：「上面氣漸清，風漸緊，雖微有霧氣，都吹散了，所以不結。若雪，則只是雨遇寒而凝，故高寒處雪先結也。道家有高處有萬里剛風之説，便是那裏氣清緊。低處則氣濁，故緩散。」又，卷四九論語二十七：「只似箇旋風，下面軟，上面硬，道家謂之「剛風」。」

〔一〇〕玉虚：庾信步虚詞其二：「寂絶乘丹氣，玄圃上玉虚。」宋史樂志：「玉虚聖境絶纖塵，歡忭洽群倫。」

〔一一〕九素：雲笈七籤卷八：「太初，天中有華景之宫，宫有自然九素之氣，氣烟亂生，雕雲九色，入其煙中者易貌，居其煙中者百變。」

〔一二〕青冥：楚辭九章悲回風：「據青冥而攄虹兮，遂儵忽而捫天。」

〔一三〕流鈴：雲笈七籤卷八釋太上大道君洞真金玄八景玉籙：「若必昇天，當思月中夫人，駕十飛龍，乘我流鈴，西朝六領，遂詣帝堂。」蘇軾芙蓉城：「遶樓飛步高竛竮，仙風鏘然韻流鈴。」馮應榴合注：「王注憲曰：道家有流金火鈴。汪革曰：度人經云：擲火萬里，流鈴八衝。施注唐文粹吴筠步虚詞：豁落制六天，流鈴威百魔。」

〔一四〕龍馭簫雲：漢書禮樂志郊祀歌：「簫浮雲，晻上馳。」蘇林注：「言天馬上躡浮雲也。」錢起觀法駕自鳳翔回：「聖情蘇品物，龍馭闢雲雷。」

〔一五〕毰毸：鳥羽奮張的樣子。劉禹錫養鷙詞：「翅重飛不得，毰毸止林表。」

〔一六〕鈞天：天上的音樂。劉勰文心雕龍樂府：「鈞天九奏，既其上帝。」

〔一七〕「琪樹」句：琪樹，陳羽步虚詞其二：「笙歌出見穆天子，相引笑看琪樹花。」珠網，王融月下：「雕雲度綺錢，香風入珠網。」温庭筠長安寺：「珠網玉盤龍。」

〔一八〕八鸞：詩經大雅烝民：「四牡彭彭，八鸞鏘鏘。」鸞，鈴，在馬之鑣。左傳桓公二年：「錫、鸞、和、鈴，昭其聲也。」杜預注：「錫在馬額，鸞在鑣。」

〔一九〕非煙：史記天官書：「若烟非烟，若雲非雲。鬱鬱紛紛，蕭索輪囷，是謂卿雲。」

〔二〇〕鬱蕭臺：雲笈七籤卷三：「大羅天上有鬱羅霄臺，爲元始天尊演法時所居。」

〔二一〕始青天：東方朔十洲記序：「北至朱陵扶桑之闕，溽海冥夜之丘，純陽之陵，始青之下，月宫之間，内游七丘，中旋十洲。」

〔二二〕飛仙：十洲記：「蓬萊山……惟飛仙能到其處耳。」

送趙從善少卿將漕淮東

玉笋風標右漢廷，起家聊直使車星。古來將相多頭黑，此去功名尚鬢青。披草兩年南北巷，折梅明日短長亭。門前車轍從今少，寂寞柴荆且暫扃。

【題解】本詩作於紹熙二年（一一九一）冬，時閑居在蘇。趙師羃將赴淮東漕任，賦本詩送行。詩云「折梅明日短長亭」，可證。

范村雪後

習氣猶餘燼，鍾情未濕灰。忍寒貪看雪，諱老强尋梅。熨貼愁眉展，勾般笑口開〔一〕。直疑身健在，時有句飛來。

【題解】本詩作於紹熙二年（一一九一）冬，時閑居在蘇，雪後去范村探梅，賦此寄興。

【箋注】

〔一〕勾般：勾，勾當，辦理，北史序傳：「事無大小，士彦一委仲舉推尋句當，絲髮無遺。」般，和樂，逸周書祭公：「畢桓于黎民般。」注：「般，樂也。」

寒夜觀雪

静極孤鴻響，寒疑萬籟喑。眼花燈下字，髭斷雪中吟。頗似償前債，非關惜寸陰。可憐蝴蝶夢，翩作蠹書蟫。

【題解】

本詩作於紹熙二年（一一九一）冬，時閑居在蘇。

瓶花二首

水仙攜蠟梅，來作散花雨。但驚醉夢醒，不辨香來處。

小梅未可折，不折惜空回。擁鼻撚一枝，也道探春來。

【題解】

本組詩作於紹熙二年（一一九一）冬，時閑居在家。

瑞香三首

小檻移秀色，端來媚禪房。道人不解飲，醺然醉天香。

紫雲蹙繡被，團欒覆衣篝。濃薰百和韻，香極却成愁。

一叢三百朵，細細拆濃檀。簾幕護花氣，不知窗外寒。

【題解】

本組詩作於紹熙二年（一一九一）冬，時閑居在家。

石湖居士詩集卷三十三

廛居久不見山，或勸作小樓以助登覽，又力不能辦，今年益衰，此興亦闌矣

結廬占城市，初豈卜云吉。謁醫并治庖，二事便衰疾。乘除徐自笑，翻覺此計失。經年不見山，無異處暗室。平生痼煙霞，歲晚成俗物。安得百尺樓，屋上高突兀。列岫擁青來，爽氣助佔畢〔一〕。嘗試與匠謀，工費蝟毛出。俸餘强弩末，家事空囊澀。經營十年餘，高興竟蕭瑟。人生不如意，十事常六七〔二〕。身今况遲暮，長算屈短日。縱成此段奇，髪白何由漆。且學商山翁，彎跧蟄霜橘〔三〕。

【題解】

本詩作於紹熙二年（一一九一），時閒居在家。廛居久不見山，忽發登樓之想，因賦此志感。

【箋注】

〔一〕佔畢：禮記學記：「今之教者，呻其佔畢。」鄭注：「佔，視也。簡謂之畢。……言今之師，自不曉經之義，但吟誦其所視之簡文。」王引之經義述聞卷一五禮記中「呻其佔畢」條云：「『佔』讀如『笘』。說文曰：『潁川人名小兒所書寫爲笘。』……佔亦簡之類，故以『佔畢』連文。」石湖詩意但取其讀書吟誦之義。

〔二〕「人生」二句：晉書羊祜傳：「祜歎曰：天下不如意，恒十居七八。」石湖詩出於此，改「七八」爲「六七」，爲叶韻故。

〔三〕「且學」二句：商山翁，指漢初商山四隱士東園公、綺里季、夏黄公、角里先生。四人鬚眉皆白，故稱四皓。高祖欲廢太子，吕侯用留侯計，迎四皓，輔太子。一日，四皓侍太子見高祖，高祖曰：「羽翼成矣。」遂停止廢太子之議。見史記留侯世家。蟄霜橘，用橘中叟的故事。牛僧孺幽怪録（類説卷一一）：「巴邛人橘園，霜後兩橘大如三斗盎。剖開，有二老叟相對象戲，談笑自若。……一叟曰：『橘中之樂不減商山，但不得深根固蒂，爲愚人摘下耳。』」石湖乃糅合兩則典故，寫成此二句。

愛雪歌

平生愛雪如子猷，江湖乘興常泛舟。長篙斵冰陰火迸，玉板破碎凝不流。淙琤大響出船底，兩舷戛擊鏘鳴球。棹夫披蓑舞白鳳〔一〕，灘子挽縴拖素虬。四開篷窗愛清供〔一〕，風卷花絮飛來稠。飄飄著衣寶唾住，片片入酒春酥浮。醉中榜入玉煙去，耳熱不管寒颼颼。大千空濛到何許？日暮未肯回船頭。夜深凍合隨處泊，歌呼達曉魚龍愁。明朝掬雪頮且潄，揮毫落紙雲煙遒。新詩往往成故事，至今句法留滄洲。推遷華年絃柱換〔二〕，俛仰歸鬢塘蒲秋。曉衾聞雪亦健起，徑欲一棹追昔遊。氊衫胖肛束渾脱〔三〕，絮帽匼匝蒙兜鍪〔四〕。十步出門九步坐，兒女遮説相苛留。謂言此是少年事，歲晚牖户當綢繆。萬景無窮鼎鼎至〔五〕，百年有限垂垂休。夢隨落雁墮沙觜，愁對飢鵶蹲瓦溝。重尋勝踐可復許，且挹清寒揩病眸。須臾未遽妨性命，呼童盡捲風簾鈎。

【校記】

〔一〕四開：富校：「『四』黄刻本作『時』，是。」

【題解】

本詩作於紹熙二年（一一九一）冬，時閒居在家。于北山范成大年譜紹熙二年譜文：「又賦愛雪歌，追憶往昔豪興。」

【箋注】

〔一〕白鳳：白鳳凰，爲祥瑞之鳥。海録碎事卷九「吐白鳳」引殷芸小説：「揚雄著太玄經，夢吐白鳳，集於玄上。」白居易賦賦：「掩黄絹之麗藻，吐白鳳之奇姿。」本詩借以喻披蓑之棹夫。

〔二〕「推遷」句：自李商隱錦瑟「錦瑟無端五十絃，一絃一柱思華年」化出。

〔三〕「氊衫」句：胖肛，脹大。胖，玉篇：「胖，脹也。」肛，胮肛，脹大貌。韓愈病中贈張十八：「連日挾所有，形軀頓胮肛。」廣韻：「胮肛，脹大也。」渾脱，充氣之羊皮囊。蘇轍請户部復三司諸案劄子：「訪聞河北道頃歲爲羊渾脱，動以千計。渾脱之用，必軍行乏水，過渡無船，然後須之。」這裏形容穿着氊衫胖大如渾脱。

〔四〕匼：烏匼，巾名。杜甫晚涼詩：「晚風爽烏匼，筋力蘇摧折。」

〔五〕鼎鼎：盛貌。陸游歲晚書懷：「殘歲堂堂去，新春鼎鼎來。」

牆外賣藥者九年無一日不過，吟唱之聲甚適。雪中呼問之，家有十口，一日不出，即飢寒矣

十日啼號責望深，寧容安穩坐氊針？長鳴大咤欺風雪，不是甘心是苦心！

【題解】

本詩作於紹熙二年（一一九一）冬，時閒居在家。孔凡禮、范成大年譜紹熙二年譜文：「雪中，呼問墻外賣藥者，深憫其飢寒。」

大雪送炭與芥隱

無因同撥地爐灰，想見柴荆晚未開。不是雪中須送炭，聊裝風景要詩來。

【題解】

本詩作於紹熙二年（一一九一）冬，時閒居在家。大雪天送炭與芥隱，賦此志感。

雪後苦寒

旋融簷滴凍琅玕，風力如刀刮面寒。雪陣攙空風却軟，天公知我倚闌干。

【題解】

本詩作於紹熙二年（一一九一）冬，時閒居在家，賦此記雪後苦寒景况。

新歲書懷

門閬知閒好〔一〕，窗晴與睡宜。歲華書户筆，年例探梅詩。看長棊三著，量添飯兩匙。豁除身外事，未是苦衰遲。

【題解】

本詩作於紹熙三年（一一九二）春，時閒居在家，入新歲，因作此書懷。

【箋注】

〔一〕門閬：門庭閬然。南史張緬傳：「（緬爲武陵太守）所得俸禄不敢用，至乃妻子不易衣裳，及還都，並供之母振遺親屬。雖累載所蓄，一朝隨盡。緬私室閬然如貧素者。」傅咸感别賦：「出順景而爲偶，入閬然而無依。」

次韻養正元日六言

歲踰耳順俄七，年去古稀只三〔一〕。從今蓮葉巢穩，誰在槐柯戰酣。臍下丹田休想〔二〕，口邊白醭罷參〔三〕。渴飲飢餐困睡，是名真學瞿聃〔四〕。養正詩云：「流年五十踰二，明日半百過三。」上魏文帝語，下樂天語。養正今年五十三，此句甚工。余今年六十七，亦自撰三字韻二句。

【題解】

本詩作於紹熙三年（一一九二）元日，時閒居在家。龔頤正賦元日詩，石湖次其韻。孔凡禮范成大年譜紹熙三年譜文：「次韻龔頤正（養正）元日六言，欲以無爲自在之道養生。」

【箋注】

〔一〕「歲踰」二句：耳順，六十歲，論語爲政：「六十而耳順。」上句言六十已過七。古稀，杜甫曲江二首其二：「人生七十古來稀。」下句言七十尚少三。兩句均言六十七歲。據本詩詩尾自注，知龔養正二句上用魏文帝語，下用白樂天語，則石湖兩句，亦用其法，上句用孔子語，下句用杜甫語，甚爲巧妙。

〔二〕「臍下」句：黄庭外景經上部經：「呼吸廬間入丹田。」務成子注：「呼吸元氣會丹田中。丹田中者，臍下三寸陰陽户，俗人以生子，道人以生身。」道家養生有意守丹田之説。石湖詩却云「休想」，反其意。

〔三〕白醭：白霉，齊民要術卷八作酢法：「下釀以杷攪之，綿幕甕口，三日便發，發時數攪，不攪則生白醭。」五燈會元卷一四長蘆清了禪師：「上堂：口邊白醭去，始得入門。通身紅爛去，方知有門裏事。更須知有不出門底。」

〔四〕瞿聃：瞿即瞿曇，爲佛祖釋迦牟尼之姓，亦代指佛教；聃即老子，名聃，爲道教鼻祖，亦代指道教。

次韻姜堯章雪中見贈

玉龍陣長空，皋比忽先犯。鱗甲塞天飛，戰逐三百萬〔一〕。當時訪戴舟，却訪一寒范〔二〕。新詩如美人，蓬蓽愧三粲。

【題解】

本詩作於紹熙二年（一一九一）冬，時閒居在家。姜夔於本年十一月來蘇訪成大，姜夔暗香（白石道人歌曲卷四）自序：「辛亥之冬，予載雪詣石湖。止既月，授簡索句，且徵新聲，作此兩曲。石湖把玩不已，使工妓肄習之，音節諧婉，乃名之曰暗香、疏影。」辛亥，即紹熙二年。至除夕，姜夔别石湖歸去，賦除夜自石湖歸苕溪（白石道人詩集卷下）故本詩當作於此時。姜夔之原唱名雪中訪石湖：「雪矸如玉城，偏師敢輕犯。黄蘆陣野鶩，我自將十萬。三戰渠未降，北面石湖范。先生霸越手，定自一笑粲。」于北山范成大年譜紹熙二年附注：「至石湖詩集編次於新歲書懷、次韻養正元日六言之後，似爲明年正月之作，非是。石湖集編纂年代、時間前後常有紊亂顛倒現象，不足異也。」

【箋注】

〔一〕「玉龍」四句：吴曾能改齋漫録卷一一引張元雪詩：「戰死玉龍三十萬，敗鱗風捲滿天飛。」

〔二〕寒范：即范寒，用范雎故事。戰國時，范雎受須賈笞辱，逃至秦國，仕爲相。後須賈使秦，范雎故著蔽衣往見，賈憐其寒，取綈袍贈之。雎以須賈有眷戀故人之意，乃釋之。事見史記范雎傳。高適詠史：「尚有綈袍贈，應憐范叔寒。」即詠此事。石湖用此事喻己。

次韻徐提舉游石湖三絶

三徑荒蕪岫幌開，錦車何事肯徘徊？春風想爲高人住，落絮殘花好在哉！

日脚烘晴已破煙，山頭雲氣尚披緜。却須多謝朝來雨，洗浄明湖鏡裏天。

天上麒麟翰墨林〔一〕，當家手筆擅文心。欲知萬頃陂中意，但向三篇句裏尋。

【題解】

本組詩作於紹熙三年（一一九二）春，時閒居在蘇。徐提舉，即徐誼，時任浙西提舉。本年春，成大與徐誼游石湖，徐誼賦詩三章紀之，石湖次其韻酬之。徐誼，字子宜，一字宏父，温州人。乾道八年進士，歷仕太常丞、知徽州、提舉浙西常平、右司郎中、左司郎中、檢正中書門下諸房公事、刑部侍郎、工部侍郎、知臨安府、知江州、知建康府兼江淮制置使、知隆興府，卒謚忠文。徐誼在朝敢於論諫，孝宗稱其「卿可謂不以官自惰矣」。事見宋史卷三九七徐誼傳。范成大吳郡志卷七「提舉題名」：「朝奉郎徐誼，紹熙元年十二月初一日到任，三年五月初二日被旨赴行在奏事。」

【箋注】

〔一〕「天上」句：陳書徐陵傳：「寶誌手摩其頂曰：『天上石麒麟也。』」贊徐誼而用同姓之典。

閏月四日石湖衆芳爛漫

北垞南岡總是家，兒童隨逐任驩譁。開嘗臘尾蒸來酒，點數春頭接過花。盡把園林蒙錦繡，多添門户鎖煙霞〔一〕。杖藜想被春風笑，扶却衰翁管物華。

【題解】

本詩作於紹熙三年（一一九二）閏二月四日，時閒居在蘇。

【箋注】

〔一〕鎖煙霞：李商隱隋宫：「紫泉宫殿鎖煙霞。」

檢校石湖新田

今朝南野試開荒，分手耘鋤草棘場。下地若干全種秫，高原無幾謾栽桑。蘆芽碧處重增岸，梅子黄時早濬塘。田里只知温飽事，從今拚却半年忙。

【題解】

本詩作於紹熙三年（一一九二）春，時閒居在蘇，巡檢石湖新開荒田，賦本詩紀事。

致政孫從政挽詞

丈室推居士，安車稱老夫㈠。回骸桑下餓，續命轍中枯。重道幾三叟，輕財似八廚〔一〕。欲知潛德報，青紫付遺孤。

【校記】

㈠安車：原作「安居」。富校：「『居』黄刻本作『車』，是。」活字本、董鈔本亦作「安車」。今據改。

【題解】

本詩作於紹熙三年（一一九二），時閒居在家。

【箋注】

〔一〕「輕財」句：後漢書黨錮傳序：「度尚、張邈、王考、劉儒、胡母班、秦周、蕃嚮、王章爲八廚。廚者，言能以財救人者也。」

寄題林景思雪巢六言三首

大地九冰徹底，小巢四壁俱空。只有梅花同調，雪中無限春風〔一〕。

何處温泉火井，誰家熊席狐裘？堂燕幾番炎熱，冰蠶一繭綢繆。

萬境人蹤盡絶〔二〕，百圍天籟都沉。惟餘冷淡生活，時復撚髭凍吟〔三〕。

【題解】

本組詩作於紹熙三年（一一九二），時閒居在家，以詩寄題林憲雪巢，高其人品、詩品。林景思即林憲，字景思，吴興人。乾道間，中特科，監南嶽廟，後寓居天台。工詩，有雪巢小集。宋史無傳，宋史翼卷三六有補傳。同治湖州府志卷七四人物傳：「林憲，字景思，吴興人。少從侍郎徐度游。度得句法於魏衍，實後山嫡派也。卓犖有大志。參政賀子忱奇其才，以孫女妻之。臨終，復遺以米數百斛，謝不取。賀既亡，挈其孥居蕭寺，屢瀕於餒而不悔，讀書著文，不改其樂。喜哦詩，落筆立就，渾然天成。一時名流，皆願交之。若徐敦立、芮國器、莫子及、毛平仲相與爲莫逆。楊誠齋、樓攻媿皆稱其詩似唐人。其人高尚清淡，五言四韻古句殆逼陶謝。淳熙五年，尤袤爲作雪巢記，又爲雪巢小集序。」陳振孫直齋書録解題卷二〇：「雪巢小集卷，東魯林憲字景思撰。初寓吴興，從徐度敦立游，後爲參政賀允中子忱孫婿，寓臨海。其人高尚，詩清澹，五言四韻古句尤佳，殆逼陶謝。」宋詩紀事卷五四：「林憲，字景思，吳興人。乾道中特科，監南嶽廟。參政賀子忱奇其才，以孫女妻之，因寓居天台。賀亡，挈其孥居城西之蕭寺。有雪巢小集。」

【箋注】

〔一〕「只有」二句：孔凡禮范成大年譜紹熙三年譜文附注：「贊其人品高尚，詩格高雅。」

〔二〕「萬境」句：柳宗元江雪：「千山鳥飛絶，萬徑人蹤滅。」

〔三〕「惟餘」二句：孔凡禮范成大年譜紹熙三年譜文附注：「贊其苦吟。」

枕上二絶效楊廷秀

藤枕頻移觸畫屏，無憀滋味厭殘更。寒鷄且道貪眠著，窗紙如何不肯明。

枕前百念忽紛然㊀，舊學新聞總現前。現到天明無可現，依前還我日高眠。

【校記】

㊀百念：原作「百忍」，活字本、叢書堂本、董鈔本、詩淵第二册第一三四〇頁作「百念」。富校：「『忍』黄刻本作『念』，是。」今據改。

【題解】

本組詩作於紹熙三年（一一九二），時閒居在家。楊萬里詩，活潑自然，饒有諧趣。滄浪詩話詩體：「楊誠齋體，其初學半山、後山，最後亦學絶句於唐人。已而盡棄諸家之體，而別出機杼，蓋其自序如此也。」楊萬里江湖集序：「予少作有詩千餘首，至紹興壬午七月皆焚之，大概江西體也。今所存曰江湖集者，蓋學後山及半山及唐人者也。」楊萬里跋徐恭仲省幹近詩三首其三：「傳派傳宗我替羞，作家各自一風流。黄陳籬下休安脚，陶謝行前更出頭。」此即「別出機杼」之意。

送文處厚歸蜀類試

萬里東來萬里歸，正憐寡婦與孤兒。死生契闊心如鐵，風雨飄摇鬢欲絲。早集漢庭陪振鷺〔一〕，莫留岷嶺戀蹲鴟。故家零落今餘幾，門户非君更屬誰？處厚族弟季高，客死成都，制置使京仲遠諉送其家〔二〕，扶護還吴，慨然遠來，忘其勞費。

【題解】

本詩作於紹熙三年（一一九二）。文處厚，文季高之族兄。文季高生平，參見卷二五送文季高倅興元「題解」。

【箋注】

〔一〕振鷺：喻操行純潔者。詩經周頌振鷺：「振鷺于飛，于彼西雝。」孔穎達疏：「言有振振然絜白之鷺鳥往飛也……美威儀之人臣而助祭王廟亦得其宜也。」文選揚雄劇秦美新：「振鷺之聲充庭，鴻鸞之黨漸階。」李善注：「振鷺、鴻鸞，喻賢也。」

〔二〕制置使京仲遠：即四川制置使京鏜。京鏜，字仲遠，豫章人，紹興二十七年進士第，歷仕監察御史、右司郎官、中書門下省檢正諸房公事、工部侍郎、知成都府、左丞相。卒，贈太保，謚文忠，宋史卷三九四有傳。吴廷燮南宋制撫年表「四川制置使」載淳熙十五年京鏜到任，十六年，紹熙元年、二年，京鏜均在任。紹熙三年四月，丘崈到任，則紹熙三年三月以前京鏜仍在任。故京鏜委托文處厚扶柩還吴，當在紹熙二年，石湖送其歸蜀，當在紹熙三年。

重送文處厚，因寄蜀父老三首

江上連檣疊鼓行，不争微利即争名。算來無似君瀟灑，來往空船載月明。

下峽東歸十五年〔一〕，因君話舊意茫然。煩將遠道悠悠夢，直到天西暑雪邊。

灌口江源不斷流，峨眉山月幾番秋〔二〕。江山好處吾能記，爲問江山記客否？

【題解】

本組詩作於紹熙三年（一一九二），時閒居在家。文處厚歸蜀，賦詩送之，並請寄語蜀中故舊。

【箋注】

〔一〕「下峽」句：石湖自淳熙四年五月二十九日離成都，下峽歸吴，至紹熙三年，恰爲十五年。

〔二〕「峨眉」句：李白峨眉山月歌：「峨眉山月半輪秋。」

虎丘新復古石井泉，太守沈虞卿舍人勸農過之，爲賦三絶，謹次韻

勸耕堂上醉高年，和氣春風共藹然。大士亦修隨喜供，夜來古井躍新泉。

落紙雲煙墮翠巒，一泓潭月鬭清寒。鳳凰池上揮毫手〔一〕，却掬山泉淬筆端。

傳聞公作新亭好〔二〕，先報儂家拄杖知。便擬挈瓶來煮茗，繞闌干角偏尋詩。

【題解】

本組詩作於紹熙三年（一一九二），時閒居在家。虎丘古石井泉新修復，太守沈揆題三絶句，成大次韻和之，同時提舉徐誼、尤懋亦有和作，亦一時之盛事。「新復古石井泉」，紹熙二年，成大游虎丘，以古石井久陻塞，故語主僧如璧，建議修復。參見本書卷三二再到虎丘詩自注。清顧湄重修本虎丘山志卷二：「陸羽石井舊志：劍池傍經藏後大石井，面闊丈餘，嵌巖自然。上有石轆轤，久湮塞。宋紹熙三年，主僧如璧始淘去淤泥五丈許，四旁石壁，鱗皴天成，下連石底漸窄，泉出石脉中，甘冷勝劍池。郡守沈揆作屋覆之，別爲亭於井旁，作烹茶、宴坐之所。」沈虞卿舍人，即沈揆，嘉興人。紹興三十年進士，歷任太學正、知台州、秘書監、秘閣修撰、江東運副、國子祭酒、知吴

郡、司農卿、權吏部侍郎。宋史無傳。嘉慶嘉興府志卷二〇列傳一：「沈揆，字虞卿，縣人，紹興三十年進士。乾道間嘗爲太學正。淳熙六年守台，郡人號儒者之政。十年以秘書少監兼國史院編修官，十一年進秘書監，十四年爲秘閣修撰江東運使。十六年光宗即位，以國子祭酒召入都，越旬日被命使燕。紹熙二年以中大夫秘閣修撰知平江府，四年除司農卿，權吏部侍郎兼實録院同修撰。周必大稱揆喜藏金石刻，且殫見洽聞，與尤袤齊名。」南宋館閣續録卷七：「沈揆，（淳熙）九年十一月除（少監），十一年十一月爲監。」又：「沈揆，字虞卿，嘉興人。紹興三十年梁克家榜進士出身。治書。（淳熙）十一年十一月除（監）。十四年五月爲秘閣修撰、江東運副。」沈揆曾任中書舍人，故成大稱「沈虞卿舍人」。沈揆守吴，時在紹熙二年至四年，范成大吴郡志卷一一「牧守題名」：「沈揆，中大夫，秘閣修撰。紹熙二年六月到，四年二月除司農卿。」沈揆之原唱，題名爲題石井泉（載虎丘山志卷二）其一：「靈源一閟幾經年，石上重流豈偶然。漸喜行春有幽事，人間初見第三泉。」其二：「上方高閣倚層巒，下有清泉一鑑寒。更作小亭供勝覽，盡收吟思入毫端。」其三：「圓通大士閟茲境，誰遣石湖詩老知。人生流止亦如此，時與一來題好詩。」虎丘山志卷二徐誼次韻其一：「布穀催春又一年，使君風旆爲翩然。清泠徹底真無際，果見靈源發漏泉。」其二：「川原膴膴小層巒，千古英雄劍氣寒。滲漉仁風并義澤，只今光焰在毫端。」其三：「發揮有待天須斬，隱顯人間未得知。翰林主人工墨客，它年稚子亦能詩。」尤懋次韻其一：「不知開鑿是何年，已有新亭更翼然。從此雲巖添勝事，合教名亞第三泉。」其二：「烟光滉漾映林巒，井底新泉漱齒寒。

品第試尋張陸記，却因今日又開端。」其三：「靈源顯晦豈無時，便有高人作已知。賞識先從石湖老，發揚更賴隱侯詩。」

【箋注】

〔一〕鳳凰池：魏晉南北朝設中書省於禁苑，稱中書省爲鳳凰池。晉書荀勖傳：「勖守尚書令。……及失之，甚罔罔悵恨，或有賀之者，勖曰：『奪我鳳皇池，諸君賀我耶！』」沈揆曾任中書舍人，成大因而稱他爲「鳳凰池上揮毫手。」

〔二〕「傳聞」句：沈揆作新亭於古石井泉上，見虎丘山志卷二。

連夕大風，凌寒梅已零落殆盡三絶

枝南枝北玉初匀，夜半顛風捲作塵。春夢都無三日好，一冬忙殺探梅人。

玉雪飄零賤似泥，惜花還記賞花時。賞花不許輕攀折，只許家人戴一枝。

花開長恐賞花遲，花落何曾報我知。人自多情春不管，强顔猶作送春詩。

【題解】

本組詩作於紹熙四年（一一九三）春，時閒居在家，因連夕大風，梅花零落，有感賦此詩。

唐懿仲諸公見過，小飲凌寒殘梅之下二絶

春風動是隔年期，更對殘花把一巵㈠。少待和煙和月看，依稀猶似未開時㈡。
問人何處是花蹊？香玉匀鋪不見泥。莫怪山翁行步澀，更無空處著枯藜。

【校記】

㈠ 一巵：叢書堂本、詩淵第四册第二五四七頁作「一枝」。

㈡ 猶似：活字本、叢書堂本、董鈔本、詩淵作「猶是」。

【題解】

本組詩作於紹熙四年（一一九三）春，時閒居在家。唐懿仲諸公見過，小飲梅下，因作此。唐懿仲，生平不詳，或爲唐子壽族人。

雲露堂前杏花

蠟紅枝上粉紅雲，日麗煙濃看不真。浩蕩光風無畔岸，如何鎖得杏園春？

【題解】

本詩作於紹熙四年（一一九三）春，時閒居在家。雲露堂，石湖内堂名。

夢覺作

年增血氣減，藥密飲食稀。氣象不堪説，頭顱從可知。忽作少年夢，嬌癡逐兒嬉。覺來一惘然，形骸乃爾衰。夢中觀河見，只是三歲時。方悟夢良是，却疑覺爲非。

【題解】

本詩作於紹熙四年（一一九三）春，時閒居在家。

次韻陳融甫支鹽年家見贈二首

范村如荒村，一老雪垂領。高軒款門來，驚破雀羅静。披草出迎客，玉筍森秀整。短章雖寂寞，染指已嘗鼎。歸驂不可駐，晨昏思定省。

乃翁一經傳，播穫了家事。短檠寓真樂，尺璧豈良貴。年家有寧馨〔一〕，令我喜無寐。加鞭翰墨場，一躍群空冀〔二〕。

【題解】

本組詩作於紹熙四年(一一九三),時閒居在家。陳融甫贈詩二首,次韻答之。年家,即年家子,稱同年登科者的後輩。陳融甫,生平未詳。

【箋注】

〔一〕「年家」句:洪邁容齋隨筆卷四:「寧馨、阿堵,晉宋間人語助耳。後人但見王衍指錢云:『舉阿堵物却。』又山濤見衍曰:『何物老媪,生寧馨兒?』今遂以阿堵爲錢,寧馨兒爲佳兒。」石湖正取此意。

〔二〕「一躍」句:韓愈送温處士赴河陽軍序:「伯樂一過冀北之野,而馬群遂空。」

聞石湖海棠盛開,亟攜家過之三絶

東風花信十分開,細意留連待我來。開過十分風不動,更無一片點蒼苔。

家人扶上錦城頭,蜂蝶團中爛熳遊。報答春光須小醉,紅雲洞裏按伊州。

低花妨帽小移筇㊀,深淺臙脂一萬重。不用高燒銀燭照,煖雲烘日正春濃。

【校記】

㊀ 小移筇:原作「小攜筇」。活字本、叢書堂本、董鈔本、詩淵第四册第二五一六頁作「小移筇」,富校:「『小攜』黄刻本作『少移』。」今據改。

【題解】

本組詩作於紹熙四年（一一九三）春，時閒居在蘇，聞石湖海棠盛開，亟攜家眷同往賞花，喜極賦此以紀興。

寄題毛君先生蓮華峰庵

天台一萬八千丈〔一〕，蓮華峰在諸峰上。峰前結屋屋打頭，獨有幽人自來往。湖海雲遊二十春，歸來還作住庵人。漫山苦蕒食不盡，繞屋長松爲四鄰。丹訣三千滿雲笈，往來且喜無交涉。清晨石上一爐香，此時天地皆訢合。我衰無力供樵蘇，尚能相伴煖團蒲。但願瘦筇緣未斷，會把蓮峰分一半。

【題解】

本詩作於紹熙四年（一一九三），時閒居在家。毛君先生，即毛洞元，有庵在天台蓮花峰上，成大題詩寄之。林表民天台續集別集卷四引本詩，題作題雲深毛洞元。蓮華峰，同「蓮花峰」，天台山中峰名。嘉靖浙江通志卷一一：「在（天台）縣西北三十里，周圍九峰，曰紫霄、曰翠巖、曰玉泉、曰卧龍、曰蓮花、曰華琳、曰玉女、曰玉霄、曰華頂。矗立霄漢，遠近相向。王羲之與支道林，嘗往來此山。」

【箋注】

〔一〕天台一萬八千丈：李白夢遊天姥吟留別：「天台四萬八千丈，對此欲倒東南傾。」王琦注引。雲笈七籤云：「天台山高一萬八千丈。」

石湖居士詩集卷三十四

附　賦

館娃宫賦　并序

靈巖山寺〔一〕，故吴館娃宫也。山上下閒臺别館之迹，髣髴可考。余少長遊焉，感遺事而賦之。

洶西山之南奔，勢欝嵂其巉空；若大敵之在前，忽踞虎而跧龍；半紫崖而砥平，訪館娃之故宫。是爲逸王之舊遊，有墟國之遺恫焉。嗟乎汰哉！愎賢胥之忠告，巽陰嚭之詖説；暗養虎之後患，縱處女使免脱；迨嘗膽之謀成，駭疽囊之潰裂。蓋自有以賈禍，非天爲之作孽㊀。方其銜哀茹痛，抆淚飲血；儼拂士於前庭，剋三年而報越㊁；訖甘心而一快，夫何初志之英發！及其見棲於姑蘇，遽雌伏而大壞！援宿恩而乞憐，或赦圖於臣罪。當是之時，又何其憊也！韙禍福之無門，曷今愚而昨賢。後千載之嗤點，莫不鍾咎於嬋娟；固尤物之移人，抑猶有可得而言。蓋嘗觀於若人矣，好大而欲速，厭常而棄舊。狃會稽之得意，謂周鼎其唾手；闖齊楚以朵頤，睨陳蔡而驤首。道甚遠而疾驅，氣已餒而猶鬬。外未寧而内憂，東略之而西否；阻關河以頓兵，撤牆屋而致寇。亟歸視其四封，蔑一夫之能守。是猶螳螂之慕蟬，不知黄雀之議其後也。然以蕞爾之旅，衡行四方；攻靡堅郛，戰無距行；事便時利，如徑乎無人之鄉。惜也未聞大道，宜其逸樂而志荒。次有臺池，宿有嬪嬙；左攜修明，右撫夷光；粲二八以前列，咸絶世而浩倡。嗟浣紗之彼姝，乃獨繫於興亡。蕩龍舟之水嬉，擷香徑之春芳；載夕陽以俱還，秉遊燭於夜長。灩金鍾之千石，倣酒池於舊商；歌吴歈而楚舞，薦萬壽於君王。悵星河之易翻，嘉來日之未央。錚銅壺之鳴悲，爛急烽之森芒；慘梧宫之生愁，踐桐夢之不祥。欻高陵與深谷，委盛麗於蒼茫。所謂玉檻銅溝，朱簾椒房〔三〕；理鏡之軒，響屧之廊。杳煙蕪與露蔓，紛日暮之牛羊。况捧心之百媚，濯粉之餘粧者哉！今則雲雨之巔，仙聖是宅；硯沼蓴浮，琴臺松崛；封古蘚於井甃，宿暗芳於洞穴；木鯨吼以清厲，金磬隱其蕭瑟。彼方外之徒，龜藏而蠖屈者，又安知往古與來今，方枯禪而縛律；翩鴻影之拂坐，見前山之銜日〔四〕。

【校記】

㈠非天爲之作孽：原「之」下無「作」字，富校：「『之』下黄刻本有『作』字，是。」董鈔本作「遺孽」，活字本、叢書堂本、吴郡文編卷二四五「之」下有「作」字，今據補。

㈡報越：活字本、叢書堂本、董鈔本、吴郡文編作「報粤」。

㈢朱簾：叢書堂本、吴郡文編作「珠簾」。

㈣銜日：原作「銜石」。活字本、叢書堂本、董鈔本、吴郡文編作「銜日」，今據改。

【題解】

本賦作於淳熙十四年（一一八七），時賦閒在蘇。岳珂桯史卷三「館娃浯溪」條，記王義豐爲館娃作賦，義豐即王阮，賦云：「汎浮玉之北堂，得館娃之遺基，從先生而遊焉，揖夫差而弔之。」王阮賦中之先生，即范成大。本年，王阮來訪，同遊靈巖，同弔夫差，並同賦館娃，石湖作題夫差廟詩（見卷二八）。黄震黄氏日鈔卷六七：「館娃宫賦，謂吴王未聞大道，宜其志荒。」

【箋注】

〔一〕靈巖山寺：朱長文吴郡圖經續記卷中：「秀峰寺，在靈巖山，梁天監中置。既經一紀，忽有異人於殿隅畫一僧相。俄而梵僧見之，曰：『此智慧菩薩也。』化形隨感，靈應甚多。儀相雖經傳繪，吴民瞻奉，至今彌勤。此寺占故宫之境，景物清絶，舊乃律居，不能興葺，徒長紛訟。太守晏公鬬爲禪剎，人甚便之。」范成大吴郡志卷三二「郭外寺」：「顯親崇報禪院，在靈巖山頂。舊名秀峰寺，吴館娃宫也。梁天監中始置寺，有智慧菩薩舊蹟，土人奉事甚謹。今爲韓蘄王功德，寺改今名。」又，卷一五「山」：「靈巖山，即古石鼓山，又名硯石山。……越絕書云：『吴人於硯石山作館娃宫。……』今按吴越春秋、吴地記等書云：『闔閭城西有山，號硯石山，高三百六十丈，去入烟三里。在吴縣西三十里，上有吴館娃宫、琴臺、響屧廊。』」

問天醫賦 并序

余幼而氣弱，常慕同隊兒之强壯，生十四年，大病瀕死。至紹興壬申，又十三年矣，疾痛疴癢，無時不有。夏至前一日，得寒疾，夢謁天醫，省問答了然，獨未知天醫爲何神。案晉書卷舌六星〔一〕，其一曰天讒，主巫醫；而孫氏千金書〔二〕，以日辰推天醫所在，其是歟？皆未可必也。雖然，吾疾自是其有間哉！乃叙其夢爲問天醫賦。

吴山之臞，不達不聞；有門常關，日與病親。歲直壬申，亢中於昏。薄寒中之，不良睡眠。覺邪夢邪？陸離紛紜。神馬具裝，出於頂門。驅風鞭霆，莫知所從。紫城翠樓，千窗萬櫳；玉書垂芒，天醫之宫。中有一人，瑶冠紫衣；如帝如尊，衆真繞圍。我瞻而思，是其天醫者邪？竊樂其名，幸已我疾。次且而前，再拜以出。仰而稱曰：蠛蠓之臣，有鬱弗宣；幸遭聖靈，利用乞憐。願賜清閒，聽臣苦言：天生下人，如沙如塵；長養安樂，壽其天真。臣獨多疾，支離輪困。炎黃之經〔三〕，厥病四百；去半取半，臣悉經歷。五日一曳杖，十日一卧簀。茁爲痤疿〔四〕，潰爲瘴癧；遊爲痺頑，尼爲否塞；踈爲洞盪，節爲關格；躁爲囂呼，静爲爽惑。榮衛挾寒而留行〔五〕，溪谷流温而横溢。襲於皮毛，客於絡脈；次於焦府，盎於形色。攣拳惰其四支，黚黯淫乎大宅。百骸九竅，無一得適。十巫遞進，三醫更謁：探金匱之寶藏，紬玉函之秘策。方書堆於几案，藥物庤於牆壁；訪和扁以制度〔六〕，招桐雷使炮炙〔七〕。參以天泉左右之運，列以君臣佐使之職。配合者相須，畏惡者相敵。參朮芝桂，鉛汞乳礫；果菜之英，醪醴之液；萬歲之藟，千年之珀。莫潤於養血之茸，莫濇於委蜕之骼。厭遠效於中和，要近功於武力〔一〕。三建若燎，五毒若螫；入口如荼，下咽如戟。燥剛以發舒，酸苦以涌洩；杵臼無停鳴，鐺鼎不暇滌。瞑眩酷烈，疾戰縱擊；外邪未潰，中氣先踣。久立則蹐，久行則躄；語多則逆，卧多則愓；先寒而裘，未暑而綌。席避風而五遷，衣惡濕而再襞；旦欲興而三休，夜將誦而九息。聽蟻爲牛，視朱作碧。中憒憒其結轖〔二〕，頭岑岑而戴石。人生世間，居處飲食；臣以病故，跬步榛棘。春醅珠紅，暑醴玉白；翠瓤之瓜，青房之菂；泫梨液之流膚，瀹橘泉之破隙。臣欲過門而大嚼，黄媪推臣以避席。清空泬寥，霧旦霜夕；駕牛西上，騎鯨東極；納寒月於半領，御罡風於兩腋。臣欲褰裳而往從，皓華挾臣以辟易。弱柳怪其早衰，瘦木嗤其多瘠。怠侮出於家人，煩勞困於僕役。群居之中，軋軋厭厭；狎者臣嘲，疏者臣嫌。獨疢臣身，不可任堪。人之多疾，自取自探；不一其凡，大略有三：其一者心根泄機，命門喪阻；明消精散，形弊神苦。擲温玉以畀火，奉甘餐而戲虎；陰惑陽而化蜮，風落山而成蠱。若是者得於晦淫，命曰伐性之斧〔八〕。其二者愁莫愁於生離〔九〕，痛莫痛於死别。哭不淚而神傷，歎無聲而怨結；魂欲升而中斷，腸將思而已絶。孤憤爲丹心之灰，隱憂爲青鬢之雪。若是者得於情鍾，命曰蠹心之孽。其三曰深居奥處，温燠窈窕；重帷複幄，風日不到。枵然如久繫之匏，薾然如處陰之草；玉體軟脆，動輒感冒。若是者得於貴遊，命曰煬和之竈。凡此三者，臣非有之。呻號弊尪，誰職爲之？孰祟孰厲，孰攻孰襲？何方而來，何門而入？抑嘗聞之，造化爲爐，人物爲象；洪鈞無心，大放厥帑。元陽之氣，可斤可兩；人受其中，有瘠有臕。故有禀生多艱，形枯德腴；委隨惰窳，命也何如。子房所以辟穀〔一〇〕，長卿所以閒居〔一一〕。士安散髮，黽勉扶輿〔一二〕；希逸惙惙，疢與生俱〔一三〕。天實爲之，非人速辜。臣也不肖，殆類此乎？地産之藥，方家之書；媿寒配温，僻違怪迂。欲持人以勝天，嗟慮密而功疏。竊聞大神，天醫之王。範圍堪輿，運平陰陽；起死回骸，斡旋天藏；揉太和以爲劑，酌沆瀣而爲漿；噓碧落以發英，糜朝霞而薦芳。神火氣筵，日暾星芒；度人千億，奮飛仙鄉。賜臣刀圭，刮摩膏肓；濡枯充虚，豐羸植僵。解臣朽骨，濯臣腐腸；宅胎仙以葆真，凝虚白而發光。碎鼎槌鑪，破瓢褫囊。脱兔彭殤之囿，蜕蟬人鬼之場；不老不衰，來歸帝傍。臣之願也，非所敢望。語未竟，仰聞太息曰：有是哉，汝之憂也！凡汝所苦，可以理測；凡汝所求，吾不汝嗇。病自汝得，造化吾知；汝窮汝原，何藥之爲？今即汝身，示汝三機；隱几遐思，載撫四維。汝身塊然，汝方火馳；甘寐於牀，委骸陳尸。夢遊何方，悲啼笑嘻；溘焉以死，烏鳶狐狸。生汝安住，死汝安歸？形與化遷，汝豈變移。虚空無傍，奚所據依？厥狀維何，爲青爲黄；爲一爲多，爲短爲長。未病何形，已病何色？癢苛酸辛，誰覺誰識？吾將遠遊，汝速返去；試用我言，周徧求汝。脱焉得之，解痼釋痾；不然已矣，將奈汝何！叩稽玉階，退而下歸；形開神瀓，汗濡寢衣。嗚呼異哉！爲信爲欺。是邪非邪？至今疑之。

【校記】

㈠ 近功：活字本、叢書堂本、董鈔本均同。富校：「『功』黄刻本作『切』。」

㈡ 中憒憒：原作「巾憒憒」，活字本、叢書堂本、董鈔本作「中憒憒」。富校：「『巾』黄刻本作『中』」，是。」今據改。

【題解】

本賦作於紹興二十二年（一一五二）五月，時在崑山薦嚴寺讀書。卷一兩木并序：「壬申五月，卧病東禪之北窗，惟庭柯相對。」本賦序云：「至紹興壬申，又十三年矣，疾痛疴癢，無時不有。」壬申，即紹興二十二年。黄震黄氏日鈔卷六七：「問天醫賦謂不敢以人勝天。」浦銑復小齋賦話卷下：「古人句法有相似者，如山谷悼往賦云：『飲泣爲昏瞳之媒，幽憂爲白髮之母。』石湖問天醫賦云：『孤憤爲丹心之灰，隱憂爲青鬢之雪。』而山谷較勝。『媒』字、『母』字猶詩中之有眼也。」

【箋注】

〔一〕晉書卷舌六星：晉書天文志上：「卷舌六星，在昴北，主口語，以知佞讒也。曲，吉；直而動，天下有口舌之害。中一星曰天讒，主巫醫。」

〔二〕孫氏千金書：孫氏，即孫思邈（五八一？——六八二），京兆華原人。隋文帝徵爲國子博士，不就；唐太宗召至京師，欲授官，亦不受。一心從事醫學研究。兩唐書有傳。千金書，指孫思邈之醫學著作千金方。此爲總名，含千金方三十卷，千金翼方三十卷，千金髓方二十卷。千金方，經宋人林億校正，名爲應急千金要方，簡稱千金方。千金翼方也經林億校定。千金髓方已佚。

〔三〕炎黄之經：即黄帝内經，簡稱内經。漢書藝文志著録黄帝内經十八卷。内經包括素問九卷，靈樞九卷，是我國最早的醫學典籍，具有比較完整的理論體系，爲中醫理論之淵藪。

〔四〕「茁爲」句：茁，草初生貌，此謂始生。詩經召南騶虞：「彼茁者葭。」痓痱，癎，素問生氣通天論：「汗出見濕，乃生痓痱。」

〔五〕榮衛：中醫術語，榮指血的循環，衛指氣的周流。素問熱論：「五藏已傷，六府不通，榮衛不行，如是之後，三日乃死。」

〔六〕和扁：古代名醫醫和和扁鵲。醫和，春秋時秦之良醫。左傳昭公元年載：晉平公求醫於秦，秦使醫和視之，和知病不可治，告之，趙孟稱他爲良醫，厚禮遣返之。扁鵲，戰國時期的名醫，善於運用四診，應用砭刺、針灸等法治病，史記扁鵲倉公列傳：「扁鵲者，渤海郡鄭人，姓秦氏，名越人。少時爲人舍長，舍客長桑君過，扁鵲獨奇之，常謹遇之。……乃悉取其禁方書盡與扁鵲。忽然不見，殆非人也。」文選班固答賓戲：「和鵲發精於鍼石。」

〔七〕桐雷：桐君和雷公的合稱，相傳皆爲黄帝時掌醫藥之官。南朝梁陶弘景本草序：「至於藥性所主，當以識識相因，不爾，何由得聞？至於桐雷，乃著在於編簡。」本草綱目卷一序例上歷代諸家本草：「桐君采藥録，時珍曰：桐君，黄帝時臣也，書凡二卷，紀其花葉形色，今已不傳。」

〔八〕伐性之斧：吕氏春秋本生：「靡曼皓齒，鄭衛之音，務以自樂，命之曰伐性之斧。」枚乘七發：「皓齒娥眉，命曰伐性之斧。」

〔九〕「愁莫愁」句：屈原九歌少司命：「悲莫悲兮生别離。」

〔一〇〕「子房」句：子房，即張良。史記留侯世家：「留侯乃稱曰：『家世相韓，及韓滅，不愛萬金之資，爲韓報仇强秦，天下振動。今以三寸舌爲帝者師，封萬户，位列侯，此布衣之極，於良足矣。願棄人間事，欲從赤松子游耳。』乃學辟穀，道引輕身。」

〔一一〕「長卿」句：長卿即司馬相如。長卿閒居，見史記司馬相如列傳：「相如與之俱之臨邛，盡賣其車騎，買一酒舍酤酒，而令文君當鑪，相如身自著犢鼻褌，與保傭雜作，滌器於市中。」

〔一二〕「士安」二句：士安，即皇甫謐。晉書皇甫謐傳：「皇甫謐，字士安，幼名静，安定朝那人，漢太尉嵩之曾孫也。……（後叔母伍氏因謐不好學，教育之）謐乃感激，就鄉人席坦受書，勤力不怠，居貧，躬自稼穡，帶經而農，遂博綜典籍百家之言，沉静寡言，始有高尚之志，以著述爲務，自號玄晏先生。」贊曰：「士安好逸，栖心蓬蓽。屬意文雅，忘懷榮秩。遺制可稱，養生乖術。」

〔一三〕「希逸」二句：希逸，即謝莊（四二一——四六六），宋書謝莊傳：「謝莊字希逸，陳郡陽夏人，太常弘微子也。」傳中有一段他的自述，述其多病：「稟生多病，天下所悉。兩脇癖疾，殆與生俱。……利患數年，遂成痼疾。吸吸惙惙，常如行尸，恒居死病，而不復道者，豈是疾痊，直以荷恩深重，思答殊施。」

望海亭賦 并序

會稽太守參政魏公，作望海亭於卧龍之巔，率其屬爲歌詩以落成，録與書來，且使賦之。余謹掇其膏馥之餘，擬賦一首以寄，後日獲從杖屨，其上於山川之神，尚有舊焉。其辭曰：

諸侯之客，有來自東，而姹會稽之遊者，曰：佳乎麗哉！越之爲邦也。縈山帶湖，樓觀相望；背卧龍而崛起，焕丹碧之翬翔。躋攀下臨，顧瞻無旁；平疇蔚以穉緑，喬木森其老蒼；淙萬壑之春聲，寫千巖之秋光；朝霞暝霏，扶疎微茫。望山河之故墟，弔草木之餘社。夏后萬國之朝，勾踐百戰之野；興亡梗概，猶有存者。至於流觴泛雪，高人之舊事；浣紗采蓮，游女之遺跡。鬱溪山之如畫，尚彷彿其可識；訪故老以問訊，興慨歎於疇昔。是爲游覽之大略，而蓬萊觀風之所得。雖然，士固多感，而況於對景以懷古，撫事而凝情；往往使人魂斷意折，酒澹而歌不平。故麗則麗矣，而未擅乎登臨之勝也。若夫浩蕩軒豁，孤高伶俜；騰駕碧寥，指麾滄溟；隳憂端於眇莽，挹顥氣於空明；飄飄焉有連鼇跨鯨之意，舉莫如望海之新亭。嘗試登兹而望焉：沃野既盡，遥見東極；送萬折之傾注，艷寒光之迸射；浸地軸以上浮，盪天容而一色。珠輝貝芒〔一〕，矗蝀横霓；快宇宙之清寬，悵百年之偪仄。當其三星曉横，萬境俱寂；浴日未動，晨光先激；波鱗鱗而躍金，天晃晃而半赤；頳輪騰上，東方皆白；煙消塵作，栖鳥振翼。俯群動而紛起，寄一笑於遐覿。永我暇日，苒其將夕；餞斜暉於孤嶂，候佳月於滄浦。沉沉上下，杳無處所；驚玉地之破碎〔二〕，漾銀盤而吞吐；忽褰雲而涌霧，獻霜影於庭宇。夜色既合，初聞鐘鼓。觴屢至而不辭，詩欲成而起舞。又若潮生海門，萬里一息；浮光如線，濤頭千尺。方鐵馬之横潰，倏銀山之崩坼。氣平怒霽，水面如席；吳帆越檣，飛上空碧。此亦天下之偉觀，然猶未及乎目力。燕香春容，俗客莫陪；神清意消，徙倚徘徊。天風激吹，波濤闔開；五雲明滅，丹宫絳臺；睇三山之不遠，其爲公而飛來。遂招汗漫之勝游，下飆車之逸軌。屬紫霄之妙質，侑玉斝之清醴；勤歌鸞與舞鳳，壽仙伯以多祉；恍風雨之皆散，但鶩塵之四起。悟真靈之不隔，而何有乎弱水之三萬里也。噫！昔之居此者多矣，曾靡暇於經營；逮山靈之効奇，發遺址於巖扃。殫妙巧於天藏，超埃壒而上征；極觀聽之所接，遂杳渺而難名。嗟此樂之無央，與來者而同登。決眥盪胸，雪其塵纓；且安知前日之蒼煙白露，斷蔓而荒荆者哉！顧客子之所能道者，纔管中之一斑；惟覽者之自得，會絶景於憑闌。心凝神釋，浩如飛翰；而後知兹亭之仙意，而凌虚御風之無難。主人瞿然而起曰：有是哉！吾將觀焉。

【校記】

㈠貝芒：原作「具芒」。富校：「『具』黄刻本作『貝』，是。」活字本、董鈔本亦作「貝芒」，今據改。

㈡玉地：富校：「『地』黄刻本作『池』。」

【題解】

本賦作於紹興二十六年（一一五六）秋，時在新安掾任上。本年，會稽太守魏良臣修望海亭，與僚屬賦詩，寄石湖，並命賦之。于北山范成大年譜紹興二十六年譜文云：「魏良臣自參政出知紹興府，寄蓬萊閣、望海亭詩軸，當在此一時期。」望海亭，在會稽卧龍山之頂，寶慶會稽續志卷一：「望海亭，在卧龍之西，不知始於何時。元微之、李紳嘗賦詩，則自唐已有之矣。」則魏良臣乃修葺之，非始作之。參見本書卷五浙東參政寄示會稽蓬萊閣詩軸次韻寄題二首「題解」。黄震黄氏日鈔卷六七：「望海亭賦，設客辭以誇之。」

惜交賦 并序

屈原既遭子蘭、子椒之譖，傷楚國之俗，朋友道薄，始合之難，而終以輕背，故著惜交之詞，道知心之難遇，故舊之不再得，動心忍性，徘徊不能去。君子覽之，有以增義合之重焉。

余既有此淑質兮，昔幽處而無仇；悵佳人之眇覿兮，走六漠而周求。歲甲子之初春兮，維元日吾始游；紉木蘭以爲蓋兮，抗杜蘅以爲游。詔涷雨俾清道兮，戒日星使燭幽；恐駟驪之選軟兮，又命飛廉而挾輈。羾天紘而鶩列缺兮，頫幽都與玄丘。天地四方多賊姦兮，忽吾班乎齊州。恍神釋而目粲兮，悅夫人之好修。佩轇轕之連璐兮，戴陸離之高冠；紛鷄鶩之朋飛兮，儼黃鵠之蹁躚。葆衆美以自畀兮，夫何獨處之嬋娟。吾恐始合之易兮，終離之者不難；號百靈而訊之兮，筮告余曰吉哉！予令巫咸往招兮，介蹇修而爲媒。枉若人之嘉惠兮，命保介而載予；摻脩袂而約言兮，曰歲晚其與俱。入既與之同袍兮，出又與之同車。投我以蒼玉之連環兮，予報以獨繭之曳緒㊀；玉宛轉而不斷兮，繭縈紆而連縷。谷風習其自東兮，固維風而及雨。汝行前而予殿兮，予安歌而汝舞。至於今其十年兮，固知美惡周必復。敏予德而日新兮，羌未變乎初也；修予容其滋媚兮，嗟采色其猶未暮也。妬被離而害交兮，讒翕脇而敗度；雖君子之石腸兮，固將徇乎市虎。兩造膝而笑言兮，慘其間之容斧；予冶容虞予善泆兮，頫顏謂予汝怒。髪甚短而怨長兮，輿則固而路艱；蹇中道而如遺兮，予既寡而汝鰥。夫豈無他人兮，焉有夫君之好賢；雖得汝於萬一兮，終不及當時之纏綿。彼日而食兮，此月而虧；物不終盡剥兮，信復盈之有時。涕承睫而交下兮，若孟津之流澌；敢誦言而怨慕兮，恐衆人之汝窺。曼予聲以悲吟兮，託長風而要之。政木石必回睠兮，將白首而爲期；儻曾飛而不顧兮，嗟此怨之誰歸？

【校記】

㈠ 獨繭之曳緒：「之」字原缺。富校：「『繭』下黄刻本有『之』字，是。」今補。

【題解】

本賦作年難以確考。序云：「屈原既遭子蘭、子椒之譖，傷楚國之俗，朋友道薄，始合之難，而終以輕背，故著惜交之詞。」屈原賦中並無「惜交」之篇名，他的「道知心之難遇，故舊之不再得」之意，却在離騷、惜誦等篇中，反覆詠歎。浦銑復小齋賦話卷下：「范石湖惜交賦，忠厚悱惻，怦怦動人，有小雅、騷人之餘風。序所謂『君子覽之，有以增義合之重』者也。」

荔枝賦 并序

紹興丙子夏，有自行都餉貢餘新荔子者，坐客稱歎，窮山所未嘗有。呼酒更酌，鼓琴以侑之，且爲之賦。時爲新安掾。

吾聞南國之南，水激而山蟠；鍾具美於一物，繄化工之所難。擱絳綃以袨服，襲蒨桃而中單；湛冰明之漼漼，粲玉粒之團團；蒻生香之令芳，泫仙液於微瀾〔一〕。走候置其萬里，上玉宸與金鑾。顧人間之流落，纔千倉之一箪。餉江南之病客，索孤笑於鬟端。斥蜂蜜之黄膩，謝佛桑之紅乾；覺龍目之幺麽〔二〕，哈蒲萄之甘酸。藉以秋雲之巾，薦以水晶之盤；羞以燒春之浮醅〔三〕，相以流水之清彈。迨風月之温麗，耿星河其未翻。予一嚼而三嚥，灩玉池之清寒；恍醉夢之翾飛，掖九天之風翰。望涪江與閩嶺〔四〕，麾八極於雷軿；方溟濛其路暗，儵浩蕩其天寬。岌芳宫與繡户㊀，窈玉聲之闌珊；款荔枝之仙人，若平生之所歡。謂客子其少留，紛擘緑而破丹。招玉環於東虚，御清空之雙鸞；訪長生之舊曲〔五〕，有千載之遺歎。悵三山之回風，驚南斗之闌干；亂梧竹之滿庭，渺雲海之漫漫。

【校記】

㊀繡户：活字本、叢書堂本、董鈔本作「秀户」。

【題解】

本賦作於紹興二十六年（一一五六）夏，時任新安掾。紹興丙子，即紹興二十六年。新安掾，指徽州司户參軍。石湖有天平先隴道中時將赴新安掾、元夕泊舟霅川，作於紹興二十五年歲末、二十六年元日。

【箋注】

〔一〕「擱絳綃」以下六句：白居易荔枝圖序：「荔枝生巴峽間，樹形團團如帷蓋；葉如桂，冬青；花如橘，春榮；實如丹，夏熟；朵如葡萄，核如枇杷，殼如紅繒，膜如紫綃，瓤肉瑩白如冰雪，漿液甘酸如醴酪。大略如彼，其實過之。」

〔二〕龍目：又名龍眼，俗名桂圓。東坡雜記：「僕嘗問荔枝何所似。或曰：似龍眼。坐客皆笑其陋，荔枝實無所似也。僕曰：荔枝似江瑶柱，應者皆憮然。」范成大桂海虞衡志志果：「龍眼，南州悉有之。極大者出邕州。圍如當二錢。但肉薄，不能遠過常品爲可恨。」

〔三〕燒春：酒名，産蜀地。李肇唐國史補卷下：「（酒有）劍南之燒春。」

〔四〕望涪江與閩嶺：廣群芳譜卷六〇：「荔支，初出嶺南及巴中，今閩之泉、福、漳、興，蜀之嘉、萬、渝、涪，及二廣州郡皆有之，以閩中爲第一，蜀次之，嶺南爲下。」

〔五〕訪長生之舊曲：長生，長生殿；舊曲，指荔枝香。新唐書禮樂十二：「帝幸驪山，楊貴妃生日，命小部張樂長生殿，因奏新曲，未有名，會南方進荔枝，因名曰荔枝香。」

桂林中秋賦 并序

乾道癸巳中秋，湘南樓月色佳甚，病起不觴客，又祈雨，蔬食清坐。默數年來，九遇此夕，皆不常其處。乙酉值三館〔一〕；丙戌與嚴子文游松江〔二〕，有來歲復會之約；丁亥又以薄遽走陽羨，與周子充遇於罨畫溪上〔三〕；戊子守括蒼〔四〕；己丑以經筵内宿〔五〕；庚寅使虜，次於睢陽〔六〕；辛卯出西掖〔七〕，泊舟吴興門外；壬辰始歸石湖〔八〕，而今復踰嶺。歎此生之役役，次其事而賦之。

登湘南以獨夜兮，挹訾洲之横煙〔九〕；絳霄艷其光景兮，涌冰鏡於蒼巔。悵旻宇之佳節兮，并四者其良難；矧吾生之漂泊兮，寄蘧廬於八埏。九得秋而九徙兮，靡一枝之能安。上瀛洲而瀑飲兮，當作噩之初元；旋水宿於垂虹兮，滉金碧之浮天；剋後期而竟爽兮，忽罨畫之滄灣；既戊子而守括兮，摘少微於樓欄；丑寓直於玉堂兮，聽宫漏之清圓；再西風而北征兮㊀，胡笳咽於夜闌；迨返旆之期月兮，放苕霅之歸船。幸故歲之還吴兮，帶夕暉而灌園；甘土偶之遇雨兮㊁，就一丘而考槃〔一〇〕。今又飄飄而桂海兮，賓望舒於南躔；訪農圃之昨夢兮，杳征路之三千。月亦隨予而四方兮，不擇地而嬋娟；諒素娥之我咍兮，老色涴於朱顔。□覯月之曩見兮，炯不動而超然。適病餘而閉閤兮，屏危柱與哀絃；復訟風而閔雨兮，謝鼎食之芳鮮。闃清齋而晤歎兮，驚足迹之間關；誰職爲此驅逐兮，豈不坐夫微官！知明年之何處兮？莞一笑而無眠。

【校記】

㈠再：富校：「『再』黄刻本作『冉』。」活字本、董鈔本亦作「冉」。

㈡甘：富校：「『甘』黄刻本作『其』。」董鈔本亦作「其」。

【題解】

本賦作於乾道九年（一一七三）中秋，時在桂林帥任上。周必大神道碑：「尋除集英殿修撰、知静江府、廣西經略安撫使。……九年，公始赴鎮。」范成大驂鸞録：「三月十日入城，交府事。」是年，成大在桂林度中秋，有感人生顛沛，居無常處，乃作桂林中秋賦。黄震黄氏日鈔卷六七：「桂林中秋賦，感九得秋而九徙。」

【箋注】

〔一〕乙酉值三館：乙酉，即乾道元年，南宋館閣録卷八：「范成大，（乾道）元年三月除（校書郎）。」「元年六月以校書郎兼（國史院編修官）。」三館，唐設弘文、集賢、史館三館，負責藏書、校書、修史等事宜，宋因之。鄭樵通志總序：「欲三館無素餐之人，四庫無蠹魚之簡。」

〔二〕嚴子文：即嚴焕。

〔三〕「丁亥」二句：周必大泛舟遊山録：「（乾道三年八月）丁未，大雨。……同范至能、魯子師、李良佐投宿洞靈館，簷滴通夕如灘聲。……己酉，仲謨從諸人議，徙柩，暫宿洞靈，既至而晴，遂爲佳中秋。」周子充，即周必大，此行爲王葆喪葬事。

〔四〕戊子守括蒼：戊子，即乾道四年，周必大神道碑：「（乾道）四年八日到郡（即處州）。」括蒼，即處州。

〔五〕己丑以經筵内宿：己丑，即乾道五年。本年中秋，恰「内宿玉堂」，見卷一一己丑中秋寓宿玉堂。周必大神道碑：「乃除禮部員外郎兼崇政殿説書。上令更加清職，遂兼國史院編修官。」宋史職官志二：「崇政殿説書，掌進讀書史，講釋經意，兼顧問應對。學士侍從有學術者爲侍講、侍讀，其秩卑資淺而可備講讀者則爲説書。……渡江後，尹焞初以秘書兼之，中間王十朋、范成大皆以郎官兼，亦殊命也。」「經筵」即指此。

〔六〕「庚寅」二句：庚寅，即乾道六年。睢陽，郡名，北宋時爲南京。王存元豐九域志卷一：南京，應天府，睢陽郡。范成大使金，在六月，二十八日抵鎮江，晤陸游。陸游入蜀記卷一：「（六月二十八日）奉使金國起居郎范至能至山，遣人相招食於玉鑑堂。」北上至睢陽，恰遇中秋。

〔七〕辛卯出西掖：辛卯，即乾道七年。卷二二初約鄰人至石湖詩下自注：「以下辛卯，自西掖歸吴作。」本年，石湖在中書舍人任上，八月中秋已至吴興，即離中書舍人任，故云「出西掖」。范成大吴船録淳熙四年八月記事：「卯年自西掖出泊吴興城外。」

〔八〕壬辰始歸石湖：壬辰，即乾道八年。離中書舍人任後，石湖仍留蘇，度過中秋，十二月始發吴郡赴廣西帥任。

〔九〕訾洲：即訾家洲，在桂林漓水中。柳宗元桂州裴中丞作訾家洲亭記：「桂州多靈山，發地峭竪，林立四野。署之左曰灕水，水之中曰訾氏之洲。」

〔一〇〕考槃：詩經衛風考槃序：「考槃，刺莊公也。不能繼先公之業，使賢者退而窮處。」後用爲退隱窮處之代稱。

楚辭

幽誓

天風厲兮山木黄，歲晼晚兮又早霜〔一〕；虎號崖兮石飛下，山中人兮孰虞予。造軔兮挾輈，紛不可兮此淹留；靈曄兮遄邁，趣駕兮遠遊。予高馳兮雨濡蓋，予揭淺兮水漸珮；横四方兮未極，泥盎盎兮予車以敗。望夫君兮天東南，江復山兮斯路巉；恍欲遇兮忽不見，奄晝晦兮雲曇曇。前馬兮無路，税駕兮無所；誰與共兮芳馨，獨蒼茫兮愁苦。

愍遊

君胡爲兮遠遊？蹇行迷兮路阻脩。朝予濟兮滄海，靈胥怒兮蛟躒舟；暮予略兮太行，車墮輻兮驂決。攀援怪蔓兮一息，雷晝闞兮山裂。四無人兮又風雨，靈幽幽兮爲予愁絶。君胡爲兮遠道？委玉躬兮荒草。與魑魅兮争光，與虎兕兮群嘷。君之居兮社木蒼然，衡門之下兮可以休老。歸來兮婆娑，芳滿堂兮僛歌；奉君子兮眉壽，光風蕩兮酒生波。雲日兮同社，月星兮偕夜。千秋兮歲華，弭予蓋兮紲予馬。悲莫悲兮天涯，樂莫樂兮還家。

交難

美一人兮巖之扃，珮璧月兮間珠星；歲既單兮不圭幣，路巉絶兮遠莫致。稼石田兮長飢，誰與此兮蓺之；藉予玉兮雙瑴，先予絺兮五兩。不萬一兮當此，託長風兮寄想；長風兮無旁，吾媒乏兮鳳凰。謂蘋若兮蒿艾，鳳告予兮以不祥；恐青女兮行秋，奄銷歇兮衆芳。搴芳華兮玉蕤，將以遺兮所思；玉蕤兮霜露，所思兮未知。

將歸[二]

輿不濟兮中河，日欲暮兮情多；子蘭橈兮蕙棹，願因子兮淩波。眢壑兮以漁，周落兮以驅；驪龍兮飛度，郊之麟兮去汝。波河濆兮迷塗，黄流怒兮不可以桴；目八極兮悵望，獨顧懷兮此都。御右兮告病，鑾鈴兮靡騁；河之水兮洋洋，不濟此兮有命。

【校記】

[一] 晼晚：活字本、董鈔本作「婉娩」，叢書堂本作「婉晚」。

[二] 將歸：原作「歸將」，活字本、叢書堂本、董鈔本、黄震黄氏日鈔卷六十七均作「將歸」，今據諸本改。

【題解】

以上四首作年無考。此仿楚辭而作，似爲早年讀書崑山時之作。

石湖詞

滿江紅 冬至

寒谷春生，薰叶氣、玉箫吹穀〔一〕。新陽後，便占新歲，吉雲清穆〔二〕。休把心情關藥裹，但逢節序添詩軸〔三〕。笑强顔、風物豈非癡，終非俗。　清晝永，佳眠熟。門外事，何時足？且團圞同社，笑歌相屬。著意調停雲露釀〔四〕，從頭檢舉梅花曲〔五〕。縱不能、將醉作生涯，休拘束。

【題解】

本詞作年難以確考。從「且團圞同社，笑歌相屬」二句看，大約作於昆山入詩社時。石湖於紹興十四年（一一四四）起，讀書於昆山薦嚴資福禪寺，後兩年，邑中士人組織詩社，經樂備介紹，石湖入社。陳三聘，字夢弼，吴郡人，嘗和范成大詞一百餘首，編爲和石湖詞一卷。陳三聘和石湖詞跋（彊村叢書本和石湖詞）：「大參相公望重百僚，名滿四海，有志之士□願見而不可得者也。一日，客懷詩詞數十篇相示曰：此大參范公近所作也。三聘正容斂衽登受，謝客曰：夫珍奇之觀，得一而足，况坐群玉之府，心目爲之洞駭，足之至者，止於此乎。客之賜厚無以加。既去，披吟累日，輒以蕪言屬韻，可笑其不自量矣。然使三聘獲登龍門，賓客之後塵，與聞黄鐘大吕之重，平時之願，至足於此，則今日狂率之意，無乃自爲他時之地哉！至於良玉武夫，雜然前陳，茲固不免于罪戾，尚可追耶？東吴陳三聘夢弼謹書。」陳三聘和詞（調題同前）云：「薄日輕雲，天氣好，相將祈穀。民情喜，頌聲洋溢，清風斯穆。飲酒不多元有量，吟詩無數添新軸。對故人，一笑我真愚，君無俗。斜川路，經行熟。黄花在，歸心足。問淵明去後，有誰能屬。神武衣冠鷩夢裹，江湖漁釣論心曲。但從今，散髮更披襟，誰能束。」

【箋注】

〔一〕「寒谷」三句：歐陽詢藝文類聚卷五「律」：「劉向别録曰：鄒子在燕，燕有寒谷，地美而寒，不生五穀。鄒子居之，吹律而温氣至，今名黍谷。」又，卷九「谷」：「劉向别録曰：『方士傳云，鄒衍在燕，燕有谷，地美而寒，不生五穀。鄒子居之，吹律而温氣至，而穀生，今名黍谷。』」玉箫，即玉筒，吕氏春秋古樂：「昔黄帝令伶倫作爲律……次制十二筒。」注：「六律六吕各有管，故曰十二筒。」玉筒，即玉製之十二管，亦作「玉琯」。

〔二〕「新陽」三句：新陽，文選謝靈運登池上樓：「初景革緒風，新陽改故陰。」李善注：「神農本草曰：『春夏爲陽，秋冬爲陰。』」歐陽詢藝文類聚卷三歲時上冬：「五經通義曰：『冬至陽氣萌，陰陽交精，始成萬物。』」占新歲，古人冬至日有觀雲占歲的習俗。歐陽詢藝文類聚卷三歲時上冬：「易緯通卦驗曰：『冬至之日，見雲送迎，從下鄉來，歲美，民人和，不疾疫。無雲送迎，德薄，歲惡。故其雲赤者旱，黑者水，白者爲兵，黄者有土功，諸從日氣送迎，此具傚也。』」

〔三〕詩軸：唐宋詩人寫詩於卷軸，故云。杜牧許七侍御棄官東歸瀟灑江南頗聞自適高秋企望題詩寄贈十韻：「錦肆開詩軸，青囊結道書。」

〔四〕雲露釀：美酒，參見本書卷二六雲露詩序。

〔五〕梅花曲：即梅花落，漢樂府横吹曲名，樂府詩集横吹曲辭四梅花落郭茂倩題解：「梅花落本笛中曲也。按唐大角曲，亦有大單于、小單于、大梅花、小梅花等曲，今其聲猶有存者。」

又

始生之日，丘宗卿使君攜具來爲壽，坐中賦詞，次韻謝之〔一〕。

竹裏行廚〔一〕，來問訊、諸侯賓老〔二〕。春滿座、彈絲未遍〔三〕，揮毫先了。雲避仁風收雨脚〔四〕，日隨和氣薰林表。向鐏前、來訪白髯翁，衰何早？　志千里，功名兆。光萬丈，文章耀。洗冰壺胸次〔五〕，月秋霜曉。應念一堂塵網暗〔六〕，故將百和香雲繞〔七〕。算賞心、情話古來多〔二〕，如今少。

【校記】

㈠題序：原無。朱孝臧石湖詞校記（彊村叢書石湖詞後）：「愛日精廬藏書志云：滿江紅第二闋脱『始生之日，丘宗卿使君攜具來爲壽，坐中賦詞，次韻謝之』二十二字。按宗卿滿江紅壽石湖詞正用其韻。」又，石湖詞校記二，朱孝臧題云：「松江韓氏讀有用齋藏毛子晉鈔本石湖詞曹君直校，舉若干條取其可從者，記而刊之，孝臧。」曹君直校云：「毛鈔題同愛日精廬藏書志。」全宋詞第一六一一頁從之。今據朱校、毛鈔曹校、全宋詞補。

㈡情話：毛鈔曹校作「清話」。

【題解】

本詞作於淳熙十二年（一一八五）。丘崈原唱今已不存。石湖作本詞後，丘崈又有和作，滿江紅和范石湖：「十載重游，愧好在、吴中父老。官事裏，突然癡絶，竟何曾了。賴有平生知己地，全勝末路依劉表。竟此身、還復雁門踦，寧論早。　蓬仙語，開朕兆。郇翰灑，增榮耀。倚先聲風動，瞭然家曉。翹館每煩塵想□，賓筵更著紅妝繞。算從前、得此慰初心，於人少。」胡長文見此詞後，和其韻，丘崈再用韻謝之。丘崈滿江紅余以詞爲石湖壽胡長文見和復用韻謝之：「冠蓋吴中，羨來往、風流二老。談笑處、清風滿座，倡酬不了。琪樹相鮮崑閬裏，玉山高竝雲煙表。歎□時、頓有古來無，功名早。　膺帝眷，符夢兆；爲國鎮，騰光耀。更寧容秀野，醉眠清曉。麟組已聯方面重，袞衣行接天香繞。許畸人、巾履奉英遊，榮多少！」附陳三聘和作（詞調與石湖詞同）：「天豈無情，天若道，有情亦老。功名事，問天因甚，蒙人不了。好伴雲烟耕谷口，休將翰墨傳江表。算鬢邊，能得幾春風，驚秋早。　陶令尹，張京兆。懷舒嘯，貪榮耀。盡南柯一夢，漏殘鐘曉。滕閣暮霞孤鶩舉，庾樓明月烏飛繞。念老來，於此興無窮，知音少。」

【箋注】

〔一〕竹裏行廚：語出杜甫嚴公仲夏枉駕草堂兼攜酒饌詩云：「竹裏行廚洗玉盤，花邊立馬簇金鞍。」行廚，古人外出時隨身攜帶的酒饌和食具，馮贄雲仙雜記卷一〇引葛洪傳：「左慈明六甲，能役鬼神，坐致行廚。」

〔二〕諸侯賓老：杜甫醉爲馬墜諸公攜酒相看：「甫也諸侯老賓客。」

〔三〕彈絲：彈奏琴瑟等絃樂器。江總宴樂脩堂應令：「彈絲命琴瑟，吹竹動笙簧。」

〔四〕仁風：古代稱頌地方長官之用詞，晉書袁宏傳：「輒當奉揚仁風，慰彼黎庶。」

〔五〕冰壺胸次：喻胸懷清朗。鮑照代白頭吟：「清如玉壺冰。」王昌齡芙蓉樓送辛漸：「洛陽親友如相問，一片冰心在玉壺。」姚崇冰壺賦序：「冰壺者，清潔之至也，君子對之，示不忘乎清也。」

〔六〕塵網：謂人在世間受到種種束縛，如魚在網，故稱塵網。陶潛歸園田居之一：「誤落塵網中，一去三十年。」

〔七〕百和香：多種香料配製的香，漢武帝內傳：「至七月七日，乃修除宮掖之內。……燔百和之香，張雲錦之帳。」

又　雨後攜家遊西湖，荷花盛開。

柳外輕雷，催幾陣、雨絲飛急〔一〕。雷雨過，半川荷氣，粉融香浥。弄蕊攀條春一笑，從教水濺羅衣濕。打梁州、簫鼓浪花中，跳魚立〔二〕。　山倒影，雲千疊。横浩蕩，舟如葉。有采菱清些〔三〕，桃根雙檝〔四〕。忘却天涯漂泊地，尊前不放閒愁入。任碧筩、十丈卷金波，長鯨吸〔五〕。

【題解】

本詞作於淳熙元年（一一七四），時在桂林廣西帥任上。孔凡禮范成大年譜淳熙元年甲午：「夏，數游西湖。西湖乃桂林勝概。石湖詞滿江紅原注謂：『雨後攜家游西湖，荷花盛開。』鷓鴣天云：『蕩漾西湖採緑蘋。』」又，卷一四六月十五日夜泛西湖風月温麗，亦爲本年事。陳三聘和詞：「紺縠浮空，山擁髻、晚來風急。吹驟雨、藕花千柄，艷妝新浥。窺鑑粉光猶有淚，淩波羅襪何曾濕。訝漢宫、朝罷玉皇歸，凝情立。　尊前恨，歌三疊。身外事，輕飛葉。悵當年空擊，誓江孤檝。雲色遠連平野盡，夕陽偏傍疏林入。看月明、冷浸碧琉璃，君須吸。」

【箋注】

〔一〕「柳外輕雷」二句：歐陽修臨江仙：「柳外輕雷池上雨，雨聲滴碎荷聲。」石湖詞自此翻出。

〔二〕「打梁州」二句：梁州，大曲名，亦作凉州。元稹連昌宫詞：「逡巡大遍梁州徹，色色龜茲轟陸續。」李益夜上西城聽梁州曲：「行人夜上西城宿，聽唱梁州雙管逐。」跳魚立，蘇軾永遇樂：「曲港跳魚，圓荷瀉露。」魚因鼓樂聲受驚動而跳出水面，巧用列子湯問：「瓠巴鼓琴而鳥舞魚躍。」李賀李憑箜篌引：「老魚跳波瘦蛟舞。」卷一四六月十五日夜泛西湖風月温麗：「棹夫三弄笛，跳魚翻素光。」

〔三〕采菱清些：采菱，曲名，古今樂録：「梁天監十一年冬，武帝改西曲製江南上雲樂十四曲，江南弄七曲……五曰采菱曲。」些，語尾詞。

〔四〕桃根雙檝：古今樂録：「晉王獻之愛妾名桃葉，其妹曰桃根，獻之嘗臨渡歌以送之。」此喻家中女眷鼓雙檝遊西湖。

〔五〕「任碧筩」二句：碧筩，用荷葉製成的酒杯。蘇軾泛舟城南會者五人分韻賦詩得人皆苦炎字四首：「碧筩時作象鼻彎，白酒微帶荷心苦。」王注引張君房脞説：「歷城北有使君林，魏正始中，鄭公慤於三伏之際，率賓僚避暑於此，取大荷葉盛酒，以簪刺令與柄通，屈莖上輪囷如象鼻，傳噏之，名爲碧筩。歷下皆效之云酒味雜蓮氣，香冷勝於他酎。」金波，酒名，朱弁曲洧舊聞卷七：「（張次賢）嘗記天下酒名，今著於此：后妃家……河間府金波，又玉醖。」長鯨吸，語出杜甫飲中八仙歌：「左相日興費百錢，飲如長鯨吸百川。」

又

罨畫溪山，行欲遍、風蒲還舉〔一〕。天漸遠，水雲初静，柁樓人語。月色波光看不定，玉虹横卧金鱗舞〔二〕。算五湖、今夜只扁舟，追千古。　懷往事，漁樵侣。曾共醉，松江渚。算一作只今年依舊，一杯滄浦。宇宙此身元是客，不須悵望家何許。但中秋、時節好溪山，皆吾土〔三〕。

【題解】

本詞作於乾道三年（一一六七），時奉祠在家。孔凡禮范成大年譜乾道三年譜文云：「八月，赴溧陽，過宜興，送王葆之柩赴崑山下葬。中秋，與周必大泛舟罨畫溪，賦滿江紅，旋歸。」詩集卷三四桂林中秋賦：「丁亥，又以薄遽走陽羨，與周子充遇于罨畫溪上。」吴船録卷下：「（八月）壬午……亥年，汎陽羡罨畫溪。」亥年，即丁亥年。本詞即作於其時。陽羡，即宜興。罨畫溪，宜興一處勝景。陳三聘有和詞云：「斜日鎔金，三萬頃，棹歌齊舉。風不動，采蘋雙槳，翠鬟相語。月殿欲浮蟾兔魄，海神不放魚龍舞。到今宵，秋氣十分清，無今古。　君試唤，扁舟侣。來伴我，瀟湘渚。共夷猶春浪，笑歌秋浦。霸越獨高身退後，塵纓未濯人誰許。歎酒杯，不到子陵臺，劉伶土。」

【箋注】

〔一〕風蒲還舉：周邦彦蘇幕遮燎沉香：「葉上初陽乾宿雨，水面清圓，一一風荷舉。」

〔二〕玉虹：形容橋梁。蘇轍次韻道潛南康見寄：「請君先入開先寺，待濯清溪看玉虹。」

〔三〕吾土：語出王粲登樓賦：「雖信美而非吾土兮，曾何足以少留。」石湖反其意而用之。

千秋歲 重到桃花塢

北城南埭〔一〕，玉水方流匯。青樾裏，紅塵外。萬桃春不老，雙竹寒相對。回首處，滿城明月曾同載。分散西園蓋〔二〕，消減東陽帶〔三〕。人事改，花源在〔四〕。神仙雖可學，功行無過醉。新酒好，就船況有魚堪買。

【題解】

本詞作年難以確考。葺古桃花塢，應在營范村之後，故知本詞約作於石湖晚年。周必大神道碑：「其北，又葺古桃花塢，往來其（范村）間。」石湖閶門初泛二十四韻小序云：「淳熙丙午重九後十日，家人輩以余久病，適新修小舫，勸扶頭一出，以禊祓屯滯。遂至北城檢校桃花塢，出關傍漕河望楓橋、橫塘，中路而還，故有即事詠景唐律之作」。詩云：「桃塢論今昔，楓橋管送迎。」據徐大焯燼餘録記載，宋時桃花塢範圍極大，「入閶門河而東，循能仁寺、章家河而北，過石塘橋出齊門，古稱桃花河，河西北，皆桃塢地。」舊有章楶别墅。陳三聘有和詞，云：「當年漁隱，路轉桃溪匯。流水下，青山外。客行花徑曲，月上松門對。撐艇子，雪中蓑笠親曾載。　老去誰傾蓋，腰瘦頻移帶。人健否，花仍在。明年春更好，來向花前醉。青鬢改，恁時難拚千金買。」

【箋注】

〔一〕北城南埭：北城，桃花塢在蘇州城北，故云。

〔二〕西園蓋：語出曹植公宴詩：「清夜游西園，飛蓋相追隨。」

〔三〕「消減」句：用沈約故事。東陽，指沈約，他曾任東陽太守。沈約與徐勉書：「百日數旬，革帶常應移孔，以手握臂，率計月小半分。」杜甫傷秋：「懶慢頭時櫛，艱難帶減圍。」辛棄疾木蘭花慢席上送張仲固帥興元：「不堪帶減腰圍。」均用此典。故陳三聘和詞云：「腰瘦頻移帶。」

〔四〕花源：即桃花源，陶潛有桃花源記，石湖借指桃花塢。

浣溪沙　燭下海棠

傾坐東風百媚生〔一〕，萬紅無語笑逢迎〔二〕，照妝醒睡蠟煙輕〔三〕。　采蝀横斜春不夜〔四〕，絳霞濃淡月微明，夢中重到錦官城〔五〕。

【校記】

㈠錦官城：原作「錦宮城」，今據彊邨叢書本、全宋詞改。

【題解】

本詞作於淳熙三年（一一七六），時在成都蜀帥任上。于北山范成大年譜淳熙三年譜文云：「宴賞海棠，乃蜀帥相沿侈靡之風，石湖樂此，屢有詩詞，陸游亦賦詩，京鏜有次韻。」石湖別有醉落魄海棠、錦亭然燭觀海棠（卷一七）亦作於此時。陳三聘和詞：「酒力先從臉暈生，粉妝新麗笑相迎。曉寒高護彩雲輕。　不語似愁春力淺。有情應恨燭花明。更於何處覓傾城。」

【箋注】

〔一〕百媚生：白居易長恨歌：「回眸一笑百媚生，六宮粉黛無顏色。」白詩咏楊貴妃，范詞咏牡丹，乃以美人喻花。

〔二〕「萬紅」句：此言衆牡丹花開，笑迎游客。

〔三〕照妝：用蘇軾海棠詩「只恐夜深花睡去，故燒高燭照紅妝」詩意。

〔四〕采蝀：形容燭下海棠艷麗。蝀，虹的別稱，石湖攜家石湖賞拒霜詩有「水上晴雲彩蝀」。

〔五〕「夢中」句：杜甫春夜喜雨：「曉看紅濕處，花重錦官城。」石湖在成都時常觀賞海棠，回憶往事，如在夢中。

又

催下珠簾護綺叢，花枝紅裹燭枝紅〔一〕〔一〕，燭光花影夜葱蘢。　錦地繡天香霧裏〔二〕，珠星璧月綵雲中〔三〕，人間別有幾春風。

【校記】

〔一〕裹：原作「裏」，今據彊邨叢書本、全宋詞改。

【題解】

本詞作於紹熙三年，參見上首題解。陳三聘和詞云：「翠幕遮籠錦一叢。尊前初見淺深紅。淡雲和月影葱蘢。　醉態只疑春睡裏，啼妝愁聽雨聲中。更燒銀燭醉東風。」

【箋注】

〔一〕燭枝：古人用量詞「枝」稱燈燭，梁簡文帝蕭綱應令詩：「窗斜八綺，燈懸百枝。」李賀秦王飲酒：「仙人燭樹蠟烟輕。」王琦解：「其曰樹者，猶枝也，記燭之數曰幾枝，古今通用此稱。」

〔二〕「錦地」句：元稹早入永壽寺看牡丹：「壓砌錦地鋪，當霞日輪映。」李賀秦宮詩：「帳底吹笙香霧濃。」

〔三〕珠星璧月：宋史卷四七二蔡攸傳：「帝留意於道家者說，攸獨倡爲異聞，謂有珠星璧月、跨鳳乘龍、天書雲篆之符，與方士林靈素之徒争證神變事。」

又 新安驛席上留别

送盡殘春更出游，風前蹤跡似沙鷗〔一〕，淺斟低唱小淹留。　月見西樓清夜醉，雨添南浦緑波愁〔二〕，有人無計戀行舟。

【題解】

本詞作於紹興二十九年（一一五九），時任新安掾。于北山范成大年譜紹興二十九年譜文云：「春季，在新安户曹任。公出嚴、杭道中。」孔凡禮范成大年譜本年譜文亦載：「春晚，沿檄嚴、杭道中。」本詞即作於巡檄初離徽州時，驛中留别同僚。陳三聘有和詞云：「不怕春寒更出游。蘭橈飛動却驚鷗。烟光佳處輒遲留。　屏曲未曾歌醉夢，眉尖空只鎖閑愁，從教絲柳絆行舟。」

【箋注】

〔一〕「風前」句：用杜甫旅夜書懷「飄飄何所似，天地一沙鷗」詩意。

〔二〕南浦：多指送别之地，江淹别賦：「送君南浦，傷如之何！」

又

歙浦錢塘一水通，閒雲如幕碧重重，吴山應在碧雲東。　無力海棠風淡蕩，半眠官柳日葱蘢㈠，眼前春色爲誰濃？

【校記】

㈠官：原作「宫」，據彊邨叢書本、全宋詞改。

【題解】

本詞作於紹興三十一年。吴熊和唐宋詞彙評繫本詞於紹興二十九年，謂在石湖任徽州司户參軍沿檄嚴、杭道時作，非是。于北山范成大年譜於紹興三十年譜文云：「吴儆作送范石湖序。」並附以浣溪沙詞，亦不當。石湖於紹興三十年歲末，徽州司户參軍秩滿去任，即返鄉里，此時同僚送行，吴儆作送范石湖序：「吴郡范至能爲户漕新安六年，州三易守。始安撫李公，剛毅有大度，爲郡以嚴稱，人視之肅然者也。李公既還，繼以檢詳潘公，仁厚樂易號長者，然謹繩墨，不可撓以非法。最後秘書洪公，有文章，名最高，又方以政事稱一時。三公所趣不同，而至能事之，輒見引重。同時幕府屬邑之吏，皆推其能，莫與抗。老奸吏視新進士如兒女子，侮慢且持之者，皆縛手屏進，不敢弄以事。至能之才，用之天下，不患不及，仕不患不達。然僕聞之，才者德之病也，名者身之灾也。莊子有言曰：『虎豹之文來畋，執斄之狗來藉。』近世功名福禄如韓魏公，亦鮮儷矣。其言有曰：『用則可以成功，不用則可以免禍者，其惟晦乎！』至能，文正公之族孫，將世其家者，可無重乎！」至翌年春，石湖赴臨安，賦浣溪沙詞，詞意點明地在杭，「錢塘」、「吴山」；時在春，「海棠」、「官柳」。吴儆於其時作和詞浣溪沙（載竹洲集卷二〇）：「簾額風微紫燕通，樓頭柳暗碧雲重，玉人争勸玉西東。　醉擁雕鞍金蹀躞，夜歸花院玉葱蘢，歸心何事與山濃！」全宋詞於石湖詞後案云：「此首又見吴儆竹洲詞。」誤。鮑本注：「此闋或刻入吴儆竹洲詞，誤。」陳三聘有和詞，云：「越浦潮來信息通。吴山不見暮雲重。人生何事各西東。　烟外好花紅淺淡，雨餘芳草緑葱蘢。苦無歡意敵春濃。」

【箋注】

〔一〕半眠官柳：形容柳樹倚斜之貌。李賀沙路曲：「柳臉半眠丞相樹。」王琦注云：「半眠者，樹倚斜也。三輔故事：漢苑中有柳，狀如人形，曰人柳，一日三眠三起。」

又

元夕後三日，王文明席上。

寶髻雙雙出綺叢，妝光梅影各春風，收燈時候却相逢〔一〕。　魚子牋中詞婉轉〔二〕，龍香撥上語玲瓏〔三〕，明朝車馬莫西東。

【題解】

本詞作年無考。王文明，石湖友人，生平未詳。陳三聘有和詞云：「點檢尊前花柳叢。於中偏占牡丹風。等閒言語慣迎逢。　扇影不摇珠的皪，釵梁斜彈玉玲瓏。夢魂長向楚江東。」

【箋注】

〔一〕收燈時候：即收燈時節，蔡絛鐵圍山叢談卷一：「上元張燈，天下止三日，都邑舊亦然。後都邑獨五夜，相傳謂吴越錢王來朝，進錢若干，買此兩夜，因爲故事。非也。蓋乾德間蜀孟氏初降，正當五年之春正月，太祖以年豐時平，使士民縱樂，詔開封增兩夜，自是始。」孟元老東京夢華録卷六「十六日」條云：「至十九日收燈，五夜城闉不禁。」

〔二〕魚子牋：李肇唐國史補卷下：「紙則有越之剡藤、苔箋，蜀之麻面、屑末、滑石、金花、長麻、魚子十色箋。」

〔三〕龍香撥：撥，捍撥，彈奏琵琶撥動琴絃的工具。白居易琵琶行：「曲終收撥當心畫」，「沉吟放撥插絃中」。因製作材質不同，又有金捍撥、龍香撥之别。鄭嵎津陽門詩：「玉奴琵琶龍香撥。」蘇軾宋叔達家聽琵琶：「數絃已品龍香撥，半面猶遮鳳尾槽。」鄭處誨明皇雜録載楊貴妃使用之琵琶，以龍香板爲撥。

又

紅錦障泥杏葉韉〔一〕，解鞍呼渡憶當年，馬驕不肯上航船。　茅店竹籬開蓆市㊀，絳裙青袂斸薑田，臨平風物故依然〔二〕。

【校記】

㊀ 蓆市：歷代詩餘作「蔗市」。

【題解】

本詞作年難以確考。陳三聘有和詞云：「不躍銀鞍與繡韉。曲筇芒蹻見衰年。尋幽來立渡頭船。　碧澗芹羹珍下筯，紅蓮香飯樂歸田。不妨尊酒興悠然。」

【箋注】

〔一〕紅錦障泥：簡文帝繫馬：「未垂青韉尾，猶挂紫障泥。」馬韉下垂馬腹兩旁，以障泥土，故云。李商隱隋宮：「春風舉國裁宮錦，半作障泥半作帆。」杏葉韉：錢惟演公子：「歌翻南國桃根曲，馬過章臺杏葉韉。」

〔二〕臨平：鎮名，王存元豐九域志卷五兩浙路杭州有仁和縣臨平鎮。

又

白玉堂前緑綺疏〔一〕，燭殘歌罷困相扶，問人春思肯濃無？　夢裏粉香浮枕簟，覺來煙月滿琴書，箇儂情分更何如〔二〕？

【題解】

本詞作年難以確考。陳三聘有和詞云：「簾押低垂月影疏，梅枝和雪玉香扶，兒家春信入來無。　半墜寶釵慵覽鏡，任偏羅髻却拈書，琴心誰與問相如。」

【箋注】

〔一〕「白玉堂」句：白玉堂，古樂府：「黄金爲君門，白玉爲君堂。」綺疏，即綺窗，陸雲登臺城賦：「綺疏列於東序，朱户立乎西廂。」

〔二〕箇儂：猶言此人。韓偓贈漁者：「箇儂居處近誅茅，枳棘籬兼用荻梢。」

朝中措　丙午立春大雪，是歲十二月九日丑時立春。

東風半夜度關山，和雪到闌干。怪見梅梢未暖，情知柳眼猶寒〔一〕。　青絲菜甲〔二〕，銀泥餅餌，隨分杯盤〔三〕。已把宜春縷勝〔四〕，更將長命題旛〔五〕。

【題解】

本詞作於淳熙十三年（一一八六），時在家養病。孔凡禮范成大年譜淳熙十三年譜文云：「石湖詞中，自注年歲最晚之作，乃朝中措第一首，該首原注云：『丙午立春大雪，是歲十二月九日丑時立春。』」陳三聘和云：「朝來和氣滿西山。拄頰小闌干。柳色野塘幽興，梅花紙帳輕寒。三杯淡酒，玉腴蔬嫩，青縷堆盤。細寫池塘詩夢，玉人剪做春旛。」

【箋注】

〔一〕「情知」句：情知，明明知道，劉餗隋唐嘉話卷中：「你情知此漢獰，何須犯他百姓？」柳眼，初生柳葉，細長如眼。元稹生春：「何處生春早，春生柳眼中。」

〔二〕青絲菜甲：青絲，細切菜葉如絲。杜甫立春詩：「春日春盤細生菜」，「菜傳纖手送青絲」。菜甲：菜初生的葉芽。杜甫有客：「自鋤稀菜甲，小摘爲情親。」

〔三〕隨分：隨意。張相詩詞曲語辭匯釋卷四：「隨分（一），猶云隨便也，含有隨遇、隨處、隨意各義。朱敦儒臨江仙詞：『隨分盤筵供笑語。』」此即含隨意義。

〔四〕「已把」句：吳俗立春日於采勝上剪貼「宜春」二字，宗懍荊楚歲時記：「立春日，悉剪綵爲燕戴之。」「又造華勝以相遺。」「立春日，貼『宜春』二字於門。」袁景瀾吳郡歲華紀麗卷一「綵勝春幡」條云：「今吴俗綵勝，多雜綴於像生花朵中，或剪綵羢、或紥通草爲之，閨中簪於髻鬟以助粧飾。賀方回詞云：『巧剪合歡羅勝子，釵頭春意翩翩。』」

〔五〕「更將」句：范成大代兒童作立春貼門詩三首其一：「剪綵宜春勝，泥金祝壽幡。」「長命題旛」即是「祝壽幡」。

又

身閒身健是生涯，何況好年華。看了十分秋月，重陽更插黄花〔一〕。　消磨景物，瓦盆社釀〔二〕，石鼎山茶〔三〕。飽喫紅蓮香飯〔四〕，儂家便是仙家。

【題解】

本詞作年莫考。陳三聘有和詞，云：「求田何處是生涯，雙鬢已先華。隨分夏涼冬暖，賞心秋月春花。　吾年如此，愁來問酒，困後呼茶。結社竹林詩老，卜鄰江上漁家。」

【箋注】

〔一〕插黄花：黄花，即菊花。重陽日，吴人插茱萸於鬢，也插黄花。顧禄清嘉録卷九「登高」條引江、震志：「九日，登高燕飲者，必簪菊泛萸。」

〔二〕瓦盆社釀：用瓦盆盛裝社日釀成之酒。杜甫少年行：「莫笑田家老瓦盆，自從盛酒長兒孫。」

〔三〕石鼎山茶：韓愈有石鼎聯句詩序，記軒轅彌明、劉師服、侯喜聯句，起兩句劉師服題：「巧匠斲山骨，刳中事煎烹。」陳時中碧瀾堂賦：「汲石鼎以烹茶，則泉潔而茶香。」

〔四〕紅蓮香飯：陸龜蒙別墅懷歸：「遥爲晚花吟白菊，近炊香稻識紅蓮。」范成大吴郡志卷三〇「土物」云：「紅蓮稻，自古有之。陸龜蒙别墅懷歸詩云：『略』則唐人已貴此米。中間絶不種。二十年來，農家始復種，米粒肥而香。」

又

繫船沽酒碧帘坊〔一〕，酒滿勝鵝黄〔二〕。醉後西園入夢，東風柳色花香。　水浮天處，夕陽如錦，恰似鱸鄉〔三〕。中有憶人雙淚，幾時流到横塘〔四〕？

【題解】

本詞作年莫考。陳三聘有和詞，云：「去年曾醉杏花坊，柳色間輕黄。重覓舊時行迹，春風滿路梅香。　平沙岸草，夫差故國，知是吾鄉。夢斷數聲柔艣，只應已過横塘。」

【箋注】

〔一〕碧帘坊：掛着碧帘的酒坊。碧帘，猶青帘，酒家挂之以爲標識，俗稱酒旗。杜牧江南春絶句：「水村山廓酒旗風。」陸龜蒙懷宛陵舊遊：「酒旗風影落春流。」

〔二〕鵝黄：陸游游寒洲西湖：「歎息風流今未泯，兩川名醖避鵝黄。」自注：「鵝黄，漢中酒名，蜀中無能及者。」

〔三〕鱸鄉：吴江盛産鱸魚，素有鱸鄉之名，陳堯佐秋日泊吴江：「扁舟繫岸不忍去，秋風斜日鱸魚鄉。」知縣林肇建鱸鄉亭，在長橋南，題詩頃過松陵讀陳丞相留題詩有秋風斜雨鱸魚鄉之句去秋作亭江上取鱸鄉二字爲名。

〔四〕横塘：古代詩詞中「横塘」一名甚多，各地多有，如崔顥詩寫金陵之横塘，陸游詩寫山陰之横塘，本詞專指蘇州盤門外之横塘。龔明之中吴紀聞卷三：「（賀鑄）有小築在盤門之南十餘里，地名横塘，方回往來其間。」

又

海棠如雪殿春餘，禽弄晚晴初㊀。倦客長慚杜宇〔一〕，佳辰且醉提壺〔二〕。　逍遥放浪，還他漁子，輸與樵夫。一棹何時歸去，扁舟終要江湖。

【校記】

㊀弄：彊邨叢書本作「哢」。

【題解】

本詞作年莫考，從下闋詞意看，當爲遊宦外地時作。陳三聘有和詞，云：「草堂春過一分餘，幽事酒醒初。琴調細鳴焦木，矢聲不斷銅壺。　關心藥裹，忘年蓑笠，自著潛夫。雨後長鑱東麓，月明短艇西湖。」

【箋注】

〔一〕「倦客」句：杜宇啼聲似「不如歸去」，故倦遊之客慚聽其聲。柳永安公子：「聽杜宇聲聲，勸人不如歸去。」

〔二〕「佳辰」句：提壺，鳥名。黃庭堅演雅：「提壺猶能勸沽酒。」任淵注：「提壺，鳥名。梅聖俞四禽言云：『提壺蘆，沽美酒。風爲賓，樹爲友。山花撩亂目前開，勸爾今朝千萬壽。』」王禹偁初入山聞提壺鳥：「遷客由來長合醉，不煩幽鳥道提壺。」

又

天容雲意寫秋光，木葉半青黃。珍重西風祛暑，輕衫早怯秋涼。　故人情分，留連病客，孤負清觴〔一〕。陌上千愁易散，尊前一笑難忘。

【題解】

本詞作年莫考。陳三聘有和詞，云：「秋山横截半湖光，湖渚橘枝黄。紈扇罷摇蟾影，練衣已怯風凉。　插紅裂蟹，銀絲鱠鯽，莫負傳觴。醉裏乾坤廣大，人間寵辱兼忘。」

【箋注】

〔一〕孤負清觴：孤負，亦作「辜負」，石湖集中，二字互用。按宋人考證，後人習用之「辜負」一語，原作「孤負」，當以「孤負」爲是，見黄朝英靖康緗素雜記卷二「孤負」條。清觴，語見周邦彦風流子：「未歌先咽，愁近清觴。」

蝶戀花

春漲一篙添水面，芳草鵝兒，緑滿微風岸〔一〕。畫舫夷猶灣百轉，横塘塔近依前遠。　江國多寒農事晚，村北村南，穀雨纔耕遍〔二〕。秀麥連岡桑葉賤〔三〕，看看嘗麵收新繭〔四〕。

【題解】

本詞作於淳熙十四年春。本年春，范成大邀約陳造至石湖賞梅，見卷二八丁未春日瓶中梅殊未開二首。陳造有次韻石湖居士瓶中早梅二首，詩尾自注：「翁約相過。」（詩載永樂大典卷二八〇八）後又同游石湖，石湖賦蝶戀花，命陳造次韻，陳作蝶戀花范參政游石湖命次韻：「山立翠屏開幾面，畫舸經行，蒲葺□□岸。想過溪門帆影轉，湖光忽作浮天遠。詩卷來時春畹晚，愁把釣游，佳處尋思遍。不許冷官人所賤，拘纏自嘆冰蠶繭。」陳三聘有和詞，云：「閶闔城西山四面，鴨緑鱗鱗，輕拍横塘岸。一陣東風羊角轉，望中已覺孤帆遠。獨恨尋芳來較晚，柘老桑稠，農務村村遍。山鳥勸酤官酒賤，炊烟深巷聽繰繭。」

【箋注】

〔一〕「春漲」三句：春漲一篙，温庭筠洞户二十二韻：「池漲一篙深。」「緑滿微風岸」，杜甫旅夜書懷：「細草微風岸。」

〔二〕穀雨纔耕遍：指穀雨後播種插秧。吴下田家志：「諺云：清明斷雪，穀雨斷霜。霜斷則可播種，故浸種以穀雨爲候。」袁景瀾吴郡歲華紀麗卷四「浸種」條引李蘭卿江南催耕課稻篇云：「穀雨前插秧，此齊民要術穀雨種稻法也。」

〔三〕「秀麥」句：語出王維渭川田家：「雉雊麥苗秀，蠶眠桑葉稀。」

〔四〕「看看」句：看看，轉眼。張相詩詞曲語詞匯釋卷六：「看看，估量時間之辭，有轉眼義，有當前義。范成大蝶戀花詞：『秀麥連岡桑葉賤，看看嘗麵收新繭。』此亦轉眼意。」嘗麵收新繭，表示麥熟和蠶桑熟，是農家喜事。袁景瀾吴郡歲華紀麗卷四「小滿動三車」條引震澤志：

「夏初摘菜薹爲蔬，春菜子爲油，磨麵穗爲麵，雜以蠶豆，名曰春熟。」又「賣新絲」條云：「鳥唤紫山，蠶初登箔，白藾蓓蘽，叢簇高下。惟時，鄰翁稱慶，蠶婦相邀，撾鼓賽神，繅車鳴雨，花籬人語，柳户風香，景物清和，絲摶白雪，各攜至城中郡廟前賣之。」黄畬用開元天寶遺事之「麵繭」條作注，欠當。

南柯子㊀

槁項詩餘瘦〔一〕，愁腸酒後柔〔二〕。晚涼團扇欲知秋，卧看明河銀影、界天流。鶴警人初静〔三〕，蟲吟夜更幽。佳辰祇合算花籌〔四〕，除了一天風月、更何求？

【校記】

㊀調名：歷代詩餘作「南歌子」。按，南歌子，又作南柯子。萬樹詞律卷一：「南歌子，二十三字，歌又作柯。」「又一體，雙調，五十二字，又名望秦川、風蝶令。……此比唐詞加後一疊，宋人皆用此體。」

【題解】

本詞作年莫考。陳三聘有和詞，云：「别後驚人遠，歸心怯鱐柔。晚天凉思冷於秋，冷浸一溪明月、水瀰流。醉裏狂仍在，吟餘趣極幽。夜深何用數更籌，别有好風吹酒、不須求。」

【箋注】

〔一〕槁項：身體瘦弱的樣子。莊子列禦寇：「夫處窮閭阨巷，困窘織屨，槁項黃馘者，商之所短也。」釋文：「槁項，羸弱也。」

〔二〕「愁腸」句：范仲淹蘇幕遮：「酒入愁腸，化作相思淚。」

〔三〕鶴警：蘇軾正輔見和復次前韻慰鼓盆勸學佛：「由來警露鶴。」王注引周處風土記：「白鶴性警，至八月露降，流於草葉上，滴滴有聲，即鳴。」

〔四〕花籌：白居易同李十一醉憶元九：「醉折花枝當酒籌。」

又㊀

悵望梅花驛〔一〕，凝情杜若洲〔二〕。香雲低處有高樓㊁，可惜高樓、不近木蘭舟。

緘素雙魚遠〔三〕，題紅片葉秋㊂〔四〕。欲憑江水寄離愁，江已東流、那肯更西流〔五〕？

【校記】

㊀調名：陽春白雪、歷代詩餘作「南歌子」。

㊁香雲：陽春白雪作「雪雲」。

〔三〕片葉：陽春白雪作「一葉」。

【題解】

本詞乃石湖帥蜀時懷鄉抒愁之作，觀楊長孺石湖詞跋（永樂大典卷二二六六「湖字韻」）可知：「淳熙戊戌，先生歸自浣花，是時家尊守荆溪，置酒卜夜，觴次從容，先生極談錦城風景之盛，宦情之樂，因舉似數闋……如憶西樓云：『悵望梅花驛，凝情杜若洲……』此蓋先生最得意者。長孺耳剽，恨未飽九鼎之珍也。」具體作年難以確考，然石湖帥蜀處計三年，當以帥蜀之後期爲是。據楊跋，可知本詞之題爲憶西樓。本詞受劉克莊贊許，曾於後村詩話續集卷四提及。俞陛雲唐五代兩宋詞選釋：「上下闋之後二句，高樓而移傍蘭舟，東流而挽使西注，皆事理所必無者，借以爲喻，見虚願之難償。此與前首之『兩行低雁』二句，雖設想不同，而皆從側面極力濬發，本意遂顯呈于言外矣。」本詞陳三聘有和詞，云：「烟樹觀前浦，風蘋聽遠洲。等閒來上水邊樓，悵望天涯、何處有歸舟。　香斷燈花夜，歌停扇影秋。欲緘尺素説離愁，不見雙魚、空有大江流。」

【箋注】

〔一〕「悵望」句：陸凱寄贈范曄詩：「折梅逢驛使，寄與隴頭人。江南無所有，聊贈一枝春。」

〔二〕杜若洲：字面從楚辭九歌湘君「采芳洲兮杜若，將以遺兮下女」中來。

〔三〕「緘素」句：古樂府飲馬長城窟行：「客從遠方來，遺我雙鯉魚。呼兒烹鯉魚，中有尺素書。」

〔四〕「題紅」句：計有功唐詩紀事卷五九：「（盧）渥應舉之歲，偶臨御溝，見一紅葉，葉上有絶句，置於巾箱，或呈於同志。及宣宗放宫人，初下詔：許從百官司吏，獨不許貢舉人。後一任范陽，獲其退宫，睹紅葉，而吁怨久之。曰：當時偶題隨流，不謂郎君收藏巾篋。驗其書，無不驚訝。詩曰：『水流何太急，深宫盡日閑。殷勤謝紅葉，好去到人間。』」此故事，又作僖宗時于祐事，見劉斧青瑣高議前集卷五。

〔五〕「欲憑」二句：白居易得行簡書聞欲下峽先以此寄：「欲寄兩行迎爾淚，長江不肯向西流。」李煜虞美人：「問君能有幾多愁，恰似一江春水向東流。」石湖詞檃括樂天、後主詩詞意寫出。

又㊀ 七夕

銀渚盈盈渡〔一〕，金風緩緩吹。晚香浮動五雲飛〔二〕，月姊妒人、颦盡一彎眉㊁〔三〕。　短夜難留處，斜河欲淡時。半愁半喜是佳期，一度相逢、添得兩相思。

【校記】

㊀調名：歷代詩餘作「南歌子」。

㊁颦盡：原作「颦畫」，朱氏校記：「毛鈔『畫』作『盡』。」今改。

【題解】

本詞作年無考。陳三聘有和詞，云：「月傍雲頭吐，風將雨脚吹。夜深烏鵲向南飛，應是星娥顰恨、入雙眉。　舊怨垂千古，新歡只片時。　一年屈指數佳期，到得佳期別了、又相思。」

【箋注】

〔一〕銀渚：銀河之渚，本書卷六七月五日夜雨快晴：「天上秋期正多事，趣駕星橋跨銀渚。」

〔二〕五雲：白居易長恨歌：「樓閣玲瓏五雲起。」

〔三〕月姊：指嫦娥。李商隱楚宫：「月姊曾逢下彩蟾。」何注：「月姊，嫦娥也。」

水調歌頭

細數十年事，十處過中秋〔一〕。今年新夢，忽到黄鶴舊山頭。老子箇中不淺，此會天教重見，今古一南樓〔二〕。星漢淡無色，玉鏡獨空浮〔三〕。斂秦煙，收楚霧，熨江流〔四〕。關河離合，南北依舊照清愁。想見姮娥冷眼，應笑歸來霜鬢，空敝黑貂裘〔五〕。釃酒問蟾兔，肯去伴滄洲？

【題解】

本詞作於淳熙四年（一一七七）中秋，時離蜀帥任歸吴途經鄂州，監司、州守於中秋邀宴南樓，乃賦本詞。吴船録卷下有詳細記載：「辛巳晨，出大江，午至鄂渚，泊鸚鵡洲前南市堤下。南市在城外，沿江數萬家，廛閈甚盛，列肆如櫛，酒壚樓欄尤壯麗，外郡未見其比。蓋川、廣、荆、襄、淮、浙貿遷之會，貨物之至者無不售，且不問多少，一日可盡，其盛壯如此！監司、帥守劉邦翰（子宣）而下，皆來相見邀飯，皆曰未敢定日。及欲移具舟次，余笑曰：『若定日，則莫若中秋；張具，則莫若南樓。』衆亦笑許。壬午晚，遂集南樓。樓在州治前黄鶴山上，輪奐高寒，甲於湖外。下臨南市，邑屋鱗差。岷江自西南斜抱郡城東下，天無纖雲，月色奇甚，江面如練，空水吞吐。平生所遇中秋佳月，似此夕亦有數。況復修南樓故事，老子於此，興復不淺也。」黄畬石湖詞校注以爲本詞作於淳熙元年，誤。陳三聘有和詞，云：「玉鑑十分滿，清露一年秋。漂流蹤迹，誰念楚尾與吴頭。此夜刮明塵眼，望極好張詩膽，何處有高樓。浩蕩銀潢冷，縹緲白雲浮。　笑勞生，難坎止，亦乘流。闌干拍碎，清夜起舞不勝愁。萬里關河依舊，一寸功名烏有，清淚滴衣裘。老去心空在，歸夢繞蘋洲。」本詞收入全宋詞，案云：「此首別誤作王質詞，見雪山集卷十六。」

【箋注】

〔一〕「細數」兩句：吴船録卷下：「向在桂林時，默數九年之間，九處見中秋，其間相去或萬里，不勝飄泊之歎，嘗作一賦以自廣。及徙成都，兩秋皆略見月。十二年間，十處見中秋，去年嘗題數語於大慈樓上，今年又忽至此。通計十三年間，十一處見中秋，亦可以謂之遊子。然余以病匄骸骨，儻恩旨垂允，自此歸田園，帶月荷鋤，得達此生矣。坐中亦作樂府一篇，俾鄂人傳之。水調歌頭：（詞略）所謂『十一處見中秋』，今略識於此：始自酉年紀之，是年直東觀；戊年檥船松江垂虹亭下；亥年汎陽羨罨畫溪；子年守括蒼；丑年内宿玉堂；寅年使虜，次睢陽；卯年自西掖出泊吴興城外；辰年歸石湖；巳、午年帥桂林；未、申年帥成都，而今酉年客武昌也。」

〔二〕「老子」三句：用庾亮南樓故事。晉書庾亮傳：「亮在武昌，諸佐吏殷浩之徒，乘秋夜往共登南樓。俄而不覺亮至，諸人將起避之。亮徐曰：『諸君少住，老子于此處興復不淺。』」

〔三〕玉鏡：喻月。鄭谷春夕伴同年禮部趙員外省直：「冰含玉鏡春寒在，粉傅仙闈月色多。」張子容璧池望秋月：「滿輪沉玉鏡，半魄落銀鈎。」

〔四〕熨江流：江流平。熨，燙平。王琪詞有「金斗熨秋江」之句，見楊慎升庵詩話卷一一。

〔五〕「空敝」句：戰國策秦策：「（蘇秦）説秦王書上而説不行。黑貂之裘弊，黄金百斤盡。」陸游訴衷情：「關河夢斷何處，塵暗舊貂裘。」

又　燕山九日作

萬里漢家使〔一〕，雙節照清秋〔二〕。舊京行遍，中夜呼禹濟黄流〔三〕。寥落桑榆西北〔四〕，無限太行紫翠，相伴過蘆溝。歲晚客多病，風露冷貂裘。對重九，須爛醉，莫牢愁㊀〔五〕。黄花爲我，一笑不管鬢霜羞。袖裏天書咫尺〔六〕，眼底關河百二〔七〕，歌罷此生浮。惟有平安信，隨雁到南州。

【校記】

㈠牢愁：原作「牵愁」，朱氏彊村校記：「毛鈔『牵』作『牢』。」今改。

【題解】

本詞作於乾道六年（一一七〇）九月九日，時在使金途中，行抵燕山，有感而作。孔凡禮范成大年譜乾道六年譜文云：「九月丙戌（初九日），至燕山（今北京市），賦水調歌頭『九月』云云。據攬轡録，在燕山賦水調歌頭，詞見石湖詞。詞中『袖裏天書咫尺』，寫此行使命；『眼底關河百二』，抒發無限感慨。」對於這次石湖使金事，于北山有一段議論，很有參考價值，摭拾於下：「按，宋廷此次遣泛使使金，目的在於請鞏洛陵寢地及變更受書禮二事，而以後者爲乞憐之主文。倡議者爲皇帝趙昚，協贊者爲宰相虞允文、侍講胡銓、起居舍人范成大；異議者爲宰相陳俊卿、吏尚陳良祐、吏部郎官張栻；至當時頗有資望之兵尚黄中，則托詞詭隨、游移兩可者也。雙方皆端方正直之士，所謂賢者之争，與紹興主戰主和、愛國與投降之争有本質之異。今究此事，殊無實際意義。故異議者均能持之有故，不惜被黜以去。而石湖爲争朝廷體貌，毅然受命，不計安危，登車就道。在金主面前則慷慨陳詞，被拘客館則賦詩明志，風骨節概，亦有足多，雖未成功，不應苛責。較之洪邁、湯邦彦輩屈服於金廷威脅困辱之下，狼狽而歸，不可同日語矣。趙昚一生，雖希恢復，但色厲内荏，胸無成算，不量實力，惟圖僥倖；加以内有老投降派首領趙構暗秉事權，秦檜餘黨尚能作祟，遂以『姪皇帝』身分而終。八九年前采石一戰，不圖乘勝進取，已失主動一著；且兩國之間折衝樽俎，其勝負機權，不在壇坫之中，而在疆場之上也。」（見范成大年譜「乾道六年」按語。）本詞可與范成大會同館詩參看。陳三聘有和詞，云：「有客念行役，勁氣凜於秋。男兒未老，銜命如虜亦風流。决定平戎方略，恢復舊燕封壤，安用割鴻溝。莫獻驌驦馬，好衣白狐裘。我何人，懷壯節，但凝愁。平生未逢知己，噲伍實堪羞。金馬文章何在，玉鼎勳庸何有，一笑等雲浮。拚斷好風月，羯鼓打梁州。」

【箋注】

〔一〕萬里漢家使：指使金事。周密澄懷録：「范石湖云：『……始余使虜，是日（按，上文云重九）過燕山館，嘗賦水調，首句云：「萬里漢家使。」後每自和。』」

〔二〕雙節：唐制，節度使建雙節，新唐書百官志四下：「節度使掌總軍旅，顓誅殺。初授，具帑抹兵仗詣兵部辭見，觀察使亦如之。辭日，賜雙旌雙節。行則建節，樹六纛，中官祖送，次一驛輒上聞。」岑參北庭西郊候封大夫受降回軍獻上：「驛馬從西來，雙節夾路馳。」據石湖詞意，宋代使臣亦建雙節。

〔三〕呼禹濟黃流：大禹治理黃河，故云呼禹而渡。黃流，即黃河，因叶韻而改河爲「流」。

〔四〕桑榆：指桑乾河與榆關。卷一二盧溝自注：「此河宋敏求謂之桑菰，即桑乾河也，今呼盧溝。」榆關，榆林關之省稱，李吉甫元和郡縣圖志卷四勝州榆林縣：「榆林關，在縣東三十里，東北臨河，秦却匈奴之處，隋開皇三年，於此置榆林關。」王存元豐九域志卷一〇陝西路：「勝州，中府，榆林郡，領榆林、河濱二縣。」黃畲石湖詞校注認爲榆關指山海關。乃以今地名注古地名。按山海關，明太祖時築城置衛設戍，洪武十五年，築城爲關，因其背山面海，故取名山海關，與唐宋時代之勝州榆林縣之榆林關了不相涉。

〔五〕牢愁：憂愁不平。陸龜蒙紀事：「感物動牢愁，憤時頻骯髒。」

〔六〕袖裏天書咫尺：指國書。周必大神道碑：「六年五月，遷公起居郎，假資政殿大學士、左大中大夫、醴泉觀使兼侍講、丹陽郡開國公，充金國祈請國信使，爲二事也。上語公曰：『朕以卿氣宇不群，親加選擇，聞外議洶洶，官屬皆憚行，有諸？』公曰：『無故遣泛使，近於求釁，不戮則執。臣已立後，仍區處家事爲不還計，心甚安之。』上曰：『朕不敗盟發兵，何至害卿！嚙雪餐氊，理或有之。不欲明言，恐負卿耳。』國書專求陵寢，而命公自及受書事。公乞并載書中，朝廷不從。公遂行。」

〔七〕關河百二：河山險固之地，指燕山。王維遊悟真寺：「山河窮百二，世界滿三千。」

西江月

十月誰云春小〔一〕，一年兩見紅嬌〔二〕。人間霜葉滿庭皋，别有東風不老〔三〕。百媚朝天淡粉〔二〕，六銖步月生綃〔三〕。雲英寂寞倚藍橋，誰伴玉京霜曉㊂〔四〕？

【校記】

㊀紅：原注「一作風」，毛鈔作「風」。

㊁「人間」二句：原注一作「雲英此夕度藍橋，人意花枝都好」。

㊂「雲英」二句：原注一作「人間霜葉滿庭臯，別有東風不老」。

【題解】

本詞作年莫考。陳三聘有和詞，云：「詩眼曾逢花面，畫圖還識春嬌。當年風格太妖嬈，粉膩酥柔更好。酒暈不温香臉，玉慵猶怯輕綃。春風别後又秋高，再見只應人老。」陳詞之三、四、七、八句，用「饒」、「好」、「高」、「老」四韻，與原作之韻並不盡合。

【箋注】

〔一〕「十月」句：古來素有十月小春之語，吴地亦然。通俗編卷三小春條：「初學記：『十月天時和暖似春，故曰「小春之月」。』范成大詩『狂飈吹小春』，楊萬里詩『小春活脱似春時』。按：爾雅『十月爲陽月』，因又曰『小陽春』。」袁景瀾吴郡歲華紀麗卷十「十月應小春」條云：「十月中天時晴煖，桃杏偶試踈花，吴人謂之十月應小春。」

〔二〕朝天淡粉：李白鳳吹笙曲：「復道朝天赴玉京。」張祜集靈臺二首其二：「却嫌脂粉污顔色，淡掃蛾眉朝至尊。」石湖句，化用二人詩意。

〔三〕六銖：此謂生綃極輕細。谷神子博異志：貞觀中，岑文本於山亭避暑，有叩門云上清童子，文本問曰：「衣服皆輕細，何土所出？」對曰：「此上清五銖服。」又問曰：「比聞六銖者，天人衣，何五銖之異？」對曰：「尤細者則五銖也。」

〔四〕「雲英」兩句：裴鉶傳奇有裴航一篇，叙裴航遇雲英於藍橋的故事，云裴航秀才於湘漢巨舟上，遇樊夫人，夫人使侍女贈詩一章，曰：「一飲瓊漿百感生，玄霜擣盡見雲英。藍橋便是神仙窟，何必崎嶇上玉清？」後裴航於藍橋擣藥百日，遂與仙女雲英締姻。

又

北客開眉樂歲〔一〕，東君著意華年。遮風藏雨晚雲天，應怕杏梢紅淺。不惜燈前放夜〔二〕，從教雪後留寒〔三〕。水晶簾箔萬花鈿〔四〕，聽徹南樓曉箭〔五〕。

【題解】

本詞作年莫考。陳三聘有和詞，云：「春事已濃多日，游人偏盛今年。梨花寒食雨餘天，鴨緑含風浪淺。翠袖半黏飛粉，羅衣尚怯輕寒。不辭歸路委香鈿，門外東風如箭。」

【箋注】

〔一〕北客：黄畬石湖詞校注認爲是石湖出使金國在燕山作客時自稱。此説不當。石湖於乾道六年五月使金，九月即還，稱自己爲北客，與詞意不合。按，北客，生於北方的人，杜甫最能行：「此鄉之人器量窄，誤競南風疏北客。」南宋時北方人多有南渡者，石湖當指這些人爲「北客」。

〔二〕放夜：古代京師有夜禁，唐以後正月十五夜前後數日内，京師例行放夜，便民觀燈。太平御覽卷三〇引韋述西京新記：「西都京城街衢，有執金吾，曉暝傳呼以禁夜行。惟正月十五日夜，敕許弛禁，前後各一日，以看燈。」蘇味道正月十五日：「金吾不禁夜，玉漏待相催。」即是。周邦彦解語花上元：「因念都城放夜，望千門如晝，嬉笑遊冶。」

〔三〕從教：任教。張相詩詞曲語辭匯釋卷一：「從，猶任也，聽也。」蘇軾水龍吟詞咏楊花：『似花還似非花，也無人惜從教墜。』

〔四〕「水晶」句：宋之問明河篇：「水晶簾外轉逶迤。」萬花鈿，形容水晶簾之艷麗。張仁寶題芭蕉葉上：「野棠風墜小花鈿。」

〔五〕曉箭：古代計時器漏壺，下用箭以示時刻，標示曉晨之箭，稱曉箭。王維冬夜對雪憶胡居士家：「寒更傳曉箭。」杜甫奉和賈至舍人早朝大明宫：「五夜漏聲催曉箭。」

鵲橋仙　七夕

雙星良夜，耕慵織嬾〔一〕，應被群仙相妒。娟娟月姊滿眉顰，更無奈、風姨吹雨〔二〕。　相逢草草，争如休見，重攬別離心緒。新歡不抵舊愁多，倒添了、新愁歸去。

【題解】

本詞作於淳熙元年（一一七四），時在知靜江府任上。孔凡禮范成大年譜淳熙元年譜文：「秋末，周必大有書來。」引周益國文忠公集書稿卷六淳熙元年與范致能參政第二書：「……今在桂林矣。最後七夕篇，尤道盡人間情意，蓋必履之而後知耳。奇絶！奇絶！……」又云：「石湖詞有兩首咏七夕者，一爲南柯子『銀渚盈盈渡』，一爲鵲橋仙『雙星良夜』，二首中鵲橋仙尤深摯，或爲必大所云之篇。」本詞陳三聘有和詞，云：「銀潢仙仗，離多會少，朝暮世情休妒。夜深風露灑然秋，又莫是、輕分淚雨。　雲收霧散，漏殘更盡，遥想雙星情緒。憑誰批敕訴天公，待留住、今宵休去。」

【箋注】

〔一〕「雙星」二句：雙星，指牽牛、織女二星，宗懍荆楚歲時記：「七月七日，爲牽牛、織女聚會之夜。」應劭風俗通義（佚文，歲華紀麗卷三引）：「織女七夕當渡河，使鵲爲橋。」因牽牛、織女是夕相聚，故慵耕嬾織。

〔二〕風姨：風神。段成式酉陽雜俎續集卷三支諾臯下「處士崔玄微」條云：「封十八姨，乃風神也。」博異記、太平廣記卷四一六亦載其事。

宜男草

籬菊灘蘆被霜後。裊長風、萬重高柳。天爲誰、展盡湖光渺渺，應爲我、扁舟入手〔一〕。

橘中曾醉洞庭酒〔二〕。輾雲濤、挂帆南斗。追舊遊、不減商山杳杳，猶有人、能相記否？

【題解】

本詞作年莫考。陳三聘和詞云：「摇落丹楓素秋後。舞長亭、尚餘衰柳。别夢回、憶得霜柑分我，應自有、濃香噀手。　宿醒誰解三杯酒。曉山横、望中銜斗。人去也、縱得相逢似舊，問當日，紅顔在否。」詞譜卷一三：「此詞前後段第三句俱九字，兩結句俱七字，與『舍北烟霏舍南浪』詞異。」徐誠庵詞律補遺卷二補宜男草分爲兩體，「籬菊灘蘆被霜後」六十字，「舍北烟霏舍南浪」五十八字，句字、叶韻俱不同。徐氏於「籬菊」一首下按云：「葉本（指葉申薌天籟軒詞譜）前後第三句俱七字爲句，下二字自爲叶，按陳三聘和韻詞『渺渺』作『分我』，『杳杳』作『似舊』，俱不叶。」

【箋注】

〔一〕扁舟入手：杜甫將適吴楚留别章使君留後兼幕府諸公詩：「不意青草湖，扁舟落吾手。」

〔一二〕「橘中」句：牛僧孺幽怪録卷三：巴邛橘園中霜後見橘如缶，剖開，中有二老叟象戲，言橘中之樂，不減商山，但不得深根固蒂耳。酒有洞庭春之名，見竇蘋酒譜。

又

舍北煙霏舍南浪。雪傾籬、雨荒薇漲㊀〔一〕。問小橋、別後誰過㊁？惟有迷鳥羈雌來往〔二〕。　重尋山水問無恙。掃柴荊、土花塵網〔三〕。留小桃、先試光風〔四〕，從此芝草琅玕日長〔五〕。

【校記】

㊀雪傾籬：原作「雲傾籬」，今據彊邨叢書本、全宋詞改。　雨荒薇漲：詞譜、詞律補遺作「灘荒微漲」。

㊁問小橋：全宋詞注：「案，問原作閑。從彊村叢書本。」

【題解】

本詞作年莫考。陳三聘有和詞，云：「綠水黏天浄無浪。轉東風，縠紋微漲。箇中趣、莫遺人知，容我日日扁舟獨往。　平生書癖已無恙。解名韁、更逃羈網。春近也、梅柳頻看，枝上玉蕊金絲暗長。」本詞五十八字，句字、叶韻與上一首均不同，蓋即徐氏所謂「兩體」也。詞譜卷一三：

「此調前後段兩起句，例作拗句，現范詞別首及陳三聘和詞『摇落丹楓素秋後』，『緑水黏天浄無浪』第五字必仄聲，第六字必平聲，可見。兩結句是上二下六句法，陳詞亦然。」

【箋注】

〔一〕雨荒：語見杜甫宿贊公房：「雨荒深院菊。」薇，薇菜，爾雅釋草：「薇，垂水，生於水邊。」

〔二〕迷鳥羈雌：枚乘七發：「龍門之桐，高百尺而無枝……暮則羈雌迷鳥宿焉。」謝靈運晚出西射堂：「羈雌戀舊侶，迷鳥懷故林。」

〔三〕土花：苔蘚：李賀金銅仙人辭漢歌：「三十六宫土花碧。」王琦解：「土花，苔也。」

〔四〕小桃：花名。陸游老學庵筆記卷五：「歐陽公、梅宛陵、王文恭集皆有小桃詩，歐詩云：『雪裏開花人未知，摘來相顧共驚疑。便須索酒花前醉，初見今年第一枝。』初但謂桃花有一種早開者耳，及游成都，始識所謂小桃者，上元前後即着花，狀如垂絲海棠。曾子固雜識云：『正月二十間，天章閣賞小桃。』正謂此也。」

〔五〕芝草琅玕日長：杜甫送孔巢父詩：「知君此計成長往，芝草琅玕日應長。」

秦樓月〔一〕

窗紗薄〔二〕。日穿紅幔催梳掠〔三〕。催梳掠。新晴天氣，畫簷聞鵲。海棠逗曉都開却。小雲先在闌干角〔一〕。闌干角。楊花滿地，夜來風惡〔二〕。

【校記】

〔一〕調名：歷代詩餘作「憶秦娥」。按，詞律卷四：「憶秦娥，四十六字，又名秦樓月、碧雲深、雙荷葉。」

〔二〕窗紗：歷代詩餘作「紗窗」。

〔三〕日穿紅幔：毛鈔本作「日紅穿幔」，近是。

【題解】

本詞作年莫考。陳三聘有和詞，云：「雲衣薄。春晴自有東風掠。東風掠。試聽枝上，幾聲乾鵲。曲屏心事新題却。離愁何用堆眉角。堆眉角。今朝莫是，打頭風惡。」

【箋注】

〔一〕小雲：宋代歌女名字常有名雲者，這裏「小雲」或爲石湖家歌女名。

〔二〕「楊花」二句：孟浩然春曉：「夜來風雨聲，花落知多少。」風惡，蘇軾月夜與客飲酒杏花下詩：「明朝捲地春風惡。」

又

珠簾狹。卷簾春院花圍合〔一〕。花圍合。晝長人靜，雙雙蝴蝶。花前苦殢金蕉葉〔一〕。曹騰午睡扶頭怯〔二〕。扶頭怯。閒愁無限，遠山斜疊。

【校記】

㈠春：原注：「一作西。」毛鈔作「西」。

【題解】

本詞作年莫考。陳三聘有和詞，云：「花前狹，翠茵圍坐花陰合。花陰合，閒情不似，一雙狂蝶。　春溝何處尋紅葉，春寒料想羅衣怯。羅衣怯，午醺醒未，翠衾重疊。」

【箋注】

〔一〕金蕉葉：金屬製成之蕉葉形酒杯。東坡志林：「子明飲酒不過三蕉葉，吾少時望見酒盞而醉，今亦能三蕉葉矣。」

〔二〕扶頭：即扶頭酒，容易喝醉的酒。姚合答友人招游詩：「沽酒自扶頭。」杜荀鶴晚春寄同年張曙先輩：「無金潤屋渾閒事，有酒扶頭是了人。」

又

西園空鎖香羅薄。帶圍寬盡無人覺〔一〕。無人覺。東風日暮，一簾花落。　鞦韆索。簾垂簾卷閒池閣。閒池閣。黄昏香火㈠，畫樓吹角。

【校記】

㊀香火：原注：「疑燈火。」

【題解】

本詞作年莫考。陳三聘有和詞，云：「光風薄，楊花欲謝春應覺。春應覺。一庭紅杏，粉花吹落。　冶游無復飛紅索。憑高獨上湖邊閣。湖邊閣。黄昏獨倚，畫闌西角。」

【箋注】

〔一〕帶圍寬：形容人形消瘦。南史張融傳：「王敬則見融革帶寬，殆將至髀。謂曰：『革帶太急。』融曰：『既非步吏，急帶何爲。』」

又

樓陰缺。闌干影卧東厢月。東厢月。一天風露，杏花如雪。　隔烟催漏金虬咽〔一〕。羅幃暗淡燈花結。燈花結。片時春夢，江南天闊〔二〕。

【題解】

本詞作年莫考。羅忠族認爲：「可能作於此次（指自蜀辭官回家養病）居家養病時。」并認爲范成大集中五首秦樓月：「是經過周密構思的一個整體，既非文字游戲，亦非實寫閨情，而是别有寄托的作品。所謂寄托，即托詞中少婦的懷人之情，寄作者自己的愛君之意。」（上海辭書出版社版唐宋詞鑒賞辭典第一四一〇頁）可備一説。俞陛雲唐五代兩宋詞選釋云：「上闋言室外之景，月斜花影，境極幽俏。下闋言室内之人。燈昏欹枕，夢更迷茫，善用空靈之筆，不言愁而愁隨夢遠矣。」本詞陳三聘有和詞，云：「青樓缺。樓心人待黄昏月。黄昏月。入簾無奈，柳綿吹雪。誰人弄笛聲嗚咽。傷春未解丁香結。丁香結。鱗鴻何處，路遥江闊。」

【箋注】

〔一〕金虬咽：金虬，指銅龍，古代漏壺上所裝的滴水銅製龍頭。李商隱深宫：「金殿銷香閉綺櫳，玉壺傳點咽銅龍。」咽銅龍，即金虬咽。徐堅初學記卷二五：「殷夔漏刻法曰，爲器三重，圓皆徑尺，差立於水輿踟躕之上，爲金龍口吐水，轉注入踟躕經緯之中。」

〔二〕「片時」二句：化用岑參春夢「枕上片時春夢中，行盡江南數千里」詩意。

又

玉爐烟重香羅浥。拂墻濃杏臙脂濕。臙脂濕。花梢缺處，畫樓人立。浮雲集。輕雷隱隱初驚蟄〔一〕。初驚蟄。鵓鳩鳴怒，緑楊風急。

【題解】

本詞作年莫考。陳三聘有和詞，云：「春膏集。新雷忽起龍蛇蟄。龍蛇蟄。柳塘風快，水流聲急。　傷心有淚憑誰浥。尊前容易青衫濕。青衫濕。渡頭人去，野船鷗立。」

【箋注】

〔一〕「輕雷」句：黄庭堅清明：「雷驚天地龍蛇蟄。」袁景瀾吴郡歲華紀麗卷二「驚蟄聞雷」條云：「孝經緯稱：『雨水十五日，斗指甲爲驚蟄二月節。蟄蟲咸動，啓户始出。』俗以驚蟄聞雷，主歲有秋。諺云：『驚蟄聞雷米似泥。』若先驚蟄而雷，則主歲歉。」

念奴嬌

雙峰疊障㈠，過天風海雨，無邊空碧。月姊年年應好在，玉闕瓊宫愁寂〔一〕。誰唤癡雲〔二〕，一杯未盡，夜氣寒無色。碧城凝望〔三〕，高樓縹緲西北〔四〕。　腸斷桂冷蟾孤㈡，佳期如夢，又把闌干拍〔五〕。霧鬢風鬟相借問〔六〕，浮世幾回今夕？圓缺晴陰，古今同恨，我更長爲客〔七〕。嬋娟明夜〔八〕，樽前誰念南陌？

【校記】

㈠ 疊障：歷代詩餘作「疊嶂」。

㈡ 蟾孤：歷代詩餘作「蟾宫」。

【題解】

本詞作年莫考。陳三聘有和詞，云：「浮雲吹盡，捲長空，千頃都凝寒碧。兔杵無聲風露冷，天也應憐人寂。故遣姮娥，駕蟾飛上，玉宇元同色。天津何事，此時偏界南北。不但對影三人。我歌君和，我舞君須拍。滌洗胸中愁萬斛。莫問今宵何夕。老矣休論，著鞭安用，一笑真狂客。夜深歸去，爛然溪上阡陌。」

【箋注】

〔一〕玉闕瓊宫：喻月宫中之樓臺。郭璞遊仙詩：「翹手攀金梯，飛步登玉闕。」蘇軾水調歌頭：「又恐瓊樓玉宇，高處不勝寒。」段成式酉陽雜俎前集卷二「壺史」：「翟天師名乾祐……曾於江岸與弟子數十翫月，或曰：『此中竟何有？』翟笑曰：『可隨吾指觀。』弟子中兩人見月規半天，瓊樓金闕滿焉。數息間，不復見。」

〔二〕癡雲：王之道南鄉子：「天際彩虹垂，風起癡雲快一吹。」

〔三〕碧城：李商隱碧城：「碧城十二曲闌干。」道源注：「太平御覽：『元始天尊居紫雲之閣，碧霞爲城。』」則碧城實指仙家居處。

〔四〕「高樓」句：古詩十九首：「西北有高樓，上與浮雲齊。」

〔五〕「又把」句：王闢之澠水燕談録卷四：「（劉孟節）少時多寓居龍興僧舍之西軒，往往憑欄靜立，懷想世事，吁唏獨語，或以手拍欄干。嘗有詩曰：『讀書誤我四十年，幾回醉把欄干拍。』」辛棄疾水龍吟登建康賞心亭：「把吴鈎看了，欄干拍遍，無人會、登臨意。」

〔六〕霧鬢風鬟：蘇軾洞庭春色賦：「攜佳人而往遊，勒霧鬢與風鬟。」李清照永遇樂：「如今憔悴，風鬟霧鬢。」

〔七〕「圓缺」三句：蘇軾水調歌頭：「人有悲歡離合，月有陰晴圓缺，此事古難全。」

〔八〕嬋娟明夜：美好明亮的月夜。孟郊嬋娟篇：「月嬋娟，真可憐。」許渾懷江南同志：「唯應洞庭月，萬里共嬋娟。」

又

十年舊事，醉京花蜀酒〔一〕，萬葩千蕚。一棹歸來吴下看，俯仰心情今昨。强倚雕闌，羞簪雪鬢，老恐花枝覺。指摩愁眼，霧中相對依約〔二〕。　聞道家讌團圞，光風轉夜，月傍西樓落。打徹梁州春自遠㊀，不飲何時歡樂？沾惹天香，留連國艷〔三〕，莫散燈前酌㊁。襪塵生處〔四〕，爲君重賦河洛。

【校記】

㊀ 春自遠：毛鈔本「遠」作「透」，近是。

〔二〕莫散：歷代詩餘作「莫放」。

【題解】

本詞作於淳熙五年（一一七八）春，時正在臨安任禮部尚書兼直學士院。吴熊和唐宋詞彙評第二一〇一頁「編年」云：「淳熙四年（一一七七）作。詞言『十年舊事，醉京花蜀酒，萬葩千萼。一棹歸來吴下看，俯仰心情今昨』，則其知成都後歸吴之作。據于北山范成大年譜，成大乾道二年四十一歲除尚書吏部員外郎，二年知處州，五年爲起居舍人，除中書舍人，八年赴廣西帥任，之前在蘇州。淳熙二年，拜爲蜀帥，四年離任，『將抵吴，親舊多來迎。十月己巳入盤門。』詞蓋本年十月前後抵吴時作。」按，石湖歸吴，時在淳熙四年十月，然本詞開端言牡丹，煞尾前又言牡丹，當爲春時。可知本詞不是作於初歸吴時，是寫於翌年（即淳熙五年）牡丹花開時，故全詞以牡丹花貫串前後，回憶十年宦遊舊事。詞言「吴下看」，宋時臨安亦可稱吴，如周邦彦蘇幕遮：「家住吴門，久作長安旅。」周爲杭州人。本詞陳三聘有和詞，云：「晴風麗日，算東君，坼遍梅心桃萼。獨有名花開殿後。一笑嫣然如昨。黄袂層膚，霞冠高擁，多態春纔覺。雨巾風帽，故人來趁花約。　好是羅綺添春，香風環坐，半醉金釵落。老去心情難似舊，手撚花枝爲樂。麝馥縈愁，妝花凝恨，莫惜金荷酌。酒闌花睡，夢魂重到京洛。」

【箋注】

〔一〕京花：千葉牡丹，見石湖清明日試新火作牡丹會自注。

〔二〕「霧中」句：杜甫小寒食舟中作：「老年花似霧中看。」

〔三〕「沾惹」二句：李正封牡丹：「天香夜染衣，國色朝酣酒。」國艷，即國色。

〔四〕「襪塵」二句：曹植洛神賦：「淩波微步，羅襪生塵。」

又

吴波浮動，看中流翻月〔一〕，半江金碧。醉舞空明三萬頃，不管姮娥愁寂。指點瓊樓，憑虚有路，鯨背横東極〔二〕。水雲飄蕩，闌干千丈無力。家世回首滄洲，烟波漁釣㊀〔三〕，有鴟夷仙迹〔四〕。一笑閒身遊物外，來訪扁舟消息。天上今宵，人間此地，我是風前客。濤生殘夜〔五〕，魚龍驚聽横笛〔六〕。

【校記】

㊀漁釣：原注：「一作艇。」歷代詩餘作「漁艇」。鮑本校云：「『漁釣』一作『漁艇』。」

【題解】

本詞作年難以確考。本詞寫太湖景色，發曠達之胸懷，誠爲佳作。陳三聘有和詞云：「水空高下，望沉沉一色，渾然蒼碧。天籟不鳴凉有露，金氣横秋寂寂。玉宇瓊樓，望中何處，月到天中極，御風歸去，不愁衣袂無力。此夜飄泊孤篷，短歌誰和，自笑狂蹤迹。咫尺藍橋仙路遠，窅窅雲英消息。疏影婆娑，恍然身世，我是尊前客。一聲悽怨，倚樓誰弄長笛。」

【箋注】

〔一〕中流翻月：杜甫宿江邊閣：「孤月浪中翻。」

〔二〕鯨背：劉禹錫有僧言羅浮事因爲詩以寫之：「日光吐鯨背，劍影開龍鱗。」

〔三〕烟波漁釣：顔真卿浪迹生生元真子張志和碑銘：「既而親喪，無復宦情，遂扁舟垂綸，浮三江，泛五湖，自謂烟波釣徒。」石湖正用張志和事以自喻。

〔四〕鴟夷仙迹：鴟夷，即鴟夷子皮。范蠡在越國平吴之後，遂泛舟五湖，出海到齊國，自稱鴟夷子皮。史記越王勾踐世家：「范蠡浮海出齊，變姓名，自謂鴟夷子皮，耕於海畔，苦身戮力，父子治産，居無幾何，致産數十萬。」

〔五〕殘夜：王灣次北固山下詩：「海日生殘夜，江春入舊年。」

〔六〕「魚龍」句：杜甫秦州詩：「水落魚龍夜，山空鳥鼠秋。」列子湯問：「匏巴鼓琴而鳥舞魚躍。」李賀李憑箜篌引：「老魚跳波瘦蛟舞。」

又

水鄉霜落，望西山一寸，修眉横碧〔一〕。南浦潮生帆影去，日落天青江白。萬里浮雲，被風吹散，又被風吹積。尊前歌罷，滿空凝淡寒色。人世會少離多，都來名利，似蠅頭蟬翼〔二〕。贏得長亭車馬路，千古羈愁如織。我輩情鍾，匆匆相見，一笑真難得。明年誰健〔三〕？夢魂飄蕩南北。

【題解】

本詞爲送友人離别時作，具體作年難以確考。陳三聘有和詞，云：「餘霞飛綺，望長天，頃刻雲容凝碧。今夕江臯風力軟，明日波心頭白。客舸東流，語離深夜，遣我新愁積。春融花麗，定知天相行色。　别後一紙鄉書。故人相問，好趁秋鴻翼。空有佳人千點淚，錦字機中曾織。利鎖名繮，古今同是，誰失知誰得。來朝愁望，舊樓何處西北。」

【箋注】

〔一〕修眉：形容遠山。黄庭堅念奴嬌詞：「浄秋空，山染修眉新緑。」

〔二〕「都來名利」二句：形容名利輕微如蠅頭、蟬翼。蘇軾滿庭芳：「蝸角虚名，蠅頭微利，算來著甚乾忙？」蔡邕讓高陽僕表：「臣事輕葭莩，功薄蟬翼。」陸游宿武連縣驛：「宦情薄似秋蟬翼。」

〔三〕明年誰健：杜甫九日藍田崔氏莊：「明年此會知誰健。」

又　和徐尉遊石湖

湖山如畫〔一〕，繫孤篷柳岸，莫驚魚鳥。料峭春寒花未遍，先共疎梅索笑〔二〕。一夢三年〔三〕，松風依舊，蘿月何曾老。鄰家相問，這回真箇歸到。　緑鬢新點吴霜〔四〕，樽前强健，不怕衰翁號。賴有風流車馬客，來覓香雲花島。似我麤豪，不通姓字，只要銀瓶倒〔五〕。奔名逐利，亂帆誰在天表？

【題解】

本詞作於乾道八年（一一七二）秋，時正閑居在家，不久即赴知静江府任。孔凡禮范成大年譜「乾道八年」譜文云：「與徐似道、崔敦禮游石湖，賦詞倡酬。似道受知于成大。」徐尉，即徐似道，字淵子，台州黄巖人。南宋館閣續録卷七：「徐似道，字淵子。台州黄巖人。乾道二年蕭國梁榜進士出身，治詩賦。（開禧）二年正月除（少監），三月爲起居舍人。」卷九：「徐似道，（開禧）元年閏八月，以禮部員外郎兼國史院編修官，實録院檢討官；二年正月爲秘書少監，三月爲起居舍人，並兼。」台州府志（光緒二十年修、民國十五年鉛印本）人物傳十文苑一：「徐似道，字淵子。黄巖人，今隸太平。乾道二年進士第，授吴江尉，受知范成大。轉户曹參軍。入爲太常丞，吏部司封郎官，起居舍人，權直學士院，遷秘書少監，知郢州，終朝散大夫、提點江西刑獄。所至以廉能稱。……似道韻度清雅，才華敏捷，名重一時，見知於丞相周必大，戴復古師事之。寧宗立皇子詢時，帝春秋猶盛，似道制詞云：『爰建神明之胄，以觀天地之心。』葉紹翁歎爲真學士。平生酷嗜書畫，不屑屑於功名。爲小篷，朝聞彈章，坐以小舟，載菖蒲數盆，翩然而逝，道間争望，若神仙然。劉改之賀啓有云：『以載鶴之船載書，入覲之清標如此；移買山之錢買硯，生平之雅好可知。』閒居時，姓氏不通州縣。其於里社，歡洽最甚。楊萬里品藻中興以來諸賢詩，深賞之。劉克莊謂其才氣飄逸，記問精博，警句巧對，殆于天造地設，略不戟人喉舌。品在姜堯章諸人之上。有竹隱集十一卷。」洪武蘇州府志卷二五徐似道傳：「徐似道字淵子，台州天台人。早負才名，爲吴江尉，受知于范文穆公。」嘉定赤城志卷三三徐似道傳，載其歷仕較爲詳明，録以備考，傳云：「歷官告院、知鄂州、太常丞，禮部司封員外，權直學士院，遷秘書少監，終朝散大夫，提點江西刑獄，自號竹隱，有文集藏於家。」徐似道善詩詞，陸游劍南詩稿卷一七題徐淵子環碧亭亭有茶山曾先生詩，詩有「徐卿赤城古仙子，十年四海推才華」之句。劉克莊後村詩話續集稱似道著有竹隱集十一卷，其暮年詩尚不在内。又稱其人材飄逸，記問精博，警句天造地設，并摘句甚多。周密癸辛雜識續集卷下「徐淵子詞」條云：「竹隱徐淵子似道，天台人，名士也，筆端輕俊，人品秀爽。」本詞陳三聘有和詞，云：「扁舟此計，問當年，誰與尋盟鷗鳥。許國勳名彝鼎在，風月不妨吟笑。碧草臺邊，紅雲溪上，壽杖扶詩老。水浮天處。未應俗駕曾到。　盛事埒美知章，鑑湖君賜。宸翰今題號。指點飛烟輕靄外，有路直通仙島。蓑笠漁船，琴書客坐，清夜尊罍倒。未須歸去，片蟾初上林表。」

【箋注】

〔一〕湖山如畫：洪邁容齋隨筆卷一六：「江山登臨之美，泉石賞玩之勝，世間佳境也，觀者必曰『如畫』。故有『江山如畫』、『天開圖畫即江山』、『身在畫圖中』之語。」

〔二〕「先共」句：杜甫舍弟觀赴藍田取妻子到江陵喜寄詩：「巡檐索共梅花笑，冷蕊疏枝半不禁。」

〔三〕一夢三年：石湖於乾道五年五月離處州任，回京任中書舍人，七年有帥廣西之任命，乃歸里，八年赴任，恰爲三年，故云。

〔四〕新點吳霜：李賀還自會稽歌：「吳霜點歸鬢。」

〔五〕「似我麤豪」三句：用杜甫少年行「不通姓氏麤豪甚，指點銀瓶索酒嘗」詩意。

惜分飛

易散浮雲難再聚，遮莫相隨百步〔一〕。誰喚行人去？石湖烟浪漁樵侶。　重別西樓腸斷否？多少淒風苦雨。休夢江南路，路長夢短無尋處。

【題解】

本詞作年莫考。陳三聘有和詞，云：「莫唱驪駒容首聚，花徑重來微步。從此朝天去。故山怨鶴栖猿侶。　試卜西園春在否，無奈濛濛細雨。明日長亭路。斷腸芳草人何去。」

【箋注】

〔一〕遮莫：張相詩詞曲語辭匯釋卷一「遮莫（五）」：「遮莫，猶云莫要也。」黄畲注：「遮莫，儘教也。」與本詞意不合。

夢玉人引

送行人去，猶追路，再相覓。天末交情，長是合堂同席。從此尊前，便頓然少箇，江南羈客。不忍匆匆，少駐船梅驛。　酒斟雖滿，尚少如、別淚萬千滴。欲語吞聲〔一〕，結心相對嗚咽。燈火淒清，笙歌無顏色。從別後㊀，儘相忘，算也難忘今夕。

【校記】

㊀從別後：朱氏校記：「毛鈔『從』作『縱』。」

【題解】

本詞作年莫考。陳三聘有和詞，云：「別來何處，酒醒後，夢難覓。晚日溪亭，清曉便挂帆席。滿載離愁，指去程，還作江南行客。目斷層城，數迢迢山驛。　素巾空染，淚痕斑，應是暗中滴。記得輕分，玉簫猶自悽咽。昨夜東風，梅柳驚春色。料伊也，没心情，過却好天良夕。」詞譜卷二一一：「夢玉人引，雙調八十五字，前段九句，四仄韻，後段八句，四仄韻，此與朱敦儒詞同。惟前段第七句九字異。」徐本立詞律補遺卷三列朱敦儒夢玉人引，八十四字；又一體，范成大夢玉人引，八十五字。注云：「都用入聲韻，旁注平仄，以范別作及陳三聘和詞爲據。『偏錦城』句，比前詞（指朱詞）多一字，分上五下四。後結十二字，分六字兩句，與前詞異。」

【箋注】

〔一〕吞聲：哭無聲。杜甫夢李白二首其一：「死別已吞聲，生別常惻惻。」

又

共登臨處，飄風袂㊀，倚空碧。雨捲雲飛，長有桂娥看客〔一〕。簫鼓生春，偏錦城如畫，雪山無色㊁。一夢纔成，怳天涯南北㊂。舞餘歌罷，料宣華回首盡陳迹〔二〕。萬里秦吳，有情應問消息。我欲歸耕，如何重來得？故人若望江南，且折梅花相憶。

【校記】

㊀飄風袂：風，原作「然」，注：「一作風。」今據毛鈔本、詞律拾遺、全宋詞改。

㊁雪山：詞律拾遺作「春山」。

㊂悅天涯南北：悅，原作「況」，今據毛鈔本、詞律拾遺、全宋詞改。

【題解】

本詞作於淳熙四年（一一七七）春，時在蜀帥任上。石湖於淳熙二年到成都上任，時已夏日（六月七日），淳熙三年春，石湖公務繁忙，尚未露歸耕意。至淳熙四年春，卧病，且上疏丐祠，每有歸耕之意，故可推定本詞當作淳熙四年。陳三聘有和詞，云：「倚闌干久，人不見，暮雲碧。芳草池塘，春夢暗驚詩客。昨夜溪梅，向空山雪裏，輕勻顏色，好贈行人，折枝南枝北。雨巾風帽，昔追游，誰念舊蹤迹。料得疏籬，暗香時度風息。淡月微雲，有何人消得。便歸去，踏溪橋，慰我經年思憶。」

【箋注】

〔一〕桂娥：指嫦娥，因與月中桂共處，故云。張問瓊花賦：「桂娥競爽，借月影于冰蟾，阿母來觀，下雲軿于皓鵠。」

〔二〕宣華：蜀古苑名，參見卷一七晚步宣華舊苑「題解」。

如夢令

罨畫屏中客住〔一〕。水色山光無數。斜日滿江聲，何處撐來小渡。休去。休去。

鷺散一洲鷗鷺。

【題解】

本詞作年莫考。陳三聘有和詞，云：「紅紫不將春住。風定更飄無數。溪漲緑含風，短艇晚横沙渡。歸去，歸去，肯念西池鴛鷺。」

【箋注】

〔一〕罨畫：彩色畫。白居易草詞畢遇芍藥初開因詠小謝紅藥當階翻詩以爲一句未盡其狀偶成十六韻：「疑香薰罨畫，似淚著燕脂。」高似孫緯略卷七：「墨客揮犀曰：『罨畫，今之生色也。』余嘗謂五采彰施於五服，此固生色之始也。」此句之屏，即下句之「山」。

又

兩兩鶯啼何許？尋遍緑陰濃處。天氣潤羅衣〔一〕，病起却忺微暑〔二〕。休雨。休雨。明日榴花端午〔三〕。

【題解】

本詞作年莫考。陳三聘有和詞，云：「珍重故人相許。來向水亭幽處，文字間金釵，消盡晚天微暑。無雨，無雨，不比尋常端午。」

【箋注】

〔一〕「天氣」句：謂溽暑天氣使衣服潮濕，周邦彦滿庭芳：「衣潤費爐烟。」

〔二〕忺：方言：「青齊呼意所好爲忺。」

〔三〕榴花端午：石榴花爲端午節時的應時景物，故云。周密武林舊事卷五「端午」云：「又以大金瓶數十，偏插葵、榴、梔子花，環繞殿閣。」袁景瀾吴郡歲華紀麗卷五：「端五」條云：「吴俗亦以五日爲端五節，瓶供蜀葵、石榴、蒲、蓬諸花草，婦女簪艾葉、榴花，號爲端五景。」唐李匡文資暇集卷中「端午」條云：「端五者，案周處風土記：仲夏端五，烹鶩角黍。端，始也，謂五月初五日也。今人多書『午』字，其義無取焉。」宋黄朝英靖康緗素雜記卷五「端午」條針對李説云：「余案宗懔荆楚歲時記引周處風土記云：『仲夏端午，烹鶩角黍。』乃直用午字，與濟翁所載不同。以余意測之，五與午字皆通，蓋五月建午，或用午字，何害於理。」

菩薩蠻

小軒今日開窗了，揉藍染碧緣堦草〔一〕。簷佩可憐風〔二〕，杏梢烟雨紅。　飄零歡事少，鬢點吴霜早。天色不愁人，眼前無限春。

【題解】

本詞作年莫考。陳三聘有和詞，云：「筇枝探得梅開了。青鞋漸踏江頭草。日日作東風，海棠相次紅。離多良會少，此計應須早。莫待作行人，却將愁送春。」

【箋注】

〔一〕挼藍：藍色，李之儀怨三三詞：「清溪一派瀉挼藍。」王安石漁家傲：「挼藍一水縈花草。」

〔二〕簷佩：指屋簷間懸挂之裝飾，陸游秋夜：「風起忽聞簷珮鳴。」

又　元夕立春㊀

雪林一夜收寒了，東風恰向燈前到。今夕是何年〔一〕？新春新月圓。　綺叢香霧隔，猶記疎狂客。留取縷金旛，夜蛾相並看㊁〔二〕。

【校記】

㊀詞題：原無，今據彊邨叢書本、全宋詞補。

㊁夜蛾：蛾原作「娥」，今據毛鈔本、全宋詞改。

【題解】

本詞作年未詳。陳三聘有和詞，云：「春城辦得紅蕖了。紅蕖未點春先到。新月入新年，方纔今夜圓。　雲屏誰爲隔，腸斷金釵客。好語寫春旛，都教席上看。」

【箋注】

〔一〕今夕是何年：取蘇軾水調歌頭丙辰中秋歡飲達旦大醉作此篇兼懷子由詞中成句。

〔二〕「留取」二句：描寫元夕、立春兩個節日之節物。縷金旛，立春之節物，周處歲時風土記：「立春之日，士大夫之家，剪綵爲小旛，或懸於家人之頭，或綴於花之下。」吴自牧夢粱録卷一：「街市以花裝欄，坐乘小春牛，及春幡春勝，各相獻遺與貴家宅舍，示豐稔之兆。」夜蛾，元夕女子飾物，周密武林舊事元夕：「元夕節物，婦人皆帶珠翠、鬧蛾、玉梅、雪柳。」辛棄疾青玉案元夕：「蛾兒雪柳黄金縷。」

又

黄梅時節春蕭索㊀〔一〕，越羅香潤吴紗薄㊁。絲雨日朧明㊂〔二〕。柳梢紅未晴。

多愁多病後，不識曾中酒。愁病送春歸，恰如中酒時。

【校記】

㊀黄梅：陽春白雪作「梅黄」。

㊁越羅、吴紗：陽春白雪作「羅衣」、「紗衣」。

㈢ 絲雨日朧明：陽春白雪作「斜日雨絲明」。

【題解】

本詞作年莫考。陳三聘有和詞，云：「楊花滿院飛紅索。春光不似人情薄。樓閣斷霞明，梨花開晚晴。　玉虬香散後，扶困三杯酒。不是聽思歸，歸心思此時。」

【箋注】

〔一〕「黄梅」句：農曆四五月間，江南多雨，時值梅子成熟，俗稱黄梅雨。儲光羲晚霽中園喜赦作：「五月黄梅時，陰氣蔽遠邇。」賀鑄青玉案：「一川烟草，滿城風絮，梅子黄時雨。」陳善捫虱新話：「江湖二浙，四五月間梅欲黄而雨，謂之梅雨。」高祖基平江紀事：「吴族以芒種節氣後遇壬爲梅，凡十五日，夏至節氣後遇庚爲出梅。」

〔二〕絲雨：如絲細雨。皎然九月八日送蕭少府歸洪州：「布帆絲雨望霏霏。」

臨江仙

羽扇綸巾風嫋嫋〔一〕，東厢月到薔薇。新聲誰唤出羅幃？龍鬚將笛繞〔二〕，雁字入箏飛〔三〕。　陶寫中年須箇裏，留連月扇雲衣〔四〕。周郎去後賞音稀〔五〕。爲君持酒聽，那肯帶春歸。

【題解】

本詞作年莫考。陳三聘有和詞，云：「夜飲只愁更漏促，留連笑罥薔薇。歌聲繚繞徹簾幃。坐中清淚落，梁上暗塵飛。　重睹舞腰驚束素，不應更褪羅衣。別來容易見來稀。次公狂已甚。不醉亦忘歸。」

【箋注】

〔一〕羽扇綸巾：晉書顧榮傳：「榮廢橋斂舟於南岸，敏率萬餘人出不獲濟，榮麾以羽扇，其衆潰散。」晉書謝萬傳：「萬著白綸巾，鶴氅裘，履版而前。」蘇軾念奴嬌：「羽扇綸巾，談笑間、强虜灰飛烟滅。」

〔二〕「龍鬚」句：指龍笛。李白襄陽歌：「鳳笙龍管行相催。」

〔三〕「雁字」句：箏上有柱，斜排如雁字。李商隱昨日詩：「二八月輪蟾影破，十三弦柱雁行斜。」

〔四〕月扇雲衣：庾信北園新齋成應趙王教詩：「文弦入武曲，月扇掩歌兒。」劉向九嘆：「游清霧之颯戾兮，服雲衣之披披。」

〔五〕「周郎」句：三國時周瑜，精於音律。三國志吳書周瑜傳：「瑜少精意於音樂，雖三爵之後，其有闕誤，瑜必知之，知之必顧，故時人謡曰：『曲有誤，周郎顧。』」

又

萬事灰心猶薄宦，塵埃未免勞形〔一〕。故人相見似河清〔二〕。恰逢梅柳動，高興逐春生。　卜晝匆匆還卜夜〔三〕，仍須月墮河傾。明年我去白鷗盟〔四〕。金閨三玉樹，好問紫霄程〔五〕。

【題解】

本詞作年莫考。陳三聘有和詞，云：「白首故人重會面，論交爾汝忘形。從今心迹喜雙清。飛鴻追往事，爲蝶笑餘生。　琥珀杯濃春正好，此懷端爲君傾。舊時猿鶴敢寒盟。鳩居從拙計，鵬翼任高程。」

【箋注】

〔一〕勞形：語出淮南子原道訓：「夫任耳目以聽視者，勞形而不明，以知慮爲治者，苦心而無功。」

〔二〕河清：此指時機難遇，王粲登樓賦：「惟日月之逾邁兮，俟河清其未極。」張説季春下旬詔宴薛王山池序：「河清難得，人代幾何。」

〔三〕卜晝、卜夜：晝夜相繼。左傳莊公二十二年：「齊侯使敬仲爲卿……飲桓公酒，樂。公曰：

『以火繼之。』辭曰：『臣卜其晝，未卜其夜，不敢。』」後人因謂宴樂無度，晝夜相繼曰卜晝卜夜。

〔四〕白鷗盟：與白鷗爲友，喻隱居生活。黃庭堅次韻向和卿行松滋縣與鄒天錫夜語南極亭其二：「唯有白鷗盟未寒。」陸游夙興：「鶴怨憑誰解？鷗盟恐已寒。」

〔五〕「金閨」二句：賀故人有子弟輩入京應考。金閨，江淹別賦：「金閨之諸彥，蘭臺之群英。」玉樹，晉書謝玄傳：「爲叔父安所器重，安嘗戒約子姪，因曰：『子弟亦何豫人事，而正欲使其佳？』諸人莫有言者，玄答曰：『譬如芝蘭玉樹，欲使其生于庭階耳。』」紫霄，指翰林苑。李肇翰林志：「居翰林者，皆謂之凌玉清，遡紫霄。」

減字木蘭花

玉烟浮動〔一〕，銀闕三山連海凍〔二〕，翠袖闌干。不怕樓高酒力寒。　雙松凍折，忽憶衰翁容易別。想見鷗邊，壓損年時小釣船。

【題解】

本詞作年莫考。陳三聘有和詞，云：「凝雲不動，玉海無聲千丈凍。來倚闌干，襟袖憑虛徹骨寒。歸心易折，後夜月明應恨別。罨畫圖邊，著我披蓑上釣船。」

【箋注】

〔一〕玉烟：李商隱無題：「藍田日暖玉生烟。」

〔二〕「銀闕」句：銀闕，塗以銀色的宫門。盧照鄰雨雲曲：「高闕銀爲闕，長城玉作城。」三山，指海上三神山：蓬萊、方丈、瀛州。漢書郊祀志：「自威、宣、燕昭使人入海求蓬萊、方丈、瀛洲，此三神山者，相傳在渤海中，去人不遠，蓋嘗有至者。」

又

折殘金菊，棖子香時新酒熟。誰伴芳尊？先問梅花借小春。　道人破戒，染酒題詩金鳳帶〔一〕。愁病相關，不似年時酒量寬。

【題解】

本詞作年莫考。陳三聘有和詞，云：「東籬黄菊，細撚香枝人事熟。少緩芳尊，且醉儂家麴米春。　老人齋戒，底事新來移角帶。歸夢相關，明月松江萬頃寬。」

【箋注】

〔一〕「道人」二句：金鳳帶，有金鳳花紋的帶子，爲女子飾物。李賀洛姝真珠詩：「鸞裾鳳帶行烟重。」道人於女子金鳳帶上題詩，故云「破戒」。

又

波嬌鬢裊，中隱堂前人意好〔一〕。不奈春何，拚却輕寒透薄羅〔二〕。　翦梅新曲〔三〕，欲斷還聯三疊促〔四〕。圍坐風流，饒我尊前第一籌〔五〕。

【題解】

本詞作年莫考。陳三聘有和詞，云：「盈盈嫋嫋，欲問卿卿還好好。無奈嬌何，摺摺湘裙薄薄羅。　尊前顧曲，舞作迴風花拍促。壓盡時流，棋裏輸伊一百籌。」

【箋注】

〔一〕中隱堂：吴郡志卷一四園亭云：「中隱堂在大酒巷，都官員外分司南京龔宗元所居。取樂天詩：『大隱住朝市，小隱入丘樊。不如作中隱，隱在留守間。』乃作中隱堂。」

〔二〕拚却：甘願之辭。晏幾道鷓鴣天：「當年拚却醉顔紅。」

〔三〕翦梅新曲：詞調中有一剪梅。

〔四〕三疊：詞曲反復誦唱，謂之三疊，如陽關三疊，見蘇軾東坡志林卷七。

〔五〕第一籌：黄畬注引花蕊夫人宫詞，不當。其詩乃寫打毬事，與酒籌無關。酒籌乃飲酒記數之具，以竹製成。白居易同李十一醉憶元九：「花時同醉破春愁，醉折花枝作酒籌。」

又

枕書睡熟〔一〕，珍重月明相伴宿。寶鴨金寒〔二〕，香滿圍屏宛轉山〔三〕。　鷄人聲杳〔四〕，瑶井玉繩相對曉㈠〔五〕。黯淡窗紗，却下風簾護燭花。

【校記】

㈠玉繩：原作「玉人」，誤，今據彊邨叢書本、全宋詞改。

【題解】

本詞作年莫考。陳三聘有和詞，云：「先生困熟，萬卷書中聊托宿。似怯清寒，更爇都梁向博山。　游仙夢杳，啼鳥聲中春又曉。未著烏紗，獨坐溪亭數落花。」

【箋注】

〔一〕枕書：白居易秘省後廳詩：「盡日後廳無一事，白頭老監枕書眠。」

〔二〕寶鴨：指鴨形香爐，孫魴夜坐：「坐久烟消寶鴨香。」

〔三〕「香滿」句：描寫枕屏景物。温庭筠菩薩蠻「小山重疊金明滅」，即寫枕屏。又，「枕上屏山掩」。

〔四〕鷄人：古代報曉之官。周禮春官：「鷄人，掌共鷄牲，辨其物，大祭祀，夜嘑旦，以嘂百官。」

王維和賈舍人早朝大明宫之作：「絳幘鷄人報曉籌。」

〔五〕瑶井玉繩：李白明堂賦：「目瑶井之熒熒，拖玉繩之離離。」瑶井，即玉井，晉書天文志一：「玉井四星，左參左足下，主水漿以給廚。」玉繩，星名。太平御覽卷五：「春秋元命苞曰：『玉衡北兩星爲玉繩，玉之爲言溝刻也，瑕而不掩，折而不傷。宋均注曰：繩能直物，故曰玉繩。』」

又

臘前三白〔一〕，春到西園還見雪。紅紫花遲，借作東風萬玉枝。　歸田計决，麥飯熟時應快活。身在高樓，心在山陰一葉舟〔二〕。

【題解】

本詞作年莫考。陳三聘有和詞，云：「殷勤舉白，昨夜東風猶有雪。莫恨春遲，曾見梅花第一枝。　陰晴未决，早晚清明新火活。夢繞秦樓，欲趁歸潮上客舟。」

【箋注】

〔一〕臘前三白：袁景瀾吴郡歲華紀麗卷一二「臘雪」條云：「臘月雪謂之臘雪，亦曰瑞雪。」又引陶朱公書：「臘前得兩三番雪，宜麥。諺云：『若要麥，見三白。』」引張鷟朝野僉載：「一臘見三白，田父笑嚇嚇。」

〔二〕心在山陰一葉舟：用王子猷雪夜訪戴故事。劉義慶世説新語任誕：「王子猷居山陰，夜大雪……忽憶戴安道，時戴在剡，即便夜乘小船就之，經宿方至。造門不前而返，人問其故，王曰：『吾本乘興而行，興盡而返，何必見戴？』」

鷓鴣天

休舞銀貂小契丹〔一〕，滿堂賓客盡關山〔二〕。從今㬌㬌盈盈處，誰復端端正正看？模淚易，寫愁難〔三〕，瀟湘江上竹枝斑〔四〕。碧雲日暮無書寄〔五〕，寥落烟中一雁寒。

【題解】

本詞作於淳熙二年（一一七五）正月，時在離廣赴蜀帥途中。于北山范成大年譜淳熙二年譜文：「正月二十八日發桂林，出嚴關，抵興安，遊乳洞。陳仲思、陳席珍、李静翁、周直夫、鄭夢授等送至羅江始分袂，贈詩相勉。」孔凡禮范成大年譜同。按，石湖帥廣右時，幕僚、賓客甚多，臨行，來送行，故有「滿堂賓客」之語。詞云「雁寒」，石湖於各地任職，離任時能見到「雁寒」的，只有徽州和桂林二處。然徽州時僅爲司户參軍，與「滿堂賓客」之意不合，當以桂林爲是。本詞陳三聘有和詞，云：「酒暈從教上臉丹，春愁何事點眉山。都將别後深深意，且向尊前細細看。　多少恨，說應難，粉巾空染淚斕斑。爐猊箏雁長閑却，明月樓心夜正寒。」

【箋注】

〔一〕「休舞」句：小契丹，樂曲名，參見卷六次韻宗偉閱番樂注。

〔二〕「滿堂」句：王勃滕王閣序：「關山難越，誰悲失路之人；萍水相逢，盡是他鄉之客。」

〔三〕「模淚易」二句：意爲表現悲傷容易，抒寫哀愁就難。

〔四〕「瀟湘」句：化用兩妃淚灑斑竹的故事。張華博物志卷八：「舜二妃曰湘夫人，舜崩，二妃哭，以涕揮竹，竹盡斑。」劉禹錫瀟湘神：「斑竹枝，斑竹枝，淚痕點點寄相思。」又泰娘歌：「如何將此千行淚，更灑湘江斑竹枝。」

〔五〕碧雲日暮：江淹擬休上人怨別：「日暮碧雲合，佳人殊未來。」

又

蕩漾西湖采綠蘋，揚鞭南埭滾紅塵㈠。桃花暖日茸茸笑㈡，楊柳光風淺淺顰。

章貢水〔一〕，鬱孤雲〔二〕，多情爭似桂江春〔三〕。崔徽卷軸瑤姬夢㈢〔四〕，縱有相逢不是真㈣。

【校記】

㈠ 滾：原作「衮」，今據彊邨叢書本、歷代詩餘改。

㈡ 茸茸：歷代詩餘作「濃濃」。

㈢ 卷軸：原作「卷袖」，今據彊邨叢書本、全宋詞改。

㈣ 縱有：歷代詩餘作「縱自」，原注：「有，一作自」。

【題解】

本詞作於淳熙二年（一一七五）春，自桂林赴蜀帥任，途經贛江時作。吴熊和唐宋詞彙評於本詞「編年」欄中云：「淳熙元年（一一七四）作。按詞有『桃花暖日茸茸笑，楊柳光風淺淺顰』云云，則作于春日。又有『多情争似桂江春』句，則作于桂林。據于北山范成大年譜，成大乾道九年爲桂帥，三月十日接任。淳熙二年罷任，正月二十八日發桂林，出嚴關，抵新安。故繫詞于淳熙元年較爲合適。」此説未顧及詞中「章貢水、鬱孤雲」二句，尚可商榷。按，本詞上闋寫離桂林時的初春景物，下闋寫途中贛江景物和情思，「多情争似桂江春」，回扣上闋，正是赴蜀途中之實境。揆理而論，定于淳熙二年作，較爲合宜。本詞陳三聘有和詞，云：「指剥春葱去采蘋，衣絲秋藕不沾塵。眼波明處偏宜笑，眉黛愁來也解顰。　巫峽路，憶行雲，幾番曾夢曲江春。相逢細把銀釭照，猶恐今宵夢似真。」

【箋注】

〔一〕章貢水：即贛水，今江西贛江。上游有二水，西爲章水，即古豫章水，東爲貢水；即古湖漢水。水經注卷三九「贛水」條云：「贛水出豫章南野縣，西北過贛縣東。……東入湖漢水，庾仲初謂大庾嶠水北入豫章，注于江者也。」「湖漢水又西北逕贛縣東，西入豫章水也。」李吉甫元和郡縣圖志卷二八江南道四虔州贛縣：「貢水西南自南康縣來，章水東南自雩都縣來，二水至州北合而爲一，通謂之贛水，因爲縣名。」

〔二〕鬱孤雲：鬱孤臺之雲。王象之輿地紀勝「江南西路贛州」云：「鬱孤臺，在郡治，隆阜鬱然，孤起平地數丈，冠冕一郡之形勝，而襟帶千里之山川。」

〔三〕桂江：灕水流至桂林曰桂江。王存元豐九域志卷九廣南西路桂林，臨桂縣有桂江。

〔四〕「崔徽」句：崔徽卷軸，指崔徽之寫真，唐代畫家丘夏畫。元稹崔徽歌：「崔徽，河中府娼也。裴敬中以興元幕使蒲州，與徽相從累月。敬中使還，崔以不得從爲恨，因而成疾。有丘夏善寫人形，徽托寫真寄敬中，曰：『崔徽一旦不及畫中人，且爲郎死。』發狂卒。」詩云：「崔徽本不是倡家，教歌按舞娼家長。使君知有不自由，坐在頭時立在掌。有客有客名丘夏，善寫儀容得艷姿。爲徽持此謝敬中，以死報郎爲終始。」綠窗新話卷一〇崔徽私會裴敬中引麗情集亦載此故事。瑤姬夢，用楚懷王夢與神遇的故事，其神即瑤姬。習鑿齒襄陽耆舊傳：「赤帝女曰瑤姬，未行而卒，葬于巫山之陽，故曰巫山之女。楚懷王游于高唐，晝寢而夢與神遇，自稱是巫山之女。遂爲置觀號曰朝雲。」

又

嫩緑重重看得成㈠，曲闌幽檻小紅英。酴醾架上蜂兒鬧，楊柳行間燕子輕。

春晼晚㈡〔一〕，客飄零，殘花淺酒片時清。一杯且買明朝事㈢，送了斜陽月又生。

【校記】

㈠看得：歷代詩餘作「看漸」，原注：「得，一作漸。」

㈡晼晚：原作「婉晚」，今據彊邨叢書本改。

㈢且買：毛鈔作「且置」。

【題解】

本詞作年莫考。陳三聘有和詞，云：「昨夜東風怒不成，曉來猶自掃殘英。半酸梅子連枝重，無力楊花到地輕。　情易感，涕先零，玉虬香冷更凄清。事如芳草綿綿遠，恨比浮雲冉冉生。」

【箋注】

〔一〕春晼晚：春已晚。宋玉九辯：「白日晼晚其將入兮。」李商隱春雨：「遠路應悲春晼晚。」石湖詞語出此。

又　雪梅

壓蕊拈鬚粉作團，疎香辛苦顫朝寒。須知風月尋常見，不似層層帶雪看。

春髻重，曉眉彎，一枝斜並縷金旛。酒紅不解東風凍〔一〕，驚怪釵頭玉燕乾〔二〕。

【題解】

本詞作年無考。陳三聘有和詞，云：「剪碎霜綃巧作團，玉纖特地破朝寒。疏花好向釵橫見，瘦影難敲月墮看。　將舊恨，入眉彎，不須多樣縷金旛。當時千點東風淚，怪見妝成粉未乾。」

【箋注】

〔一〕酒紅：語見蘇軾縱筆詩：「小兒誤喜朱顏在，一笑那知是酒紅。」

〔二〕釵頭玉燕：郭憲洞冥記卷二：「元鼎元年，起招仙閣於甘泉宮西……神女留玉釵以贈帝，帝以賜趙婕妤。至昭帝元鳳中，宮人猶見此釵。……既發匣，有白燕飛升天。後宮人學作此釵，因名玉燕釵，言吉祥也。」

好事近

雲幕暗千山，腸斷玉樓金闕。應是高唐小婦，妒姮娥清絕。　夜涼不放酒杯寒，醉眼漸生纈〔一〕。何待桂華相照，有人人如月〔二〕。

【題解】

本詞作年莫考。陳三聘有和詞，云：「我欲御天風，飛上廣寒宮闕。撼動一輪秋桂，照人間愁絕。　歸來須著酒消磨，玉面點紅纈。起舞爲君狂醉，更何須邀月。」

【箋注】

〔一〕醉眼漸生纈：庾信夜聽擣衣詩：「花鬟醉眼纈。」蘇軾聚星堂雪：「未嫌長夜作衣稜，却怕初陽生眼纈。」纈，織物上印染花紋。眼纈謂眼花。

〔二〕人人如月：韋莊菩薩蠻詞：「壚邊人似月，皓腕凝霜雪。」

又

昨夜報春來，的皪嶺梅開雪。攜手玉人同賞，比看誰奇絕？　闌干倚遍憶多情，怕角聲嗚咽。與折一枝斜戴，襯鬢雲梳月〔一〕。

【題解】

本詞作年莫考。陳三聘有和詞，云：「枝上幾多春，數點不融香雪。縱有筆頭千字，也難誇清絕。艷桃穠李敢争妍，清怨笛中咽。試策短笻溪上，看影浮波月。」

【箋注】

〔一〕鬢雲：鬢髮如雲。語出詩經鄘風偕老：「鬢髮如雲。」温庭筠菩薩蠻：「鬢雲欲度香腮雪。」

卜算子

涼夜竹堂虛，小睡匆匆醒。銀漏無聲月上堦〔一〕，滿地闌干影。　何處最知秋？風在梧桐井〔二〕。不惜驂鸞弄玉簫〔三〕，露濕衣裳冷。

【題解】

本詞作年莫考。陳三聘有和詞，云：「雪後竹枝風，醉夢風吹醒。瘦立寒階滿地春，淡月梅花影。門外轆轤寒，曉汲喧金井。長笛何人更倚樓，玉指風前冷。」

【箋注】

〔一〕銀漏：指古代計時器漏壺，王勃乾元殿頌序：「蟬機撮化，銅渾將九聖齊懸，虬箭司更，銀漏與三辰合運。」

〔二〕梧桐井：古代院落裏井邊多植梧桐，王昌齡長信秋詞：「金井梧桐秋葉黃。」

〔三〕驂鸞：江淹別賦：「駕鶴上漢，驂鸞騰天。」

又

雲壓小橋深，月到重門靜。冷蕊疎枝半不禁〔一〕，更著橫窗影㊀。　回首故園春，往事難重省。半夜清香入夢來，從此熏爐冷。

【校記】

㊀更著：毛鈔本作「更看」。

【題解】

本詞作年莫考。陳三聘有和詞，云：「澗下水聲寒，壑底松風靜。時有清香度竹來，步月尋疏影。　往事屬東風，試問花應省。曾是花前把酒人，別夢溪堂冷。」

【箋注】

〔一〕「冷蕊」句：用杜甫舍弟觀赴藍田取妻子到江陵喜寄成句。

三登樂

一碧鱗鱗〔一〕，橫萬里、天垂吳楚。四無人、櫓聲自語。向浮雲、西下處，水村烟樹。何處繫船？暮濤漲浦。　正江南搖落後〔二〕，好山無數。儘乘流、興來便去。對青燈、獨自歎，一生羈旅。欹枕夢寒，又還夜雨。

【題解】

本詞作年莫考。陳三聘有和詞，云：「南北相逢，重借問、古今齊楚。燭花紅、夜闌共語。悵六朝興廢，但空倚高樹。目斷帝鄉，夢迷雁浦。　故人疏梅驛斷，音書有數。塞鴻歸、過來又去。正春濃、依舊作，天涯行旅。傷心望極，淡烟細雨。」徐本立詞律拾遺卷二補范成大三登樂，詞後注：「『四無人』下，與後『儘乘流』下，同。」此指用豆處，與全宋詞標法異，今從詞律拾遺。下三首與此同。

【箋注】

〔一〕一碧鱗鱗：碧水波紋細如魚鱗。李群玉江南：「鱗鱗別浦起微波，汎汎輕舟桃葉歌。」

〔二〕搖落：草木凋零。曹丕燕歌行：「秋風蕭瑟天氣涼，草木搖落露爲霜。」杜甫詠懷古迹五首其二：「搖落深知宋玉悲。」

又

路轉横塘，風捲地、水肥帆飽〔一〕。眼雙明、曠懷浩渺。問菟裘、無恙否〔二〕，天教重到。木落霧收，故山更好。　過溪門休蕩槳，恐驚魚鳥。算年來、識翁者少。喜山林、蹤跡在，何曾如掃〔三〕？歸鬢任霜，醉紅未老。

【題解】

本詞作年未可確考，按詞意，當作於晚年退居姑蘇時。陳三聘有和詞，云：「注望曉山，晴色麗，晨餐應飽。縠紋平、漲天渺渺。倚藤枝、撐艇子，昔游曾到。江山自古，水雲轉好。　悵年來心縱在，盟寒鷗鳥。故人中、黑頭漸少。問幾時、尋舊約，石磯重掃。一竿釣月，鬢霜任老。」

【箋注】

〔一〕水肥帆飽：化用蘇軾次韻沈長官韻詩：「風來震澤帆初飽，雨入松江水漸肥。」

〔二〕菟裘：地名，春秋時魯邑，在今山東泗水縣北。李吉甫元和郡縣圖志卷一〇兖州泗水縣：「菟裘故城，在縣北五十五里。魯隱公曰：『使營菟裘，吾將老焉。』」魯隱公語，見左傳隱公十一年。

〔三〕「喜山林」三句：化用杜甫贈李白：「苦乏大藥資，山林迹如掃。」

又

今夕何期㊀，披岫幌、雲關重啓〔一〕。引冰壺、素空似洗〔二〕。捲簾中、攲枕上，月星浮水。天鏡夜明，半窗萬里。　盼庭柯都老大〔三〕，樹猶如此〔四〕。六年前、轉頭未幾。喚鄰翁、來話舊，同芻新蟻〔五〕。秉燭夜闌，又疑夢裏〔六〕。

【校記】

㊀何期：全宋詞作「朝」。

【題解】

本詞作於淳熙四年（一一七三）十月，時自蜀返歸蘇州。吳船録卷下：「（十月）己巳晚，入盤門。」十一月，赴臨安入對。本詞寫初歸家之喜悅心情，必作於自蜀歸蘇與入對之間。吳熊和唐宋詞彙評本詞「編年」云：「淳熙四年（一一七三）作。按詞有『盼庭柯、都老大，樹猶如此。六年前、轉頭未幾』云云，是歸吳時作。其時已別吳六年。按，據于北山范成大年譜，乾道八年任廣帥，先歸蘇州，後抵任，淳熙二年轉蜀帥，四年離任，『將抵吳，親舊多來迎。十月己巳入盤門。』疑詞即作于本年，正好相別蘇州六年。」所言極是。本詞陳三聘有和詞，云：「久蟄群虬，猶未肆，新雷初啓。鼓東風、雨膏爲洗。望橫塘、越溪路，石湖烟水。西接洞庭，下連甫里。　憶當年歸計早，扁舟從此。祖清風、相門有幾。圃堂高、應解笑，紛紛蝸蟻。錦囊雪月，更看醉裏。」

【箋注】

〔一〕「披岫幌」句：孔稚圭北山移文：「宜扃岫幌，掩雲關。」石湖反用之。

〔二〕「引冰壺」句：化用許渾天竺寺題葛洪井：「雲朗鏡開匣，月寒冰在壺。」

〔三〕眄庭柯：陶淵明歸去來兮辭：「引壺觴以自酌，眄庭柯以怡顔。」

〔四〕樹猶如此：庾信枯樹賦：「樹猶如此，人何以堪。」

〔五〕同篘新蟻：篘，過濾酒以去滓。新蟻，新釀之酒未經過濾，上有浮滓，稱爲新蟻。白居易問劉十九：「緑螘新醅酒。」文選謝玄暉在郡卧病呈沈尚書「渌蟻方獨持」，李善注：「釋名曰：酒有汎齊，蜉蟻在上洗洗然。」

〔六〕「秉燭」二句：杜甫羌村三首：「夜闌更秉燭，相對如夢寐。」

又

方帽衝寒〔一〕，重檢校、舊時農圃。荒三徑、不知何許〔二〕。但姑蘇臺下，有蒼然平楚〔三〕。人笑此翁，又來訪古。況五湖元自有，扁舟祖武〔四〕。記滄洲、白鷗伴侶。歎年來、孤負了，一蓑烟雨。寂寞暮潮㊀，喚回棹去。

【校記】

㈠ 暮潮：原作「潮暮」，今據彊邨叢書本、全宋詞改。

【題解】

本詞作年難以確考，大要作於晚年居石湖時。陳三聘有和詞，云：「一品歸來，强健日、小園幽圃。扁舟興、恐天未許。相當年、持漢節，衆齊咻楚。丹忠此日，盛名千古。 掞詞章師海内，緯文經武。莫寒盟、故山舊侶。到鱸鄉、還又是，秋風斜雨。嗚刀鱠雪，未應便去。」

【箋注】

〔一〕方帽：陶穀清異録：「羅隱帽輕巧簡便省楪，人竊仿學，相傳爲減樣方平帽。」

〔二〕荒三徑：語出陶潛歸去來兮辭「三徑就荒」。

〔三〕蒼然平楚：語出謝朓宣城郡内登望詩：「寒城一以眺，平楚正蒼然。」

〔四〕祖武：詩經大雅下武：「昭兹來許，繩其祖武。」毛傳：「武，迹也。」扁舟祖迹，即指范蠡扁舟下五湖事。

浪淘沙

黯淡養花天〔一〕。小雨能慳〔二〕。烟輕雲薄有無間。官柳絲絲都緑遍，猶有春寒。　空翠濕征鞍。馬首千山。多情若是肯俱還。別有玉杯承露冷，留共君看。

玉杯，官舍中牡丹絶品也。

【題解】

本詞作年莫考。陳三聘有和詞，云：「風雨晚春天。芳興慵慳。淺紅稠緑滿園間。獨有梨花三四朵，留住春寒。　年少躍金鞍。咫尺關山。倦飛如我已知還。灑向東風千點淚，衣上重看。」

【箋注】

〔一〕養花天：蘇軾次韻曹子方龍山真覺院瑞香花：「養花須晏陰。」施注：「唐釋仲休花品：每至牡丹開月，多有輕雲微雨，謂之養花天。」

〔二〕能：甚也，能慳，甚慳。張相詩詞曲語辭匯釋卷三：「能（二），能，甚辭，凡亦可作這樣或如許解而嫌其不得勁者屬此。」吴地至今用此語。

虞美人　寄人覓梅

霜餘好探梅消息，日日溪橋側。不如君有似梅人，歌裏工顰妍笑兩眉春。

疎枝冷蕊風情少，却稱衰翁老。從教來作静中鄰，冷淡無言無笑也無顰。

【題解】

本詞作年莫考。陳三聘有和詞，云：「融融睡覺東風息。行到溪亭側。一枝梅玉似人人。索笑依然消瘦不禁春。　相逢試問情多少，應怪山翁老。翠羅高護結花鄰，一任餘芳争學捧心顰。」

又

落梅時節冰輪滿〔一〕，何似中秋看。瓊樓玉宇一般明〔二〕，只爲姮娥添了萬枝燈。　錦江城下杯殘後〔三〕，還照鄞江酒〔四〕。天東相見説天西，除却衰翁和月更誰知？

【題解】

本詞作年莫考。詞云「鄞江」、「天東相見」，約作於淳熙七年知明州以後。陳三聘有和詞，云：「天公意向人情滿，燈月教同看。中秋雖是十分明，不比今宵處處有華燈。　豔桃穠李歌闌後，更醉青樓酒。不妨飲盡玉東西，横笛聲中春色要君知。」

【箋注】

〔一〕冰輪：滿月，語出蘇軾宿九仙山詩：「夜半老僧呼客起，雲峰缺處涌冰輪。」

〔二〕瓊樓玉宇：語出蘇軾水調歌頭詞：「只恐瓊樓玉宇，高處不勝寒。」

〔三〕錦江城：指成都。水經注卷三三江水：「錦工織錦則濯之江流，而錦至鮮明，濯以他江，則錦色弱矣，遂命之爲錦里。」岷江流至成都，謂之濯錦江，李白上皇西巡南京歌：「濯錦清江萬里流，雲帆龍舸下揚州。」

〔四〕鄞江：方輿勝覽卷七慶元府：「鄞江，亦曰鄞水。」

又

玉簫驚報同雲重〔一〕，仍怪金瓶凍。清明將近雪花翻，不道海棠消瘦柳絲寒。

王孫沉醉狨氈幕〔二〕，誰怕羅衣薄。燭燈香霧兩厭厭㊀，髣髴有人愁損上眉尖。

【校記】

㊀兩厭厭：毛鈔本「兩」作「雨」。

【題解】

本詞作年莫考。陳三聘有和詞，云：「飛瓊曉壓梅枝重，酒面羊羔凍。誰將縞帶逐車翻，明月秦樓昨夜不勝寒。　何須捲起重簾幕，愁怕春羅薄。玉杯持勸醉厭厭。無奈有人籠袖出香尖。」

【箋注】

〔一〕「玉簫」句：玉簫，侍女名，范攄雲溪友議卷三：西川節度使韋皋，少游江夏，止于姜使君之館，有小青衣曰玉簫，常令祇侍，後稍長，因而有情。同雲，詩經小雅信南山：「上天同雲，雨雪雰雰。」朱熹詩集傳：「同雲，雲一色也。」

〔二〕狨氈幕：狨，猿類，長尾，俗稱金絲猴。朱彧萍洲可談卷一：「狨座，文臣兩制，武臣節度使以上，許用……狨似大猴，生川中，其脊毛最長，色如黄金。取而縫之，數十片成一座，價直錢百千。」

又

紅木犀

誰將擊碎珊瑚玉，裝上交枝粟。恰如嬌小萬瓊妃〔一〕，塗罷額黄嫌怕污燕支〔二〕。夜深未覺清香絶㊀，風露溶溶月〔三〕。滿身花影弄淒涼，無限月和風露一齊香。

日深疑夜深。

【校記】

㊀夜深：「夜」原作「日」，誤。詞尾原注：「『日夜』疑『夜深』」。彊邨叢書本、全宋詞改同。今據改。

【題解】

本詞作年莫考。陳三聘有和詞，云：「乾紅剪碎煩纖玉，相并黄金粟。漢宫素面説明妃，馬上秋風應解著燕支。黄昏小樹堪愁絶，不比梅花月。滿天風露透肌凉，插取雙枝歸去是誰香。」

【箋注】

〔一〕萬瓊妃：瓊妃，玉妃，指美人，喻木犀花。因花細小量多，故云「萬」。鄭愔奉和幸上官昭容院獻詩：「更覓瓊妃伴，來過玉女泉。」

〔二〕額黄：古時婦女習尚塗黄於額，謂之額黄。梁簡文帝戲贈麗人詩：「同心鬟裏撥，異作額間黄。」李商隱無題詩：「壽陽公主嫁時妝，八字宫眉捧額黄。」

〔三〕「風露」句：化用晏殊寓意詩：「梨花院落溶溶月，柳絮池塘淡淡風。」

醉落魄　元夕

春城勝絶，暮林風舞催花發〔一〕。垂雲捲盡添空闊。吹上新年，美滿十分月〔二〕。　紅蕖影下勾絲抹，老來牽强隨時節。無人知道心情别。惟有蛾兒，驚見鬢邊雪。

【題解】

本詞作年難以確考。從「春城勝絶」、「老來牽强隨時節」句看，當爲晚年養病蘇城時作。陳三聘有和詞，殘，云：「東風寒絶，江城待得花枝發。欲知此夜碧天闊。（下缺）」

【箋注】

〔一〕催花發：語出白居易嘆春風兼贈李二十侍郎詩：「樹根雪盡催花發，池岸冰銷放草生。」

〔二〕美滿十分月：曾季貍艇齋詩話：「東坡『美滿風帆十幅蒲。』『美滿』字出杜牧之詩『千帆美滿風』。東湖亦用『美滿』字云：『正須美滿十分晴。』」東湖乃徐東湖。

石湖詞補遺

醉落魄㈠

棲烏飛絶〔一〕，絳河緑霧星明滅〔二〕。燒香曳簟眠清樾。花影吹笙，滿地淡黄月。好風碎竹聲如雪，昭華三弄臨風咽〔三〕。鬢絲撩亂綸巾折。涼滿北窗，休共軟紅説〔四〕。

【校記】

㈠ 調名：歷代詩餘作「一斛珠」。按，萬樹詞律卷八：「一斛珠，五十七字，又名醉落魄。」

【題解】

本詞作年難以確考。陸輔之詞旨卷下：「警句凡九十二則。……『花影吹笙，滿地淡黄月。』石湖醉落魄。『涼滿北窗，休共軟紅説。』同上。」李佳左庵詞話卷下警句：「詞家有作，往往未能竟體無疵。每首中，要亦不乏警句，摘而出之，遂覺片羽可珍。……范石湖云：『花影吹笙，滿地淡黄月。』又云：『凉滿北窗，休共軟紅説。』又云：『惟有兩行低雁，知人倚、畫樓月。』」俞陛雲唐五代兩宋詞選釋：「『淡黄月』句已頗清新，更有吹笙人在花影中，風情絶妙。近人鷗堂詞『月要被他，愁作酒般黄』，著意描寫，不若『滿地淡黄月』五字融渾。」

【箋注】

〔一〕棲烏飛絶：語出柳宗元江雪：「千山鳥飛絶。」

〔二〕「絳河」句：絳河，天河，杜審言七夕詩：「白露含明月，青霞斷絳河。」緑霧：語見李賀江南弄：「江中緑霧起凉波，天上疊巘紅嵯峨。」

〔三〕「好風」三句：宋翔鳳樂府餘論：「下解『好風碎竹聲如雪』，寫笙聲也。『昭華三弄臨風咽』，吹已止也。」昭華，古樂器名，晉書律曆志：「舜時西王母獻昭華之琯，以玉爲之。」

〔四〕軟紅：即軟紅塵土。蘇軾次韻蔣穎叔錢穆父從駕景靈宫詩：「軟紅猶戀屬車塵。」自注：「前輩戲語，西湖風月，不如東華軟紅香土。」

朝中措

長年心事寄林扃，塵鬢已星星〔一〕。芳意不如水遠，歸心欲與雲平。　留連一醉，花殘日永，雨後山明。從此量船載酒〔二〕，莫教閒却春情。

【題解】

俞陛雲唐五代兩宋詞選釋：「『芳意』二句較唐人『水流心不競』、『雲在意俱遲』句，同就雲水寫懷，而别有意味。」

【箋注】

〔一〕「塵鬢」句：形容鬢髮已白。左思白髮賦：「星星白髮，生於鬢垂。」文選謝靈運游南亭：「星星白髮垂。」李周翰注：「星星，白髮貌。」

〔二〕量船載酒：晉書畢卓傳：「卓謂人曰：『得酒滿數百斛船，四時甘味置兩頭，右手持酒杯，左手持蟹螯，拍浮酒船中，便足了一生矣。』」

眼兒媚

萍鄉道中乍晴，卧輿中困甚，小憩柳塘。

酣酣日脚紫烟浮〔一〕，妍暖試輕裘。困人天氣㊀，醉人花底㊁，午夢扶頭。　春慵恰似春塘水，一片縠紋愁〔二〕。溶溶洩洩〔三〕，東風無力，欲皺還休〔四〕。

【校記】

㊀天氣：原作「天色」，今據彊邨叢書本改。

㊁花底：原作「花氣」，今據彊邨叢書本改。

【題解】

本詞作於乾道九年（一一七三）閏正月，時正赴廣右帥任，途經萍鄉。石湖驂鸞録：「（閏正月）二十六日，宿萍鄉縣，泊萍實驛。」本詞必作於此時。本詞歷代評論如下：詩人玉屑卷二一：「（范石湖眼兒媚）詞意清婉，咏味之，如在畫圖中。然後段之意，蓋本于嚴維『柳塘春水慢』之句云。」沈際飛草堂詩餘別集云：「『妍』字得春暖味。」又云：「字字軟温，着其氣息即醉。」古今詞統卷六評「春塘」二句云：「比『吹皺一池春水』更妖矣。」潘游龍古今詩餘醉卷一五云：「字字温潤」。許昂霄詞綜偶評：「换頭，『春慵』緊接『困』字、『醉』字來，細極。」王闓運湘綺樓評詞：「范成大眼兒媚：『酣酣日脚紫烟浮。』自然移情，不可言説，綺語中仙語也，考上上。」况周頤蕙風詞話卷二：「詞亦文之一體。昔人名作，亦有理脈可尋，所謂蛇灰蚓綫之妙。如范石湖眼兒媚萍鄉道中云：（略）『春慵』緊接『困』字『醉』字來，細極。」俞陛雲唐五代兩宋詞選釋：「上闋『午夢扶頭』句領起下文。以下五句借東風皺水，極力寫出春慵，筆意深透，可謂入木三分。」

【箋注】

〔一〕紫烟：李白望廬山瀑布：「日照香爐生紫烟。」

〔二〕縠紋：錢起贈張南史詩：「縠紋江水縣前流。」蘇軾臨江仙：「夜闌風静縠紋平。」

〔三〕溶溶洩洩：水波蕩漾。羅隱浮雲詩：「溶溶曳曳自舒張。」

〔四〕「東風」三句：化用馮延巳謁金門：「風乍起，吹縐一池春水。」

霜天曉角　梅㊀

晚晴風歇。一夜春威折㊁〔一〕。脈脈花疎天淡，雲來去，數枝雪〔二〕。　勝絶。愁亦絶㊂。此情誰共説？惟有兩行低雁，知人倚，畫樓月。以上四闋見絶妙好詞。

【校記】

㊀題：原無「梅」字，今據絶妙好詞、彊邨叢書本補。

㊁春威：陽春白雪「威」作「堪」。

㊂愁亦絶：陽春白雪「亦」作「更」。

【題解】

本詞作年莫考，從詞意看，當爲游宦外地時作。陸輔之詞旨：「（警句）『惟有兩行低雁，知人倚，畫樓月。』」李佳左庵詞話卷下警句：「詞家有作，往往未能竟體無疵。每首中，要亦不乏警句，摘而出之，遂覺片羽可珍。……范石湖云：『花影吹笙，滿地淡黄月。』又云：『凉滿北窗，休共軟紅説。』又云：『惟有兩行低雁，知人倚，畫樓月。』」俞陛雲唐五代兩宋詞選釋：「此調末二句最爲擅勝，若言倚樓人托孤愁于征雁，便落恒蹊。此從飛雁所見，寫倚樓之人，語在可解不可解之間，詞家之妙境，所謂如絮浮水，似沾非著也。」

【箋注】

〔一〕春威折：受春寒威力的摧折。温庭筠陽春曲：「霏霏霧雨杏花天，簾外春威著羅幕。」

〔二〕數枝雪：用王安石梅花：「墻角數枝梅，凌寒獨自開。遥知不是雪，爲有暗香來」詩意。

惜分飛　南浦舟中與江西帥漕酌别，夜後忽大雪㈠。

畫戟錦車皆雅故〔一〕，簫鼓留連客住。南浦春波暮，難忘羅韈生塵處〔二〕。

明日船旗應不駐，且唱斷腸新句。捲盡珠簾雨〔三〕，雪花一夜隨人去。

【校記】

㈠ 調名：原作「一落索」，今據彊邨叢書本石湖詞補遺、全宋詞改。按，萬樹詞律卷六惜分飛（五十字），徐本立詞律補遺卷一列惜分飛四十八字、五十一字兩體。本詞即用詞律五十字之一體。惜分飛無一落索之别名，且詞律卷四一落索列六體，其字數、用韻均與惜分飛不同，故不能混爲一談。

【題解】

本詞作於乾道九年（一一七三）赴桂帥途經江西時。南浦，在江西浦城縣南門外，江西帥漕，指龔茂良和劉焞。黄畬石湖詞校注：「江西帥漕乃劉文潛。」非是。按，范成大驂鸞録：「（乾道九年閏正月五日）又登南昌樓、江月臺。郡圃偪仄無可觀。江西帥前右正言龔實之欲取王士元三江五湖之句，以廳事後堂爲襟帶堂，余爲書其榜。」則石湖明言江西帥爲龔實之，即龔茂良，字實之，興化軍人，紹興八年進士登第，宋史卷三八五有傳。江西漕爲劉焞，字文潛，四川成都人，趙逵榜進士及第。乾道六年六月，除著作佐郎，七年三月爲國子司業，見南宋館閣録卷七。淳熙間帥桂林，見宋史孝宗紀。孔凡禮范成大年譜乾道九年譜文云：「閏月四日，至隆興，爲留三日，晤知隆興府龔茂良，漕使劉焞，登滕王閣，游東湖，謁孺子亭。」甚是。

【箋注】

〔一〕「畫戟」句：形容江西帥府之威武雍容。陳師道後山詩話：「白樂天云……『歸來未放笙歌散，畫戟門前蠟燭紅。』非富貴語，看人富貴者也。」韋元旦奉和送金城公主適西番應制：「軍容旌節送，國命錦車傳。」

〔二〕「難忘」句：羅韈生塵，出曹植洛神賦，此喻宴席上之歌女。

〔三〕「捲盡」句：此用王勃滕王閣「珠簾暮卷西山雨」詩意。

菩薩蠻 湘東驛

客行忽到湘東驛，明朝真是瀟湘客。晴碧萬重雲〔一〕，幾時逢故人？江南如塞北，别後書難得。先自雁來稀，那堪春半時。

【題解】

本詞作於乾道九年（一一七三）二月，赴廣右帥途經湘東驛時。石湖驂鸞録：「（二月）九日，上謁南嶽廟。……湖南馬氏所植古松滿庭。」湘東驛，在湖南衡陽縣東十二里。

【箋注】

〔一〕晴碧：語出温庭筠郭處士擊甌歌：「晴碧烟滋重疊山。」

滿江紅

清江風帆甚快，作此與客劇飲歌之。

千古東流，聲捲地、雲濤如屋〔一〕。横浩渺、檣竿十丈，不勝帆腹。夜雨翻江春浦漲，船頭鼓急風初熟〔二〕。似當年呼禹亂黄川，飛梭速。　擊楫誓，空驚俗。休拊髀，都生肉。任炎天冰海，一杯相屬〔三〕。荻笋蔞芽新入饌〔四〕，鵾絃鳳吹能翻曲〔五〕。笑人間何處似尊前，添銀燭。

【題解】

本詞作於乾道九年（一一七三）閏正月，時石湖正赴廣右帥任路過清江。石湖驂鸞録：「（閏正月）八日，泝清江，宿張家寨。……十日宿上江。兩日來帶江悉是橘林。」

【箋注】

〔一〕雲濤如屋：晉書天文志：「堅城之上有黑雲如屋，名曰軍精……不可攻。」本書卷一二渡淮：「昨夜南風浪如屋。」

〔二〕風初熟：熊孺登祇役遇風謝湘中春色：「水生風熟布帆新。」蘇軾金山夢中作：「夜半朝來風又熟。」

〔三〕一杯相屬：語出韓愈八月十五夜贈張功曹：「一杯相屬君當歌。」

〔四〕荻笋蔞芽：蘆荻之幼苗似竹笋，可食，故名荻笋，亦名荻芽。蔞蒿的嫩芽，香脆可食。盧象竹里館：「荻笋亂無叢。」蘇軾惠崇春江曉景：「蔞蒿滿地蘆芽短。」

〔五〕「鵾絃」句：鵾絃，用鵾鷄筋做成的樂器絃叫鵾絃，段安節樂府雜録：「開元中有賀懷智，其樂器，以石爲槽，鵾鷄筋作絃，用鐵撥彈之。」風吹，語出孔稚圭北山移文：「聞鳳吹於洛浦，值薪歌於延瀨。」王子晉善吹笙，聲如鳳鳴，故曰鳳吹。

謁金門

宜春道中，野塘春水可喜，有懷舊隱。

塘水碧，仍帶麴塵顏色〔一〕。泥泥縠紋無氣力〔二〕，東風如愛惜。恰似越來溪側，也有一雙鸂鶒。只欠柳絲千百尺，繫船春弄笛。

【題解】

本詞作於乾道九年（一一七三）閏正月，時赴廣右帥任途經宜春。石湖驂鸞録：「（閏正月）十八日至袁州。桂林帥前大理寺丞李浩德遠先在此相候，欲講交承禮。爲留三日。」袁州，即宜春。張宗橚詞林紀事卷一〇引詞品云：「范成大出使回，每思石湖，故言之悒悒如此。」

【箋注】

〔一〕麴塵：酒麴所生之細菌，色微黄如塵，因謂淡黄色曰麴塵。白居易春江閒步贈張山人詩：「晴沙金屑色，春水麴塵波。」

〔二〕泥泥：濡濕貌。詩經小雅蓼蕭：「蓼彼蕭斯，零露泥泥。」鄭玄箋：「霑濡也。」

秦樓月㈠寒食日湖南提舉胡元高家席上聞琴。

湘江碧，故人同作湘中客。湘中客，東風回雁〔一〕，杏花寒食。　温温月到藍橋側〔二〕，醒心絃裏春無極〔三〕。春無極，明朝殘夢，馬嘶南陌。以上五闋見花庵絶妙詞選。

【校記】

㈠ 調名：花草粹編作「憶秦娥」。按，秦樓月，即憶秦娥。萬樹詞律卷四：「憶秦娥，四十六字，又名秦樓月、碧雲深、雙荷葉、玉交枝。」

【題解】

本詞作於乾道九年（一一七三）寒食日，時赴廣右帥途經湖南，湖南提舉常平茶鹽公事胡抑設宴招待石湖，因作此詞。湖南提舉胡元高，即胡抑，字元高，徽州績溪人。以蔭補承務郎，遷太府寺丞。歷直秘閣，提舉湖南常平茶鹽公事，終朝散大夫，賜紫金魚袋，事見弘治徽州府志卷上。父舜陟，字汝明，官至廣西經略，爲秦檜所害，屈死獄中，宋史卷三七八有傳。兄仔，字元任，即苕溪漁隱叢話的作者。

【箋注】

〔一〕回雁：湖南衡陽有回雁峰，相傳大雁至衡陽而回，故名。

〔二〕温温：朱淑真探梅：「温温天氣似春和。」

〔三〕醒心絃：謂琴絃上彈出曲調，使人神志湛然。黃庭堅好事近詞：「一弄醒心絃，情在兩山斜疊。」

玉樓春 梅花〔一〕

佳人無對甘幽獨，竹雨松風相澡浴〔一〕。山深翠袖自生寒〔二〕，夜久玉肌元不粟〔三〕。　却尋千樹烟江曲，道骨仙風終絶俗〔四〕。絳裙縞袂各朝元〔五〕，只有散仙名萼緑㊁〔六〕。

【校記】

㊀題：「梅花」二字原無，今據彊邨叢書本補。

㊁散仙：原作「散香」，今據朱孝臧彊邨叢書本、全宋詞改。

【題解】

本詞作年莫考。參詞意，當是晚年所作。

【箋注】

〔一〕「竹雨」句：句意自柳宗元晨詣超師院讀禪經「青松如膏沐」句化出。竹雨，陳師道和王子安至日：「竹雨深宜晚。」松風，杜甫玉華宫：「溪回松風長。」

〔二〕「山深」句：用杜甫佳人「天寒翠袖薄，日暮倚修竹」詩意，且與本詞首句呼應。

〔三〕「夜久」句：肌不粟，用趙飛燕事。漢伶玄飛燕外傳：「體温舒，亡疹粟。」蘇軾雪後書北臺壁：「凍合玉樓寒起粟。」

〔四〕道骨仙風：李白大鵬賦序：「余昔于江陵，見天台司馬子微，謂余有仙風道骨，可與神遊八極之表。因著大鵬遇希有鳥賦以自廣。」

〔五〕朝元：道教徒朝拜玄元皇帝稱朝元。

〔六〕「只有」句：散仙，韓愈奉酬盧給事雲夫四兄曲江荷花行見寄并呈上錢七兄閣老張十八助教詩：「上界真人足官府，豈如散仙鞭笞鸞鳳終日相追陪。」蕚緑，即蕚緑華，陶弘景真誥卷一：「愕緑華者自云是南山人，女子，年可二十，顏色絶整，以晉穆帝升平三年十一月降羊權家，授權尸解藥。隱景化形而去。」范成大梅譜云：「梅花純緑者，好事者比之九嶷仙人蕚緑華云。」

醉落魄　海棠

馬蹄塵撲，春風得意笙歌逐㈠〔一〕。款門不問誰家竹〔二〕。只揀紅妝，高處燒銀燭㈡〔三〕。　碧鷄坊裹花如屋〔四〕，燕王宮下花成谷〔五〕。不須悔唱關山曲㈢。只爲海棠，也合來西蜀㈣。

【校記】

㈠ 笙歌：劉克莊後村詩話續集卷四「歌」作「簫」。

㈡ 高處：後村詩話作「多處」。

㈢ 關山曲：後村詩話作「陽關曲」。

㈣ 只爲：後村詩話作「直爲」。

【題解】

本詞作於淳熙三年（一一七六）賞海棠時，時任蜀帥。于北山范成大年譜淳熙三年譜文：「宴賞海棠，乃蜀帥相沿侈靡之風，石湖樂此，屢有詩詞。」本詞即此時作，參見詩集卷一七錦亭然燭觀海棠、浣溪沙燭下海棠等作。楊長孺石湖詞跋：「淳熙戊戌，先生歸自浣花，是時家尊守荆溪，置酒卜夜，觸次從容，先生極談錦城風景之盛，宦情之樂，因舉似數闋，如賦海棠云：『（詞略）』……此蓋先生最得意者。長孺耳剽，恨未飽九鼎之珍也。」京鏜後帥蜀，有和作醉落魄觀碧鷄坊王園海棠次范石湖韻，云：「芳塵休撲，名花唤我相追逐。淺妝不比梅欹竹。深注朱顔，嬌面稱紅燭。

阿嬌合貯黄金屋，是誰却遣來空谷。酡顔遍倚闌干曲。一段風流，不枉到西蜀。」

【箋注】

〔一〕「馬蹄」二句：自孟郊登科後「春風得意馬蹄疾」句翻出，已變化原意。

〔二〕「款門」句：用王徽之觀竹故事。劉義慶世説新語卷下：「王子猷嘗行過吴中，見一士大夫家極有好竹，主已知子猷當往，乃灑埽施設，在聽事坐相待。王肩輿徑造竹下，諷嘯良久，主已失望，猶冀還當通。遂直欲出門。主人大不堪，便令左右閉門，不聽出。王更以此賞主人，乃留坐，盡歡而去。」

〔三〕「只揀」二句：翻用蘇軾海棠詩：「只恐夜深花睡去，故燒高燭照紅妝。」

〔四〕碧鷄坊：參見本書卷一七陸務觀云春初多雨近方晴碧鷄坊海棠全未及去年題解。

〔五〕燕王宮：即燕宮，參見本書卷一七春晚卧病故事都廢聞西門種柳已成而燕宮海棠亦爛漫矣題解。

玉樓春　牡丹

雲横水繞芳塵陌，一萬重花春拍拍〔一〕。藍橋仙路不崎嶇，醉舞狂歌容倦客。　真香解語人傾國〔二〕，知是紫雲誰敢覓〔三〕？滿蹊桃李不能言，分付仙家君莫惜。

【題解】

本詞作年莫考。

【箋注】

〔一〕春拍拍：蘇軾遊桓山得澤字：「春風在流水，鳧雁先拍拍。」本詞謂春風拍動花朵。

〔二〕「真香」句：羅隱牡丹花詩：「若教解語應傾國，任是無情也動人。」蘇軾題楊次公蕙：「幻色雖非實，真香亦競空」。

〔三〕紫雲：李愿家中歌女，石湖借美女以喻紫色牡丹。計有功唐詩紀事卷五六：杜牧爲御史分務洛陽，李愿罷鎮閒居，高會朝客，杜引滿三卮，問李云：「聞有紫雲者，孰是？」李指之，杜凝睇良久曰：「名不虚得，宜以見惠。」諸妓回首破顔。

菩薩蠻　木芙蓉

冰明玉潤天然色，淒涼拚作西風客。不肯嫁東風〔一〕，殷勤霜露中。　緑窗梳洗晚〔二〕，笑把琉璃盞。斜日上妝臺，酒紅和困來。以上四闋見全芳備祖。

【題解】

本詞作年莫考。

【箋注】

〔一〕「不肯」句：李賀南園十三首：「嫁與春風不用媒。」張先一叢花令：「沈恨細思，不如桃杏，猶解嫁東風。」石湖反其意而用之。

〔二〕梳洗晚：温庭筠夢江南詞：「梳洗罷，獨倚望江樓。」

水龍吟　壽留守〔一〕

仙翁家在叢霄，五雲八景來塵表〔一〕。黄扉紫闥〔二〕，化鈞高妙〔三〕，風霆揮掃。漠北寒烟，嶠南和氣，笑談都了。自玉麟歸去〔四〕，金牛再款〔五〕，却回首，人間少。天與丹臺舊籍〔六〕，笑蒼生祝公難老。春葩秋葉，暄寒易變，壺天長好〔七〕。物外新聞，鳳歌鸞翥〔八〕，龍蟠虎遶。想知心高會，寒霜夜永〔二〕，儘横參曉。右一闋見翰墨全書。

【校記】

〔一〕詞題：原作「壽留寺」，誤，今據全宋詞改正。

〔二〕寒霜：詩淵（第四六一九頁）引本詞作「霜寒」，義長。

【題解】

本詞作於淳熙四年（一一七七）九月，時石湖自蜀帥歸吴途經建康，晤建康留守劉珙，作本詞爲之祝壽。孔凡禮以爲本詞非范成大作，范成大年譜淳熙十年譜文：「有人賦水龍吟，爲成大壽。」孔氏以爲此詞乃他人作，理由有：「漠北寒烟」、「嶠南和氣」，與范成大仕歷合；「玉麟歸去」，指陳俊卿離建康任，「金牛再款」，指范成大繼任，由此推定本詞爲他人所作之祝石湖壽。孔氏此説尚可商兑。按，本詞爲范成大作，有文獻記載可證，截江網、翰墨全書均記爲范成大詞，尤其是詩淵，乃明初人據范石湖大全集所編纂，比較可信。其次，石湖生於六月四日，而本詞篇末點明秋末初冬，季節不合，則本詞非爲石湖作也。再次，孔氏以「漠北寒烟」、「嶠南和氣」指實石湖使金、帥桂，較穿鑿，此乃概括我國南北方而言。詳考石湖生平，惟淳熙四年自蜀東歸途經建康，晤留守劉珙，適逢其壽辰，本詞或爲劉氏作。劉珙，字共父，劉子羽長子。歷仕禮部郎官，秘書少監、中書舍人。金人犯邊，宋師北向，詔檄多出其手。淳熙二年，知建康府、行宫留守，五年卒，贈光禄大夫，謚忠肅，宋史卷三八六有傳。

【箋注】

〔一〕「五雲」句：五雲，參見南柯子銀渚盈盈渡注。八景，庾信道士步虚詞：「三元隨建節，八景逐回輿。」曹唐小遊仙：「八景風回五鳳車，崑崙山上看桃花。」塵表，世外，南史阮孝緒傳：「挂冠人世，棲心塵表。」

〔二〕黄扉紫闥：朝廷機要辦公處。黄扉，黄朝英靖康緗素雜記卷二「黄閣」條：「天子曰黄闥，三公曰黄閤，給事舍人曰黄扉，太守曰黄堂。」劉珙曾任中書舍人，故云。紫闥，皇甫謐釋勸篇：「排閶闔，步玉岑。登紫闥，侍北辰。」劉珙曾任秘書少監、中書舍人，兼直學士院，出入紫闥，故云。

〔三〕化鈞高妙：化鈞，化育鈞陶之意，劉勰文心雕龍時序：「昔在陶唐，德盛化鈞。」

〔四〕玉麟：玉麟堂，在建康府治内。輿地紀勝卷一四江南東路建康府景物下：「玉麟堂，在府治，取『留守玉麟符』之義。」景定建康志卷二一「堂館」：「玉麟堂，在府治，紹興十五年晁公謙之建，錢塘吴説書扁。」「玉麟歸去」，指劉珙自玉麟堂歸朝。宋史劉珙傳：「從幸建康，兼直學士院。」

〔五〕金牛再款：瑞應圖：「金牛，瑞器也。王者土地開闢，則金牛至。」此指劉珙任建康留守，再次來到金陵。

〔六〕丹臺：道家謂神仙居住的地方。藝文類聚卷七八真人周君傳：「紫陽真人周義山，字委通，汝陰人也。……入蒙山，遇羨門子。……君乃再拜叩頭乞長生要訣，羨門子曰：『子名在丹臺玉室之中，無憂不仙。』」

〔七〕壺天：雲笈七籤卷二八引雲臺治中録：「施存，魯人，學大丹之道三百年，十煉不成，唯得變化之術。後遇張申，爲雲臺治官，常懸一壺，如五升器大，變化爲天地，中有日月如世間，夜宿其內，自號壺天，人謂曰壺公。」

〔八〕鳳歌鸞翥：李白盧山謠寄盧侍御虚舟：「我本楚狂人，鳳歌笑孔丘。」陸機浮雲賦：「鸞翔鳳翥，鴻驚鶴奮。」

酹江月　嚴子陵釣臺

浮生有幾？歎歡娛常少，憂愁相屬。富貴功名皆由命〔一〕，何必區區僕僕〔二〕。燕蝠塵中〔三〕，鷄蟲影裏〔四〕，見了還追逐。山間林下，幾人真個幽獨？　誰似當日嚴君，故人龍衮，獨抱羊裘宿〔五〕。試把漁竿都掉了，百種千般拘束。兩岸烟林，半溪山影，此處無榮辱。荒臺遺像，至今嗟咏不足。右一闋見花草粹編。

【題解】

本詞作於紹興二十九年（一一五九），時在新安掾任上，沿檄至此，題詩於壁，見本書卷七釣臺。本詞亦作於其時。按，范成大三次經釣臺，驂鸞録：「始予自紹興己卯歲，以新安户曹沿檄來識釣臺，題詩壁間；後十年，以括蒼假守被召復至，自和二篇；及今又四年，蓋三過焉，復自和三篇。」從詞意考察，本詞當作於新安掾時。嚴子陵釣臺，在浙江桐廬縣富春江嚴陵瀨上。太平寰宇記卷九江南東道睦州：「桐溪一名紫溪，水木泉石相映，自桐溪至於潛，有九十六瀨，第二即嚴陵瀨也。」方輿勝覽卷五浙江路建德府：「釣臺，在桐廬西南二十九里，東西二臺，各高數十丈。……驚波問馳，秀壁雙峙，上有東漢故人嚴子陵釣臺。孤峰特操，聳立千仞。」

【箋注】

〔一〕「富貴」句：論語顏淵：「子夏曰：『商聞之矣，死生有命，富貴在天。』」

〔二〕僕僕：煩擾勞頓的樣子。孟子萬章下：「子思以爲鼎肉使己僕僕爾亟拜也，非養君子之道也。」

〔三〕燕蝠：蘇軾徑山道中次韻答周長官兼贈蘇寺丞：「奈何效燕蝠，屢欲争晨瞑。」

〔四〕鷄蟲：杜甫縛鷄行：「鷄蟲得失無了時，注目寒江倚山閣。」

〔五〕「誰似」三句：嚴君，指嚴光。後漢書嚴光傳：「嚴光字子陵，一名遵，會稽餘姚人也。少有高名，與光武同遊學。及光武即位，乃變名姓，隱身不見。帝思其賢，乃令以物色訪之。後齊國上言：有一男子，披羊裘釣澤中。帝疑其光，乃備安車玄纁，遣使聘之，三反而後至，舍於北軍。」

醉落魄

雪晴風作，松梢片片輕鷗落。玉樓天半褰珠箔〔一〕。一笛梅花，吹裂凍雲幕。
去年小獵灕山脚〔二〕，弓刀濕徧猶横槊〔三〕。今年翻怕貂裘薄〔四〕。寒似去年，人比去年覺。

【題解】

本詞作於淳熙元年（一一七四）。石湖於乾道九年三月到桂林赴帥任，詞云「去年小獵灕山脚」，則本詞必作于淳熙元年。

【箋注】

〔一〕珠箔：珠簾。漢武故事：「武帝起神室，以白珠織爲箔。」

〔二〕「去年」句：灕山，一名象鼻山，在廣西桂林南。太平寰宇記卷一六二：「灕山，在城南二里，灘水之陽，因以名焉。」范成大桂海虞衡志志洞巖：「水月洞，在灘山之麓，其半枕江，天然刓刻作大洞門，透徹山背。」又，復水月洞銘并序：「水月洞，剜灘山之麓，梁空踞江，春水時至，湍流貫之。」

〔三〕横槊：蘇軾前赤壁賦：「釃酒臨江，横槊賦詩。」

〔四〕貂裘：貂皮袍，李頻贈長城庾將軍：「逆風走馬貂裘卷，望塞懸弧雁陣分。」陸游訴衷情：「關河夢斷何處，塵暗舊貂裘。」

霜天曉角

少年豪縱，袍錦團花鳳。曾是京城游子，馳寶馬，飛金鞚〔一〕。　舊遊渾似夢，鬢點吴霜重。多少燕情鶯意，都瀉入，玻璃甕。以上二闋見陽春白雪。

【題解】

本詞作年無考。從詞意看，約作於父范雩任京官時。按，建炎以來繫年要録卷一四七紹興十二年十一月己亥紀事：「詔：皇太后回鑾，士人曾經奉迎起居及獻賦頌等，文理可采者，令後省看詳申省取旨。時獻賦頌千餘人，而文理可采者近四百人。大理正吴㮚頌曰：『輔臣稽首，對揚聖志。惟斷乃成，頗破群異。』有司奏爲第一。左奉議郎知真州張昌次之。詔有官人進一官，進士免文解一次。于是吳縣范成大亦在數中。」桌，江寧人。成大，雩子也。」孔凡禮范成大年譜據本詞「少年豪縱，抱錦團花鳳。曾是京城游子，馳寶馬，飛金鞚」，認爲「所寫當爲此時事。」

【箋注】

〔一〕飛金鞚：杜甫麗人行：「黄門飛鞚不動塵。」

木蘭花慢 送鄭伯昌

古人吾不見，君莫是、鄭當時〔一〕？更築就山房，躬耕谷口，名動京師。諸公任他衮衮〔二〕，與杜陵野老共襟期。有客至門先喜，得錢沽酒何疑。　昔年聯轡柳邊歸，陳迹恍難追。況種桃道士，看花才子，回首皆非〔三〕。相逢故人問訊，道劉郎去久無詩㈠。把做一場春夢，覺來莫要尋思。右一闋見古今圖書集成。

【校記】

㈠劉郎去：全宋詩校云：「案『去』字上下缺一字。」按，詞律此處爲八字，「去」字上或下缺一字。

【題解】

本詞作年莫考。

【箋注】

〔一〕鄭當時：漢代陳人，字莊，以任俠聲聞于時。好客，無論貴賤俱留之。景帝時爲太子舍人，武帝時爲大農令，遷汝南太守。漢書有傳。此乃用同姓人典。

〔二〕「諸公」句：杜甫醉時歌贈廣文館博士：「諸公衮衮登臺省，廣文先生官獨冷。」廣文先生即鄭虔，石湖用此典以切鄭伯昌。

〔三〕「況種桃道士」三句：劉禹錫元和十一年自朗州承召至京戲贈看花諸君子：「紫陌紅塵拂面來，無人不道看花回。玄都觀裏桃千樹，盡是劉郎去後栽。」再游玄都觀：「種桃道士歸何處，前度劉郎今又來。」